길 위에서
만난 사람들

길 위에서 만난 사람들

초판 1쇄 인쇄일 2020년 11월 30일
초판 1쇄 발행일 2020년 12월 5일

지은이 김창환
펴낸이 양옥매
디자인 임흥순 임진형
교 정 허우주

펴낸곳 도서출판 책과나무
출판등록 제2012-000376
주소 서울특별시 마포구 방울내로 79 이노빌딩 302호
대표전화 02.372.1537 **팩스** 02.372.1538
이메일 booknamu2007@naver.com
홈페이지 www.booknamu.com
ISBN 979-11-5776-976-6 (03800)

이 도서의 국립중앙도서관 출판예정도서목록(CIP)은
서지정보유통지원시스템 (http://seoji.nl.go.kr)와 국가자료종합목록시스템
(http://www.nl.go.kr/kolisnet)에서 이용하실 수 있습니다.
(CIP제어번호: CIP2020050573)

길 위에서 만난 사람들

김창환 산문집

책과나무

머리말

~

　나의 삶은 언제나 길 위에 있었다. 그러니 내가 지나온 삶의 흔적은 대지에 난 길 위에도 남아 있고 살아온 궤적으로도 남아 있을 터다. 더러 사람들은 나를 두고 역마살이 낀 것 같다고도 했다. 그렇다고 없던 길을 새롭게 만들어서 지나온 적은 없는 듯. 가끔 산에서 잃어버린 길을 헤치고 나온 적은 있었지만 새로운 길을 만든 것은 아니었기 때문이다.

　경자(庚子)년에 태어났는데 다시 제 자리로 돌아왔을 때 내가 지나온 길에는 늘 연민과 그리움이 있었다. 나고 자란 마을의 고샅길에서, 계단을 올라가듯 학교에서 만난 동무들은 물론 사회생활을 하며 만난 숱한 사람들이 있었다. 만남은 관계를 만들었고 그 만남들을 통해서 타인의 경험을 엿보는 것처럼 누군가 먼저 간 길을 따라가는 것에 다름 아니었다. 그렇듯 지나온 길이나 삶의 궤적조차도 앞서간 누군가의 길을 따라간 것이지만, 내 삶의 방향은 나만의 것이기도 했다.

'삼인행 필유아사언(三人行必有我師焉)', 일찍이 공자께서 말씀하셨다. 세 사람이 길을 갈 때는 반드시 내 스승이 있는 있으니, 그중에 선한 사람을 가려서는 그를 따르고, 선하지 못한 자를 가려서는 자신 속의 그런 잘못을 고쳐야 한다는. 맺고 또 풀어진 숱한 관계 속에서 그림자처럼 늘 곁에 두고 싶은 말이었다.

생각이 여럿이라도 몸이 하나이니 결국 가야 할 길은, 갈 수 있는 길은 하나일 수밖에 없다. 그러므로 인생은 끊임없이 선택의 연속이다. 자신이 선택한 길에 들어섰다면 다시 돌아설 수도 있겠지만 그게 쉽지는 않고 대개는 선택한 길을 그대로 간다. 시간은 거스를 수 없는 것이고 선택된 공간도 마찬가지이기 때문이다.

선물처럼 주어지듯 새벽길을 자주 나선다. 어둠을 두드리듯 들어가는 길, 먼 듯 가까운 듯 멧새들의 지저귐은 언제나 반갑다. "일찍 일어나는 새가 벌레를 잡는다."는 서양 속담이 있지만, 단지 벌레를 잡기 위하여 일찍 일어난다고는 생각하고 싶지 않았다. 새로이 온 아침을 찬미하고 찬송하기 위하여 일찍 잠에서 깨어나는 것이라면 새로운 생각일 것처럼. 어둠이 머문 새벽길에서 듣는 멧새들의 지저귐은 존재함의 축복처럼 생동감과 경쾌함으로 다가온다. '새들이 떠나간 숲은 적막하다.'는, 법정스님의 산문집 제목으로 알려졌지만 새벽 참에 길을 나서면 그 의미가 새삼스러움을 느끼게 된다는 것도.

그 어디든 길 위에 서면 여행자의 의미도 다시 생각해 보았던 듯도 싶다. 단순하게는 내게 채워져 있던 현실의 욕망들을 잠시 비우고 떠나야 한다는. 그러나 언젠가 여행길에서 읽었던 내용을 다시 되뇌었다.

"단지 일상의 탈출처럼 거처를 벗어나거나 곁에 있는 다른 사람들에게 여행담을 자랑하기 위해서도 아니었으면 해. 세상을 향한 더 나은 성찰에 이르기 위한 체험이 되었으면 하는 바람을 품어보았으면 좋겠다는 것도, 무엇을 보고 누구를 만나든지 내가 가졌던 관념은 잠시 비워두었으면 하는 거지. 눈앞의 사사로운 이해관계에서 벗어나 마음이 풍요로워지고 삶의 방식을 고민해보는 시간이었으면 좋겠다는 것도, 단순히 호기심을 충족시키는 게 아니라 우리가 사는 공동체에 대한 이해와 기여의 의미를 생각하는 기회이기도 했으면 좋겠다."고.

너와 나, 우리는 길에서 만난 이에게 길을 묻기도 하고 잠시 동행이 되거나 더러는 인생의 길을 나누는 도반(道伴)이 되기도 한다. 길 위에서 만난 사람들, 흐르는 강물처럼 구불거리는 삶을 살아왔거나 그 물길을 거슬러 오르듯 나름의 애환을 겪으며 내가 경험하지 못한 또 다른 세계를 살아오신 이들. 길을 간다는 것은 누군가에게로 가는 것이기도 한 것처럼, 내가 그들에게로 다가갔던 것 또한 길이었다. 그러니 사람과 사람 사이에도 길이 있었다.

우연이든 마음의 바람이었든 길에서 많은 사람들을 만났고 또 헤어졌다. 세상에 그 이름이 알려진 분도, 그렇지 않은 분도 있지만 모두 내가 다가가야 했던 이들이었다. 그렇게 만난 분들의 이야기는 개인의 특별한 이야기이기도 하지만 너와 나의 이야기이기도 한데, 내가 나누었던 이야기를 더 많은 이들과 나누고 싶은 욕심을 가졌다. 여기 너와 내가 가보지 않았던 길을 간 이들을 만나 잠시라도 동행이 되는 기회를 만들어보기 위해서.

차례

소리꾼

장사익

장항선

태어나고 자라서 혼례를 치르면 아버지의 땅을 물려받아 제금을 났다. '제금'은 '따로나다' '딴살림'의 충청도 말이다. 자식을 낳아 키우고 물려받은 땅을 다시 자식에게 물려주고는 양지바른 뒷산에 무덤을 두던 그 시절 옛이야기다.

농경으로 정착 생활을 영위했던 이 땅의 민초들에게 고향이라는 말은 별 효용이 없던 낯선 말이었다. 대부분 태어난 마을을 벗어나지 못하고 반경 사오십 리 내외를 오가며 살았기 때문이다. 왕조가 몰락해 가고 밀려드는 외세의 여파로 상투를 잘라내던 때, 사람들은 떠나는 것에 익숙해지기 시작했다. 이 땅에 철길이 놓인 시기와도 일치했다. 그렇게 고향을 떠난 이들은 낯선 타향에서 사람들을 만나면 고향을 먼저 물었다. 같은 하늘 아래 살았었다면 오랜 동무를 만난 것처럼 반가워도 했다. 그래서 '고향에서 온 것은 까마귀도 반갑다'고 했을 것이다. 이유야 어찌 되었든 그 시절 고향을 떠난다는 것은 대단한 용기와 일탈이었다.

고향을 떠나면서 많은 것을 기대하기보다 오히려 막연했을 것이다. 대부분은 변두리의 하층민으로 팍팍한 일상을 살아가면서 사람들은 꿈결처럼 고향을 그리워했다. 〈고향 아줌마〉, 〈고향이 좋아〉, 〈흙에 살리라〉 등, 가수들은 고향에 관한 노래를 만들어 불렀고 사람들이 모이면 막걸리 대접과 주안상에 젓가락을 두드리며 그 노래들을 어렴풋하게 따라 불렀다. 고향을 떠난 사람들에게 쉽게 찾아가지 못하던 고향은 어머니와 동일한 공간이었다. 고단한 일상으로 부초(浮草)처럼 살아가는 이들에게 고향은 어머니와 한 몸이었던 열 달쯤의 시간처럼, 늘 돌아가고픈 따뜻하고 아늑한 공간으로 존재했다.

내 고향은 서해안 천수만이 가까운 충청도 홍성이다. 누군가 고향을 물어 '홍성'이라고 답하면 강원도 홍천이나 횡성이냐고 되묻곤 했는데, 서운하기는 어쩔 수 없었다. 오래전에 떠난 고향이지만 존재함의 근원처럼 그 정서는 늘 다정했고 그리움의 대상이었다.

일제강점기인 1914년 행정구역 개편에 따라 홍주군은 결성현(結城縣, 지금의 결성면)의 11개 면을 병합하면서 홍주군의 '홍(洪)' 자와 결성현의 '성(城)' 자를 따서 '홍성군(洪城郡)'이 됐다. '홍성(洪城)'은 일제에 의해 강제로 개명된 이름이었던 것이다. 충청도 4목·4부(홍주, 공주, 충주, 청주) 중에서 충남의 공주, 충북의 충주와 청주라는 지명은 그대로 살아있으나 유일하게 '홍주'만 빼앗겨버린 이름이 되었다. 이제는 도청이 이전하면서 '내포신도시'로도 불린다. 큰 바다가 내포를 만나면 뭍으로 파고들어 '육지 속 바다'가 되듯 '내포(內浦)', 바다와 땅이 섞여 있기에 천주교 같은 바깥 문물도 일찍 들어왔을 것이다. 조선 후기 실학자였던 이중환은 『택리지』에서 "충청도에서는 내포(內浦)가 가장 좋은 곳이다" 라고 했다. 땅은 기름지고 평평하면서 넓고 또한 소금과 물고기가 많아서 대를 이어 사는 사대부들이 많다는 이유였다. 가야산의 앞뒤에 있는 지금의 홍성, 예산, 당진, 서산 등이다.

가족들보다 먼저 내가 고향을 떠난 것은 중학교를 졸업하고 고등학교 진학을 하면서였고 부모님은 내가 군에 입대하였을 때 고향을 떠나셨다. 이삿짐으로 챙겨갈 것도 없는 변변찮은 살림살이였다. 이사 가던 날 모여들었던 이웃들의 눈빛을 나는 보지 못했다. 석별의 아쉬움은 감추었던지, 되레 자신들이 챙길 것을 두리번거리던 눈빛들이 서운했다지만 낯선 도시로 떠난다는 두려움이 더했을 거다.

휴가를 나와서야 서울의 새로 이사한 집을 찾아갔으니 오랫동안 정들었던 마을을 떠나던 모습은 볼 수 없었다. 이사하는 날 이웃들의 눈빛이 '마냥 서운해하지만은 않더라.'는 것은 아우가 전해준 말이었다. 그렇게 떠나야 했던 고향 마을이었지만 객지를 떠돌면서 늘 돌아가고픈 그리운 곳이었다. 이제는 살붙이 하나 남아있지 않은 곳이니 자주 갈 일은 없었고 명절 때를 기다려 일 년에 한두 번 다녀오곤 했다. 이제 고향 마을에는 낡은 빈집만이 웅크리고 있다. 도지를 물며 남의 땅에 세운 집이었으니 가끔 들러 어린 시절의 흔적만을 돌아다볼 뿐이다.

고향을 홍성이라고 했지만 실제로는 광천이라고 해야 맞다. 그런데 광천은 엄밀히 홍성이라는 군 단위 안에 있는 면소재지 '은하'와 같은 격이라 그렇게 말하기도 쉽지 않다. 그렇더라도 그리운 곳은 광천이다. 광천엔 화려했던 고향 속 장날이 있었기 때문이다. 장날은 늘 돌아가고픈 고향의 또 다른 풍경이었다.

　이십여 년 입은 푸른 제복을 벗어야 할 즈음, 사십대 중반이 되어서야 지나온 꿈길을 찾아가듯 글을 쓰기 시작했고 십여 년 전, 처음 잡지사에 투고한 글의 제목이 '장항선'이었다. 광천은 장항선으로 이어져야 살아나오는 곳이었다.

　천안을 지나 제련소 굴뚝이 보이던 장항까지 143.1km의 단선 철도. 1931년 전 구간이 개통됐으니 이제 그 나이도 아흔. 산도 들도 아닌 듯, 비산비야(非山非野)의 정겨운 들길, 낮은 초가들 사이로 서 있는 미루나무들이 바람에 몸을 구부리며 손을 흔들며 마중을 하듯 장항선 열차는 기적소리를 내며 오르내렸다.

　그 시절 4H 활동을 하며 눈이 맞은 동네 처녀 총각이나 하룻밤 새 노름빚으로 땅문서를 날린 사내가 밤기차를 탔고 자식들 교육을 핑계로 농사일에도 재미를 붙이지 못했던 아낙의 성화를 견디지 못한 남정네 집도 장항선 완행열차를 타고 떠났다. 챙겨가야 할 짐이라야 이불 보따리, 숟가락 몇에 솥단지뿐이었으니 말이다. 가끔은 부대에서 사고를 쳤다며 돈을 만들러왔던 단풍하사나 봄바람에 멍든 처녀들 몇도 야반도주 같은 비둘기호 밤기차를 타고 떠났다.

　어린 시절 뒷산에 올라 기적을 울리며 오르내리는 기차를 보았을 때도, 엄마를 따라 광천 장에 가는 날이면 다나래 건널목에서 상행선 열차를 보내며, 언젠가 그 기차를 타고 서울로 가봐야겠다는 꿈을 싣고 달리던, 그래서 늘 서울이라는 그 시절 꿈처럼 미지의 세계로 연결시켜주던, 이제는 이름도 잃어버린 장항선.

오랜만에 고향에 다녀오겠다며 용산역으로 갔던 날. 출발 시간이 다 되도록 타야 할 장항행 열차를 찾지 못하고 허둥대다가 가까스로 이름도 낯선 익산행 열차에 오르면서 모처럼 귀향길 설렘이 흐트러지고 터덜터덜 소리를 내며 한강을 건넜다.

온양을 지나면서는 배꽃이 피고 지고 사과꽃이 수줍게 피어나던 과수원을 지나던 길. 손님처럼 왔다 가듯 집을 나서는 자식들 손에 이것저것 챙겨 보내면서도 객지에서 무탈하기를 간구하는 어머니의 손사랫짓이 멀리 보이던 길. 구부러진 철길을 따라 휘어 따라오는 후미 칸도 보여주며 한가롭고 정겨운 간이역마다 멈춰서 가던 길.

이제 더 많은 시간을 잡아내야 하겠다며 한가롭게 들길을 돌아서 가던 길에 굴을 파내고 다리를 세우면서 곧게 만들어지며 삭막해지고 쓸쓸해진 길을 달린다. 명절이나 한여름 피서철을 제외하고는 기차를 타려는 사람들이 자꾸만 줄어들 텐데 산과 들을 파헤치고 추억 속의 풍경을 갈아엎는 사람들이 야속해진다.

다시 다나래 건널목을 지나고 광천역이다. 이곳에서 떠난 숱한 사람들의 애환과 사연들이 녹슨 철길에 배어있는 곳. 역사를 빠져나왔을 때 마치 민방공 대피훈련일이기라도 한 것인지 오고 가는 차도 인적도 없이 한가로운 역전. 숱한 사람들이 오가던 차부가 있었고 이층 여로다방이 있던 자리는 나이 든 노부부가 손님도 없이 한가롭게 식당 밖을 내다보고 있었다.

새우젓 비린내가 오래된 추억으로 마중을 나오듯 시장통을 지나 포구가 있던 곳으로 간다. 장항선 이전에 포구가 있었다. 포구는 흔히 독배로 불렸다. 독배는 '옹암(甕岩)'의 순우리말로, '독 바위'의 준말. 안면도 등 주변의 섬과 뱃길이 이어지고 그곳에서 배로 들어온 농산물과 해산물을 옹암포, 독배로 풀어낼 때는 그래도 장항선 일대에서 그중 알아주던 장이었다.

만선 깃발을 매단 배들과 먼 섬사람들이 모여들었던 포구의 모습, 왁자지껄 장흥정 소리와 뱃사람들의 젓가락 장단이 니나놋집 주전자를 멍들게 하고 숱한 사람들을 불러들이던 곳은, 뱃길이 막히고부터는 소통이 단절된 사람들의 삭막한 관계처럼 뻘밭에 삭아가는 폐선처럼, 쓸쓸해지는 풍경으로만 남아있다. 새파랗게 젊은 시절 이곳으로 흘러들어와 니나놋집에서 젓가락 장단을 맞추던, 그러나 이제는 나이 든 여자가 짙은 화장을 하고 지난 시절을 돌아보듯, 김 가공과 토굴 새우젓으로 겨우 명맥을 유지하는 곳. 시계가 귀하던 시절 정오(正午)를 알려주던 오거리 우체국 옥상의 사이렌 소리가 환청처럼 울려나오는 듯했다. 무언가를 두고 왔거나 길에 빠뜨린 듯 주섬거리며 봄볕에 나른해지는 텅 빈 시장통을 다시 건너갔다. 예전 포목전과 신발전이 펼쳐졌던 곳을 지나 어물전에 들러, 허리 굽은 어머니 같은 여인네에게 추억처럼 박대 한 두름을 사고 장마당을 돌아 나왔다.

다시 장항선 철길을 건너 중학생 시절 아침저녁으로 걸어다녔던 독고개를 넘으면 은하봉과 지기산이 마주 보이는 마을길은 언제나 정겨운데 오가는 이들이 드물었다. 산과 들을 쏘다니며 놀던 동무들은 물론 내가 자라는 것을 지켜보았던 마을 사람들이 하나둘 세상을 떠나고 대처로도 떠나면서 고향이 나를 멀리하는 것처럼 점

점 낯설어짐이 새삼스러웠다.

누군가를 기다린 듯 비어있는 집으로 들어섰을 때 새색시 머리 위에 족두리모냥 화려한 모란꽃은 피기 시작했고 작은 화단 밑 돌 틈 사이로 자란 돌나물꽃이 노랑별처럼 피어나고 있었다. 마룻장 너머 영창문 창호지는 비워진 긴 세월에 녹아 창살만을 남기고 반들반들 윤이 나던 마루는 세월처럼 삭아져 듬성듬성 무너져 내리고 있었다. 지울 수 없는 추억을 더듬으며 발길은 먼저 부엌으로 향하고 세 개의 아궁이에 솥이 걸려있던 부뚜막 앞에서 나는 누군가의 체취를 기억해내려 한참을 멍하니 서 있어야 했다.

달밤에 피던 박꽃모냥 고왔던 나의 어머니. 절박한 가난이 주던 설움과 앞을 내다볼 수 없는 그 팍팍한 현실에서 가늠할 수 없는 모진 세월을 '큰애 너 때문에 어쩌지 못했다'고 이제는 듣기도 싫은 소리를 지금도 푸념처럼 가끔은 내놓으시는 어머니. 늦가을이면 김장용으로 쓰이는 대파 다듬는 품일로 십 리도 넘는 남의 동네로 가서는 때가 지나 집에 돌아오면 자식들은 허기에 지쳐 어둠에 잠들고 '쓸데없이 남 일이나 다닌다'며 지청구를 내던지는 핀잔을 들어가며 호롱불에 넋두리처럼 밀가루 수제비를 한처럼 떼어내시던 나의 어머니. 몇 번이나 독촉을 받았던, 이백 원도 안 되는 기성회비를 달라 하지 못하고 숟가락도 들지 않고 그렁그렁 눈물을 달고 사립문을 나서는 자식의 뒤꼭지를 바라보며 당신은 부뚜막 앞에 앉아 무명 앞치마에 눈물을 훔치셨을 나의 어머니. 손님처럼 찾아가서는 외식을 하자고 말씀드리면 "밖에서 먹는 음식은 비싸기만 하고 맛도 그렇더라."며 손사래를 치시는 어머니.

철길 레일 아래 침목처럼 기둥들은 까맣게 그을어 퇴색되고 철따라 차진 흙을 물에 풀어 단장을 하던 흙벽은 금이 가면서 무너져 내리고 방구들로 이어진 솥 고래는 비워진 지 오래된 부엌. 칠월이면 까만 보리밥이 쉬이 쉰다며 광주리를 매달던 천장엔 거미줄이 흔들리는 그 부엌에서 부뚜막 앞에 쭈그리고 앉아 누룽밥 한 사발로 저녁 한 끼를 때우던 어머니의 모습과 체취를 더듬고 있었다. 한참을 그렇게 그곳에 서서 가슴 한쪽이 먹먹해지며 나자란 시절의 설움까지 기웃거리며 눈가를 붉히며, 무너진 아궁이 앞에 멍한 듯 한참을 앉아 있었다.

부엌을 나와 아쉬운 마음으로 뒤꼍을 돌아 나왔을 때 고샅길에 무거운 듯 보퉁이를 머리에 인 여인이 지나가고 있었다. 기억나지 않는 얼굴이었지만 오랜만에 머리에 보퉁이를 인 모습을 보니 너무 반가웠다. 달려가 이것저것을 묻고 싶은 심정이었다. 그러면서 오래전 어머니의 모습도 그 여인을 따라가고 있었다.

이제 파뿌리처럼 흘러간 그 시절, 어머니의 머리는 세상을 지혜롭게 살아가는 방도를 생각하는 공간이 아니었음을, 이(利)와 해(害)는 물론 옳고 그름을 따져 자신의 편하고 좋은 것을 헤아리는 것이 아니었음도.

밭에서 거둔 곡식이며 채소, 산에서 모은 땔감, 장날이면 함지박에 가득 채웠던 열무며 애호박, 오뉴월 옥수수처럼 자라는 자식들과 궁핍한 살림에 생겨나는 온갖 걱정근심도, 온전히 당신의 머리 위에 이고 다니셔야 했고 머릿속에도 가득 채워져 있었을 것이다. 그래서 자식들은 그 무거운 짐 대신 머리에 지식을 넣어 당신

처럼 미련하거나 고단하게 살지 않기만을 바랐을 것이다. 그 노고
와 헌신으로 머리에 지식을 채운 자식들은 요즘 세상이 어쩌니 하
면서 세상 물정을 잘 모른다고 핀잔을 주거나 얼마 남아있지도 않
은 논밭을 자신들 앞으로 돌려놓을 궁리를 하는 건 아닌지. 손님
처럼 가끔 다녀가기나 하며 어머니를 독거노인으로 만든 건 아닌
지도 생각했다.

한참 들일로 바쁜 철인데도 오가는 이도 없고 이맘때쯤이면 와글
와글 울어대던 그 많던 개구리들은 다 어디로 갔는지, 고마리 새
순 피어나는 개울가에서 소꿉장난하던 내 동무들은 또 다 어디로
갔는지…….

봄볕이 물비늘처럼 부서져 내리는 낯선 듯 고향 길을 두리번거리
다가 다시 낯설음으로 고샅길을 지나오고 늘 고향을 떠나고 싶어
하던 소년은 이제 돌아가야 할 곳이 어디인지 한참을 두리번거렸
다. 마을을 한 바퀴 돌아 그 시절 황망히 밤기차를 타러가던 사람
들처럼 이제는 이름도 잃어버린 장항선 열차를 타러가는 사내가
화사한 봄볕에 아지랑이처럼 흔들리고 있었다.

「장항선」 전문

광천장날

그렇게 「장항선」으로, 나의 문학에 대한 열망은 어린 시절 광천장날을 탐닉하듯 소년의 것으로 피어올랐다.

십수 년 전이었을까? 밤늦은 시간의 음악 프로그램에서 그가 노래하는 것을 처음 보았을 것이다. 이전에는 대중가수로서 그의 존재는 전혀 모르고 있었다. 그의 노래는 처음 대면하는 그의 모습만큼이나 생소하고 이채로웠다. 음치의 범주에 드는 나로서는 대중가수의 노래를 평가하거나 요즘 청소년들처럼 열렬히 흠모하는 것이 아닌, 겨우 과거에 유행했던 철 지난 노래를 따라 부르거나 곡의 의미를 주억거릴 뿐이었으니.

그때부터 그의 노래가 귀에 익숙해지면서 뭔가 잡아끄는 듯, 촌스러움 같은 끈이 그와 나 사이에 있는 듯했다. 그렇게 그의 노래에 빠져들면서 그의 고향이 광천이고 중학 선배라는 것도 알게 되었다. 동창회모임에서 한두 번인가 뵐 수 있었다. 그렇다고 고향의 추억 등 별다른이야기를 나눌 기회는 없었다. 몇 번인가 책을 만들고 발표회를 하면서 망설이듯 그에게 초대장을 보냈지만 공연 일정 등의 이유로 당연히 거절당했다. 고향 후배라는 알량한 명목으로 그의 대중적 인지도를 빌려오고 싶은 치기였을지도 모를 일이지만 언젠가 그럴 기회가 있으려나, 막연한 바람이었다.

당시 읍내 아이들은 개울 건너 사는 아이들까지도 편을 가르듯 무시하는 경향이 없지 않았지만 하여튼 그는 나와 같은 광천 출신이다. 내가 읍에서 한참 떨어진 외곽 출신이라 하더라도 광천장날을 같이 공유했다는 것은 그와 나를 한데 묶는, 한 줄에 묶인 마른 생선 두름에 다름 아니다. 그러면서 그의 이력에 그의 노래에 관심을 갖게 되었을 것이다.

광천이라는 고유명사에는 장날이라는 말이 필연적으로 따라붙는다. 장마당으로 인식되지 않았다면 광천은 그저 쇠락한 작은 소읍으로, 그저 오고가는 길목으로나 존재했을 것이다. 그가 고향인 광천에서 연 첫 공연도 '장사익 소리판 광천장날'이었다. 새삼스럽게 그와 나는 장마당으로 한 두름에 묶여있는 것이다.

광천이 읍으로 습격된 것은 1942년, 광주광역시와 같은 해였고 장항선이 오르내리는 길에서 천안도 예산도 아산도 대천도 비교될 수 있는 장마당이 아니었다. 안면도 등 섬에서나 오서산 등 높고 낮은 산골에서 살던 아이들의 꿈은 '서울 가는 것이 아닌 광천장에나 한번 가보는 것'이었다. 처자들도 마찬가지, 광천 사는 총각에게 시집가고 싶어 했다.

광천장은 양력으로 끝 숫자가 4일과 9일에 섰다. 장과 장 사이를 '한 장도막' 또는 '한 파수'라고 불렀고 그 간격이 5일이라 오일장이라 하였다. 장이 서지 않는 날은 '무싯날', 하루 전날은 '장안날'이라 하였다.

산업화 이전 농경 시대에는 말할 것도 없었을 테고 90년대 이후 농촌인구가 급감하기 이전의 오일장은 농경의 진솔한 삶의 정취가 강하게 묻어나는 곳이었다. 텃밭에서 가꾼 채소며 들에서 거둔 곡식들을 내다 팔고 필요한 것들을 살 수 있는 물물교환의 장이었고 우연히 오고가는 사람들을 만나고 그래서 자연스럽게 안부를 나누고 물을 수도 있었던 길이었다. 출가외인(出嫁外人), 그 한계의 엄중함으로 가까운 이웃 마을로 시집을 가도 친정에 자주 오갈 수 없었고 전화도 귀한 시절이었다. 오고가며 사교활동도 하고, 각종 정보가 유통되는 곳이기도 했으니 단조로운 농촌생활에서 잠시라도 여유를 갖고 한눈을 팔 수 있는 시공간이었던 셈이다.

장날이면 가끔 천막을 치고 공연하던 서커스단이나 장꾼들을 꼬이기 위한 약장수들의 즉석공연은 대중문화의 한 갈래이기도 하였고, 늘 바쁜 일상이나 흙 속에 묻혀 살던 농민들이 일상의 여유를 다소나마 가질 수 있는 날이었다. 한편으로는 상대적인 궁핍을 드러내보이던 안타까움이 자리하고도 있었다.

몇 날 며칠을 졸라 어머니를 졸라 장에 나선 길의 풍경이 아릿하다. 그 풍경은 영락없는 영화 〈십계〉의 한 장면이었다. 모세의 인도에 따라 홍해의 물길을 가르며 애굽의 핍박을 피해 가나안으로 향하던 유대인 무리처럼 소나 염소를 끌고 온갖 곡식이며 채소를 머리에 이거나 지게에 지고 좁은 우마차 길을 가득 메워 강물처럼 사람들이 흘러가던 길이었다. 그러나 사람들은 하나둘 고향을 떠나기 시작했고 그렇게 숱한 사람들이 다니던 그 길은 이제 풀숲에 덮여 찾아내기가 힘들어졌다.

아직도 광천은 새우젓과 김으로 유명하다. 오늘날처럼 교통이 발달하기 전 천수만에서 잡힌 물고기 등 해산물들이 집산되는 고장이었으니 독배로 몰려든 생선들이 차고 넘쳐 생선을 염장하기 시작했을 테고 이렇게 새우젓 등 젓갈류가 만들어졌을 것이다. 절기상 유월 망종이 지나면 밴댕이 파는 생선 장수들이 마을을 돌아다녔다. 그때는 밴댕이가 얼마나 많이 잡혔던지 겉보리 한 말이면 한가득 생물의 밴댕이와 바꿀 수도 있었다. 밴댕이는 젓을 담거나 말려서 조려 먹기도 했는데, 짭조름한 그 조림 국물에 싸먹는 상추쌈은 별미였다. 오래 세월이 흘러 그 흔하디흔했던 밴댕이를 귀하게 회로 먹는 모습은 생소했다. 김장철 김치를 담그기 위한 젓갈용이나 조림용으로나 알고 있었기 때문이었다. 이른 봄의 주꾸미와 모내기철 갑오징어도 흔한 것이었다. 갑오징어는 당시 서해안에서 주로 잡혔던 어종이었다.

서수남과 하청일이 불렀던 '팔도유람' 가사에서도 '서산 광천 홍성에 어리굴젓'이라 했듯이 천수만 갯바위에 흔했던 자연산 굴은 임금님 수라상에 오를 정도로 별미였다. '굴을 따랴 전복을 따랴' 대규모 간척지 공사로 물길이 막혀 정겨운 갯마을들도 사라져 갔다. 가실거리던 그 맛이 아련하지만 천수만에서 나던 김 또한 완도 등 서남해안에서 나는 다소 두터운 김의 맛과는 비교할 수도 없던 특별한 미각은 추억으로만 남게 되었다.

오서산 아래 금광도 있었으니 돈이 도는 곳이었다. 그러니 '광천 가서 돈 자랑하지 말라'는 말이 나돌 만큼 그 위세가 대단했던 것이다. 당시 화교학교도 있었으니 주로 요식업이었겠지만 화교들도 많이 정착해서 살았다는 징표였다. 그렇듯 전국의 3대 장날에 들었다는 것은 전설처럼 옛이야기 속에나 나오는 것이다. 그러니 그와 나는 광천 출신이라는 한 두름으로 묶일 수가 있는 것이다. 장에 가신 어머니를 기다리는 날처럼 아릿하게 과거의 향수를 그리워하듯이.

장황한 듯 장항선과 광천장날을 이야기했다. 이제는 나와 같은 광천 출신인 그의 이야기를 해야 한다. 그의 이야기를 시작하기 전에 꼭 인용하고 싶은, 진도에서 그림을 그리시는 분이 나에게 선물처럼 전해주셨던 말이 있다.

"재능은 천재를 만들지만 세월은 대가를 만든다."라는. 글을 쓰면서 가끔은 자신의 한계를 인식하듯 시험에 빠지기도 하면서 내가 우물거리는 말이지만 마치 나뿐만 아니라 그를 위해서 지어내거나 만든 말인 것만 같다고 생각했을 것이다. 그 세월 속에는 광천이라는 태를 묻고 그가 자라난 고장이 있고 그가 지나야 했던 긴 유랑의 세월만 있는 것이 아니라 그의 아버지가 내려준 세월도 있었다.

그의 아버지는 근동에서 최고의 '장구재비'였다고 했다. 정월대보름이나 광천 읍내에 무슨 축제나 행사가 있을 때마다 단골로 앞장섰다. 예나 지금이나 아무리 촌놈들이라도 그 또래의 아이들이라면 그런 아버지를 결코 자랑스러워만은 하지 않을 세태였다. 그는 아니었다. 부끄럽고 창피하다는 생각은 하지 않았다. 오히려 그런 아버지가 자랑스러웠다. 되레 신바람이 나서 아버지 뒤를 졸졸 쫓아다녔다. 아버지가 정월 초이틀부터 대보름까지 동네 경비를 마련하려 광천 읍내 집집마다 걸립(풍물패가 축원 액풀이 등을 해주고 돈과 곡식을 얻는 일)을 다닐 때도 마찬가지였다. 밥 안 먹어도 배고픈 줄 몰랐고, 해가 기울어도 시간 가는 줄 몰랐다.

아버지의 추억만으로 그가 가진 "끼"를 온전히 단정할 수는 없다. '광천(廣川)'이라 했듯이 그가 살던 마을에서 천수만으로 흘러드는 내가 있었고 뚝방도 내를 따라 내려갔다. 마을 건너에는 단순하게 산(山)의 모습으로 우뚝 오서산이 서 있었다. 후에 그를 만났을 때 그런 이야기를 했다. 오서산을 민족의 영산이라는 백두산과 동급의 신령한 산이라고 생각한다고, '보령이나 청양 쪽에서 보면 결코 광천에서 보듯 그 기운이 솟아오르지 않는다.'고.

언제부턴가 갯물이 들고 날 때마다 짭조름한 갯내음과 새우젓 냄새가 뚝방을 따라 지나가면 태평소 부는 소리가 바람을 타고 마을로 들어왔다. 마을 풍물패에서 태평소를 부는 아저씨였다. 그 아저씨는 해가 질 무렵이면 그 뚝방에서 태평소를 불곤 하셨다. 동무들은 그 소리를 싫어하듯 모두 그 곁에 다가서지 않았지만 그가 풍물패의 아버지를 자랑스럽게 따라다녔듯 그 아저씨의 곁을 맴돌았다. 그러니 그는 마을의 아이들 중 유일하게 그 아저씨의 열성 팬이었다. 아저씨가 내는 소리는 구슬프기가 이루 말할 수 없었다. 듣는 이들의 가슴을 쓸어내리게 했으니 어린 그도 마찬가지였다. 그 감상에 빠지듯 애간장이 녹고 가슴속이 아리고 저절로 눈물이 글썽거렸다. 그 태평소 소리가 들리면 밥 먹다가도 자리에서 일어나 아저씨한테 달려가곤 했다.

그가 살던 마을에서는 해마다 정월 초이틀이면 마을 사람들이 모두 모여 뒷동산에서 당제를 지냈다. 마을의 안녕이나 풍년을 기원하는 의미였을 것이다. 어린 그에게 당제의 의미도 순서도 막연하고 지루했지만 감겨들었던 풍물 소리는 그의 가슴을 후비고 들었다. 뿌듯함으로 자랑스러운 아버지도 마찬가지였다.

　농경 공동체의 유구한 역사 속에서 굳건하게 버티며 우리 민족의 가슴에 살아 숨 쉬는 혼으로 자리매김해왔던 소리들, 농사철에는 흥을 돋우어 바쁜 농사일의 고단함을 달랬고, 동제 때는 축원의 마음을 풀어냈고 명절 때에는 오락으로 전승해 왔으며 마을의 화합과 안녕을 기원하는 민속축제였다. 그 소리들에 가까이 다가가면서 그의 정서 속에 깊게 배어들었던 것이다.

　그는 초등학교 5학년이 되면서 중학교를 마치고 고향을 떠날 때까지 소리들을 따라 하기 시작한다. 아침 해가 오서산을 넘기 전이라 어스름한데다 공동묘지였으니 무섭기도 했지만 뒷동산에 올라 소리를 질러댔다. 명목이야 웅변 연습을 한다는 이유였다. 중학교를 졸업할 때까지 하루도 거른 적이 없었다. 해마다 유월이면 반공 웅변대회가 있던 때였다. 당시 예산농고에서 열렸던 웅변대회에서 등수 안에 들 수 있었던 것은 그런 노력의 산물이었을 것이다. 뒷산을 오르내리는 길에는 대낮에도 피해다녀야 했던 상엿집도 있었지만 철따라 피고 지는 가지가지 꽃들도 보았을 것이다. 이른 봄이면 불타오르듯 진달래가 산등을 붉게 불들이고 오월에는 돌담불에 구름처럼 찔레꽃이 흐드러져 달콤한 향기도 바람에 날렸을 것이다. 오일장이 서는 하루 전날을 '장안날'이라 하였는데 그 장안날이면 아침부터 포구 쪽으로 밀려드는 흰옷 입은 장꾼들과 달구지들의 행렬이 장관이었다며 은연중에 장날을 기다리던 풍경도 마찬가지였다. 그가 부르는 찔레꽃의 설운 듯 긴 여운은 거기에서 싹을 틔웠을 것이다. 여름에는 개망초꽃이 밭둑성이며 못 등가에서 하얗게 피고 갈에는 억새며 갈대꽃이 서걱거리며 구슬피 울어대듯 피어나 하늘거리던 곳이었다.

'만장하신 학우 여러분' 소리를 높이고, '엄마가 섬 그늘에 굴 따러 가면' 동요를 불렀다. 그렇게 한두 시간 뒤죽박죽 '노래 반, 소리 반'을 질러대면 뚝방 너머 들판에 안개가 스르르 걷히고, 동네 아침밥 짓는 냄새와 큼큼한 갯물 냄새가 산을 올라오면 산을 내려가곤 했던 것이다.

오 일마다 영락없이 돌아오는 장날이었지만 기다렸던 광천장날이면 뚝방길엔 미어터지듯 장꾼들이 오가고 어린 그도 장꾼으로 그 틈에 끼어들었다. 장마당엔 약장수며 가설극단의 광대 뜨내기들이 수시로 들락거렸다. 그네들은 우르르 몰려왔다가 한판 거방지게 놀고 휑하니 사라지곤 했다. 그는 그들 주위를 뱅뱅거리거나 꽁무니를 따라다니며 가슴속 주체할 수 없이 차고 넘치는 흥을 가슴속에 쌓아갔다.

뚝방길에는 가끔 꽃상여도 지나갔다. 망자의 저승길을 인도하듯, 망자의 살아생전 켜켜이 쌓인 한과 설움을 요령 소리에 맞춰 토해내는 선소리꾼의 소리를 따르며 그는 애간장을 녹이듯 청승스러웠고 애달픈 곡조에도 빠져들었다. 이승을 떠나는 자가 살아온 삶의 회한과 고백, 영가를 위한 진혼곡이었고 망자를 장지까지 무사히 모셔야 하는 특별한 노역길에 나선 상두꾼들 자신을 위한 노동요이기도 했을 것이다.

저승길이 멀다더니 죽고 나니 저승이요
북망산천 멀다더니 대문 밖이 북망일세
이제 가면 언제 오나 원통해서 못 가겠네

'어~허'로 이어지며 상두꾼들은 선소리에 후렴을 붙이며 발을 맞췄고 뒤따르는 상제들은 곡을 이어갔다. 상여는 상두꾼들의 발 놀임 따라 춤을 추듯 흘러가고 상여 뒤를 따르는 호상꾼들도 요령잡이의 선소리에 저마다의 슬픔을 삭이며 지나온 삶을 돌아다보고 미구에 닥칠 자신의 운명도 내다보아야 했다. 강물처럼 흘러가는 행렬 속에서도 그는 가슴속의 한과 막연한 두려움을 녹여내는 소리의 아름다움을 보았을 것이다. 후에 그는 그런 이야기를 했다.

"흔히 즐거울 때 노래가 나온다 하지만 슬플 때 하는 게 진정한 노래"라는 것을. '사랑한다고 말할 걸 그랬지'(〈님은 먼 곳에〉), '실없는 그 기약에 봄날은 간다'(〈봄날은 간다〉), 다 '간다'는 것이니 전부 진혼곡, 만가(輓歌)라는 것, 살아있는 사람들을 즐겁게 해주는 것도 중하지만 죽은 사람들을 위로하며 떠나보내는 것 역시 노래만이 할 수 있는 일 중 하나란 것도 말이다. 스스로 '광대'이자 '굿쟁이'라 칭하는 그에게 유독 〈하늘 가는 길〉이나 〈황혼길〉〈귀천〉 같은 진혼곡이 많은 것도 어린 시절 가슴속에 저민 그 풍경들이 녹아든 연유였을 것이다.

그때 그의 소리에 대한 열망은 거기까지였다. 그러나 그가 빠져들었던 그때의 그 소리들이 없었더라면 오늘날 소리꾼이라는 대단한 칭호는 아마 없었을 것이다.

중학교를 마치고 그는 서울로 간다. 당시로는 아무나 떠날 수 없는 것이었으니 요즘으로 치면 유학이었다. 그의 아버지는 열다섯 어린 아들을 낯선 서울로 보내며 아마 그렇게 말했을 것이다.

"아들아! 서울 가거든 집 생각은 말고 공부 열심히 하여 자리를 잡아라. 부모 걱정은 하지 말거라. 아무쪼록 너만 몸 성하고 배불리 먹고 잘 살면 된다."고. 그렇게 당시 명문이었던 서울의 상업학교에 들어갔지만 그는 천성적으로 상업적이지 못했다. 숫자나 셈엔 젬병이었다. 같은 반 친구들이 주산 2, 3단을 놓을 때 그는 기껏 2급 실력밖에 되지 않았다. 당시 상고생이라면 은행에 입사하는 것이 최고의 꿈이었던 시절이었다. 전국에서 한다 하는 상고생들이 다 몰려들었을 때였고 그도 은행 시험에 응시했지만 여지없이 미끄러졌다. 당시 실업계 고교 3학년 2학기가 되면 시험을 치고 현장실습을 나갔다. 그는 은행에는 가지 못하고 보험회사에 입사한다. 그것도 감사하다고 해야 하나, 그는 그 회사 수금과에서 많은 여성 모집인 직원들과 함께 군 입대 전까지 그럭저럭 사회생활에 적응해갔다.

절망의 벽에서
희망의 노래를 부르다

　어린 시절 그의 가슴속 깊이 노래에 대한 신명이 열망으로 들어차 있었지만 가수가 된다거나 하는 거창한 생각을 해본 적이 없었다. 그 냥 노래가 좋아 단 한 번도 그 끈을 놓지 않았을 뿐이었다. 첫 직장에 들어가자마자 매달 월급의 반을 털어 낙원동의 가요학원에 다닌 것도 그랬다. 그는 그곳에서 3년 동안 코드, 발성 등 모든 것을 배웠다. 남 진의 〈가슴 아프게〉 하나 가지고 일주일 동안 연습한 뒤 그걸 녹음해 들어보는 식이었다. 입대 직전엔 〈대답이 없네〉라는 트로트 풍의 노 래도 한 곡 취입했다. 두 달 월급이 들어갔다. 남의 곡 뒤에 양념으로 슬쩍 끼워넣은 것인데, 지금 들어보면 엄숙하게 애국가를 부르는 것 같았다고 했다.

　어쨌든 그다지 마음에 없던 직장생활 중에도 노래에 대한 끈을 놓지 않았고 군에 입대하면서 그 열망과 이력으로 향토사단 문선대에 갈 수 있었다. 내가 완도에서 해안중대장에 이어 사단사령부에서도 근무했 던 31사단이었다. 문선대에서 근무할 수 있게 된 것은 행운이었지만 막상 자대에 가보니 고참 하나가 노래를 기가 막히게 불렀다. 단순하게 트로트 하다가는 군 생활 내내 죽을 쑬 게 뻔했다. 그는 방향 전환을 시도했다. 6개월 동안 죽어라 연습해서 세미트로트인 〈봄비〉〈마음은 집시〉〈딜라일라〉〈최진사댁 셋째 딸〉 등을 불렀다. 결국 제대할 땐 그가 무대의 '라스트'로 설 수 있었다. 공연을 보았던 여학생들이 '문선대 봄비 아저씨'에게 팬레터를 보낼 정도였다는 것은 사족이리라. 그러고 보니 '봄비'의 역사는 오래된 거였다.

거기까지는 그런대로 흘러가는 인생이었다. 삶의 문제라기보다는 하여튼 군에서 제대한 이후부터 삶은 녹록지 않았다. 먼저 그가 다니던 회사가 사라져 복직을 할 수 없었던 이유도 있었을 것이다. 회사가 사라진 데는 당시 수출산업 중심으로 성장해오던 우리 경제를 흔들었던 '1차 오일쇼크'의 여파가 한몫했을 것이다. 1960년 결성된 석유수출국기구(OPEC)가 1973년 10월부터 1974년 1월까지 석유가격을 갑작스럽게 약 3배 이상 인상함으로써 발생했던 엄청난 파동이었다. '오일쇼크'라 불린 기간 동안 물가의 급등, 수출신장의 둔화, 무역수지 악화, 경기의 후퇴 및 실업증대 등의 현상이 나타났다.

그 뒤부터 그는 무려 15개가 넘는 직업을 전전했다. 무역회사 일신직물에서 신용장 개설 업무를 1년 동안 본 것을 시작으로 중소 여우 털 가공업체 무역업무, 서울 을지로 인쇄골목의 인쇄용지 판매업체 사원, 금성알프스전자 영업사원, 가구점 점원, 가구납품업체 운영, 다시 가구점 점원, 행동과학연구소 경리과장, 세운상가 발광다이오드업체 점원, 복덕방 직원, 해수욕장 포장마차, 독서실 운영, 무역상, 카센터 사무장까지, 조국근대화 시절에 평생직장은 대부분 당연시했는데, 그러나 그는 그 미덕을 향유하지도 못했다.

　뭐 하나 제대로 되는 것이 없었다. 그보다는 그의 잠재된 신명을 부추길 수 있는 일을 찾지 못했다는 말이 맞을 것이다. 부초처럼 물 위에 떠 흐르는, 땅에 뿌리를 내리지 못한, 결국 '뿌리 없는 인생'이었다. 그저 어릴 적 소리와 가락이 몸에 배어 있어 본능적으로 사회생활 틈틈이 단소, 피리, 대금, 태평소를 배웠을 뿐이다. 떠 흐르는 그를 지탱해주는 버팀목 같은 존재였을 것이다. 그가 마침내 자신의 세계로 돌아오기 전, 매제가 운영했던 서울 강남구 신사동 중국성 옆 카센터 시절엔 말이 사무장이지 완전 허드레꾼이었다. 세차, 바닥 청소, 심부름 등 닥치는 대로 일을 해야 했다.

　그는 손님의 자동차 문을 여는 순간 한눈에 어떤 부류의 사람인지 알아볼 수 있는 경지를 가지게도 된다. 차 안에 비치된 카세트테이프를 보고 나이, 직업, 취미, 성격까지 훤히 꿰뚫었다. 자신만의 기준이었지만 내심 클래식 테이프가 보일 땐 85점, 국악이나 재즈 테이프가 있으면 90점을 줬다. 그러다가 자연스럽게 국악, 재즈 애호가 손님과 대화가 이뤄지기도 했다. 일은 하면서도 마음은 전혀 딴 데 있었던 것이다.

　그렇게 나이가 사십대를 넘어서고 그는 이게 아니다 싶었다. '이게 아닌데… 이렇게 살면 안 되는데…' 하는 생각이 비수처럼 가슴을 찔렀다. 그래서 '좋다, 딱 3년만 태평소에 목숨을 걸어보자'고 다짐했다. 그 뒤 미친 듯이 연습을 했다. 주위에서 시끄럽다고 할까 봐 한강시민공원으로 빠지는 잠실 토끼굴에서, 이불 속에서 불고 또 불어댔다.

　그 이듬해엔 이광수 사물놀이패와 함께했다. 양념에 불과했지만 그를 끼워줘 얼마나 고마웠는지 모른다. 그저 밥만 먹여줘도 행복했다. 그는 '공연 뒤풀이의 꽃'이었다. '봄비'를 부르면 사물놀이패 모두가 배꼽을 잡으며 엎어지고, 고꾸라지고, 자지러졌다.

장사익, 그만의 창법이라 해야 하나, 노래를 시작하는 데 가장 큰 영감을 준 사람은 김대환 선생이라고 했다. 박자가 없다. 열 손가락 사이사이마다 채를 끼우고 북을 쳤다. 그냥 막 치는데 그게 다 음악이었다. 프리 뮤직이다. 국악판 따라다니며 태평소를 불던 시절, 연주 때나 뒤풀이 때 꼽사리 껴서 그들과 같이 놀았다. 목청은 좋고 노래도 좀 했으니까 서슴없이 어울려 놀았다. 선생이 그를 눈여겨봤는지 앞으로 불러 노래 한번 해보라고 했다. 동요 '송아지'를 불렀다. 듣다 말고 "박자 맞추지 말고 다시 불러보라"고 하셨다. 다시 불렀더니 "야, 속으로 박자 세고 있잖아!"라고 역정을 내더라. 깜짝 놀랐다. 그때 깨달음이 왔다. '아, 이거구나…' 싶었던 날이었다. 박자를 놓는 그만의 소리는 그때부터 만들어졌다. 틀에 갇히지 않은 돌연변이 같은 소리여서 오히려 묘한 호응을 얻었다. 늘 변하는 소리여서 완제품이랄 것이 없다. 때마다 다르다. 이야기하듯 서사를 풀어내는 그의 소리는 따로 악보를 만들 필요도 없다.

그가 천국으로 오르는 계단에 발을 디딘 것은 1994년 전주대사습놀이에서였다. 당시 그는 장원을 했던 금산농악패의 태평소 멤버로 참가했는데 심사위원이던 대금 명인 이생강 선생으로부터 '소리 참 좋다'는 칭찬을 받았다. 그 순간 그는 가슴이 떨리고, 숨이 막히고, 행복감에 가슴이 빠개질 것 같았다. 서태지와 아이들이 부른 '하여가'에서 태평소를 분 것도 바로 그 무렵이었다.

그는 어릴 때부터 루치아노 파바로티를 최고의 서양 소리꾼으로 꼽았다고 했다. '베스트 18' 카세트테이프를, 20년 동안 매일 아침마다, 밥알을 꼭꼭 씹듯 따라 불렀다. 파바로티를 존경하는 이유를, 그렇게 연습해야만 했던 이유를, 그는 유난히 길게 설명했다.

"내가 전공자가 아니고 음악으론 무학이라지만, 코르위붕겐 악보 공부도 했고, 발성 연습도 한 사람이다. 작곡만 몰랐지 나머진 다 해봤으니 기본기는 있었던 거다. 더 깊게 공부하진 못했지만 그때 경험이 몸속에 녹아 있다. 국악을 한 것도 녹아 있고 가요를 한 것도 스며들었을 거다. 뭐든지 그냥 저절로 갑자기 되는 건 아니라는 얘기다. 그러니 교육은 필요하다. 창의적 천재성이 중요하긴 하지만, 아무 경험이나 도전 없이 좋은 결과를 내기란 힘들다. 기본기도 경험하고 끝없는 실험을 해봐야 맛을 제대로 안다. 피카소 같은 미술 대가들을 보자. 눈을 위아래로 여기저기 뒤죽박죽 갖다 붙인다. 나라도 하겠다, 생각하기 쉽다. 그렇지만 그 사람이 점 하나를 찍기 위해 수만 번 생각하고 수천 번 연습했으리라는 걸 알아야 한다. 피카소도 이두식 선생도 데생을 엄청 잘한다. 그런 기본기가 있고 나서야 추상으로 가더라도 영감 있는 작품이 나오는 거 아니겠나. 나도 물감을 쫙 짜서 뿌리면 작품이 될 듯해서 해봤는데 영 아니더라. 뭔가 비어 있다는 걸 나는 안다. 노래도 마찬가지다. 교육이나 경험이나, 그런 과정이 없었다면 뭔가 비어 있는 듯하고 남들한테 잘 보여도 스스로 용납이 안 됐을 것이다. 갑자기 나오는 건 없는 것 같다. 기본과 과정이 축적되어야 뭔가 채워지고 나오는 거다. 벼락같이 뜬 건 갑자기 사라진다.

파바로티 음악은 이름 알 만한 성악가 누굴 갖다 붙여도 게임이 안 된다고 생각했다. 거기엔 끈질긴 발성이 뒷받침돼 있다. 사람마다 성음이라는 게 있다. 목구멍에서 나오는 성음은 다 다르다. 타고나는 건데, 그래서 이미자나 조용필 같은 가수의 매력적인 성음은 아무도 똑같이 따라 할 수 없는 거다. 그런데 그 음색이 아무리 잘해도 매력이 없는 게 있다. 반대로 멋지지 않아도 매력 있는 성음이 있다. 얼굴도 그렇지 않나. 잘생겼다고 무조건 매력 있는 거 아니다. 결론은 성음은 계속 훈련돼야 한다는 것이다. 훈련을 해야 안정되고 매력도 더해진다. 깎을수록 영롱하고 예뻐지는 보석처럼, 성대도 갈고닦아야 한다고 생각한다. 사람의 지혜와 노력은 계속 필요하지 않겠나. 노래는 특히 사람 냄새가 나야 한다고 본다."

그리고 마침내 그해 11월 홍대 앞에서, 가수로서 소리꾼 데뷔공연을 가졌다. 아우처럼 지내던 '피아니스트' 임동창의 부추김이 큰 힘이 됐다. 그는 "형, 나가! 나가봐! 한번 저질러봐!"라며 자꾸만 등을 떠밀었다. 노래 〈찔레꽃〉도 순전히 그의 부추김 덕분이었다. 100석 정도의 조그만 공연장에 이틀 동안 무려 800여 명이 들어찼다. 완전 대박! 너무너무 행복했다. 마흔다섯에 마침내 '늦깎이 가수'가 된 것이다.

그해 1994년은 '터질 것은 다 터진 해'였다. 김일성이 죽고, 성수대교가 무너지고, '서태지 대통령'과 농구대잔치 '이상민 오빠부대'가 열광했다. 김건모 〈핑계〉와 영화 〈태백산맥〉이 인기를 끌고 있었다. 그는 그 아수라 세상의 틈새를 비집고 삐죽이 연둣빛 싹을 틔워 올렸다. 딱 2년 뒤인 1996년 11월 세종문화회관에서 단독 콘서트를 열었다. 그리고 20년의 세월이 흘러 다시 세종문화회관에서 데뷔 20주년 공연마당을 펼친다.

찔레꽃

그는 태평소로 음악의 이정표를 세운 셈이었다. 아마도 어릴 적에 가까이하고 좋아했던 것이 다시 태평소를 시작한 계기가 되었을 것이다. 거의 노숙자 지경에 다다를 정도로 객지 생활이 힘들었을 적에 가장 먼저 생각난 것이 태평소였다. 그때 깨달은 게 있다면, 정말 목숨을 내어놓고 하면 되지 않을 일은 없다는 것, 알아주지 않을 이가 없다는 것이다. 어떤 일이든 3년만 정성 들여 해보면 그 분야의 전문가가 될 거다. 그러면 인생이 달라진다는 것을 몸소 체험했던 것이다. 그의 잠재된 신명을 찾았다는 말이 맞을 것이다.

그의 이름은 생각 '사(思)'에 날개 '익(翼)'을 쓴다. 그의 아버지가 길거리에서 누군가에게 받은 이름자라는데 참 맘에 든다고 했다. "생각이 많아서 날아다녀요. 땅에 안 내려가, 현실적이지 않은 거요"라며 현실을 벗자 비로소 '나'를 찾았다는 것이다. "꿈이 높아서 직업에 적응을 못한 거예요. 다 때려치우고 내가 하고자 하는 걸 전력투구하니까 되더라고." 매미가 7년 내지는 더 많은 세월을 굼벵이로 보내고 나서야 날개를 단 매미가 되듯, 모진 현실을 굼벵이처럼 땅속을 기듯 떠돌고 서야 비로소 가수가 된 셈이다. 여느 가수들과는 정반대다. 숱한 가수들이 꽃처럼 피었다가 지고 말았지만 대중가수로서 그의 긴 생명력은 차별성, 그의 독특함에 있는 것이었다.

"노래란 인생을 얘기하는 거예요. 젊은 가수들은 경험이라곤 사랑과 이별밖에 없잖아요. 저는 인생 굽이굽이를 돌았지요. 말이 그렇지 열다섯 번이나 잘리고. 하하하. 쓰러져도 일어날 수 있는 힘을 알게 모르게 비축하고 나서 가수가 된 거예요."

열여섯 번째 직업으로 가수가 된 그는 웃음이 참 많다. 자연스럽게 얼굴에 주름이 팼다. 손녀가 "할아버지 얼굴에 왜 그렇게 줄이 많아?" 물었을 때 그는 이렇게 대꾸했단다. "저기 나무 있잖어. 봄 여름 가을 겨울 지나면 나무도 몸 안에 줄이 하나씩 생긴다. 너도 저 나무처럼 몸속 어딘가에 줄이 있을 겨." 그는 "주름살은 인생의 계급장"이라며 "추한 게 아니라 잘만 쌓으면 아름답다"고 했다.

그의 노래 중에 〈찔레꽃〉은 그가 가사를 쓰고 곡도 만들었다. 가사도 멜로디도 단순하다. 찔레꽃 향기가 슬프다는 생각은 단연코 누구나 할 수 있는 생각이 아니다. 작위적인 듯하지만 그렇지만도 않다. 보릿고개를 넘던 농경의 정서를 가진 자만이 읊어낼 수 있는 가락이다. 오가는 이 보거나 말거나 독담불에서 피어나는 꽃이지만 그 향기는 청초하듯 달콤하다. 순을 꺾어 배를 채우던 오월의 들판에 피어나는 찔레꽃은 그 꽃 자체만으로도 이런저런 상념을 불러들이는 것이다. 그가 찔레꽃을 말했다.

"〈찔레꽃〉은 내가 아주 힘들고 어려웠을 적에 만들었다. 너무 힘들었을 때, 더 내려갈 데도 없을 때였다. 5월 중순이 되면 아파트 주변에 빨간 장미꽃이 피는데 늘 화려한 덩굴장미를 보며 다녔는데, 어느 때인가는 달콤한 꽃향기가 나는 거다. 그래서 난 당연히 장미꽃에서 나겠지 하고 가서 냄새를 맡았어. 냄새가 안 나는 거다. '어? 어디서 날까?' 하면서 꽃을 찾았지. 그 향기가 나는 꽃은 그동안 눈여겨보지 않았던, 잎사귀도 소박하고 꽃도 소박한 찔레꽃에서 나는 거였다. '아! 이게 바로 내 모습이고 세상 살면서 변두리에서 서성대는 우리 소시민의 모습이구나!' 아름답다고 보았던 장미에서는 향기가 안 나는데 눈여겨보지 않은 하잘것없는 꽃에서 향기가 나는구나. 이게 진정한 향기가 아닌가. 찔레꽃은 앞부분에서는 조용히 가다가 뒷부분에서 폭포수처럼 서럽게 울어 재끼는데 시도 아니고 그냥 내 마음의 편린을 그렇게 표현한 거다."

〈꽃구경〉도 마찬가지다.

"어머니 꽃구경 가요/ 제 등에 업히어 꽃구경 가요"로 시작하는 노래 〈꽃구경〉은 "산자락에 휘감겨 숲길이 짙어지자/ 아이구머니나/ 어머니는 그만 말을 잃더니/ 한 움큼씩 솔잎을 따서/ 가는 길 뒤에다 뿌리며 가네"로 이어진다. 그리고 마무리는 이렇다. "어머니 지금 뭐 하나요/ 솔잎은 뿌려서 뭐 하나요/ 아들아 내 아들아/ 너 혼자 내려갈 일 걱정이구나/ 길 잃고 헤맬까 걱정이구나".

나이 든 부모들이 거동이 불편하거나 치매기가 보이면 대개는 요양원이나 요양병원으로 보낸다. 그렇게 말하기가 불편하지만 현대판 '고려장'이랄 수 있다. 원죄처럼 자식들은 그것에서 자유롭기가 힘들다. 그 힘든 자식들의 마음을 휘젓는 것이다. 그가 일부러 관객들의 급소를 찌르듯 그런 것은 아니지만 그는 그렇게 공감을 나눈다는 의미다. 그는 말한다. "해외 공연을 가면 교포들이 그 노래 듣고 펑펑 울어요. 심란하다고. '꽃구경'을 빼면 이렇게 항의해요. '무슨 소리여. 나 울려고 왔어. 한바탕 울려고 왔어.' 그분들 대부분이 성공하려고 부모와 떨어져 모국 떠난 사람들이잖아요. 우리가 비극(悲劇)을 보는 이유도 그렇겠지요. 비 온 뒤에 세상이 맑아지듯이 다 울고 나면 개운해져요." 노래가 마무리되면 객석은 영락없이 눈물바다다.

그는 대중을 의식하지 않는 듯, 그러나 누구보다 대중을 의식한다고 봐야 한다. 애매하지만 본질이다. 그 길에서 그는 잔소리처럼 누군가의 조언을 듣는다. 처음 노래한 저녁, 뒤풀이에서 "인기를 끌려고 애쓰지 마라."는, 그 당시는 당연히 서운한 말이었다. 그러나 곰곰이 삭혔을 때 그 말은 '대중과 쉽게 영합하지 말고 네가 하고 싶은 음악을 해라'라는 말로 받아들여졌다고 했다. 그건 시류에서 어긋나고 벗어나는, 생존과 연관되는 어려운 일이었다.

그러나 두리번거리지 않았다. 세상은 즐겁고 아주 빠른 음악이 주류를 이루는데, 그 반대의 길에 섰다. 오히려 즐겁지 않고 아주 느린 음악, 그러면서도 틀에 박힌 음악도 아니다. 처음엔 사람들이 의아하게 생각했다. 노래에 맞춰 같이 손뼉을 치려고 해도 박수할 장단이 안 나오고 따라 부르려고 해도 따라 부르기도 힘들고 처음엔 이게 아니다 싶었는데, 10여 년 정도를 하다 보니까 사람들이 이제 노래의 호흡을 공유한다. 그리고 10년 전에 들어도 후에 들어도 같은 느낌, 그는 그 길을 벗어날 수가 없다. 다른 이가 하지 않는 음악, 자유롭고, 자유분방하고 어디에도 없는 음악의 길을 간다는 것이다.

그는 말한다.

"내 지나온 삶은 노래라는 집을 짓기 위해 나도 모르게 하나하나 벽돌을 쌓아온 흔적 같다. 그 당시엔 잘 몰랐지만 하루하루의 삶이 훗날 하나의 큰 건축물이 되었다. 마침 난 운명적으로 음악이라는 끈을 한시도 놓지 않고 있었다. 노래하기 전 나의 옛 사진들엔 웃는 모습이 거의 없다. 그 이후 사진에서야 비로소 환하게 웃는 얼굴이 보인다. 장석주 시인의 '대추론'에 전적으로 공감한다. '대추 한 알에 태풍 몇 개, 천둥 몇 개, 벼락 몇 개가 들어 있다'는 말을. 내 노래에도 시인의 말처럼 '무서리 내리는 몇 밤, 땡볕 두어 달, 초승달 몇 날'이 들어 있다고 믿는다."

그렇다. 그의 노래는 재즈와 국악과 가요를 넘나든다. 막걸리 소리의 대안 가수이자 토속 재즈싱어다. 구성져서 저절로 어깨가 들썩인다. 듣기만 해도 참 반갑고, 고맙고, 기쁘다. 두루마기 차림에 듬성듬성 희끗희끗한 수염. 어깨 살짝살짝 너풀너풀 여릿한 춤사위. 목울대가 터질 듯 부풀어오르며 음과 음 사이를 흥과 슬픔으로 진하게 버무린다. 그의 노래는 굳이 반주가 필요 없다. 한순간에 박자를 해체해 버린다. 바람 소리, 새 소리, 파도 소리, 이 세상 모든 소리가 반주다. 지국총지국총! 배 젓는 소리나, 왁자지껄 시장바닥 소리도 함께 어우

러진다. 광천 새우젓국 같은 소리가 때로는 걸쭉하게, 때로는 창자가 다 쏟아져 나올 듯이 배어나온다.

그는 평창올림픽 폐막식에서 애국가를 불렀다.

"요청을 받고 놀랐어요. 얼라, 이 쭈그렁뱅이한테? 애국가 모르는 국민이 어딨어요. 어떻게 부르느냐가 중요하죠. 나만의 맛을 담아 가공해야 합니다. 저는 애국가를 우렁차게 불렀어요. 외국인들이 들을 텐데 '이 나라 사람들 에너지가 이렇게 크구나. 함부로 하지 말아야겠다' 싶게요. 그리고 길이를 두 배로 늘려서 불렀어요. 아주 천천히, 우리나라 산천처럼 굴곡지게."

노래에도 뼈가 있다고 그는 말한다. 애국가처럼 온 국민이 다 아는 노래를 다르게 부르려면 자기만의 창법이 있어야 한다는 뜻이다. 그는 가끔 장례식에서도 노래를 한다. 김종필 전 총리의 장례식장에서도 노래했다. 그런 자리에서 유행가 중에 으뜸은 '연분홍 치마가 봄바람에 휘날리더라~'로 시작하는 〈봄날은 간다〉라고 했다. "〈봄날은 간다〉는 하나의 레퀴엠이에요. 그 상황에서 어떻게 부르는지, 그때 노래의 뼈가 나와요. 슬픔이 뚝뚝 떨어집니다. 그럴 땐 울어야죠. 가슴속 슬픔을 쓸어내리려면 슬픈 노래가 필요해요."

그는 2016년 초에 성대에서 혹을 제거하는 수술을 받은 적이 있었다. 그 후 8개월 동안 발성연습을 하며 다시 제자리로 돌아가는 길을 되찾아야 했다. 그 시련을 겪고 난 후 공연 제목이 '꽃인 듯 눈물인 듯'이었다. 김춘수의 시 제목이었다.

소월의 시를 포함하여 많은 시들이 노래로도 불렸듯이 그의 노래는 글자가 운율을 만나 입 밖으로 소리로 내어진다. 구절마다 선율을 타고 오르내리는 움직임을 좇다 보면 애써 설명하지 않아도 시가 곧 노래임을 알 수 있다. 마흔다섯에 노래를 시작한 그를 일약 스타덤에 올려놓은 〈찔레꽃〉(1995)부터 김춘수 시인의 「서풍부(西風賦)」의 구절을 따와 만든 8집 〈꽃인 듯 눈물인 듯〉(2014)까지 모두 시에 빚진 작품이다.

2018년에 발표된 9집 《자화상 七》은 보다 본격적인 시집에 가깝다. '산모퉁이를 돌아 논가 외딴 우물을 홀로 찾아가선 가만히 들여다 봅니다.'라고, 시작하는 윤동주 시인의 「자화상」을 가만히 흥얼거리다 만든 앨범이다. 그는 "6학년(60대) 때까지는 그런 생각을 못 했는데 7학년(70대)이 딱 되니까 자신을 되돌아보게 됐다"는 것이다. 최근 세 번째 성대 수술을 받았지만 그는 말했다.

"막연히 구십까지는 노래하지 않겠나 생각했쥬. 근디 야구도 9회전이고, 축구도 90분 뛰잖어유. 심판이 막 5분 남았다고 재촉하고. 2회전밖에 안 남았다고 생각항께 마음이 막 급해지면서 거울을 계속 보게 되더라구. 나는 대체 어떤 놈인가, 앞으로는 어떻게 살아야 허나. '자화상'에서도 글쟎어유. 한 사나이가 미워졌다가, 가엾어졌다가, 그리워지구. 결론은 내가 나를 사랑해야지 한겨."

하여 "지금도 내 눈시울을 뜨겁게 하는 / 그 시절, 내 유년의 윗목"(기형도의 「엄마 걱정」)부터 "이 맑은 가을 햇살 속에선 / 누구도 어쩔 수 없다 / 그냥 나이 먹고 철이 들 수밖에는"(허영자의 「감」) 등 마음속에 품고 있던 시들을 한 편씩 그러모았다. 개중에는 매일 아침 신문을 보며 스크랩한 시들도 있었고, 그가 시를 좋아한다는 것을 알고 팬들이 편지로 보내준 시들도 있었다.

그의 시 사랑은 유난해서 거실 기타 옆은 물론 화장실 창문에까지 빼곡하게 시가 적힌 종이가 붙어 있었다. "노래를 94년부터 했는데 그 한 해 전에 농악대를 하면서 전국을 돌아다니다가 좌도 시 동인회 사람들한테 시집을 선물 받았어유. '순대 속 같은 세상살이를 핑계로/ 퇴근길이면 술집으로 향한다 … 나는 술잔에 떠 있는 한 개 섬이다'(신배승의 「섬」) 같은 시가 내 얘기 같구 입에 척척 붙었쥬. 아무리 좋은 가사도 입에 안 붙으면 못하잖유. 근데 시는 오래된 김치처럼 먹으면 먹을수록 더 다양한 맛이 느껴지잖여. 단맛, 짠맛, 신맛, 쓴맛…. 짧지만 깊다고 해야 할지, 넓다고 해야 할지."

처음 성대수술을 받고 노래를 잃고 지낸 시간은 눈물이었고 다시 부른 노래는 꽃이고 행복이었다. 몸에 나이테처럼 흔적도 남았다.

"수술 후 목소리가 맑아졌지만 전처럼 파워풀하지는 않아요. 윗소리가 자신 있게 올라가지는 않고 가끔 뒤집어질 때도 있지요. 수술하고 쉴 때는 다리 부러진 마라톤 선수처럼 앞이 안 보였어요. 좋아질지 나빠질지 의사도 몰라요. 영영 노래를 못 하게 되면 운전을 해야 하나 경비를 서야 하나. 막막했어요. 노래를 잃어버리고 나서야 알았지요. 내가 세상에 나온 이유가 이거구나. 나한테 인생의 꽃은 노래구나. 노래를 대하는 태도가 달라졌어요."

음악을 하는 데 가장 중요한 것은 자연이라고 말한다. 자연 속에는 인간의 삶도 다 들어간다는 것이다. 봄, 여름, 가을, 겨울. 우리 집에 감나무가 있어서 가을이 되면 아침마다 감을 따먹는 재미로 사는데, 어느 날 감을 따서 아내한테 주면서 이렇게 말했다. "여보, 이거 내가 농사지어서 키운 감이야." 그랬더니 아내가 하는 말이, "아니 농사를 짓기는… 자기가 스스로 자란 것인데."라더라. '아… 자연은 스스로 이런 것을 주는구나. 내가 농사를 짓고 키우지도 않고 내가 해준 게 아무것도 없어도 이렇게 맛난 것을 주는구나!' 여름에는 또 그늘을 주고 봄에는 새싹을 틔워서 우리에게 힘을 주는구나. 그러면 과연 우리는 무엇을 줄 수 있는가. 우리 사람들 서로에게 무엇을 줄 수 있는가. 자연을 보면서 이런 것을 반성하게 된다. 또 사람들끼리 아옹다옹하며 살고 있는데 봄 여름 가을 겨울의 변화무쌍함을 보면서 많은 것을 배워야 하지 않겠나 생각한다. 그래서 자연을 주제로 한 노래도 많이 하고 있다고 한다.

소리꾼이라는 건, 그 자체가 풍류라는 것이다. 언젠가 그에게 내가 쓴 책을 한 권 보내주었을 때 그는 직접 쓴 편지와 '봄'이라는 붓글씨를 써서 보내준 적이 있었다. 그의 필체는 그의 노래만큼 자유로운 듯, 최근에 작품화하여 전시회를 했다고 했다. 무려(?) 70점을 냈는데 다 주인이 있었다고 했다. 이때 전시회 제목이 <낙락장서(落樂張書)>. '낙서를 즐기는 장사익의 글씨'라는 의미로 만든 제목이었다.

그 수익금은 유니세프에 전부 기부했다. 그는 앙드레김부터 이어받은 유니세프 홍보대사다. 배우 안성기 씨와 함께. 그만의 노래처럼 서

예도 마찬가지라는 거다. 혼자 하던 취미를 작품화했다는 거다. 손 가는 대로, 전통 서예는 대개 중국 문인의 글을 옮겨 한자로 적는데 그는 주로 한글을 적는다. 마음을 표현하고 공감하기에 훨씬 친근하다. 폼 잡지 않는 글이라 다들 좋아한다는 거다. 마치 낙서처럼. 자신이 좋자고 즐기는 글씨라는 거다. 누가 선물을 보내오면 예쁜 포장지가 버리기 아깝더라. 거기에다 글을 써서 다시 선물로 드렸더니 좋아들 했다. 마음을 글로 넣어서 선물하는 거다. 특별히 배운 게 없는데 그렇게 잘 쓸 수가 있냐고 물었을 때, 상업학교 다녔던 시절 펜글씨 수업을 받았던 이야기를 했다. 습자지에다 궁서체로 쓰는 것, 그는 거기까지 돌아갔지만 아무래도 그의 글씨도 그의 신명과도 같은 것이리라. 글씨를 쓴다는 건 황홀한 고통이라고 말했던 그. 고통스럽지만 즐겁지 않았다면 하지 않았을 것이다. 꿈을 꾸되 그 꿈으로 가는 길이 험하고 힘들어도 피하지 않고, 물 흐르듯 즐겁게. 그가 삶을 대하는 태도다.

내가 한때 마라톤에 심취했던 것처럼 그는 한때 마라톤을 했었다. 자신에게 주는 환갑 선물로, 모진 결심을 했던 거다. 5㎞ 코스부터 시작해 결국 중앙일보 마라톤에서 완주했다.

다시 광천으로

그의 이야기는 지면에 나온 것을 옮겨온 것도 있지만 그와 나는 연어의 모천과도 같은 광천으로 다시 돌아온다. 이렇듯 그와 나는 한 두름에 묶여있는 것이다. 글을 쓰고 책을 만들기 시작하면서 아홉 번 만에야 시집을 한 권 낸 적이 있었다. 제목은 『장터목』이었지만 그 부제는 '추동춘하 그 유예된 시간'이었다. 그 서문의 일부 내용은 이렇다.

'일 년이라는 시간의 범주에서 정해진 규칙처럼 네 번씩의 철이 바뀌고 그 순환고리에서 저마다의 생은 이어져왔다. 인간은 지상에 존재하는 모든 생명체처럼 자연과 별개가 될 수 없었고, 자연의 일부로 존재하면서 생을 이어왔고 이어가고 있다. 그 순환 속에서 이제 잊혀져가고 사라져가는 그립고 슬픈 아릿한 이야기들. 그립고 정겹던, 한편으로 조금은 애달픈 이야기들을 꺼내어 반추하면서도 현실을 견디고 살아나가야 한다.'라고.

찔레꽃을 보고 슬픈 정서를 공유한다는 것은 자연의 이치에서 크게 벗어나지 않은 삶을 살았다는 것이고 그 근본으로 돌아가면 고향 광천이 있고 광천장날이 있었다. 그와 내가 산등성이에 올라가면 바라볼 수 있었던 오서산도 마찬가지였다. 그는 백두산과 같은 급의 신령한 산으로 친다고도 했다. 서해안고속도로에서 광천 나들목으로 나오면 올려다 보이는 오서산, 부모님이 돌아가시고 고향 광천은 자꾸만 낯설 어가지만 대신 오서산을 보면서 위안을 가진다고 했다. 반가움으로 마 중을 나오듯 시장통의 짭쪼롬한 갯내음도. 광천이 예전의 명성과는 달 리 장항선이 지나는 여타 도시들보다 상대적으로 쇠락한 소읍의 모습 이지만 오히려 옛 모습을 지켜가는 것 같아 더 편안하고 반가운 마음 도 든다는 것도.

　제복을 벗고 사회생활을 시작하면서 국토종단을 실행한 적이 있었 다. 해남 땅끝에서 출발하여 백두산까지가 아닌 광천 고향 마을까지 미완성의 종단이었다. 무전(無錢)으로 짧은 기간에 도보로 오는 것이었 으니 웬만해선 엄두도 내지 못할 일이었다. 공기가 희박해지는 히말라 야 고산지대를 오르는 것과 같은, 숨이 조여드는 느낌이기도 한 압박 감을 피할 수가 없었지만 그 길을 나섰었다. 이만 원이면 민박집에서 하루 잠을 편히 잘 수도 있었지만 나와의 약속을 어길 수는 없었다. 창 끝처럼 보리꽃이 피는 남도의 밤길을 걷다가 농가 움막에서 새우잠을 잔 내 몰골이 행려병자 같았는지 컵라면에 물을 채워주던 손길도 있었 다. 채워진 물만큼이나 따뜻해졌던 마음도. 먼 밤길을 달려온 잊을 수 없는 친구, 나를 격려하기 위해 먼 길을 달려온 고마운 친구 앞에서 마 음이 흔들리기도 했었다. 미완으로 계획한 것이었지만 목적지인 광천 이 가까워지면서 다시 날은 저물고 새우젓 냄새가 짙게 다가들면서 파장 무렵이었다. 마지막 저녁을 해결해야 했다. 까까머리 중학생 시절 가끔 읍내 중국음식점 앞을 지나면서 늘 자장면 한 그릇을 먹고 싶다던 그 당시 절실했던 열망, 그러나 청년이 되어 고향을 떠날 때까지 그 기회는 오지 않았었다. 그 식당을 일부러 찾아갔다.

"빈손으로 먼 길을 걸어왔는데 자장면 한 그릇 얻어먹을 수 있겠습니까?" 주인의 대답을 기다리는 짧은 시간은 길고 멀었다. 주인은 나의 마음을 헤아렸던지 고개를 끄덕였다. 그 고마움을 잊지 않고 후에 두 번이나 찾아뵙고 인사를 드렸었다. 고향이란 것이 그런 것이 아니겠는가. 설령 거절을 당했다 하더라도 말이다.

장사익을 만나 이야기를 나누면서도 마찬가지였다. 박자와 형식에 집착하지 않고 그만의 가락을 만들었던 것처럼, 격이라는 것은 소박(素朴)함 속에서 절로 솟아 나오는 샘물 같은 것임을.

세월은 가고 또 오는 것이고 우리네 삶도 그러한 것. 빈손으로 두리번거리고 흔들리며 길을 지나왔던 것처럼, 그의 삶은 고단하기도 했지만 끝내 그 신명과 흥을 찾아 나섰고 그 신명과 흥을 많은 사람들과 나눌 수 있었다.

어린 시절은 설레었으나 강줄기처럼 구부러지고 비탈진 삶의 길을 유랑하듯 흘러가면서도 오랫동안 꿈꾸었던 길을 찾았으므로.

행여 지리산에 오시려거든

이원규

지리산

이십여 년, 더 이상 주둔할 영토가 되지 못할 군 생활을 마무리할 즈음, 방황의 그림자를 늘이며 혼자 전라선 밤차를 타기 시작했다. 그런데 왜 하필이면 전라선이었을까?

먼저 강을 만나고 산을 만난다는 기대, 곡성을 지나면서 섬진강을 만나 잠시 따라 흐르다가 지리산 깊은 골짜기로 숨어드는 느낌이어서도 그랬을 것이다. 하지만 낯선 곳으로 떠나겠다는 풀럭거리는 마음과 달리 야심한 시간에 동행도 없이 밤차를 타러 나가야 했던 몸은 불편함을 내보이곤 했다. '심신일여(心身一如)'라는 말은 그렇게 툴툴거리듯 어긋났다. 날이 바뀌고 새벽에 구례구역에 내려 첩첩한 지리산의 골짜기로 숨어들거나 향일암에서 눈이 따끔거리도록 바닷물에 젖은 해가 오르기를 기다리기도 했던 시절이었다.

자신에 대한 연민처럼 울분을 풀어내는 방편만은 아니었겠지만 산짐승처럼 단순해져 거칠게 지리산을 오르내렸고 다시 현실로 돌아오곤 했다. 사십대 중반에 직업을 바꾸어야 했고 불안했던 일상에도 흔

들리며 가파른 중년의 고갯길을 오르내리던 당시의 나에게 지리산은
어머니와 같은 산이었다. 어린 시절과는 다른 시선으로 어머니를 돌아
보듯 또 다른 눈으로 옛날 옛적의 소도(蘇塗)처럼 앙망(仰望)의 대상이거
나 숨어드는 공간이었던 셈이다. 당시 나의 마음을 읊은 시 한 수.

고향에 가면 어머니를 만난다는 설렘이 있듯이
구례에 도착하면 지리산은 언제나 어머니와 같은 자리
객지를 떠돌다가 저물녘 고향마을 동구에 들어서면
웅크린 초가 굴뚝에서 피어오르는 연기에 어머니를 건너다보듯
눈 내린 겨울날 그 길에 서면
만년이나 흰 눈을 이고 있는 듯
노고단을 올려다 본다

산을 오르다말고 길 가 암자에 깃들었던 밤
섣달 열이레 하현달이 산을 넘었으니
절집 처마의 풍경도 지쳐 잠들었는데
뒤꼍 시누대숲은 달빛에 바람을 흔들더니
나그네에게 말을 붙이려는 듯 창문을 기웃거린다

설핏 잠이 들었던가
본디 방의 주인이었던 듯 다가오는 급한 발소리
그 자의 해에 태어났으니 친한 척도 해야 하는 건데
눈을 마주치지 않으려고 방바닥을 두드렸건만

더 가까워지는 발소리에 하룻밤 방세를 물듯
배낭에서 간식을 꺼냈던 밤이 지나고

새벽 예불소리에 손을 모으고 어둔 산길로 들어가던 길
그나마 목숨이라도 부지하기 위해
이 길에 들었던 이들에게는
이 산길이 살 길이기도 하였을 건가도 생각했던 길
하현달은 섬진강을 건넜고 물소리가 졸아들면서
돌아다보는 숨소리도 쌓인 눈도 깊어지는 길
나뭇잎사이로 흔들리던 달빛들이 발걸음에 흩어지던 길

산을 넘는 여명의 빛에 사위어가며
그림자가 따라오던 길에
회한과 슬픔을 느린 내 그림자를 찬찬히 응시해보며
타인을 이해하거나 사랑한다는 것은
그 그림자까지 응시해야 한다고 나직이 되뇌었던 마음

코가 땅바닥에 닿도록 코재를 돌아 오르면
펼쳐지는 너른 설원과 솟아오른 봉우리
대피소 앞 마고할미에게 인사를 올리고
노고단에 올라 비로소 천지를 분간해보지만
반야봉을 휘감아 오르는 운무처럼 천지는 막연한 것을

산 아래에서 지고 올라온 허튼 욕망의 바람과
산하를 넘나드는 시린 바람에 흔들리며
잠시 노고단 돌탑아래 무릎을 꿇었던가
겨울 지리산이 그리워 그 길에 들었는데
숨겨온 그리움은 만나지도 못하고

한 번은 새벽에 구례구역에서 내려 화엄사까지 걷고, 다시 화엄사를
출발하여 노고단고개를 넘어 천왕봉까지, 장터목에서 반야봉 저녁노
을을 넘겨다보며 백무동까지 내려간 적도 있었다. 산등성이 물들던 단
풍이 바람이 되어 구르며 나목이 되어가던 늦가을쯤이었을까, 하루는
장터목대피소에서 묵게 되었는데 대피소에서 우연히 만났던 이가 한
번 읽어보라며 품속에서 쪽지 한 장을 나에게 건넸다. 헤드랜턴 불빛
에 건네준 쪽지를 펴들었다. 「행여 지리산에 오시려거든」이라는 제목
의 긴 시였다. 취한 탓이었을까, 마지막 연을 마치면서 나는 빈정거리
는 듯 기분이 상했다.

그대는 나날이 변덕스럽지만
지리산은 변하면서도 언제나 첫 마음이니
행여 견딜만하다면 제발 오지 마시라

쪽지를 다시 돌려주면서 그에게 물었을 것이다.
"이 자가 누구여요. 마치 지가 지리산의 주인이라도 되는 듯한 폼새
네요."

"아유 무슨 말을 그렇게 해요. 지리산에 왔으면서 그 시는 물론 그 시인도 모른단 말여요. 내용이 얼마나 좋아요. 나는 서울에서 출발하기 전에 한 번, 천왕봉에 올라 한 번, 돌아가면서 한 번, 꼭 세 번 이상을 음미하면서 소리 내어 읽어 보는데요. 이제는 외워서 읊을 정도가 되었고요." 그는 은근히 동조해주지 않는 낯선 자에게 마음이 상한 듯했는데, 약이라도 올리려는 듯 그의 표정을 살피면서 한마디를 덧붙였다.

"산은 산이고 물은 물일뿐이지 뭐 지리산이라고 특별한가요?" 그는 어이가 없었던지 쪽지를 받아 주머니에 넣더니 이내 돌아누웠다. 다음 날 새벽 천왕봉에 오르고 건너왔던 골짜기들을 내려다보면서 간밤에 읽었던 시구들이 주섬주섬 나에게 말을 걸며 새롭게 풍경으로 다가서고 있었다.

산을 내려와서는 그가 지나쳤을 길을 두리번거렸고 그가 처음 시로 집을 지었다는 『빨치산 편지』를 어렵게 구했다. 후에 그에게서 들은 이야기지만 원래는 '빨치산 아내의 편지'였다고 했다. 처음 정한 대로 하지 왜 제목을 바꾼 거지, 의아했다.

그리운 이, 아버지

누구나 태어나면서 처음으로 어버이를 만난다. 인지할 수 없는 사실이지만 엄마와 한 몸이었다가 또 다른 객체로 나뉘고 아버지도 만나게 된다. 먼저 어버이가 있었다기보다는 자식으로 태어나면서 동시에 만나는 것이다. 아버지는 씨를 내리고 어머니는 잉태하지만 먼저 합일을 이루어야 하고 자식이 세상에 나와야만 어버이가 될 수 있기 때문이다.

나에게 아버지는 대중가요 제목처럼 '가까이하기엔 너무 먼 당신' 그 자체였다. 굳이 프로이트의 학설을 인용할 필요조차도 없었다. 삶의 목표가 마치 아버지를 닮지 않겠다는 것인 듯, 멀리 벗어나고 싶을 지경이었으니 말이다. 베갯잇을 적시며 잠들던 소년의 시대가 가고 청년의 시대로 접어들어서도 '세상에 나 혼자였으면 좋겠다.'며 방황하듯 세상을 떠돌기도 했다. 심지어는 단기복무로 시작했던 군 생활도 전역을 앞두고 언 땅에 말뚝을 박듯 병영 안에 숨어들었던 것도 그랬다. 언제부터였던지, 나이가 들면서 건방지게 누구든 연민의 대상으로 생각했을까?

그러나 그는 달랐다. 단순히 다르다 하기엔 미치지 못할 듯, 그에게 아버지라는 공간은 빈 공간이었다. 나와 비슷한 연배의 그에게 없었던 아버지의 공간, 그 빈 공간의 의미는 무엇이었을까?

그는 여섯 살 때 처음 아버지를 보았다고 했다. 정확히는 아버지같이 생각되는, 기억이 시작되는 즈음이었을 것도 같은데, 처음이자 마지막이었다. 그렇다고 본디 부재했던 아버지였으니 아버지라고 부를 수도 없었을 낯선 타인이었을 것이다.

그의 아버지는 당시 괜찮은 집안의 자제였다고 했다. 드물게 유학을 다녀온 청년들이 사회주의에 심취하는 것을 목도한 그의 조부는 상급학교 진학을 막았지만 그의 아버지는 어찌어찌 혼란기에 사회주의에 빠져들었을 것이다.

왕정의 몰락과 이어진 일제의 강점으로 견고했던 신분의 질서가 와해되며 부조리한 현실을 인식했던 이들은 아이러니하게도 주로 기득권층에 속했던 이들이었다. 이들의 자제들이 일본 유학 등으로 당시 유행하던 사회주의 사상을 접하면서 부모 세대들이 누렸던 기득권의 불편한 사실에 회의를 갖기 시작했다. 왕조가 몰락하면서 벼슬길에 나서는 과거제 등이 폐지되고 구한말에 이어 일제강점기로 이어지면서 신분제가 철폐되었지만 경제적이거나 지적인 자산의 뿌리는 쉽게 와해되지 않고 잠재되어 있었다. 일제에 대한 저항과 더불어 새로운 체제를 갈망했던 시절이었다. 계급을 타파하고 당시 부의 상징이었던 토지 등을 나누어 억압과 착취가 없는, 고르게 잘사는 세상은 새로운 인식의 계기였다. 그러니 그건 별스런 일은 아니었다. 자신을 둘러싸고 있는,

이기적인 것보다는 이타적이랄 수 있는, 부조리한 현실에 대한 나름의 분명한 명분을 가진 저항이었을 것이다. 일제에 저항하며 새로운 질서를 모색했던 이들은 갑작스럽게 임한 해방 정국에서 자연스럽게 좌우로 분열되었고 그 대립의 각은 끈질기게 오늘날까지 이어지고 있다.

　그도 어려서는 부친의 이력은 알지 못했던가 보다. 처지와 사상이 어떠하든 당연히 존재해야 할 아버지의 모습을 찾아낼 수 없었다고 추측할 수 있다. 어머니에게서 들을 수 있었겠지만 아버지의 모습 그대로, 그건 자식들에게도 금기였을 것이다. 반공의 절대적 깃발이 펄럭이던 시절 빨치산을 남편으로 둔 아내로서 어머니가 공권력에 당한 폭력과 주변 사람들의 질시는 상상을 초월하는 것이었으리라.

　그가 초등학교 4학년 때였다던가. 반공 표어·포스터 공모전에 응모했던 작품, '오랜만에 오신 삼촌 간첩인가 다시 보자'라는 명문(?)으로 입상했다는 것만 보아도 알 수 있다. 상을 받아왔을 때 당연히 칭찬을 기대했지만 어머니와 형들의 표정이 의아스러울 만도 했다. 그가 아버지의 정체성을 확인한 것은 언제쯤이었을까?

　3년여의 전쟁에 지쳐가고 정전협정이 시작되면서 남한 내에 남아있던 남부군을 포함해 소위 빨치산으로 통칭되던 이들을 북한 공산당은 내치다시피 외면했다. 생사를 넘나들며 새로운 세상을 꿈꾸던 존재는 그 그악스런 끈을 잘라버리듯 협상 대상에서 배제되었던 것이다. 정전협정이 조인되기 전에 대부분 산에서 괴멸되거나 극소수는 전향했고 다시 산에 숨은 채로 일부는 현실의 어둡고 비루한 구석으로 숨어들었을 것이다. 가족들에게조차 자신의 존재를 드러낼 수 없었던, 참으로 비탄의 존재였다.

그의 아버지는 이름까지 바꾸고 비루한 현실 속에 숨어들었을 것이다. 땅속 깊이 파고 들어간 갱도에서 더 이상 탄맥이 이어지지 않는 막다른 벽을 막장이라 했듯이 생존의 막장이기도 했던 강원도 탄광촌을 떠돌았다. 억센 일을 하지 못했던 그의 부친은 '도구방'이라는, 공구를 벼리고 고치는 일을 하면서 자신을 구차스럽게 보존하며 연명해야 했던 것이다. 이름조차 바꾸었지만 그가 신봉했던 이데올로기는 화인(火印)처럼, 주홍글씨처럼 지워질 수 없는 것이었고 세월이 흘러서도 감시의 대상이었기에 그는 행적을 드러내지 못했을 것이다.

그 아버지가 몰래 다녀간 밤에 그가 잉태되었고 위의 형도 마찬가지였다. 형들과의 나이 차는 그 연유가 있을 것인가? 지아비가 살아있고 집에 다녀갔다는 사실을 알지 못하는 마을 사람들은 과부로 홀로 사는 듯, 그의 어머니가 아이를 가졌으니 '화냥년'이라고 손가락질하고 심지어는 똥물을 끼얹었을 것이다. 지금 기준으로야 설마 했을, 참담했을 현실도 인격적인 테러도 당시 철저한 반공 시대의 정서상 당연한 것이었다. 빨치산을 남편으로 둔 아내, 그 남편마저 없는 상황에서 아이들은 태어나고 자라나면서 얼굴 윤곽이 만들어지면 누구를 닮았느니 이야기를 들었던 것도 피할 수 없는 것이었다. 지역의 치안을 담당하던 기관장을 닮았느니 했다는데 오히려 그편이 나을 수도 있었다는 것은, 또 얼마나 아찔한 현실이었던가. 그가 어머니를 대신해 절규하듯 외친 『빨치산 아내의 편지』의 일부를 인용해본다.

오늘도 설워서 울었구만요.

빨갱이 여편네라 괄시받고 면지서 끌려가서

복날 개처럼 맞았구만요.

당신 입산하신 지가 언지인데 그놈들은

자꾸 지를 못살게 그러는구만요.

시상인심이 요리 심히 변할 줄은 꿈에도 몰랐지요.

지사 차라리 옛적이 좋았지요.

당신께 언문을 배우고 시상얘기를 듣던 밤들,

첫애를 가지던 해방 무렵이 차라리 좋았지요.

범띠동갑나기로 얼굴 한 번 못보고 시집와설랑,

참말로 지는 과분한 사랑을 받았지요.

해방과 함께 당신은 꿈같이도 돌아오시고 그때,

지는 좋아라 가심 방망이질,

속가심 뜨거운 눈물 흘리며 뒷울 앵두나뭇가에서 울던 생각,

참말로 어지같구만요.

그때로 말하면 지는 얼마나 복 많은 년이었는지요.

허지만 어인 일이었지요.

당신이 지서를 불사르고 큰 산으로 들어갈 줄이야.

큰 산 넘어 소백산 넘나들며 당신은 어데를

그리 바삐 다니시는지. 지는 그저 무슨 큰 일하는 걸로만 알았지요.

지야 빨갱이가 뭔지, 인민이 뭔지 우찌 알았겠어요.

그저 당신이야 심지가 굳은 사람인께로

모두 옳은 일이거니 했지요.

시상이 요리도 심히 바뀌고 보니 당신은 담박에 죄인이 되고

지는 빨갱이 여편네가 되었구만요.
허지만 당신을 탓하겠어요, 시상을 탓하겠어요.
다 지 복이다 해서 그런가보다 하고 울었구만요,
부디 먼 길 떠나서도 몸이나 성하시면 지사
그게 젤로 큰 행복이겠지요.

「차라리 그때가 좋았지요」 전문

그의 어머니는 어린 아들에게 아비의 존재를 말하지 않았을 듯싶다. 그가 아버지의 정체성을 목도한 것은 언제쯤이었을까? 중학생쯤에 그의 어머니가 직간접으로 말해주었을 것이다. 그의 첫 시집 『빨치산 아내의 편지』는 어머니 육성이었거나 감정의 이입이었을 것이다. 까끌거리는 수염으로 그를 안아주었던 초면의 아저씨, 아저씨가 아닌 아버지는 옆 동네에서 한 많은 생을 마감했고 그곳에 화장을 해 가묘를 만들었다. 그에게 아버지라는 존재, 그의 어머니에게 남편이 실체가 되면서 그제야 그의 어머니는 차라리 두렵고 치욕적인 화냥의 멍에를 떨쳐낼 수 있었을 것이다.

그믐께마다 밤마실 나가더니 저 년 애 밴 년
무서리 이부자리에 초경의 단풍잎만 지더니
차마 지아비도 밝힐 수 없는 저 년
저 만삭의 보름달
당산나무 아래 우우우 피가 도는 돌벅수 하나

「월하미인」 전문

그가 아버지를 처음 본 것, 아니 기억 속에 남은 첫 대면은 여섯 살 때였다. 관계의 실존을 의식하기보다는 유년의 본능에 집착하는 시기였을 것이다. 처음이자 마지막이었다고 했다. 그의 아버지는 생의 종착점을 예감했는지도 모른다. 마지막으로 아내와 아이들, '수구초심(首丘初心)'이었을지도.

　막연하게 나타나 정식으로 자신을 아버지라 아들에게 말하지도 못하고 아들에게 어떤 아저씨로 기억하게 한 남자, 그를 안아주었을 때 얼굴이 까끌거리도록 구레나룻이 길었던 남자, 훗날 학교에 다니면서 교과서를 통해 본 미국의 대통령 링컨의 모습을 연상시키게 한 남자였다. 무언가 전해줄 것을 고민한 것처럼 역시 처음이자 마지막으로 고무로 된 작은 말 모양의 장난감, 골무처럼 생긴 공기주머니를 누르면 다리를 움직이며 달리는 흉내를 내던 말이 아버지의 모습을 그의 기억에 저며두게 하는 기제가 되었을 것이다. 그의 아버지는 마지막으로 막연하게 그 모습을 보여주고 사흘이 지난 후 집에서도 머물지 못하고 마을을 벗어나 그 한 많은 생을 마감했다. 그 순간에도 그 아들은 흔적처럼 전해준 장난감 말을 길들이느라 정신이 없었을 것이다.

　그가 그렇게 아버지의 모습을 보지 않았다면 그의 인생항로는 달라졌을 것인가? 「가지 않은 길」은 한때 좌절했던 로버트 프로스트가 청년 시절에 쓴 시이지만 암울한 현실의 강을 건너 먼 훗날에 이르겠다는 절박한 희구가 담겨있다. 단 한번 막연하게 보았던 아버지의 모습, 정신과 육체로 그의 아버지가 그랬던 것처럼 그 또한 부조리한 현실의 벽을 마주하게 되었을 것이다.

가출이냐 출가냐

그를 처음 만난 것은 섬진강 가에 매화가 화사한 꽃잎을 펼치던 이른 봄날이었다. 지리산을 앞산 뒷산처럼 오르내리며 사진을 찍는 이의 산과 사람들의 이야기를 담은 책의 발표회가 있던 자리였다. 지방선거를 앞두었기에 어색한 정치바람도 일렁이는 자리였다. 한번 보고 싶은 모습이었기에 무척이나 반가웠다. 누구보다 그의 눈빛이 부드러웠다. 가까이서 마주해도 어색하거나 낯설지 않았다. 무언가 이야기를 하다가 내가 얼떨결에 김삿갓(김병연) 이야기를 했다. 그의 행적이 김삿갓과 닮았다는 것, 아차 싶었지만 그의 귀에 들어간 후였다. 그는 나의 무례한 말에 크게 구애받지 않는 듯했다. 하지만 그건 나의 착오였고 초면에 분명한 결례였다. 그를 제대로 몰랐음을, 후에 두 번째 만나고 스스로 자인해야 했다.

김삿갓, 본명 김병연은 영월이었던가, 지방관이 주재하는 향시에 나갔다. 하필이면 그날의 시제는 그의 조부를 논박하라는 거였다. 물론 그 대상이 자신의 조부였다는 것은 몰랐을 것이다. 세상을 바꾸겠다며 홍경래가 난을 일으켰을 때 그의 조부, 김익순은 5품 관료인 선천부사였다. 고을이 반란군에게 넘어갔을 때 반란군에게 목숨을 구걸하며 항복해 가족들은 모두 목숨을 부지하였으나 반란세력은 패하였고 멸문지화의 막다른 길목에 서야 했다. 그러나 가문이 가문인데다 적극적으로 반란에 가담하지 않은 게 고려되어 동정론이 대두, 조정은 김익순만 왕을 속인 죄로 처형하고 나머지 가족들은 벼슬길만 막는 선에서 끝냈다. 그렇게 목숨을 부지해 그의 어머니와 영월 땅, 산중으로 숨어들었던 것이다. 정말 시제의 주인공이 조부인 것을 몰랐을까? 그는 조부의 죄과를 통렬히 적어내었다.

"선대왕이 보고 계시니 구천에도 못 가며, 한 번 죽음은 가볍고 만 번 죽어 마땅하리라. 네 치욕은 우리 동국 역사에 길이 웃음거리로 남으리라!"라고 말이다. 결과는 급제였다. 집에 돌아왔을 때 그의 어머니는 아들의 등과를 축하하기보다는 두리번거리며 어렵게 사실을 일렀을 것이다. 결과적으로 손자가 무지막지한 패륜을 행한 것이다. 그 후로 그의 기행은 생략한다.

내가 그를 처음 보았을 때 김삿갓의 행로를 엿보았다는 것은 그가 35살 때, 중앙 일간지의 기자를 때려치우고 지리산으로 숨어들었다는 것 때문이었다. 사정은 잘 모르지만 중앙 일간지의 기자라면 과거에 급제한 것만큼으로도 간주할 수 있기 때문이었다. 자연스럽게 귀촌이라도 하듯이 산으로 들어간 것이 아니라 두 번씩이나 서울역의 노숙자들 틈에 끼어 짐승 같은 산 생활의 체험 아닌 체험을 했다는 것도, 그저 숨어든 정도가 아니라 빈집을 전전하며 시를 쓰고 오토바이를 타는 것도, 눈곱만큼도 요즘 유행하는 귀농이든 귀촌이든 생활인의 자세가 아니었다. 지금의 그의 일면은 그 흔적이 남아 있었다. 어렵사리 먼 길을 더듬어 그가 정착한 집을 찾아갔을 때 울 너머 몇 그루 매화나무에 사나운 환삼덩굴이 에워싸고 있었던 것으로 말이다.

그가 산으로 들어가기 전에 이미 만행(萬行) 아닌 만행이 이미 노정(路程)되었었다. 고등학교 1학년 때 출가를 감행했던 대단한 용기의 소유자였기 때문이다. 문경에서 상주로 고등학교를 옮기고서였다. 그의 지능검사 결과는 '우수'의 범주를 넘어섰기에 전학의 형식도 크게 구애받지 않았던 터였다. 전학하고서도 학교에 제대로 등교하지 않았다. 담임 선생님은 자전거를 타고 그를 찾으러 다녔다. 사족이지만 나도 당시의 담임 선생님을 한 번 뵐 기회가 있었다. 이제 스승과 제자가 같이 늙어가는 듯, 정년이 지나 그 선생님이 문예지에 등단식을 하던 자리였다.

봄 소풍을 다녀오던 길이었다고 했던가, 백화산 만덕사였다. 그렇게 어려운 결행을 시도한 이유는 잘 모른다. 툭하면 가출을 꿈꾸었던 나였지만 출가는 생각지도 못한 위인이었기 때문이다.

작은 구멍가게를 했던 홀어머니의 벌이로는 생계가 막연했다. 그의 어머니는 틈틈이 탄광의 폐석더미를 뒤져 쓸 만한 탄이 붙어있는 것들을 가려내 마대에 담아 머리에 이고 가파른 산길을 내려오셨다. 광에 자루가 쌓이면 한 자루에 3천 원씩에 내다 팔아 아들의 학비를 댔다. 그는 30kg도 넘는 무거운 탄 자루를 이고 산길을 내려오는 어머니가 안쓰러워 형의 오토바이를 타고 짐을 날랐다. 그의 유랑본능은 그렇게 산길에서부터 발현되기 시작했던 것이었던가?

연초록 물결이 대지에 번져가던 봄 소풍 길에 그는 홀연히 출가했다. 아직 청년의 기세가 아니었을 나이에 그는 모진 결행을 했다. 구도(求道)의 염원이었을까? 현실의 탈출구였을까? 어리다면 어린 나이에 모진 일 년여 행자 생활은 정의사회를 구현하겠다는 5공화국이 출범을 앞둔 시점에서 그 뜻을 이루지 못하고 그는 포승줄에 묶여 강제로 하산하게 된다.

당시 불교계가 신군부에 밉보인 이유가 있었던 것인가? 정의사회를 구현한다며 여론을 호도할 목적으로 그해 10월 27일에 수배자 및 불순분자를 검거한다는 명목을 내걸었다. 이른바 10·27 법란이었다. 군인들까지 동원하여 전국의 사찰 및 암자 등을 일제히 수색하고, 조계종의 스님 및 불교 관련자 153명을 강제 연행하였고 10월 30일 1776명을 검거하였으며 이 과정에서 각종 폭행 및 고문 등이 가해졌다. 그도 절에서 군인들에게 강제로 하산당했다. 그렇더라도 어머니의 간곡한 애원이 없었다면 그는 정말 속세와 절연했을지도 모른다.

절집에 머물 때 무거운 불경 말고 그가 읽을 만한 책이라고는 연초록 표지의 『세계명시 선집』이 있었다. 아마 절망과 어둠 속에서 빛과 가야 할 길이 돼주었을 것이다. 고등학교를 중퇴하고 절집에 들어가 땔나무 장작을 패고 살다 '가출인지 출가인지 너무 민망해서, 어머님께 너무 미안해서' 검정고시를 공부하던 스무 살 청년. 참고서 사러 점촌 동아서점에 갔다가 교과서 밖 시집이 처음 눈에 들어왔던 김소월 시집. 가난한 청년은 식은땀만 삐죽삐죽 흘리다 마침내 그 시집을 들고 나와 달음박질하지만 결국 집으로 가는 기차를 놓치고 만다.

'철로에 주저앉아' 시를 읽고, '40리 강변 철길 따라 걸었던 스무 살

청년'은 오랜 세월이 지나 말한다. 다리는 아프고 무섭고 배는 고프고 이까짓 시 때문에, 이깟 시집 때문에 미친놈의 새 새끼 뻐꾸기 새끼, 운동화 밑창이 헤헤 아가리를 벌릴 때까지 캄캄한 침목 자갈길을 걸으며 시집으로 뺨을 마구 후려치던 밤이 시인의 가야 할 길이 되었을 것이다.

산을 내려온 후 또 다른 탈출구가 필요했을 것이다. 왜 경제학을 전공으로 선택했는지는 역시 잘 모른다. 대구의 원로 신동집 시인이 문학 강의를 하다가 뇌졸중으로 쓰러지는 바람에 문제의 시집『뒹구는 돌은 언제 잠 깨는가』를 쓴 이성복 시인이 임시 강사로 내려왔다. 한 학기 정도 시인의 강의를 청강하면서 절간에서 읽었던 시들이 소리를 내며 돌아내려오기 시작했다. 전공 공부는 뒷전이었다. 자취방에서 굶어가면서도 시를 쓰기 시작했다. 1984년『월간문학』신인작품상과『시문학』의 대학생 문예현상 모집에 처음으로 투고했는데 두 곳에서 모두 당선되었다. 당시 창비와 실천문학 등은 폐간된 상태. 뒤늦게야 덜컥 겁이 나서 당시 국문과 교수의 강의도 청강하고, 계명대 노천문학 서클과 시를 습작하던 친구들을 만났다.

그러나 생활은 편하게 시를 쓰도록 내버려두지 않았다. 휴학을 한 뒤 문경의 홍성광업소 막장 후산부로 들어가 광부로 2년 6개월을 일하며 시를 썼다. 다시 복학하여 졸업하고 87년에『노동해방문학』이 창간됐을 때는 창작실장으로 일했다. 막장에서 광부로 일했다는 것이 자연스럽게 시인으로서 시력과 배후가 되었을 것이다. 1989년 다시 실천문학과 창비에 투고했는데, 실천문학의 사장이었던 송기원 선생에게서 먼저 연락이 왔다. 재등단이었다. 서울에서의 십 년 살이는 만만치 않았다. 촌놈이라 도시는 언제나 낯설었다. 노동해방문학 창작실장, 한국작가회의(전 민족문학작가회의) 총무간사로 일할 때는 그나마 견딜 만했다. 그러나 생계 문제와 구속을 피할 방편으로 들어간 중앙일보 기자 시절은 술 없이 견디기 힘든 날들이었다. 1997년 말 어머니가 한 많던 이승을 떠나시고 다음날 김대중 정부가 들어섰다. '기회는 이때다' 싶었다. 어머니 장례식을 마치고 곧바로 다니던 언론사에 사표를 냈다. 그의 나이 35세.

그가 견딜 수 없었다는 것은 무엇인가? 그를 생각하면서 내가 남도의 섬에서 근무했던 군 시절, 많은 시간이 지나 그곳에 다녀왔던 기억을 떠올렸다.

사철 푸른 바다와 산과 들, 그 바다와 산하처럼 푸른 제복을 입고 보낸 3년여의 시간들, 대지가 겨울잠을 자는 한겨울에도 푸른 바다와 그 해풍에 푸르게 물들어 일어나던 보리밭, 시린 바람에도 피었다 후드득 숭어리째 내던지듯 떨구던 동백꽃, 투박한 남도 사투리에 정나미가 각을 세우더니 푸른 제복으로 삼 년을 살면서 그 아름다운 산하와 사람들로 정을 붙였던 섬 완도. 섬마다 분대 단위의 해안 경계 부대를 배치했던, 여객선을 타고 순찰을 돌아야 했던 시절이었다. 열악한 어촌의 환경에서 출퇴근하는 방위병과 반지하화된 감옥소 같던 초소에서 근무하던 현역병들 사이에 늘 갈등과 다툼이 상존하고 있었다. 연대 내 동기생 네 명이 중대장으로 근무했는데 부대 내 총기사고 등으로 세 명이나 구속되는 초유의 일을 겪으면서 늘 총기사고에 대한 강박증이 서성거렸고 그곳을 떠나서도 마찬가지였다.

추억은 아름다운 것인가? 결코 그런 건 아니었다. 문득 색 바랜 앨범을 넘겨보듯 가끔 돌아다보고 싶은 삶의 궤적일 뿐. 그 섬에 머무르는 동안 가시울타리에 갇힌 짐승처럼 허둥대거나 버둥거렸을 것이다. 시간과 공간은 서로 분리되는 것이 아닌 스스로에 의해 얽어맸고 스스로가 한계를 정하는 공간 속에서 먼지처럼 부유했던 시간들.

연륙교와 연도교로 본래의 한계를 극복한 듯했지만 섬은 우리에 갇혀 자유를 잃은 짐승처럼 우울한 듯 떠돌았다. 먼 시간의 공간을 건너 다시 섬으로 건너가던 길, 바다는 어디론가 떠나고 싶어 늘 바람을 만들었지만 언제나 그 자리에 흐르고 섬도 그 자리에 있었다. 끝없는 인간의 욕망처럼 바다를 가득 메운 부표들로 바다는 흐르지 못해 우울했다.

바다와 너른 백사장이 내려다보이던 중대본부, 그 시간 속의 공간은 허물어지고 칡넝쿨이 그 잔해마저 덮고 있었다. 주어지는 시간은 넉넉했으나 인식되는 공간 속에서 허둥거리고 버둥거렸던 숱한 날들, 아쉬움처럼 시간의 파편이라도 주워볼 거라며 두리번거렸지만 칡넝쿨만이 발목을 걸고 있었다. 백사장 지나 석양이 선명한데 곧 사라질 빛처럼 너와 나의 삶도 다르지 않음을 생각했다.

한 개인의 삶의 궤적은 자신의 공간만으로 한정되는 것이 아닌 너와 나의 것이 되기도 한다. 먼지처럼 부유하고 있을 뿐이다. 그 먼지들은 시간 속으로 공간을 억압할 것이다. 현실의 엄중함을 따지기 전에 내 삶의 엄중함을 들여다보리라는, 아직도 미망 속에서 허둥대는 내 삶의 궤적들을 부끄럽게 돌아보았다. 공간도 시간도 그렇게 흐를 뿐이라는 것을, 회한과 연민도 다 부질없음을 생각하며 그곳을 돌아 나왔던 것이다.

그는 중앙일보에서 교열부 기자로 일하다, 『월간중앙』으로 옮겼을 때는 취재 부서를 맡았다. 아버지의 보이지 않는 손길이나 그의 운명이었던지 어느 날 한 스님의 제보를 받는다. 남부군의 대장이었던 이현상 씨의 유품이 지리산 빗점골의 한 굴참나무 그루터기 밑에 묻혀있다는 내용의 제보였다. 벽소령 아래 빗점골은 이현상이 생을 마감한 곳이었다. 보이지 않는 운명이 한 방향을 가리키는 나침판처럼 마음이 허뚱거렸다.

지리산으로 내려가 일주일 동안 텐트를 치고 숲하게 널린 그루터기들 일대를 파헤쳤다. 그 결과물의 발견은 절실했지만 신기루처럼 막연했다. 결국 그 막연한 시간은 자신의 아버지에 대한 굿판의 시간을 부여했다. 씻김굿이었다.

연민과 그리움, 원망의 대상이었을 아버지, 단 한 번밖에 보지 못했던 아버지, 지주였으나 자발적으로 많던 전답을 소작인들에게 무상으로 나누어주었던 아버지, 당시 부조리한 사회현실 속에서 사회주의 이념을 신봉하며 산으로 들어갔던 아버지. 가난과 연좌제의 가혹한 유산을 남겨주었던 아버지, 한 번뿐인 인생을 폼 나게 살아갈 기회마저 빼앗아 가버린 아버지, 그보다도 주홍글씨가 새겨진 죄인처럼 가슴이 새까맣게 타들어가며 폐광을 뒤져야 했던 어머니까지.

가슴 저 밑에 가라앉았던 아버지를 불러내어 그 비탄한 삶을 위로하고 천도하고자 했을 것이다. 그렇게 아버지를 불러들여 보내드리고 지리산을 아버지로 대체하고자 했을 것이다.

그렇게 그는 지리산으로 들어갔다. 가출인가? 출가인가? 분명한 목적이 있었으니 출가였고 집을 나왔으니 가출이었다. 가장으로서 참담한 지경이었으나 창작기금 수혜 등으로 간신히 허튼 가장의 의무를 이행할 수 있었던 것도 어찌 보면 그것은 피할 수 없는 운명과도 같은 것이었다. 그의 손에 든 지갑은 그가 누릴 최소한의 자유였고 그의 가방은 계절을 건너가야 할 최소한의 것들이었다. 결행이었다고 하고 싶지만 그것은 결행은 아니었다. 가장으로서 사회의 일원으로서 직장과 사회운동 등으로 자신의 존재감을 가졌고, 끊고 버려야 할 많은 인연이 있었지만 온전히 버린 것만이 있는 것이 아니었기 때문이다. 그가 그당시 상황에서 품었던 단상을 옮겨본다.

"무엇보다 중요한 것은 '나'이다. 나 자신도 책임지지 못하는데 누구를 책임진단 말인가. 책임을 지다니, 얼마나 허황된 망상이며 쓸데없는 오만인가"라고. 하지만 세상 사람들 대부분 자신을 책임지고 사는 이가 얼마나 있겠는가? 그건 가정이 있는 사람이 할 소리는 아니기 때문이다.

그것만으로 가장으로서 졌던 그의 짐을 내려놓는다. 다만 일제강점기와 한국전쟁을 겪으며 생존에 절실했던 사람들에게, '뭐해 먹고 살지'는 떨쳐버리기 힘든 문제였다. 그러나 그는 그 장애물을 극복했다. 아니 뛰어넘었다. 그의 머리에서 떠나본 적이 없는 아버지와 시가 있었기 때문이었을 것이다. 내려와서의 삶이야 둘째치고 대부분의 사람들은 그 장애물을 건너뛰지 못하기 때문이다. 현실을 깨고 온 것인지, 피해서 온 것인지 명확하진 않지만 산에 든 그는 섬진강변의 용두리란

곳에서 한 스님의 토굴을 빌려 기거했다. 오토바이를 타고 숱한 지리산 자락을 오르내리고 시를 쓰고 유유자적의 삶을 구현한다.

남들 출근할 때
섬진강 청둥오리 떼와 더불어
물수제비를 날린다.
남들 머리 싸매고 일할 때
낮잠을 자다 지겨우면
선유동 계곡에 들어가 탁족을 한다.
미안하지만 남들 바삐 출장 갈 때
오토바이를 타고 전국 일주를 하고
정말이지 미안하지만
남들 야근할 때
대나무 평상모기장 속에서
촛불을 켜놓고 작설차를 마시고
남들 일 중독에 빠져 있을 때
나는 일 없어 심심한 시를 쓴다
그래도 굳이 할 일이 있다면
가끔 굶거나 조금 외로워하는 것일 뿐
사실은 하나도 미안하지 않지만
내게 일이 있다면 그것은 노는 것이다
일하는 것이 곧 죄일 때
그저 노는 것은 얼마나 정당한가

스스로 위로하며 치하하며

섬진강 산 그림자 위로

다시 물수제비를 날린다.

이미 젖은 돌은 더 이상 젖지 않는다

「독거」 전문

　

자신이 속한 조직에서 스스로 소외됨에서 오는 불안감과 가족부양의 책임, 밥벌이에 대한 근심을 던져버린다. 그것은 개인으로 옳고 그름의 중요한 문제이지만 그것을 따지기 전에 그는 아버지를 만나야 했다. 대부분의 사내들은 아버지와 좋은 관계를 설정하기가 어렵다. 삼강오륜이 지엄하던 시절에는 그것에 얽매였지만 극심한 혼란에 이어 잘 먹고 잘사는 세상을 꿈꾸면서 부자간의 관계는 뒤틀려지기 시작했다. 그러나 그는 달랐다. 그에게 아버지라는 대상은 함민복이 노래한 '선천성 그리움'이었다.

　

사람 그리워 당신을 품에 안았더니

당신의 심장은 나의 오른쪽 가슴에서 뛰고

끝내 심장을 포갤 수 없는

우리 선천성 그리움이여

하늘과 땅 사이를

날아오르는 새떼여

내리치는 번개여

태어나면서 부자간이라는 관계 설정이 되지 않았던 그에게 아버지는 언제나 도달하고픈 연민과 그리움이었다. 남들은 더러 부수어버리고픈 하찮은 관계를 그는 지고한 순정한 마음으로 품었다. 이 세상에 존재하지 않는 아버지에게로 닿는 것이 삶의 목표이기도 하였을 것이다.

"어린 기억 속 아버지의 부재는 더 많은 아버지를 낳았습니다. 어릴 적 한때는 광부였던 친구의 아버지를 저의 아버지로 삼았고 그때는 당연히 저의 꿈도 막장 선산부였으며, 목수였던 친구 아버지를 저의 아버지로 삼았을 때는 또 목수를 꿈꾸었고, 트럭운전사를 아버지로 삼았을 때는 또 트럭 운전사가 저의 꿈이었습니다. … 그러다 겨우 철이 들 무렵부터는 책 속에서 수많은 아버지를 만났고, 그때부터 문학도 시도 저의 아버지가 됐습니다."

그는 지리산에 내려와 산짐승처럼 간소하게 먹을거리를 해결하고 주먹밥을 싸서 지리산 여기저기를 오토바이를 타고 돌아다니고, 거리낄 것이 없었다. 오토바이는 그의 심장을 울리듯 또 다른 발이었지만 우리 시대의 마지막 '기마족'이라는 나름 또 다른 야망의 도구였다.

어머니가 모은 도탄(폐석더미에서 골라낸 석탄)을 옮기는 수단이 그의 라이딩의 시작이었고 숱하게 바이크를 갈아치우며 이 땅의 누구보다도 많이 걷고 많이 달렸다. 이 땅의 모든 길을 달려보았다고 해야 하나, 그는 자동차 면허가 없다. 250cc 이상의 바이크를 탈 수 있는 2종 소형 면허가 있을 뿐이다. 그가 시를 포함 산문을 풀어내는 것은 바이크의 소음을 품어내는 것보다 한 수 아래의 것일 것이다.

그것만으로는 견딜 수 없는 것이었다. 시를 짓는 것이었다. 초월하면 다시 현실로 돌아온다는 것인가? 그것만으로도 견딜 수 없어서, 견딜 수 없는 것은 또 다른 부채감이었을 것이다. '삼보일배', 시와 산문으로 자신을 드러내는 것이 아니라 몸으로도 자신을 드러내는 것이었다. 인간의 탐욕을 드러내듯 자연을 훼손하는 것에 몸과 마음으로 반기를 들었다. 지리산댐을 백지화하고 낙동강 1천 300리 도보순례, 지리산 850리 도보순례 등을 시작으로 생명평화 탁발순례와 삼보일배, 오체투지, 대운하 반대 4대강 순례 등 거의 모든 순례에 총괄팀장을 맡으며 3만 리를 걸었다.

언제부턴가 그 고단한 길에 몸이 반기를 들었다. 순례를 마쳤을 때 자신이 몸을 뒤집지 못하는 통증이 찾아왔다. 마음의 고통은 물론 몸의 통증에도 이골이 나 있던 그였지만 그때는 아니었다. 처음 병원을 찾았을 때 폐암 말기 판정을 받았다. 의외로 무덤덤했다. 사흘 뒤에야 결핵성늑막염이라는 선고 아닌 선고, 등 뒤에 구멍을 내고는 흉수를 빼낸 뒤부터 그 독한 약 한 줌을 먹으면 피처럼 붉은 소변으로 남의 시선을 피해야 했다. 건강만은 자신했던 그였지만 현실을 받아들여야 했다.

지리산 골짜기 빈 집을 찾아 떠돌다가 그는 산을 내려와 섬진강을 건넌다. 강을 건넜다는 것은 또 다른 삶의 지향이고 변화였다. 소설 『토지』의 무대였던 평사리에 강원도의 누구처럼 그의 거처를 제공하겠다는 호의도 그는 가볍게 물리쳤다.

그리스의 시인 메난드로스의 시를 인용한 율리우스 카이사르의 마지막 한마디는 오늘날까지 인구에 회자되고 있다. '이 강을 건너면 인간세계는 비참해지고 건너지 않으면 내가 파멸한다. 가자 신들이 기다리는 곳으로. 주사위는 던져졌다.' 카이사르는 루비콘강 앞에서 고뇌했다. 루비콘강은 로마에서 동북쪽으로 350여 km 떨어진 곳에 있다. 대단한 강줄기를 늘이지 않는 작은 하천에 가깝다. 강은 집정관들이 원로원을 존중해야 하는 경계점이었다. 그러므로 변방에서 로마에 들어가려면 루비콘강을 건너기 전에 무장을 해제해야 했다. 당시 로마는 정치체제는 원로원, 집정관, 민회로 권력이 분산된 민주정체였다. 민주정의 취약점은 예나 지금이나 쿠데타였다. 강을 건너기 전에 무장을 해제하는 것은 쿠데타를 막기 위한 방책이었다. 당시 카이사르는 권력기반을 상실해가는 궁지에 몰린 상황이었다. '주사위는 던져졌다.'는 말은 그의 군사적 정치적 야망을 드러낸 것이었다.

그러나 그는 카이사르와 형편이 달랐다. 내가 처음 그를 만났을 때 빈정거렸던 지리산의 주인이었고 아버지를 그에게서 보내드릴 수 있었다. 그러므로 그는 카이사르와 달리 무장을 해제하고 강을 건넜다. 김삿갓, 그는 길에서 그 고단한 생을 마감했지만 그는 다시 자신을 구속하는 길을 택했다. 이제 떠돌지 않겠다는 듯 거처를 마련했고 정착했다. 어차피 잃는 것도 얻는 것도 있을 것이다.

나름 투쟁의 동력을 염려해야 했던 건지, 아니면 서울이라는 도시가 싫었던 건지는 모른다. 물론 늘 조바심처럼 염려했던 마음의 짐(?)이 가벼워진 것의 결정적인 이유가 되었을 것이다. 대한민국 정부수립 50여 년 만에 여야 정권교체와 함께 김대중 정부가 집권한 역사적 현장에서 그는 서울을 벗어날 기회를 도모했다. 요즘 많은 중년 사내들이 꿈꾸는 '자연인'도 아니고 귀농이나 귀촌도 아니었다. 가출과 출가의 경계점이었을까? 그렇게 지리산의 한 그루 나무처럼, 산에 깃들어 살다가 산을 내려와 섬진강을 건너갔다.

달빛을 깨물다

서울을 버리다시피 내려온 지 스무 해가 지났고 그중에 11년 만에 시집 『달빛을 깨물다』와 시사진집 『그대 불면의 눈꺼풀이여』를 동시에 냈다는 반가운 기별이 전해졌다. 시집과 사진, 시인을 만나러 종로에 갔던 게 2019년 유월이었다. 많은 사람들이 지리산의 산내음과 별빛을 묻혀온 그를 만나러 와 있었다. 우선 눈에 들어오는 것이 별이 내리는 사진이었다.

구름과 안개 속에 머문 야생화들을 불러들인 시절이 5년여, 다시 5년여 만에 별이 빛나는 밤이면 지리산과 전국 오지를 찾아 밤마실을 다녔다고 했다. 청명한 밤마다 '별 사냥', '은하수 사냥', 별을 따라 나섰던 것이다. 흑마 모터사이클을 타고 오가며 미리 봐둔 사람들 곁에 서 있던 토종나무를 찾아갔다. 그동안 한반도 남쪽에서 3만 리를 걷고, 110만 km를 달렸다.

이따금 사람들이 물었다. "왜 안개와 구름 속의 야생화냐? 별을 찍으려면 히말라야나 몽골에 가면 좋지 않겠느냐?" 그럴 때마다 한마디로 대답하기에는 심사가 좀 복잡했지만 그 대답은 아주 간단했다.

"별 볼 일 없는 세상, 별을 보여드립니다."라고. 시골 동네마다 방범등이며 갈수록 세상은 너무 밝아져서 별들이 잘 안 보이는 세상, 별들이 다 숨어든 것이다. 모두들 말로만, 글로만, 노래로만 별들을 얘기하지 스스로 직접 보려 하지 않는다. 어릴 적에는 히말라야나 몽골처럼 수많은 별들이 떠올랐다. 그런데 지금은 잘 보이지 않는다. 인공위성에서 바라본 대한민국은 너무 환하다. 밤이 없다. 빛 공해(光害) 때문이다. 안타깝게도 윤동주 시인의 「별 헤는 밤」은 이미 우리나라의 풍경이 아니다. 모두들 별을 까맣게 잊고 살아간다. 역설적이게도 '별들의 적은 불빛'이다. 빛은 사물을 더 잘 보이게도 하지만 때로는 공해가 되기도 한다. 그렇다고 별이 뜨지 않는 것도 아니다. 일반적인 천문 사진이 아니라 주로 우리나라 토종나무를 중심으로 별들이 떠오르는 '별나무(The starry Tree)' 사진에 집중했다. 밤에도 매화며 오동나무꽃은 피고 늦가을의 감나무들은 외등처럼 홍시들을 주렁주렁 매달고 있다. 안 보인다고 아예 보려 하지 않으니 밤의 꽃나무는 그동안 없는 셈이었다. 물론 네팔이나 몽골의 별밤이 더 선명하겠지만 그 또한 상투적이지 않은가.

누구나 볼 수 있는 별밤이라면 굳이 지난한 작업을 할 이유가 없다. 그리고 막상 몽골이나 바이칼 호수 등에 가보았지만 구도가 그리 좋지 않았다. 한 마디로 별만 많이 쏟아졌지 심심하고 밋밋했다. 지평선 위 하늘의 3분의 1쯤은 광해로 너무 밝았다. 나무나 산 능선의 구도는 우리나라가 훨씬 좋았다. 이미 오래전부터 낮의 사진은 내려놓았다. 오히려 잘 안 보이는 밤의 별 사진에 집중했다. 카메라가 찍어주는 낮 사진, 수동적인 자세의 사진이 아니라, 내가 카메라를 제어하는 능동적인 자세, 그 수많은 실패가 더 소중했다. 밤눈에 익숙해지면서 그 희미한 빛과 그늘을 빨아내고 보듬어 안았다. 안 보인다고 없는 것은 아니다. 별들을 잊고 사는 이들에게, 아예 보려고도 하지 않는 사람들에게 천년 별빛을 보여 주고 싶었다. 그런데 문제는 이 작업이 결코 만만치 않다는 것이다.

일단 별과 더불어 주 피사체가 되는 '토종나무 모델'을 찾는 것이 쉽지 않았다. 한낮에 모터사이클을 타고, 때로는 도둑놈(?) 취급을 받으며 전국의 오지를 어슬렁거리는 이유가 바로 여기에 있다. 맑은 밤이면 4월부터 8월까지 선명한 은하수가 떠오르고, 수시로 별똥별들이 쏟아졌다. 지난 5년 반 동안 밤마다 반경 40km 이내에 도시가 없는 오지들을 찾아다녔다. 천연기념물로 지정된 노거수나 이미 유명한 나무들은 절대 찍을 수 없다. 가까이 외등이 켜져 있거나 나무를 보호한답시고 주변에 철조망이나 간판 등이 설치돼 있기 때문이다. 프레임 속에 나무 그 자체의 온전한 모습이 훼손되니 제대로 찍을 수 없다. 그리하여 더 오지의 유명하지 않은 '왕따나무'를 찾아나서야 했다.

도시나 고속도로 등의 빛 공해가 없는 지역, 가까이 시골 마을의 가로등 불빛마저 가까이 침범하지 않는 곳에 홀로 서 있는 감나무, 오동나무, 매화나무, 자작나무숲, 산벚나무, 소나무, 능수버들, 수양벚꽃, 수달래 등을 찾아다녔다. 하지만 이런 나무들을 찾았다고 해서 모두 별나무 사진이 되는 것은 아니다. 막상 다시 밤에 찾아가 보면 어디선가 안 보이던 불빛이 급습한다. 더구나 비가 오거나 흐린 날, 달빛 좋은 밤에는 아예 포기해야 한다. 날마다 수시로 기상청 예보를 주시하며 그 옛날 농부나 어부처럼 육감으로 밤하늘을 보다 보면 한 달에 겨우 사흘 정도의 기회가 찾아온다. 그런 날이 오면 밤 9시부터 새벽 4시까지 밤을 지새워야 한다. 미리 봐둔 나무를 찾아가 벅차오르는 감흥을 억누르며 카메라를 잡고 사투를 벌이는 것이다. 어둡다 보니 카메라 초점 잡는 것도 쉽지 않고 모든 것을 수동조작으로 해야 하니 실패 또 실패, 새로운 세팅을 하며 찍은 뒤에 사진을 확인하는 등 무한 반복을 해야 한다.

산짐승들을 친구 삼아 그만의 별나무 사진 노하우가 축적됐다. 인생도 그렇듯이 화무십일홍이다. 열흘 이상 붉은 꽃이 없다는 옛말처럼 환하게 꽃이 피는 별나무 사진을 찍으려면 같은 모델을 두고도 적어도 3~5년 정도 걸린다. 일단은 꽃이 피는 나무를 찾아야 하고, 그 나무가 꽃을 피울 때까지 기다려야 하고, 그 꽃이 다 지기 전에 별들이 쏟아져야 하기 때문이다. 이는 인간의 시간이 아니라 하늘의 시간인 '천시'(天時)가 아닐 수 없다. 꽃이 피었다가 질 때까지 밤마다 찾아가 기다려야 한다. 날이 흐리거나 달이 떠오를 무렵 꽃이 피면 너무나 아쉽지만 내년을 기약할 수밖에 없다. 감나무 또한 격년결과의 해거리를 하니 실패하면 2년을 더 기다려야 한다. 안개와 구름 속의 야생화처럼 또 하나의 간절한 기다림이 시작되는 것이다. 그러나 그 기다림의 지순함을 어찌 알 수 있단 말인가? 지난봄 그가 머무는 곳 몽유(夢遊)에서 하룻밤을 깃들었을 때 별 사진이 가득한 방에서 하룻밤을 지낸 적이 있었고 그 밤에 나는 한 편의 시를 지었다.

태어나면서 깃들었던 초가집이란 게

눈보다는 귀를 더 먼저 열리게 했던 건
등잔불도 초저녁이면 그치고
세상을 떠도는 온갖 소리들이 드나들었다
수수깡 울타리를 흔들고 지나는 바람소리
천정을 퉁탕거리며 뛰어다니던 집쥐소리
아침을 준비하는 엄마의 가지런한 도마소리
외양간의 워낭소리
비 오던 밤의 낙숫물소리
긴 겨울밤 찬바람에 떨던 문풍지소리

걸음마를 시작하면서야 세상의 것들이 눈으로도
들어왔지만 전봇대가 없던 마을의 아이들은 심심해서
밤하늘의 별들을 자주 올려다보았다
봄 소풍날 빠져들었던 천수만 뻘밭의
무수히 기어 다니던 게처럼
다닥다닥 밤하늘을 가득 채우며
시냇물처럼 흐르던 별들을

외딴 섬이건 외진 산에만 가도
숱하게 보이는 별들이 보이지 않는다는 건
하늘 어딘가에 꼭꼭 숨어든 거였다
밤은 어둠을 드리워 별들을 불러내는데
밝힌 불빛에 부끄러워 숨어든 별들

밤은 어둡고 좀 심심해야 하는데
심심함을 참지 못한 불빛들이 거리를 배회하고
부나방처럼 불빛을 따라 달려드는 밤
별들은 숨어들고 심심함도 달아 난 이들은
드문드문 밤에 불려나온 별들도 올려다보지 않았다

손에 들린 액정의 불빛이건 눈으로 들어와
욕망을 부추기는 불빛들을 좀 거두어들인다면
심심해지거나 눈보다는 귀를 더 열리게 했던
새까맣던 밤이 돌아 올려나
그런 밤이 돌아온다면 숨었던 별들도
다시 밤하늘에 돌아날 것이고
그리움의 모습들도 별로 떠오르며 나지막이 속삭일게다

　지난 5년 동안 지리산 오지마을의 감나무를 찾아갔다. 해발이 높다
보니 영하의 밤길, 왕복 600리 길이었다. 이 감나무를 찍다가 새로운
사실 하나를 깨달았다. 습도가 낮고 추운 밤의 별들보다 습도 65% 정
도의 밤에 찍은 별들이 더 잘 나온다는 사실이다. 영하 5도, 습도 40%
정도의 쾌청한 밤의 별들은 파란 하늘 속에서 거의 같은 크기와 같은
빛의 세기로 나왔다. 그런데 살짝 안개가 낄 정도의 밤에는 굴절 현상
때문인지 별들의 크기와 빛의 세기가 저마다 다르게 찍혔다. 큰 별은
더 크게, 밝은 별은 더 빛나는 것이었다. 이 또한 내 의지대로 되는 것
이 아니라 '천시의 기운'이었다. 대마도의 반딧불이를 본 뒤 너무 부러

워 밤마다 지리산 골짜기를 다 뒤진 적도 있다. 결국 반딧불이와 별과 은하수를 2년 만에 사진으로 담아내는 데 성공했다. 그리고 별비 내리는 겨울 폭포. 영하 7도의 밤에 물보라 맞으며 3년 동안 집중해 겨우 1장을 건진 적도 있다.

몽골, 히말라야, 바이칼호수 알혼섬, 볼리비아의 우유니 소금사막이 부럽지 않다. 한국 최초의 별나무 사진이다. 그것도 우리 토종나무이니 세계 최초의 별나무 사진인 셈이다. 지난 몇 년 동안 미천한 외국어 실력으로 구글 검색하며 해외 사진들을 일별해보니 딱 두 장 눈길을 끄는 작품이 있었다. 바오밥나무 위로 떠오른 은하수 사진이었다.

굳이 그 먼 곳, 먼 나라에 가지 않고도 '별소년', '은하수 소년'으로 살았다. 때로는 '별나무' 대신 은하수 아래 그의 몸을 밀어 넣었다. 은하수가 희미해지는 새벽 4시까지 옷을 훌훌 벗고 20초씩 연이어 한밤의 춤을 추고 또 추는 밤도 있었다. 5년 반 동안 온몸으로 집중했던 별나무가 단 33장의 사진으로 남았다. 갈 길은 멀지만 여한이 없다. 홀로 밤의 별 농사가 흉년인 듯 풍년이다.

그렇게 별과 꽃을, 열매를 불러들인 시공간의 공력을 어찌 헤아린단 말인가? 그가 계절을 건너고 다시 해를 보내고 밤으로의 합일을 이루어낸 시간이다. 나는 잠시 그가 포착한 찰나의 순간만을 가볍게 지나칠 뿐이었다. 그가 시집의 제목으로 정한 시 「달빛을 깨물다」를 읽는다.

　살다 보면 자근자근 달빛을 깨물고 싶은 날들이 있었다

밤마다 어머니는 이빨 빠진 합죽이였다
양산골 도탄재 너머 지금은 문경석탄박물관
연개소문 촬영지가 된 은성광업소
육식 공룡의 화석 같은 폐석 더미에서
버린 탄을 훔치던 수절 삼오십 년의 어머니
마대 자루 한가득 괴탄을 짊어지고
날마다 도둑년이 되어 십 리 도탄재를 넘으며
얼마나 이를 악물었는지
청상의 어금니가 폐광 동바리처럼 무너졌다
하루 한 자루에 삼천 원
막내아들의 일 년 치 등록금이 되려면
대봉산 위로 떠오르는 저놈의 보름달을
남몰래 열두 번은 꼭꼭 씹어 삼켜야만 했다

봉창 아래 머리맡의 흰 사발
늦은 밤의 어머니가 틀니를 빼놓고
해소 천식의 곤한 잠에 빠지면
맑은 물속의 환한 틀니가 희푸른 달빛을 깨물고
어머니는 밤새 그 달빛을 되새김질하는
오물오물 이빨 빠진 합죽이가 되었다

어느새 나 또한 죽은 아버지 나이를 넘기며
씹을 만큼 다 씹은 뒤에

아니, 차마 마저 씹지 못하고
할 만큼 다 말한 뒤에 아니, 차마 다 못하고
그예 들어설 나의 틀니에 대해 생각하다
문득 어머니 틀니의 행방이 궁금해졌다

장례식 날 대체 어디로 사라진 것일까
털신이며 속옷이며 함께 불에 타다 말았을까
지금도 무덤 속 앙다문 입속에 있을까
누구는 죽은 이의 옷을 입고 사흘을 울었다는데
동짓달 열여드렛날 밤의 지리산
고향의 무덤을 향해 한 사발 녹차를 올리는
열한 번째 제삿날 밤이 되어서야 보았다
기우는 달의 한쪽을 꽉 깨물고 있는, 어머니의 틀니

그가 정착한 곳에는 '예술곳간 몽유(夢遊)'라는 문패가 자랑스럽게 그려져 있다. 가끔 그를 만날 때마다 나는 '시인님'이라고 부른다. 나도 문장의 꿈을 꾸는 자이지만 나의 삶은 그처럼 온전히 시가 될 수 없다. 삶의 일부가 시일뿐이다. 알 듯 모를 듯 그렇게 생각하는 것이다. 그의 시속에는 시공간 속에서 생을 영위하는 존재들이 꽃으로 피어나듯 한다. 그러니 그의 시는 향기가 날 수밖에 없다. 그가 태를 묻은 경상도와 오랫동안 산의 일부로 전전했던 전라도의 사투리가 든 시가 그렇다.

그는 속세를 떠나듯 지리산을 숨어들었다가 구생(求生)을 이루었고 이제 구도(求道)를 얻으려 하는 듯, 도는 산에서만 구해지는 것이 아닌 듯했다.

천상병이 그 고단했던 이승에서의 삶을 소풍이라 그랬던가. 이원규, 그가 염원하는 생의 마지막 문장처럼 나도 그렇게 말하고 싶다.

그라제, 그라제, 겁나게 좋았지라잉!

전라도 구례 땅에는 비나 눈이 와도
겁나게와 잉 사이로 내린다
가령 섬진강변 마고실의 뒷집 할머니는
날씨가 쫌만 추워도, 겁나게 추와불고마잉!
리어카 살짝만 밀어줘도, 겁나게 욕봤소잉!
강아지 짖어도, 고놈의 새끼 겁나게 싸납소잉!

쪼깐 씨알이 백힐 이야글 허씨요
지난 봄 잠시 다툰 일을 얘기다하다가도
성님, 그라고 봉께 겁나게 세월이 흘렀구마잉!

궂은 일 좋은 일도 겁나게
잠자리 떼 날아와도 겁나게와 잉 사이로 날고
텔레비전 인간극장을 보다가도
새끼들이 짠해서 으짜까잉! 눈물 훔치는
너무나 인간적인 과장의 어법

내 인생의 마지막 문장

허공에 비문을 쓴다면 이렇게 쓰고 싶다

그라제, 그라제, 겁나게 좋았지라잉!

「겁나게와 잉 사이」 전문

만다라

김성동

오서산

영락없이 오서산이 솟아오르곤 했다. 그가 쓴 글을 읽을 때에도 그랬고 지면을 통해서 그의 모습을 볼 때마다 그랬다. '서해의 등대산'이라고도 불리며 높은 축에(해발 790.7m) 들지만 기암괴석의 꾸밈도 울울창창한 숲의 그윽한 풍경도 없는 단지 메(山)의 모습인 오서산. 그를 흠모하는 마음으로도 그의 글을 읽으며 오서산을 떠올렸다. 바라보는 방향은 달랐겠지만 어린 시절 그도 같이 바라보았을 것 같은 동류의식 같은 것이었으려나.

행정구역상 홍성군 은하면 화봉리, 내가 어린 시절을 보냈던 마을이다. 마을 뒤편으로 병풍처럼 높고 낮은 두 봉우리가 정답게 마주 서 있었고 두 봉우리가 늘여놓은 야트막한 능선이 마을을 감싸듯 내려왔다. 키 큰 미루나무들이 군데군데 서 있었고 낮게 웅크리고 있던 초가들이 돌담길을 따라 이어졌다. 두 봉우리 중 하나는 미군 방공포부대가 주둔하고 있었고 마주선 다른 봉우리는 은하봉이었다. 가끔 은하봉에 오르면 서쪽으로는 호수처럼 먼 바다가 안면도 등 섬 사이로 흐르고 동쪽으로는 읍내를 지나 오서산이 우뚝 서 있었다. 서해안 일대에서는 가장 높은 산이었다. 오서(烏棲)는 까마귀가 산다는 의미인가 했는데. 백제시대에는 오산(烏山)이었다고 했다. 여기에서 '烏'자는 우리가 알고 있는 '까마귀 오'가 아닌 '검을 오'라고 했다. '검을 오'는 우리 민족의 시조새인 삼족오를 상징하는데 태양의 흑점, 검은색을 이야기한다. '오산'은 태양 산, 삼국사기에 제를 올렸다고 기록되어 있다. 조선 후기에 들어서서는 烏棲山으로, 태양이 머무는 산이라는 의미였지만, 일제강점기 민족말살정책인 듯, '까마귀가 쉬는 산'이라 하면서 그 의미는 없어졌고 그렇게 전해졌다.

중학교에 입학하면서 읍내로 통학해야 했는데, 공동묘지를 지나 '독고개'라는 재를 넘어 광천까지 조금 먼 길을 아침저녁으로 걸어 다녀야 했다. 통학거리를 정확히 재본 적은 없고 구전되듯 '시오리'쯤으로 알고 있었다.

나무를 하러 가거나 산등성이에 올라서면 가끔 장항선 열차가 지나갔고 광천읍내를 지나 해가 떠오르는 동쪽에 늘 그 자리에 오서산은 서 있었다. 볼품이라고는 없는, 그저 메(山)의 모습으로만 다가왔던 산이었다.

만다라

　내가 소설 『만다라』를 읽은 것은 고등학교 졸업을 앞두고 있던 시절이었다. 장밋빛 미래를 꿈꾸고 설계하거나 현실의 구차스러움에 저항하며 치열하게 박차고 나가지도 못했던 어정쩡한 시절이었다. 방황과 회피, 현실에서 벗어날 핑계와 도피처를 찾던 괴로운 순간순간들이 다가오고 흘러가곤 했다. 부모가 중심이 되는 가족이라는 울타리에서 벗어나고 싶던, 자리에 누워 눈을 감았지만 베갯잇을 적시며 잠드는 밤이 많았던, 꿈이 아닌 가출의 망상이 없었다면 견딜 수 없을 것 같던 시절이었다. 이 세상 누구에게도 간섭받거나 간섭할 대상이 없기를 절실하게 간구하던 마음이었을 것이다.

　어린 시절, 사랑방에서부터 시작한 교회에 다녔지만 종교의 의미를 깊게 생각할 계제는 마땅치 않았다. 단순하게 끼니때마다 배를 채우고 빨리 어른이 되어야 한다는 것에 휘둘렸으니 말이다. 국민학교 2학년, 동네 사랑방에서 처음 시작했던 예배당에 다니기 시작했다. '조국근대화' 시대와 맞물려 물질적인 축복의 염원으로도 특히 기독교가 요원의 불길처럼 번져가던 시절이었다. 마을마다 마을회관이라는, 규격화된 건물이 들어서는 것과 궤를 같이하여 마을마다 역시 비슷한 모양의 예배당도 세워지던 시절이었다.

먼저 교회에 다녔던 동무의 전도, 즉 권유가 있었을 것이다. 대부분 엄마가 교회에 나가던 집 동무들이었다. 전도라고 칭하는 행위에서 권유의 내용이 무엇이었을까? '죽어도 지옥이 아닌 천당에 갈 수 있다'는 것이었던지,'신의 은총으로 더 이상적인 삶을 살 수도 있다'는 것이었던지 또렷하게 기억나지 않는다. 처음에는 교회 건물도 없었고 낮게 웅크린 초가의 사랑방이 예배 장소였다. 성경책이든 찬송가집도 귀한 것이었다. 작은 사랑방에 앉은뱅이책상을 잇대 세운 강대상을 가운데 두고, 한지에 먹으로 쓴 찬송가 가사가 논산훈련소 야외교장에 세워진 괘도걸이처럼 서 있었다. 대처로 나갔다가 돌아온 청년, 전도사가 강대상을 두드리며 예배를 인도하곤 했다. 노천명의 「고향」이라는 시의 한 구절처럼

목사가 없는 교회당
회당지기 전도사가 강도상을 치며
설교하는 산골이 문득 그리워

하나둘 신도들이 늘어나면서 직접 블록을 찍어 조영남이 부른 〈내 고향 충청도〉라는 유행가 가사에 나오는 모습처럼, 언덕 위에 하얀 예배당을 세우기도 했다. 작은 시골교회이다 보니 전도사가 오셨다가 떠나고 다시 오시곤 했다.

가끔 설교 중에 다른 종교는, 사실 다른 종교라 봐야 만만한 게 불교

였지만 '부활이 없는 죽은 종교'라는 것을 강조하곤 했던 것이다. 절에 모셔진 부처는 단지 생명이 없는 형상에 불과한 존재라는 걸 반목해서 전달해주곤 했었으니까. 지금 생각해보면 그건 신앙의 이유를 들더라도 너무 잘못된 것이었다.

동네 뒷산에 작은 암자가 있었지만 박수무당이 있던 곳이었으니 동지 때나 정월 보름, 집안에 우환이 있을 때 굿이나 하는 것으로 알았을 뿐이다. 그러니 불교에 대해서 기본적인 상식조차 알 수 있는 통로는 도무지 찾을 수 없었다.

이야기의 주인공처럼 출가를 생각한다는 것은, 불교라는 것을 이해하는 것에도 엄두가 나지 않는, 상상 속의 산물도 아니었고 단순히 남의 일로 치부되었을 것이다. 친구의 자취방에 갔다가 그 이야기를 접하고 그 자리에서 밤늦게까지 단번에 다 읽어버렸다. 소설을 읽고 난 후에도 마찬가지였다. 어린 시절부터 다녔던 교회 때문이었을까? 당시엔 신학대학을 갈 생각도 했었으니까 말이다. 그럼 왜 그는 고등학생으로 속세를 떠나 입산하게 된 것일까?

가출이 아닌 출가는 근본적인 변화를 넘어 생의 대전환을 의미한다. 일상의 삶을 철저하게 부정해야 하는 내면의 반향인 것이다. 그러니 현상의 세계, 속세를 벗어난다는 무시무시한 말로 비유했을 것이다. 그것은 가족이라는 공동체에서 완전한 이탈을 의미한다. 하지만 그 본질적인 목적처럼 구도(求道)라는 것도 사실은 막연하다. 말이나 문자로 표현되거나 정리될 수 없다는 것이고 종착점이 모호하다.

무문관(無門關)이라는, 영상으로 만들어 감상적이기는 했어도 그 치열하고 죽음처럼 지독한 수행기록을 건너다본 적이 있다. 무문관은 '무(無)'에 대한 정확한 탐구만이 선문(禪門)의 종지(宗旨)로 들어서는 제일의 관문이라는 뜻이라고 했다. 중국 송나라의 선승 무문혜개에서부터 전해져 내려오는 불교의 독특한 수행법으로 두 평 남짓한 독방에서 하루 한 끼의 공양만으로 짧게는 3개월, 길게는 3년에서 6년간 정진하는 수행법이라는 것도. 영상 속에서는 11명의 스님들이 3년에 가까운 천 일(千日) 동안 그렇게 수행하는 과정을 담은 기록영화였다. 천 일 동안 문 밖으로 나가지 못하기에 그야말로 목숨을 내건 수행이랄 수밖에 없고 실제로 촬영 중 한 스님이 더위를 이기지 못하고 무문관 수행을 중도 포기하기도 했다.

물론 영화를 연출한 감독은 "화두 하나만을 붙잡고 오랜 기간 육체적, 정신적 한계를 극복해가는 스님들의 모습, 무문관 수행을 통해 물질 위주의 현대 사회에서 소중한 가치를 잃어가고 있는 현대인들에게 진정으로 행복한 삶이 무엇인지 생각해보는 계기를 만들고 싶었다."고 소감을 밝혔지만 그것 또한 이해하기 어려운 지경이었다.

불법(佛法)을 위해서 자기 몸까지 생각하지 않고 수행한다는 불교 용어를 언급하며, 애지중지 여기는 몸까지 바쳐도 아까울 것이 없는 것이 불교수행이라고, 한 노승의 강조했다는 것도. 그렇다면 자신의 몸까지 내걸며 수행에 돌입한 스님들은 그들이 그토록 원하던 깨달음을 얻었을까. 무문관 수행을 마친 한 스님은 망망한 바닷가를 건너다보며 "끝이 났는데 이렇게 돌아보니까 3년이란 세월이 안 보여요"라고 말했다. 참선은 본래 깨달을 바가 없다는 것을 깨닫기 위한 수행법이라는데, 나 같은 자에게는 도무지 접근도 이해도 되지 않는 말이었다.

아버지

다시 만다라 이야기 속의 주인공, 법운과 지산의 모습은 누구인가?를 생각하며 그를 떠올렸을 것이다. 현실과 이상의 간극을 피상적으로 오가는 것이 아닌 구도(求道)의 모호성과 인간 욕망의 거침없는 현실과 현상을 그대로 까발린 듯 충격적이었기 때문이었다. 불교라는 것을 잘 모르던 시절이었고 주일학교에서 배운 대로 예수는 부활했지만 부처는 이 세상에 존재하지 않는다는, 죽은 종교라는 믿음 아닌 믿음이 지배하던 시절이었으니 더 그랬다.

나이가 들어가면서 기독교가 아닌 불교 등 타 종교에도 관심을 가지게 되었고 그 후로 그가 낸 책을 보면서 다시 오서산을 생각했을 것이다. 그도 오서산을 올려다보고 자랐을 것처럼 내 고향에서 가까운 보령 출신이다.

그는 고등학생 시절이던 10대 후반에 입산해 10년쯤 절밥을 먹었다. 다시 만다라 이야기의 시작은 해방 후 좌우대립의 비극적인 현장에 직면해야 했던, 직간접으로 그의 가족사가 짙게 배어있다. 아니 그 자체이다. 고등학생의 신분으로 입산한다는 것은 처절한 자기 고백이었던 것처럼 아버지의 원혼을 위로하기 위하여, 또는 글을 쓰기 위하여 위장입산으로도 표현했었으니 말이다. 해방 후의 극심한 좌우대립과 혼란 속에서 새로운 이정표를 세우기 위한 아버지 세대의 순수한 이상과 뜨거운 열정을 연모하듯 말이다.

그의 아버지를 체포하기 위한 서울시경 소속의 특경대원이 마을에 상주하고 있었다. 그들의 횡포는 다양했다. 마을의 대표 격인 이장을 '구장'이라는 호칭으로도 혼용했던 시절, 그들이 가진 권력이 구장을 앞세워 궁핍한 살림에 집에서 키우던 닭이며 토끼, 심지어는 돼지를 잡아야 하는 일도 있었다. 하기 좋은 말로 '추렴'이었다. 삼시세끼에 술안주까지, 특경대원 2명을 대접하는 일은 보통 일이 아니었다. 마을 사람들은 울며 겨자 먹기, 죽을 맛이었지만 그렇다고 대놓고 불만을 표시할 수도 없었을 것이다. 장장 3개월째 그의 아버지를 체포하기 위해 마을에 진을 치고 있었던 것이다.

일본이 패망함에 따라 미국과 소련은 전리품처럼 한반도를 38도선으로 나누고 미군과 구소련군이 군정을 실시하게 된다. 일제강점기 시절이었던 1928년 12월, 코민테른의 결정에 따라 조선공산당은 해체된다. 그 후 지하활동을 벌이다가 1945년 광복 직후 박헌영을 중심으로 서울에서 재건되었다. 남·북한 전역에 걸쳐 지부(支部)를 재조직하던 조선공산당은 북조선분국을 설치하기로 하고 김용범을 그 책임비서로 선임하였다. 그해 12월 김용범에 이어 김일성(金日成)이 책임비서가 되었는데, 김일성은 곧 북조선분국을 서울의 조선공산당으로부터 분리시켜 46년 4월 명칭을 북조선공산당으로 바꾸고 서울의 조선공산당으로부터의 독립을 선언하였다. 이어 8월에는 북조선공산당과 조선신민당이 합당하여 조선노동당을 결성했는데, 당시는 북조선노동당(일명 北勞黨)으로 알려졌다. 이로써 조선공산당의 1국 1당적 전일성(全一性)은 깨지게 되었다. 북한에서 북조선노동당이 결성되자 남한에서도 좌익세력을 총집결하기 위해 그해 11월 조선공산당·남조선신민당·조선인민당이 합당하여 남조선노동당을 조직하기에 이르렀다. 그의 아버지는 박헌영의 비선으로 체포 대상이었던 것이다.

돌도 지나지 않은 갓난아기였던 아들이 얼마나 보고 싶었을까? 그토록 보고 싶었을 아들, 하지만 갑작스런 부자간의 해후는 엄청난 비극을 잉태하고 있었다. 그토록 보고 싶었던 아들과 눈을 맞추기는 했던 것일까. 하지만 나직이 어머니를 먼저 불렀을 것이다. 하지만 방안에 들어서기도 전 토방에서 그의 아버지는 덫에 걸린 짐승처럼 들이댄 총부리의 위협에 체포되어 서울로 압송되었다. 특진 포상을 기대하며 특경대원들의 기세는 등등했다. 그들은 대개 극우 서북청년단원들이었다. 제주 4.3때의 공로로 특경대에 뽑힌 서북청년단원들이었기 때문이다.

그럼 그의 아버지는 도대체 왜 요주의 인물이 되었을까. 충청도 예산 출신인 박헌영은 일제강점기 때부터 조선공산당에 참여했으며, 해방 직후에는 재건공산당 당수를 맡은 이였다. 해방 후 활동이 비교적 자유로웠던 조선공산당은 46년 5월 위조지폐를 찍어냈다는 '조선정판사 위폐사건'으로 불법화되며 체포의 대상이 된다. 박헌영은 그해 9월에 미군정의 검거를 피해 관속에 누워 영구차 행렬로 위장, 월북했다.

박헌영의 동지이자 조선공산당 총무부장 겸 재정부장 이관술은 '조선정판사 위폐사건'에 연루되어 그해 7월에 검거된 상태였다. 그렇기에 당시 공산주의자들은 남조선 땅에서 살얼음판을 걷듯이 비밀활동을 하기에 급급했다. 이런 정황에서 그의 부친이 검거된 것이다. 그렇다면 그의 부친은 어떤 인물인가?

1917년생인 그의 부친은 유력한 양반 가문의 장손이었다. 그의 조부는 15세 때인 1894년에 진사시에 입격한 인물로 1905년 을사늑약 때 자진을 시도했다. 하지만 이는 미수에 그쳤고 1910년 조선이 왜국에 강제로 합병되면서 자진을 한 우국인사였다.

그의 부친은 대홍보통학교를 나온 후 한학을 궁구(窮究)하는 한편 와세다대 통신강의로 학업을 이어갔다. 이런 노력의 결과로 숙명여전에서 수학강사를 했다. 일제강점기 때부터 공산주의 활동에 참가한 그는 해방 후 남로당 충남도당 문화부장을 맡았다. 식민지 시절부터 박헌영, 이관술, 이현상과 교유한 그는 해방 후 조선 공산주의 운동의 버팀목이었다. 하지만 그의 구실은 주로 박헌영 당수의 비선이었으므로 세상에 노출되지 않았었다.

추적의 대상이었던 그의 부친은 농민운동과 남로당 충남지역 간부를 맡으면서 검·경 수사진의 검거대상이었고 갑작스럽게 집에 들렀다가 체포되어 압송당했던 것이다. 그의 조부는 아들의 구명을 위해 온갖 노력을 다했다. 한번은 공주 출신 박충식을 찾아갔다. 박충식은 경성법학전문학교를 나온 뒤 화신산업 간부로 일했으며, 중앙신문사를 경영하기도 했다. 그는 1948년 제헌 국회의원선거에 출마했으나 낙선했고, 제2대(민국당), 4대(자유당), 5대(민주당) 국회의원에 당선된 유력

인사였다. 그런 박충식은 조부의 매제였다. 즉 그의 부친은 박충식의 처조카였다.

"매제, 내 아들 좀 살려 주게." 조부의 요청에, 박충식은 답했다.

"좋습니다, 형님. 다만 조카가 언약을 하나 해줘야 해요."

"그게 뭔가?"

"공산주의 사상을 버리는 겁니다."

조부는 박충식의 언약을 듣고, 아들 면회를 가 매제의 이야기를 전했다.

"그러니까 공산주의 사상을 버린다는 말만 해주면 너는 이 시간부로 석방될 수 있다." 그의 부친은 아버지의 사상전향 요구에 '피시식' 웃고 말았다고 했다. 감히 아버지의 이야기에 대놓고 반기를 들 수 없었기에 일소(一笑)한 것이라는. 아버지의 사상전향 요구를 거부한 그는 대전형무소에 수감되었다. 1심에서 사형을 선고받고 2심을 기다리는 중 한국전쟁이 터지자 대전 외곽의 산내 골령골로 끌려가 총살됐다. 당시 34세였다. 부친은 집안 배경으로 석방될 수도 있었지만, 사상의 신조를 지키려 했던 것이다.

그의 어머니는 고향에서 멀지 않은 홍성 출신으로 그의 부친과 내외의 연을 맺은 뒤부터 식민지 조선의 현실에 눈을 떴다. 남편이 사회과학 서적을 주면서 학습을 게을리하지 말 것을 권했기 때문이다. 『자본주의의 한계』, 『레닌주의의 기초』, 『볼셰비키 혁명사』 등 책을 보내면, 몇 번씩이고 반복해서 읽었다.

"이해가 가지 않는다고 중도에 작파하면 안 되오. 끝까지 읽고, 반복해서 읽으면 이해가 갈 것이오." 그의 어머니는 남편이 권하는 대로 했다. 또한 혁명가요도 달달 외웠다. 임화 작사, 김순남 작곡의 노래는 모두 외울 정도였다. 이런 열성을 인정받아, 해방 후 부녀총동맹에 가입했다. 하지만 한국전쟁이 발발하면서 그의 집안에 커다란 변화가 생겼다. 그의 부친은 대전 산내에서 학살되었고, 그의 가족들은 전쟁발발과 함께 인민군 점령기에 보령군 청라면의 주요 직책을 맡았다. 조부는 토지분배위원장을 맡았고, 어머니는 여성동맹 위원장을 맡았다. 또한 삼촌은 민주애국청년동맹 위원장을 맡았다.

혁명열사 유가족에 대한 예우였지만, 단순히 그것이 전부는 아니었다. 특히 어머니의 경우가 그렇다. 그는 한국전쟁이 나기 전부터 부녀총동맹 활동을 했고, 여성 지도자로서 보령지역에서 인정을 받은 상태였기 때문이다.

토지분배위원장을 맡은 조부는 자신의 직책을 이용해 부당이득을 취하지 않았다고 했다. 토지분배위원장을 맡은 것이 자의도 아니었지만, 그 직책을 맡고서도 자신은 땅 한 뼘 갖지 않았다. 토지를 공평하게 나누었을 뿐이고, 자신이 그 수혜자가 되는 것은 철저히 거절했기 때문이다. 그는 그만큼 청렴결백한 선비였다.

이러한 내력으로 그가 국군수복 후에 보령경찰서에 '부역자' 혐의를 쓰고 연행되었지만 조부는 경찰서에서 따귀 한 번 맞지 않았다. 마을 주민들이 연판장을 돌렸기 때문이다. '그 어르신은 주민들에게 해가 되는 일은 전혀 하지 않았다'는 것이다.

조부가 군경 수복 후에 처벌되지 않았다고 해서 그 집안이 무사했던 것은 아니다. 어머니가 국가보안법 위반으로 징역 6년형을 선고받아

수감생활을 했고, 이후에도 투옥과 집행유예 생활을 반복해야 했다. 삼촌은 대한청년단원들의 테러로 억울하게 죽었다. 나머지 식구들도 '빨갱이 집안'이라는 낙인에서 자유로울 수 없었다. 1960년 4.19혁명 직후 조부는 대전경찰서 대공과에 연행되었다. 또한 1961년 5.16 군사 쿠데타 후에도 연행되었다. 즉, 정치적 격변기 때마다 그의 집안은 대한민국 정부에 의해 '요시찰인'으로 낙인이 찍혀 연행대상이 되었던 것이다.

그의 조부가 5.16 군사쿠데타 후 연행되었을 때 그런 일이 있었다고 했다. 당시 15세이던 그는 청양 산지기 집에 피신하였다가 돌아왔던 때였다. 할아버지 면회를 가기 위해 이웃 무당집에서 쌀을 얻어왔고 할머니가 밥을 해 할아버지 면회를 갔는데, 면회가 허락되지 않았다. 손자는 터벅터벅 걸어오다가 도시락 생각이 나 그 자리에서 도시락을 열었다. 게 눈 감추듯 도시락을 먹어 치운 그는 '할아버지가 경찰서에 오래 있었으면 좋겠다.'는 철없는 생각을 하기도 했다는, 슬픈 이야기도 품고 있다.

집안의 빨갱이 낙인은 그에게도 이어졌다. 1965년 입산한 이후 일본 고마자와 대학에 갈 수 있는 기회가 주어졌는데, 신원조회에 걸려 좌절되었다. 그가 불가에 들어갔다가 하산한 직후인 1976년에 또 한 번의 시련이 있었다. 지효 스님이 그를 다시 고마자와 대학에 보내려 했으나 신원조회에 좌절되었던 것이다.

그가 할아버지 손에 끌려 대전으로 이사한 것은 1958년이었다. 아버지가 닦달받았을 도청 옆 법원에서 하염없이 헤매던 끝에 길을 잃고 헤매다 간신히 이사한 집으로 갔을 때였다. 할아버지한테 "왜 여기로 이사 왔느냐?"고 종주먹을 대던 형사를 문밖에서 배웅하는데, 삶의 눈으로 돌아보며 뱉던 말이었다. "붉은 씨앗이로군."

'붉은 씨앗', 그 말은 그에게 평생의 상처가 되었을 것이다. 그러기에 자기 집안 이야기를 주변에 하지 못하고 오랜 세월을 앓듯이 살아왔던 것이다.

요산문학상을 받은 작품 「민들레꽃반지」는 이데올로기로 굴곡진 삶을 이어온 그의 부모의 이야기를 그린 것이다. 보고 듣는 이들이 과연 어떤 생각을 할까, 쉽게 끄집어낼 수만은 없는 이야기가 그이 집안 이야기일 것이다. 집안 이야기를 그린 작품이 문학상을 받았다는 기쁨보다는 이 땅에서 금기어로 존재하던 '사회주의'라는 단어가 공적 공간으로 부활한 것에 대한 기쁨이었을 것이다.

사실 그가 가족사를 이야기로 풀어낸 것은 그리 오래되지 않았다. 소설가 안재성의 2013년 『이현상 평전』에 「남로당을 위한 변명」이라는 발문을 쓰면서부터 60여 년 동안 말 못하고 살아온 자신과 식구의 삶을 이야기했다. 단순히 자신의 이야기만이 아니라 분단시대의 왜곡된 진실을 밝히기 위해 역사와 싸움을 선언했다.

그는 이후 여러 작품에서 해방공간의 정치·사회상을 객관적으로 그리기 위해 애를 썼고, 그것이 사회로부터 인정받았다는 것에 의미를 부여한 것이다. 그는 문학상을 수상하고 나서 대성통곡했다. 그간의 아픔이 일시에 폭발했기 때문이다.

출가

그는 고향에서 발을 붙이지 못하고 쫓겨나듯이 대전으로 거주지를 옮겼다. 그가 아버지의 이야기를 구체적으로 들은 건 '5.16 정변'이 일어난 61년이었다. 마치 김삿갓이 과거에 급제하고서야 조부가 반역에 동조하였다는 사실을 알았던 것처럼, 그도 그때서야 가족사를 알게 되었을 것이다. 하물며 얼굴도 제대 기억하지 못하는 아버지의 슬픔은 조숙한 열다섯 소년에게 지울 수 없는 화인처럼 각인 됐다. 그의 첫 출가도 바로 그 해, 대전발 목포행 완행열차를 훔쳐 탔다. 호주머니엔 비상금을 대신할 할아버지의 손목시계와 한하운의 시집『보리피리』가 들어있었다. 하지만 그 첫 출가 아닌 가출은 5일 만에 끝이 났다.

"땅과 존재의 끝을 찾아 가려 했던 그 첫 출가가 왜 그리 빨리 실패로 결말이 났냐?"고 물었을 때 외항선을 타려 했는데, 그건 바다 가운데 있더라는 것, 근데 거기까지 가는 배를 탈 방법이 없었다는 것이다. 포기하고 돌아온 그는 깨달았다. '이 땅이 싫어도 여기서 살아야 한다. 그렇다면 나는 무엇을 해야 하나?'

그는 고등학교 재학 중 1965년 출가를 감행했다. 그는 이를 "노동운동을 위해 위장 취업하듯 위장 입산했다"고 말했다. '빨갱이의 자식'이라는 오명으로 어떠한 관직에도 발을 붙일 수 없었던 것뿐만 아니라 정상적인 사회생활이 불가능했다는 것이다. 그러면서도 그는 아버지를 원망하지 않았다고 했다. 그럼 그가 출가하게 된 직접적인 동기는 무엇이었던가?

65년, 그는 서울 세검정의 대고모 집에서 생활했다. 당시 아버지의 고모부는 거대한 저택에서 영화를 누리던 유명 인사였고, 불교 신자였다. 10개월 동안 억지로 다니던 고등학교를 자퇴한 열아홉 살 청년은 거기서 하릴없이 시간만 죽이고 있던 터. 그 집에서 머물다 우연히 만난 노승(老僧)은 섬약해 뵈는 청년에게 이런 말을 던진다.

"스스로 깨달음을 얻으면 부처가 되는 거야. 부처가 뭐냐고? 우주의 근원을 아는 사람이지. 네가 우주의 근원을 얻을 수도 있는 거야." 두 달을 더 그 집에서 머문 노승은 길을 나서며 묻는다. "갈래?" 잠시의 망설임도 없이 그는 답했다. "가야쥬."

이후 6년을 그는 정각(正覺)이란 법명으로 도봉산 천축사와 합천의 해인사, 해남 대흥사를 돌아다니며 '부처'가 되기 위해 정진했다. 세월이 흘렀고 스물다섯이 되었다. 일본에서 불교에 대해 더 공부해보라고 그에게 유학이 주선됐다. 그러나 신원조회에서 그는 또 한 번의 절망감에 가슴을 쳐야만 했다. '붉은 씨앗'은 비행기를 탈 수 없었던 것이다. 잊으려 했던 아버지의 기억이 한꺼번에 밀려왔다.

"방황이 다시 시작됐어. 아무리 벗어나려 해도 '아버지의 죽음'에서 한 발자국도 자유로울 수 없는 나를 다시 본 거지. 그때 문학을 만났어. 내 삶을 정리하지 않고는 아무것도 할 수 없다는 생각에 글을 쓰기 시작했지. 구구절절한 내 삶과 수십 년 맺힌 한 때문에 짧은 운문보다는 산문을 택했지."

74년 그의 첫 소설 「목탁조」가 『주간종교』 문학공모에 당선된다. 열아홉 나이에 입산해 여러 선방과 토굴을 전전하며 화두를 붙잡고 씨름하던 중 한 잡지의 종교 소설 현상 공모에 보낸 단편 소설이었다.

그가 소설이라기보다는 이야기를 지어내듯 글을 처음으로 써보았던 것은 국민학교 5학년 때였다고 했다. 업(業)이었던가. 배고픔보다 견딜 수 없는 것은 외로움이었고, 외로움보다 더 견딜 수 없는 것은 근원적인 그리움이었다. 채울 수 없는 그리움 때문이었지만 백지에 먹물이 찍힌 것이라면 콩나물을 싸온 신문지 쪼가리까지도 닥치는 대로 읽었다. 그 백자 원고지로 쉰 장쯤 될 소설을 써보았던 것은 온전히 끔찍한 고문후유증의 우울증으로 괴로워하시는 어머니를 위로해주기 위해서였다.

"슬프구먼그려. 겁나게 슬프다니께."

"온 삭신 사대육신 팔만사천 마디가 죄 자귀루 쬐여놓은 조깃대갈 같다"고 네 방구석을 맴돌면서도 자식이 지었다는 소설을 낭독으로 들으며 엷은 살푸슴(미소)을 보여주시던 기억이 아련한 그리움으로 남았다고 했다. 주인공이 서울로 가는 장면에서 그 소설은 중단될 수밖에 없었으니, 한 번도 가보지 못한 서울을 그려볼 재주가 없었던 때문이었다. 문학에서 말하는바 리얼리즘이 뭐고 모더니즘이 뭔지 알 리 없는 때였으나, 그렇게 눈으로 보고 몸으로 겪은 것이 아니고는 땅띔도 못 하는 것은 그때부터 이미 비롯된 것이었다. 이른바 소설이라는 것은 상상 곧 꿈꾸는 이야기지만, 그러나 거짓말을 해서는 안 된다는 역설의 변증법을 알았다고나 할까. 그때에 어머니한테 들었던 말이다.

"얘기든 노래든 그저 모름지기 슬퍼야 혀. 그게 진짠 겨."

하지만 그 작품은 정각에게 소설가가 되었다는 기쁨보다는 고난을 준 애물이었다. 「목탁조」의 내용 중 일부를 조계종 지도부가 문제 삼았고, 종단과 전체 승려를 폄훼하는 소설을 쓴 정각의 승적(僧籍)을 박탈한다. '정각에게 숙식을 제공하는 사찰이나 암자가 있다면 같은 죄를 묻겠다.'는 공문이 크고 작은 절로 발송됐다. 애초에 승적을 만들지도 않았던 정각은 그의 표현대로라면 '무승적 제적'됐다.

"2년을 떠돌았지. 육체적으로도 힘들었지만 더 괴로운 건 정신적 상처였어. 최소한의 비판도 허용하지 않는 내가 속한 집단에 대한 회의 감 말이야. 말사(末寺)로 이리저리 떠돌며 도반(道伴)들에게 몸을 의탁했던 시절이야. 그때 내 삶은 '길' 위에 있었지."

어쨌든 그가 부딪치고 경험하지 않았다면 풀어낼 수 없는 이야기였다. 그러나 이 일로 수행자에서 소설가로 운명의 길이 바뀌게 될 줄은 그 자신도 몰랐을 것이다. 최소한의 비판도 허용되지 않는 내가 속한 집단에 대한 회의감으로 그는 한동안 길 위에 있어야 했다. 산을 내려와서 처음 썼던 글을 펼쳐놓고 다시 실을 만들어 옷감을 짜듯 다시 이야기를 완성한 것이 「만다라」였다.

앞에서 「목탁조」가 종단을 비방했다는 것으로 그가 징벌 아닌 징벌을 받았듯이 불교계의 내부를 정면에서 비판적으로 해부한 최초의 작품이었다는 것으로 문단 안팎의 관심은 지대한 것이었다. 속세의 삶을 비켜나 수행자로서 교리를 배우고 이를 실천하려 몸부림쳤던 승려의 눈을 통해 마치 내부 고발자처럼, 표피적인 것이 아니라 인간의 욕망을 실체적인 공간 안에서 드러냈던 것이다. 오랫동안 우리 문화와 정서의 자양분이기도 했던 불교의 위상을 비판적 시각에서 조명했다는 것은 그야말로 충격이었기 때문이었다. 그것으로만 그친 것이 아닌 과연 구도의 과정과 길은 과연 어떤 것인가로 주인공을 통해 끊임없이 질문을 던졌던 것이다.

작품의 주 무대가 수행공간인 사찰이라는 곳을 중심으로 하지만 그것은 결국 너와 내가 사는 속세와 다름 아닌 것이기도 했다. 그러니 이 세상의 온갖 실상과 크게 비켜나지 않을 보편성을 가졌기 때문이기도 했을 것이다. 당시 장안의 종잇값을 올릴 만큼 엄청난 부수가 사람들의 손에 들려졌다. 당시 암울했던 사회에서 일반인들도 탈출구를 도모하듯 했던 것도 궤를 같이하는 것이었다. 어차피 상업적인 시선도 피할 수는 없는 것이었고 중편에서 장편으로 장을 늘려가 세 번이나 새로 쓰면서 폭과 깊이를 더한 셈이었다.

다시 만다라의 이야기로 돌아간다. 스승인 지암은 6년 동안 정진한 법운에게 '병 속의 새'라는 화두를 던져준다.

"내가 병 속에 새 한 마리를 넣고 키웠어. 새는 무럭무럭 자랐고 밖으로 나와야 할 때가 되었던 거지. 병 속에 든 새를 꺼내주어야 하는데 병의 목 부분이 너무 좁기 때문에 그 새는 밖으로 나올 수가 없게 되었어. 또 다른 문제는 병은 예사 것이 아닌 매우 값지고 귀한 것이라는 것이어서 새를 꺼내기 위해서 병을 깨고 싶지가 않았다는 것이야. 그러니 아주 곤란한 지경이었던거지. 내가 병을 깨면 새는 밖으로 나올 수 있지만 나는 그 병을 깨고 싶지 않으니 어떻게 했으면 좋겠는가. 그 병은 매우 귀중하고 나는 또 새가 죽기를 바라지도 않는다."

그러니 병도 깨뜨리지 말고 새도 다치지 않게 꺼내라는 득도의 숙제였다. 법운은 벽에 화두를 써 붙여 놓은 채 가부좌를 틀고 앉아 정진에 들어간다. 법운은 식음을 전폐한 채 시간과 싸우지만, 애당초 무사히 꺼낼 새도 병도 없었다.

누군가는 그렇게 말했다. '새는 밖에 있다고, 새는 결코 병 속에 들어간 적이 없다."고. 새는 한 번도 병 속에 들어간 적이 없다는 말을 이해하는 것처럼 밖에 있다는 것을 알아차린다면, 우리는 밖에 있는 것이 가능하다는 것이다. 그러면 무겁고 둔탁한 머리 없이도 땅위를 걸어가는 것이 가능하다는 것도. 무한한 에너지의 한 부분, 저 무한한 바다 속의 파도라거나 혹은 하늘 위를 떠도는 구름처럼 결코 에너지를 잃는 법이 없다는 것도. 무한한 원천이 바로 거기 있기 때문이라는 것도. 비로소 스스로 얻은 조화 속에 평정을 찾을 수 있기 때문이라는 것도.

우리의 일상은 어쩌면 숱한 걱정과 번뇌, 탐욕의 집합체가 아니던가. "나는 결코 아니야"라고 강하게 부정을 하지만 내 안에는 오늘을 살아내는 데 불필요한 터무니없는 욕망들이 너무나 많지 않던가.

'사내라면 예쁜 여자, 여자라면 돈도 많은 남자를 만나야지, 남들이 부러워하는 비싼 집에서 살고 맛집을 찾아 맛있는 걸 먹어야지, 아이를 좋은 대학에 보내야지, 사람들이 관심 있는 장면과 내용의 글을 올려 '좋아요'를 많이 받아야지 하는, 익명의 사람들에게조차 인정을 받아야지 등등 숱한 갈망으로 하루를 보내고 있지만 따지고 보면 그 모두가 내 스스로 만든 병 안에 나를 넣은 결과가 아니겠는가.

병 안에 든 새는 답답함을 호소하고 마침내 몸집이 커져 목숨을 위협당하는 위기에 처하지만 그러나 아무도 도와주질 못한다. 애초 어떻게 새가 병 안에 갇혔는지 모르는 현실이니까. 무수한 탁상공론만 벌이는 사이, 새는 초조한 목숨을 이어간다. 우리 삶이 그런 게 아니던가. 등이 휠 것 같은 삶의 고비와 고민이 있다고 누구 하나 진정으로 손을 내밀어주는 자가 있던가? 내가 좋을 때 주변에 모이고 내게 힘이 있을 때 우호감을 표시할 뿐 내가 힘들고 어려움에 빠지면 슬슬 눈치를 보며 꽁무니를 뒤로 빼며 돌아서기도 하였지 않는가. 우리는 살면서 그런 배신 아닌 배신의 순간을 한두 번 이상은 겪어보았으니 그 결과도 당연히 상상해낼 수 있지도 않겠는가.

법운은 부처가 되어 피폐했던 지난 세월의 강을 건너지 못하는 어머니를 가장 먼저 제도하고, 다음에는 사상범으로 처형되어 구만리 장천을 떠도는 아버지의 외로운 혼령을 제도할 것이라고 작심하고 있었다. 그 다음에는 사바세계의 일체중생을 제도할 당찬 결심을 하고 있었다. 오랜 시간이 지난 다음 법운은 그 모든 게 공염불임을 깨달았다. 법운은 자리에서 벌떡 일어나 화두를 떼서 바랑에 넣어 짊어지고 방랑길로 접어든다. 수많은 수도자들이 그 경지에 도달하기 위해 계율도 만들고 경전도 만들고 화두도 만들어봤지만, 결국은 아무도, 아무것도 이룩한 게 없다. 일찍이 석가모니는 일체의 형상을 만들지 말라는 유언을 남겼다. 그러나 어리석은 중들은 각자 제 욕심을 채우기 위해 사리도 만들고 절도 세우고 불상과 불탑도 조성하여 중생들을 유혹한다. 궁극의 목적은 성불이 아니라 어리석은 불자들을 상대로 누리는 권세와 눈먼 재물과 더러운 육욕 해소이기 때문이다.

방랑하던 법운은 파계승 지산을 만난다. 은죽사에서 정진하던 지산은 처음 만난 한 여인에게 꽂혀 '無'라는 화두를 팽개치고 여자를 쫓다가 자신도 모르게 알콜 중독자가 되어 파계한 선배 불자다. 함께 방랑 길에 오른 지산은 끊임없이 법운을 파계의 길로 유혹한다.

"수많은 중생들이 배가 고파서, 병이 들어서, 옥에 갇혀서, 권력과 금력을 가진 자들에게 억눌려서 신음하고 있네. 그런데도 모든 불상은 이천오백 년 동안 미소만 짓고 있으니 부처가 아닐세. 번뇌에 싸여 고통스러워하는 인간들이 참부처지." 지산이 내뱉은 말은 결국 자신이 목격한 현상이고 세상에 던지고픈 말이었다.

한동안 떠돌아다니던 둘은 오대산의 한 암자를 붙박이 거처로 정했다. 눈이 많이 내린 어느 겨울날, 지산은 암자 아래 마을에서 만취하여 돌아오다가 넘어져 눈 속에서 동사한다. 법운은 지산이 동사한 게 아니라 자살한 것으로 단정한다. 법운은 암자 마당에 장작을 쌓아놓고 혼자서 지산의 다비의식을 거행한다. 불길은 맹렬하게 타올라 순식간에 암자마저 삼켜버린다. 암자는 그대로 한 송이의 만개한 꽃, 눈부시게 아름다운 정토, 만다라로 변한다. 바로 그 순간, 법운은 불길 속에서 황홀하게 날아오르는 '병 속의 새'를 보게 된다.

술을 마시고 여자와 음담패설을 예사로 나누는
지산은 분명 파괴승이다
그런데 이상한 일이다.

내가 계율의 강앞에 발이 묶여 협소한 소승의

세계를 살아가면서 위선자가 되고 있을 때

그는 계율의 강을 자유자재로 넘나들며

광활한 무애의 대승세계를 살고 있는

자유인일지도 모른다는 생각이 드는 것이다.

계율의 노예가 되어 부단히 돌출하는 욕망에 멱살을

사로잡혀 있는 내게 그가 훨씬 인간적이고 또 어떤

의미에선 진짜 중인지도 모른다는 생각이 드는 것이다

타오르는 불길 속에서 '병 속의 새'를 봤으면 거기서 깨우친 도에 대해 설명하고 소설을 끝냈어야 했던 것인가. 법운은 다시 지암을 만나고, 어머니를 만나고, 지산을 파계로 이끌었던 여인을 만난다. 법운은 지산의 유일한 소지품이었던 목각불을 그 여인에게 전해준다. 세속의 연을 끊지 못한 쓸데없는 짓들이다. 잠시 지산의 뒤를 따라 자살을 생각하던 법운은 피안보다는 불쌍한 사람들을 구제하는 게 먼저라고 깨닫고 서울역을 향한다. 사창가에 들러 창녀에게 욕정을 푼 법운은 다음날 아침 인파 속으로 스며든다.

글판

　그로부터 숱한 세월이 흘렀어도 본질에서 벗어난 기득권의 고수와 편협됨은 청정함의 본산이 아닌 오늘도 편이 갈려 되레 저잣거리를 시끄럽게 한다. 그는 어쩔 수 없이 세속의 저잣거리로 내려오게 된다. 출신 성분과 학벌을 따지지 않고 자신만의 노력으로 인정받을 수 있는 게 뭐가 있을까 두리번거렸다는, 그래서 돌판(바둑), 중판(승려생활), 글판(문학)을 떠돌았다는, 그의 삶은 그 세 개의 판으로 모아질 수가 있다는, 정주하지 못하고 떠돎의 근원적 이유는 이념으로 비극적 생을 마감한 아버지로 귀결된다고. 그는 글 속에서 이렇게 말한다.

　"숨이 끊어지는 순간까지 팔만사천 번뇌를 등에 지고서 아프게 살아야 하는 게 인간의 숙명이다."라고. 무엇이, 누가 그를 깊은 산중으로 떠밀었던 것인가?를 고민해야 했다. 그의 이야기는 지금까지 누구도 토해내지 않은 자기 기록이었을 듯싶기 때문이다. 바닥을 알 수 없는 깊은 절망에서 연유된 주인공의 만행과 무엇을 하고 어떻게 살 것인지를 고뇌하며 끝없이 떠도는 주인공의 방랑은 당시 많은 젊은이들이 같이 짙어진 것이었고 '병 속의 새를 어떻게 꺼낼 것인가 하는 화두도 마찬가지였다. 그로부터 세월이 흘러 그는 언젠가 그런 이야기를 했다.

"사람들이 불교소설이라는 카테고리 안에서 나를 평가할 때 언제나 미안했어. 사실 내 소설 중에 본격 불교소설이라 할 만한 건 별로 없거든. 그리고 열정만으로 불교소설은 되지 않아. 연륜과 경험이 쌓이는 50대(代)는 돼야 제대로 쓸 수 있는 거니까. 〈꿈〉은 50살이 되면 불교소설 한 편을 쓰겠다는 나와의 약속을 지킨 것과 동시에 개인사를 접는 마지막 작품이야. 〈불교신문〉에 연재했으니, 절집에서 잔뼈가 굵은 것에 대한 보은도 한 셈이지. 어떤 내용이냐고? 아무 것도 아닌 존재로 태어난 인간이 어떻게 사랑하고 좌절하는가에 대한 이야기야. 육체를 벗어난 피안에 대한 그리움으로서의 사랑 말이야."

"〈신돈〉은 애초에 써났던 원고 1000장이 어느 해 물난리에 몽땅 유실됐어. 망연자실해 앉아있는데 비몽사몽간에 부처가 보이는 거야. '나 좀 꺼내 줘' 그러더군. 뭐에 끌린 듯 개울을 따라가다가 진흙에 반쯤 묻힌 부처를 발견했어. 미륵불이더군. 미륵은 미래와 당대를 총괄하는 존재이자, 혁명의 부처야. 그러고 보니 내가 쓴 〈신돈〉과도 연결이 되는 거야. 그래서 잃어버린 원고를 아깝지 않게 생각하기로 했어. 미륵불이 내가 〈신돈〉을 다시 쓸 수 있도록 기억을 복원해줄 테니까."
언젠가 그가 머무는 곳에 갔을 때 그 미륵불을 친견할 수 있었다.

이제 다시는 그러한 구도적 이야기를 볼 수 없을 것 같은 생각이 드는 것도 어쩔 수 없었다. 그렇게 많은 세월이 지났고 현실적인 삶에 빠져들었고 섣부른 욕망에 비틀거리며 그의 이야기는 까마득히 잊혀져갔다. 그로부터 많은 시간이 지나 그를 다시 생각해내는 기회가 찾아왔다.

2박 3일의 출가

자정이 지났는데도 잠을 이루지 못했다. 뒤척거리며 '잠'이라는, 시공간의 의미를 생각했을 것이다. 단순히 '잠'이라는 게 어떤 상태를 말하는 게 아니라는 것. '잠을 자다'가 아닌 '잠을 이룬다'는 것, '잠에 든다는' 또 다른 표현이 새삼스럽게 다가왔다. '이루거나' '들거나' 또 다른 가상의 공간이, 새로운 의미로 다가왔기 때문이다. 산중인데도 후덥지근한 밤이다. 불볕을 쏟아내듯 긴 여름날의 해가 저물어서도 더위는 사정을 보아주지 않았다. 여름장마도 이제 '철'이 되지 않겠다고 작정한 듯 칠월 초 일주일 오락가락하던 비가 그치고 한 달여 소나기마저 한 번 지나가지 않았다.

템플스테이로 2박 3일 일정으로 산사에 온 첫날밤이다. 불교신자랄 수도 없는 자이니 순전히 자의에 의한 참가는 아니었다. 혼자 여행을 떠나는 경우가 많았으니 모처럼 아내와 함께 할 시간으로 염두에 두었고 호기심 또한 마다할 수 없었다. 하지만 두 단어를 영문으로 조합한 행사명은 어색하고 불편했다.

너른 울처럼 산을 두른 곳인데도 대지를 태우는 듯 불볕더위는 그 안에 머물렀지만 절집 사이로 불러들인 개울로 물소리가 청량했다. 승복이 아닌 개량한복으로 갈아입고 선방에 앉으니 마음이 가벼운 것이 아닌 갇힌 듯 갑갑하고 무거웠다. 수행에 불필요한 물건, 그건 휴대폰이 첫 번째였다. 그것들을 몸에서 분리하고 정한 규칙을 어기면 벌을 받아야 한다고 들었는데 그 정도까지는 하지 않았다.

입재식은 입소식, 수행입문 의식을 말한다. 삼귀의와 반야심경 등을 게송하고 사찰예절(습의)에 대한 말씀을 들었다. 지도스님으로부터 일정을 소개받고 신병교육대에 입소한 신병처럼 먼저 인사하는 법을 교육받았다. 오가면서 하는 인사야 쉬운 듯했지만 부처님 앞에서 절로 하는 인사는 쉽게 체화되지 않았다. 절을 올리는 것이 수행의 시작인 듯했다. 또한 신도로서 절을 찾으면 먼저 부처님께 절을 올리는 것이 '저를 받아주세요.'라는 좀 억지스런 의미도, 절을 찾는다는 것은 같은 맥락에서 '나를 찾는다.'는, 천상천하 유아독존은 같은 길에 있다는 것도 생각했다.

제식훈련처럼 인사법을 배우고 백팔 배를 해야 했다. 절을 한 번 하고 염주를 꿰는 것도 함께하는 일과이자 수련이었다. 의미를 생각하고 절을 하기보다는 염주를 꿰기 위하여 절을 반복했다. 땀이 등줄기를 타고 흘러내린다. 백팔번뇌, 피상적으로 인간이 육신을 가지고 인연의 고리를 통해 끊임없이 겪는 고통의 총체적인 틀을 말한다지만 마음에서 모든 경계와 합일이 이루어지지 않을 때 나타나는 현상이 번뇌인 것이라고 했다. 숫자로 108가지가 아니라 수없이 많은 것을 뜻하는 것이라는, 그러나 그 경계에 초연하면 번뇌가 없어지고 차원을 높게 바라볼 수 있는 지혜가 생기는 것도. 그러나 그 뜻을 헤아림은 너무 멀고 깊은 곳에 있음을 생각했다.

절을 하고 염주를 하나 끼우고 그 행위에 집착의 경계를 벗어나지 못했다. 그저 그 행위의 공간을 건너간다는 것에 안도할 뿐이었다. 일과인지 과업인지 모호한 지경을 넘어 저녁 공양 시간으로 건너왔다. 발우는 아니었고 큰 접시에 밥과 반찬을 들고 자리에 앉으면 기도문을 먼저 복창했다. 발우는 스님들이 절에서 사용하는 밥그릇을 말하는 것이고 '적당한 양을 담는 밥그릇'이라는 뜻이 있다. 밥 먹는 시간도 수행의 연속이다. 밥알 하나라도 버리지 않는 것은 물론 지은 자의 공덕을 헤아려야 한다. 내 몫으로 담은 음식을 남기지 않는 것은 늘 쉬운 듯 어려운 것이다.

저녁 공양이 끝나면 저녁예불로 이어졌다. 예불의 식전행사처럼 법고를 두드리고 범종을 친다. 종교적 의식이란 뭐든 흐트러진 내면의 의식을 바르게 하는 장치인 듯했다. 다시 법당으로 자리를 옮겨 예불이 시작된다. 다시 하루의 수행을 정리하는 과정이다. 저녁예불을 마치고 침묵 속에든 사찰을 돌아본다.

어둠 속을 걸으며 가출과 출가의 차이점은 무엇일까도 생각해본다. 어차피 집을 나간다는 것은 같으되 내 집이 아닌 또 다른 집으로 행선지가 정해진 것이냐 아니냐의 차이점을 생각했는데, 하지만 냉정하게 따져 보면 절집에서 '출가냐? 가출이냐?'를 따지는 것은 무의미한 것이 아닌가. 몸은 안에 있어도 마음이 밖을 향해 있으면 집이라는 울타리를 벗어나지 못한 것이기 때문이리라. 어떻게 사느냐가 문제인 거다. 설사 시작이 가출일지라도 다시 발심(發心)한다면 바로 그 자리에서 출가로 바뀌는 것이라는 것, 발심은 사전적 의미로 깨달음을 구하고자 하는 지극한 구도심, 또는 좋은 마음을 내는 것이다. 일주문 밖에서 발심을 하든지 일주문 안에서 발심을 하든지 간에 시간상으로 전후(前後)가 있을 뿐이지 그 가치에 있어서는 아무런 차이가 없다는 것으로. 결국 '다시 발심했는가?'의 여부에 따라서 가출과 출가가 결정되는 것이라는 걸 생각한다. 설사 일주문 밖에서 발심하여 출가를 했더라도 일주문 안에서 '재발심(再發心)'하지 못하면 그것은 불가(佛家)에서 다시 가출하는 것이 된다는 것이다. 발심이란 순간적인 '말뚝 신심'을 뜻하는 것이 아니라 꾸준한 상태인 '현재진행형'을 말하기 때문이고 따라서 하루에도 수십 번 '가출했다'가 '출가했다'가 하는 것이라는 것, 일주문 안에서도 출가와 가출 사이에서 늘 자기와의 줄다리기를 하고 있는 것일지도 모른다는 생각을 했다.

개울을 따라 암자로 가는 길을 오르다가 다시 내려왔다. 어둠 속에서 둔탁하게 고라니가 울음소리를 낸다. 숙소로 들어와 몸을 씻고 자리에 누웠지만 몸이 뒤척거렸다. 바람도 없는데 풍경이 소리를 흔들었다. 마음 안에 깃든 풍경은 흐르는 현실에 흔들려 소리를 내고 절집 추녀에 매달린 풍경은 흐르는 바람에 소리를 내듯 두 풍경은 닮아있는 듯했다.

잠에 들기를, 또 다른 공간으로의 변화가 절실했지만 그것은 쉽지 않았다. 출가니 가출도 마찬가지인 것인가. 욕망의 공간을 어디에다 두느냐 하는 것인가를 생각했다. 과거의 공간이나 현재나 미래의 공간에 두는 것의 차이, 잠의 공간으로 건너가지 못하는 것은 현실의 공간에서의 혼란, 이틀 중의 하룻밤인데도 뭔가 버릴 수 없다는 집착, 욕망의 공간 때문인 듯했다. 나는 수행자의 자질이 없는 것인가를 생각했다. 그야말로 욕망에 찌든, 그 관성에서 벗어나지 못하는 보잘것없는 자인가를 돌아다보아야 했다.

물론 수행자가 자질로 되고 말고의 것이 아닐 것이다. 수행자가 되기 위해서는 계율 안에서의 한계를 갖는다. 마치 기독교가 '주 안에서'를 강조하는 것도 이와 같은 것인가? 생각해보았다. 풍경도 소리를 내지 않고 오랜 시간 뒤척거리다가 잠에 들었다. 그 공간을 구별할 수 없음도 마찬가지였다.

누군가 문을 두드리며 새벽예불시간을 알린다. 훈련소의 기상나팔 소리처럼 건조하게 자리에서 일어난다. 개울을 건너 대웅전으로 가는 길, 몸과 마음이 가볍지만은 않다. 수행의 자세는 어떠해야 하는가를 생각한다. 절실함과 경건함이 배어나지 않는다. 역시 훈련소의 아침 점호처럼 구호를 복창하고 국민체조를 하듯 절을 하고 따라서 암송할 뿐이다.

국수(國手)

2박 3일간의 수련회를 마치고 다시 속세로 돌아오듯 산을 내려오며 한동안 잊힌 듯 그를 다시 생각했을 것이다. 더욱이 대통령이 휴가 중 읽었다는 책이 그가 오랜 시간 집필했던 『국수(國手)』라는 소설이었다는 것으로도 그랬다. 그를 한번 만나고 싶었고 그것을 위한 전제조건처럼 다섯 권으로 된 그가 쓴 장편소설을 꼭 읽어야 한다고 생각했다.

틈틈이 읽겠다고 집중을 했지만 옛말이 많이 들어가 있어 진도가 빨리 나가지 않았다. 물론 그의 고향은 나와 같은 지역이고 이야기의 배경도 같은 충청도 내포권에 속한 예산지방이어서 익숙한 편이었는데도 그랬다. 피상적인 느낌이지만 그는 잊힌 우리 언어에 대한 관심이 누구보다도 지대한 듯했다. 시대의 변화에 따라 언어나 문자도 변화하는 것이라지만 일제강점기는 물론 신분제가 와해되면서 언어는 왜곡되고 원형이 훼손되는 실정인 것이다. 그는 절규하듯 말한다.

"말을 살려내야 합니다. 천지의 정기(精氣)를 얻어 이 누리에 태어나게 된 것이 사람이요, 사람의 몸을 맡아 다스리는 것이 마음이며, 이 마음이라는 것이 밖으로 펴 나오는 것을 가리켜 말이라고 부릅니다. 그런데 이 말이 죽어가고 있습니다. 말은 얼입니다. 얼 빠진 사람이 죽은 사람이듯 말을 잃은 사람은 죽은 사람입니다. 살아 있어도 얼간이일 뿐입니다. 우리는 우리의 말을 잃어가고 있습니다. 우리의 아름다운 말을 살려낸 소설을 썼더니 영어보다 더 읽기 어렵다고 합니다. 얼이 빠져버린 것입니다. 제 나라 말을 잃어버린 민족은 마침내 결딴나고 만다는 것을 인류사(人類史)는 보여줍니다. 우리말을 되살려내야 하는 까닭이 참으로 여기에 있습니다."

이야기를 쓸 때도 그 시대에 맞는 말을 찾아 써야 한다고 했는데, 조선시대를 기준으로 노비 등 하층민들이 썼던 언어는 다 사라졌다는 것이다. 그는 또 이렇게 말했다.

"소설을 쓸 때 제일 막막하고 고통스러운 것은 당시 그 시대 사람들의 언어로 이야기를 해야 된다는 것입니다. 소설은 달리 말하면 사람의 마음을 그려내는 것입니다. 사람들의 마음은 육체 속에 있고, 육체가 자리 잡고 있는 것은 땅이고 산천입니다. 한 세기 전의 역사를 재현하자니, 풍속이라든가 당시의 생활 모습 같은 것은 궁구(窮究)를 통해서는 어느 정도 가능한데 제일 힘들었던 것은 언어였습니다. 저는 궁구를 하면서 남북한을 통틀어서 역사소설이라고 하는 것을 거의 다 읽어 봤는데 깜짝 놀랐습니다. 그것은 남은 남대로 북은 북대로 참으로 심각한 문제에 직면해 있다는 생각이 들었습니다."

사실 그의 주장은 남다르면서 어려운 숙제를 던지듯 의아하기만 했다. 옛말을 찾아내는 것은 고사하고 현재 쓰는 말도 외래어로 범벅이 되어가고 있는 현실에서 말이다. 글을 쓰는 작가든 국어를 연구하고 전달하는 이들이든 현상이나 변화에 따르려고 할 뿐이지 잊혔거나 왜곡되어가는 우리말을 되살리려는 의도나 노력을 하는 이들을 보거나 하는 경우가 드물었기 때문이다.

지독한 무더위로 지친 8월이 지나고 9월이 되어서야 다섯 권을 다 읽었다. 더욱이 낯선 말을 찾아가며 읽으려니 지지부진, 집중이 되지 않았다.

이야기는 조선조의 암울했던 시대가 배경이다. 관리들은 민서(民庶)들을 돌보지 않았고 권력투쟁과 이권 챙기기에 급급하던 시절이었다. 민비를 중심으로 한 외척 민씨들이 조선 팔도를 주무르면서 온갖 부정부패를 일삼고 백성들의 고혈을 착취하는 것에만 관심을 가지고 있었다. 관직매매는 기본이었고, 민서들은 기껏 농사를 지어도 여러가지 세금과 지주 몫으로 내정된 곡식을 내고 나면 그야말로 남는 게 없었다.

바둑으로 국수(國手)를 꿈꾸었던 것일까? 그도 그랬을 것이다. 젊은 시절 열 달 만에 1급에 올랐다니까. 고서점에 들러 꼭 봐야 할 책이 있다면 주인에게 기다리라 단속하고 기원에 가서 내기바둑을 두었다는 것처럼. 그는 바둑에서도 고수였다.

어린 양반댁의 자제는 적적암에 기거하는 백산노장에게 기세 좋게

도전장을 던졌다가 일패도지하게 된다. 그러니까 작가는 전통적이고 가부장적 사고로부터 이야기의 출발을 예고하는 것처럼. 기존 질서를 뒤집어엎을 수 없었던 동학운동의 운명을 예고라도 하듯이, 한계와 경계를 정하는 듯했다. 어차피 세상은 변하여 가는데 무작정 조선의 대문을 걸어 잠그고 한 번도 반동을 시도하여 보지 못하고 흘러온 반상으로 구별된 신분제가 삐거덕거릴 거라, 남 일처럼 생각했던 것도 마찬가지였다. 유불(儒佛)을 다루는 진리가 다름이 아니라는 식의 이야기도 그랬다. 철저하게 숭유억불 정책으로 일관했거늘 서로 대척점에 서 있는 것이 화해할 수 있다는 것도. 쇠락해가는 왕권, 임오군란, 갑신정변, 갑오농민운동으로 이야기가 이어질 것이라는 암시인가?

그의 증조부는 어린 나이에 과거에 급제하였지만 과거제가 유명무실해지면서 후에 자진한 것으로 알고 있었듯이 백성들의 어진 목민관이 되겠다는 아산현감의 시도는 처음부터 성공할 수가 없는 것이었다. 개혁이 정상궤도에 오르려면 절대적 시간과 지속적 추구를 위한 제도적 뒷받침이 필요하기 때문이다. 하물며 일개 목민관이 수세대에 걸쳐 누적된 병폐를 일소한다는 것 자체가 어리석은 시도였다. 그것은 그의 선대가 이루지 못한 꿈을 이어놓은 듯했다. 잊혀져간 말들로 새삼스러운 점도 있었지만 일일이 확인하고 지나가는 것은 번잡스러웠다. 새로운 세상, 막연하지만 저마다가 하늘이 되는 세상을 꿈꾸었다. 앞서 이야기한 대로 그가 나름 뼈대 있는 집안이었다는 것을 많은 사람들에게 알려주려는 듯했다면 미욱한 자의 소견인 듯싶기도 하지만 부인할 수 없는 나의 관점이었다.

가정이 해체되고 가족이라는 것의 가치가 폄훼되면서 그 의미를 다시 생각하게 하는 세상에서 그의 큰 관심사는 '고루살이'^(공동체)였다고 했다. 그는 인생이 슬프고 세상이 막막한 자들을 모아서 함께 살고 싶다는 마음을 품었던가 보다. 땅을 기반으로 에너지와 교육까지 자급자족하는 것을 대원칙으로 하는 고루살이. 그가 말했다.

"공동체라는 단어는 서구개념이야. 그 단어엔 우리 철학이 부재해 있어. 고루살이가 적절한 표현이지. 함께 부대끼며 이 시대가 안고 있는 여러 문제를 논의하고, 모색할 공간이 필요하다는 거지."

병 속에 든 새

결국 그의 글은 대단한 문학적 성취를 이룬 듯했지만 선대로부터 흘러내린 시대적 변화와 이념으로 황폐화된 시대적 배경에서 벗어날 수 없었던, 벗어나려 몸부림친 흔적이었다. 아무튼 그가 젊은 나이에 수행자가 되겠다는, 그것이 나의 범주에서는 지순한 꿈이었는지도 모른다. 아무나 도달할 수 없는 지경이기 때문이었다. 어설프게 가출을 실행하기도 했었지만 나는 가족이라는 울타리를 벗어나기 위한 것이었고 그는 되레 비감하게 생을 마감한 아버지를 찾아서였는지도 모른다. 나는 가족을 벗어나려고 버둥거렸지만 그는 그 반대였을 것만 같았다. 그가 다시 말했다.

"문학은 그리움이라는 것, 이룰 수 없는, 이루어지지 않을 것에 대한 그리움이라고."

독고개라는 큰 재를 넘어 광천으로 중학교를 다니면서 교가에도 나오는 오서산을 올려다보았듯 그도 마찬가지였을 것이다. 그때부터 그가 지은 글을 읽을 때마다 흠모하는 마음으로도 오서산을 떠올리곤 했다. 그도 오서산을 보며 어린 시절을 보냈을 것이라는 생각을 했고 뭔가 동류의식을 갖게 되었을 것이다. 해방과 함께 분단된 영토에서 각을 만들고 숱한 비극을 잉태한 이데올로기의 한을 걸머멘 그에게 연민을 가졌을 것이다. 결국 까마귀가 산다는 오서산은 그에게 운명과도 같았다는 것으로 그에게 다가가고 싶었을 것이다.

만다라의 이야기는 너무나 강렬하게 다가왔기에 그를 오서산의 곁에 세워두었고 오랜 세월이 흘러서야 만날 수 있었다. 처음은 늘 그렇듯이 낯선 타인으로 그 앞에 서 있을 수밖에 없었지만 그에게 다가갈 수 있는 틈은 역시 오서산이었다. 처음 만났던 그는 그 틈바귀조차 탐탁하게 생각지 않는 듯했는데 다시 만나면서 잊힌 듯 익숙했던 어린 시절의 말도 나누면서 동류의식도 나누게 되었다. 다만 작금의 정치상황 등에 대한 견해의 차이는 어쩔 수 없는 한계였다. 처음 만났을 때 오서산은 그에겐 지난 세월인 듯 했는데 아니었다.

만나면 꼭 여쭙고 싶었던 말, '병 속의 새는 꺼냈는가?' 그건 오래된 것이었다. 그가 그렇게 말했던 흔적이 있었을까.

"새벽이슬에 바짓가랑이 적시며 처음 입산하던 열아홉 살부터 이날 이때까지 '벌벌 떨며' 살아왔지. 새는 아직도 병 속에서 못 나왔어."

그를 만나면서 어린 시절부터 그가 처절하게 겪어야했던 특별한 몸과 마음의 갈등, 허튼 잣대처럼 학력의 한계를 극복하기 위하여 궁구한 치열한 흔적들을 볼 수 있었다. 타인의 입장에서 단순히 시대의 비극이라 하면 가벼운 것일려나. 그가 살아나왔던 고단했던 시간들 속에 오롯이 궁구한 우리말과 역사인식 등. 이제 우리는 과거의 편협한 이념적 사고에서 벗어날 수는 없을까? 하는, 그래서 그가 가진 인문학적인 소양을 많은 이들과 나누면서 방향성까지 제시할 수 있는 기회를 만들어 드리고 싶다는 나의 염원은 막연했지만 가슴에 남겨두었다.

시대의 비극이나 아픔처럼 그의 어버이가 지나온 가혹한 가시밭길에서 온전한 그만의 생의 길을 걸어 나갈 수가 없었다. 아니 그 흔적에서 벗어날 수가 없었다.

우리 사회의 이념적 강팍함, 이 시대의 비극은 여전히 강물처럼 흘러가는 듯했다.

변산공동체학교

가지 않은 길

태어나 이 세상을 떠돌다가 제 자리로 돌아왔다. 어머니와 한 몸이었다가 세상으로 나온 지 예순의 나이테를 갖게 된 것이다. 그 나이까지 살지 못하고 죽은 사람들이 많던 시대, 집안의 경사로 큰 잔치를 벌였던 시절도 있었지만 지금은 다르다. 흔히 백세시대라고도 하니 회갑에는 다시 새로운 삶을 시작한다는 의미를 부여하기도 한다.

많은 이들에게 익숙한 로버트 프로스트의 「가지 않은 길」은 젊은 시절 자신의 삶처럼 방황과 선택을 고뇌한 시다.

지금부터 오래오래 후 어디에선가
나는 한숨지으며 이렇게 말하겠지
숲속에 두 갈래 길이 나 있었다고
나는 사람들이 덜 지나간 길을 택하였고
그로 인해 모든 것이 달라졌다고

생각이 여럿이라도 몸이 하나이니 결국 가야 할 길은, 갈 수 있는 길은 하나일 수밖에 없다. 그러므로 인생은 끊임없이 선택의 연속이다. 선택한 길에 들어섰다면 다시 돌아설 수도 있겠지만 그게 쉽지는 않고 대개는 선택한 길을 그대로 간다. 시간은 거스를 수 없는 것이고 선택된 공간도 마찬가지이기 때문이다. 많은 시간이 지난 후 시인이 한숨지으며 말할 것을 예정한 것처럼, 어떤 선택을 하더라도 후회와 미련은 있기 마련이다. 지나온 길에 대한 회한과 가지 않은 길에 대한 아쉬움으로 말이다.

「봉순이 언니」라는 소설을 읽은 것은 오래전이다. 산업화 시대의 한 단면을 드러내듯 '짱아'네 집에서 식모살이를 했던 봉순이 언니의 굴곡진 삶이 그려진다. 작가의 심경이었을 것이다. 꿈과 욕망이 한데 섞여 분출되던 산업화 시대의 한귀퉁이에 뿌리를 내리지 못한, 부초같이 떠돌아야 했던 한 여자의 기구한 운명에 관한 자조적인 통찰이라고 규정하고 싶다. '삶에서 사소한 일이 없는 이유는, 사소한 그 일이 바로 그 사람이 지금까지 살아온 삶의 총체이기 때문이라는, 결국 사소한 그 단서가 아니라 그 사소한 것의 방향을 트는 삶의 덩어리, 그것이 모든 걸 결정한다는 걸 알아버렸기 때문이었다.'라는.

새로운 생을 부여받은 것처럼, 이제부터 주어지는 생을 어떻게 영위해나갈 것인가 고뇌하는 시공간에 멈추어 서 본다. 지나온 길을 관조하듯 돌아다보는 시간도 가져보려 한다. 지나온 삶 속에서 사소하게라도 선택한 사실이 오늘의 나를 이룬 것이다. 하지만 삶은 그것만으로 이루어지지 않는다. 나의 의지와는 상관없이 선택할 수 없었던 것들도 있었기 때문이다.

부모를 만나는 것도 자식을 만나는 것도 내 의지대로 선택할 수 없었던 것이었다. 그래서 부모와 자식 간은 하늘이 맺어준 사랑, 천륜(天倫)이라고 했다. 그 이면에는 부자간의 관계에 복잡다단한 문제가 있는 것을 암시하는 듯, 프로이트의 학설도 그에서 비롯되었을 것이다.

왕조가 몰락하면서 외세의 침탈이 시작되고 오랫동안 이어져온 신분제는 별다른 각성 없이, 소리소문없이 붕괴되었다. 혁명과 같은 급진적인 변혁이 아니었으므로 그 잔재는 오늘날까지 질곡을 늘여놓고 있다는 것은 논외로 하자. 숙명처럼 신분이 세습되던 시절 아버지의 역할은 무력했다. 가풍(家風)이라는 보이지 않는 억압이 있었고 대가족이었으니 조부 등의 영향력을 무시할 수 없었다. 규범과 질서의 틀에 저항하거나 벗어나기도 어려웠고 순응하는 게 도리였으니 말이다. 신분 상승을 도모할 수도 없었고 심지어는 양반 가문이었더라도 본처가 아닌 첩에게서 난 자식조차 차별을 받았다.

일제강점기, 외형적으로 신분의 벽이 허물어졌지만 흘러내려온 성분의 벽은 쉽게 뛰어넘을 수가 없었다. 양반가의 자제들은 선대로부터 내려온 경제력을 바탕으로 신학문을 접했고 일본으로의 유학의 기회도 마찬가지였다. 이어서 해방과 분단, 남북한의 전쟁 등으로 삶의 터전은 피폐해졌다.

60년대 이후 산업화 시대로 변화하면서 양반의 가문이 아니더라도 교육의 기회가 확대되기 시작했다. 대부분이었던 농촌 사람들이 '자식은 나 같은 농부가 되지 않도록 하겠다'며 고향을 떠나기 시작했고, 70년대 새마을운동으로 농촌은 새로운 활로를 모색하기도 했지만 숱한 문제점을 배태했고 피폐해지기 시작했다.

해방과 전쟁, 이어 산업화 시대로 접어들면서 소위 흙수저를 물고 태어난 가난한 집안의 아이들도 금수저의 반열에 들어설 수 있는 기회를 얻기 시작했다. 당시 신분 상승의 확실한 징표는 군인으로 고급장교가 되거나 고시에 합격하여 관료가 되거나 판검사가 되는 것이었다. 입신양명(立身楊名)은 오랫동안 이 땅을 지배하던 굳건한 이데올로기였지만 공동체를 위해 기여하겠다는 명분은 분명히 존재하던 시절이었다.

하지만 한국전쟁 이후 수십 년이 지나 우리 사회는 또 한 번 미증유의 위기에 직면한다. 그 이전까지는 미미하게나마 공동체 의식이 남아 있었으나 각자도생의 현생관을 확실하게 견지하게 되는 불행한 계기가 되었던 역사적인 변곡점이었다.

바로 1997년, IMF 구제금융 신청은 우리네 삶을 뿌리째 흔들어놓는다. 그런 참혹하고 살벌한 시간들이 도래하리라고는 누구도 예상하거나 생각하지 못했을 초유의 일이었다. 하루아침에 직장에서 쫓겨난 자가 속출하고 기업들은 파산했다. 막다른 길에서 생을 포기하는 사람들도 부지기수였다. 가정이 해체되면서 노숙자로 한뎃잠을 자는 사람들도 많아졌다. 그 후 다시 '경기가 좋아졌다'는 말은 돌아오지 않았다. 가진 자와 그렇지 못한 자의 간격이 더욱 넓어졌을 뿐이다. 그 연장선상으로 계층 간의 갈등은 날로 심화되었고 계층 간의 갈등은 세대 간의 갈등, 부모 세대와 자식 세대 간의 갈등으로 번졌다. 영화 〈기생충〉은 냄새로 그 갈등을 표출하기도 했다. 가진 자의 입장에서 내 문제가 아니고 내 자식의 문제가 아니라는, 파이를 키워가는 것이 아닌 문제를 키워가는 날 선 현장이었던 셈이다.

한편 급격한 산업화 시대로 진입하면서 저마다의 욕망이 꿈틀거리며 꿈을 꾸던 시절이었다. 절대적 빈곤과 불안정한 정치 상황에서 '잘 먹고 잘살겠다'는 단순한 욕망에 휩쓸려 살아오다 보니 전후좌우를 둘러볼 여유를 가질 수 없던 시절이었다. 부모들의 욕망은 아이들에게 그대로 투사되기 시작했다. 〈스카이 캐슬〉이라는 TV 드라마는 그런 여건이 되지 못하는 이들에겐 지극히 비현실적인 공간으로 치부될 수도 있겠지만 한편으로는 지극히 현실적인 배경과 공간이었다.

태어난 지 얼마 안 되는 아기 때부터 부모의 욕망이 개입되기 시작한다. 교수라는 자들이 고등학생인 자녀와 논문의 공동저자가 되는 것은 물론 '스펙'으로 통칭되는 각종 자료를 위조한 것으로도 드러났다. 드러난 것은 일부이지만 일련의 사태들은 우리의 현실이다. 그것만이 문제가 아닌 태어나면서부터 늘 타인에게 통제당하고 꽉 짜인 시간 속에서 길들여지며 청소년기를 보냈으니 그네들의 삶은 자율성을 상실했고 자생적인 능력도 마찬가지였다. 더불어 살아가는 힘은 치열한 경쟁 속에서는 생겨날 수 없는 틈새와 같은 것이었다.

곁에 있는 한 젊은이를 알고 있다. 30대를 지났으니 젊은이라고 하기도 어려운, 그는 경제적으로 그리 궁핍하지 않은 집안에서 나고 자랐다. 최근 그를 만났을 때 그가 떠메고 가는 삶의 무기력함을 엿볼 수 있었다. 아버지와 관련 있는 회사에서 일하며 그는 삶의 방향성을 잡지 못하고 있었다. 호기심을 넘어 의욕과 열정이 없다는 것, 그 이유를 생각해보았을 때 그의 부모와 관련이 있었다. 어린 시절부터 그가 마주한 일에 너무 많이 간섭을 해댄 것이다. 일정 부분 간섭은 당연한 거고 머리 좋고 재능이 있다면 부모의 간섭이 추동력이 되기도 하지만 그렇지 못한 경우 무기력만을 갖게 한다. 그가 자라오면서 선택할 일이 별로 없었다. 근래 대부분의 부모들이 그랬듯이 그의 부모도 아들에게 선택권을 준 것이 아닌 자신들의 욕망을 포장하여 자식에게 강요한 것이 그렇게 나타난 것이다.

대안(代案)

육십갑자의 '갑(甲)'으로 되돌아온 해, 지나온 길을 되돌아보며 가장 큰 아쉬움으로, 자신이 없는 것이라면 바로 아버지의 역할이었다. 나 자신 늘 아버지에 대한 불만을 가지고 있었으면서도 역시 아이들에게 좋은 아버지가 되지 못했다는 자괴감은 피할 수 없는 부끄러움이었다. 자식으로서 불만인 것이 '아버지가 노력을 하지 않아 재벌이 되지 못한 것'이라는 한갓 우스갯소리로만 돌릴 수 없는 현실이다.

굳이 구분한다면 IMF 이전과 이후, 그 이전에는 드문드문 개천에서 용이 되듯 하던 시절이 있었지만 그 이후로 그런 일은 사실이 되기 어려워졌다. 부모의 능력이 자식들의 운명에 너무 많이 개입하게 된 이유였다. 유치원은 물론 학원을 정하는 것부터 부모의 정보력과 자본의 힘이 지배하기 시작했던 것이다.

열대우림 속 문명의 손길이 미치지 않은 곳, 오지에 관광객들이 스며들면서 그네들의 농경문화와 민속 유산은 관광자원이 되고 그들의 생활은 관광객들에게 보여지기 위한 것으로 점점 변해가는 것처럼. 결국 그들도 돈을 알게 되고 맨발에 신발이 신겨지고 신발은 형편에 따라 상표로 구별되는. 그러면서 부모의 능력이나 노력이 극명하게 드러나는 불편한 세상이 도래한 것이다. 마치 신분제로 회귀하듯이 말이다. 그러한 과정에서 아이들의 정서는 메말라갔고 경쟁이 치열해지면서 쉽게 좌절하고 스스로 삶을 포기하는 일들도 쉽게 생겨나기 시작했다.

그 혼란스런 상황에서 일부 깨어있는 사람들이 대안을 모색하기 시작했다. 끝 모를 경쟁 속으로 아이들을 밀어넣을 것이 아니라 날 선 경쟁의 악다구니를 벗어난 교육환경을 만들어 건강한 삶을 영위할 수 있는 방안을 고민하게 된 것이다. 나 역시 사내아이 둘을 키우면서 똑같은 고민을 했을 테지만 별다른 대안이나 실행의 방안을 생각하지 못하고 현실에 부딪치는 문제를 헤쳐나가기에 급급했을 것이다.

이제 새로운 교육의 틀을 제시하려 했던 두 사람의 발자취를 따라가 보려고 한다. 한 사람은 그러한 현장을 꿈꾸고 실행한 이였고 다른 한 사람은 대안교육 현장에 자녀를 맡기는 용기 있는 아버지가 되기로 자청한 분이었다. 국민의 의무이기도 한 교육과정을 벗어나 부모의 지식과 지혜, 손길이 더 많이 필요하거나 모범을 보여야 하는 것이 대안 교육일 수도 있다. 부모의 직간접적인 영향력이 개입되어야 하는 교육 분야에서 대안(代案)을 모색하고 실행까지 한다는 것은 보통 사람이 가질 수 없는 도덕심이라고 해야 하나, 사회 변혁을 꿈꾸는 혁명가와 같은 이들이라고 생각한다. 물론 큰 소리를 내진 않는 거니 그분들에게는 더 어려운 문제일 것도 같고, 누군가 가지 않았던 길에 대한 두려움, 위험부담 같은 것도 피할 수 없는 것이었으리라.

하지만 사회를 이끌어가는 그 과정을 탐색하는 것도, 그 시작에 대한 과정이나 결과도 마찬가지 내가 평가나 판단할 부위는 되지 못한다. 다만 내가 가지 못한 길을 만들고 가고자 했던 이들의 발자취를 따라가 보는 것일 뿐.

농업혁명의 허구

태풍이 북상한다는 소문이 무성했지만 길을 나섰다. 오랫동안 밀쳐두었던 길, 익숙하지 않은 낯선 길이라는 이유가 있었을까? 아니었다. 이십여 년 전, 푸른 제복을 벗고 새로운 직장생활을 시작하면서 국토종단으로 나섰던 길에도 그곳으로 나있는 길을 지나갔을 것이다. 지갑을 책상 서랍에 넣어두고 '무전(無錢)'으로, '도보'로 지났던 길이었다.

해남 땅끝마을에서 출발, 남도를 거슬러 고창읍성을 돌아 나와 내소사로 지나가려던 길, 주머니를 비우고 나섰던 길은 공기가 희박한 고산지대를 지나듯 사지가 움츠러들며 비틀거리게 했다. 절집에 들러 뻔한 사정을 읍소했을 때 어이가 없어 하던 스님의 얼굴은 한동안 잊히지도 않았다. 다시 절 아래 마을에 들러 어머니 같은 늙은 여인에게 늦은 저녁을 얻어먹고 마을회관에 하룻밤을 묵어갈 수 있도록 부탁했는데, 그 마을 이장은 요즘 세태를 탓하며 밤길에 나를 내몰았던 길이었다.

호기심은 나에게서 나오는 것이고 관심은 타자에게서 비롯되는 것인가? 멈칫거리며 그곳에 가고자 했던 이유는 무엇이었을까? 그 길에는 호기심도 관심도 한데 버무려져 있었다. 관심이라면 무엇보다도 사람이었다. 사회적으로 안정된 직위와 직장을 버리고, 가정까지도 멀리 놓아두고 공동체를 만들겠다며 떠났다는 분에 대한 관심과 호기심이라면 '공동체'라는 특별한 마을이었다.

작금의 시대를 살아가는 우리는 과거 어느 때보다 풍요와 안정을 누리며 살고 있다. 그 징표가 여럿 있겠지만 부정적인 것으로 두 가지만 들자면 이렇다. 그 하나는 굶어죽는 이들은 거의 없지만 비만으로 인한 질병으로 죽는 이들이 많다는 것이다. 다른 하나는 전쟁이나 사고사로 죽는 것보다 스스로 선택한 극단에 이르는 이들이 더 많다는 것이다. 우리가 늘 바라는 풍요와 안정이 많은 사람들에게 좋게만 임하지만은 않는다는 실증이고 행복을 체감하는 것과도 별개라는 것이다.

이스라엘의 역사학자 유발 하라리는 인류의 발전단계를, 진화 또는 진행과정이라는 게 더 타당할 것 같은데, 크게 4단계로 구분했다. 인지혁명과 농업혁명, 그리고 인류의 통합과 과학혁명이다.

그가 말한 4단계에서 내가 주목하고 싶은 것은 농업혁명이다. 인류가 농업으로 이행한 것은 기원전 9500~8500년경, 터키 남동부, 서부이란, 에게해 동부 지방에서였다. 야생초에서 가려낸 밀 등을 재배하고 염소 등을 가축화하기 시작했다.

고대인들은 한 지역에 정주하지 않고 대륙을 건너기까지 끊임없이 원거리도 마다하지 않고 이동했던 흔적을 남겼다. 그들은 가는 곳마다 수렵 채취 생활로 단순하게 열량을 공급했을 것이다. 야생에서 열매와

줄기를 채취하고 야생동물을 사냥하면서 먹을거리와 그 부산물로 최소한의 의복과 눈비를 가릴 거처로 생존했다. 요즘의 기준으로 안정적이지는 못했겠지만 생존하는 데 별 문제가 없었다. 하지만 누군가가 주도하기 시작했을 것이다. 그 시절에도 존재감을 가지려던 자가 있었을 것처럼, 몇몇 동물과 식물 종을 사피엔스의 기호에 맞게 변형시키는 것에 관심을 가지고 주력했을 거라는 거다.

그러한 과정을 거쳐 경작의 형태로 씨를 뿌리고 잡초를 뽑고 좋은 초지를 찾아 양떼를 몰았다. 이런 수고를 통해 더 많은 곡식과 과일, 고기를 얻을 수 있을 것이라고 생각했고 실제로 이전보다 안정되게 생존은 물론 잉여를 추구하는 삶이 시작되었다고도 할 수 있다. 이러한 변화를 농업혁명이라고 규정했다. 이러한 농업혁명은 전 세계로 퍼져나가지는 못했다. 호주나 알래스카, 남아프리카와 같은 지역에서 자라던 야생초나 동물 종은 작물화나 가축화에 맞지 않았기 때문이었을 것이다.

그러니 한때 학자들은 이러한 농업혁명이 인간성을 향한 위대한 도약이라고 규정했다. 사람들은 지능이 진화하듯 자연의 비밀을 파악하고 염소와 들소를 길들이며 밀을 재배할 수 있게 되었으니 말이다. 그게 가능해지자 불안정한 일상으로 지겹고 위험을 감수해야 했던 수렵채집인의 삶을 포기하고 농부의 만족스러운 삶을 즐기게 되었던 것일까?

그러나 이때부터 농부들은 대체로 더욱 힘들고 불만스럽게 살게 되었다. 여분의 식량이 생겼다고 해서 곧 더 나은 식사나 더 많은 여유시간을 갖게 되지는 않았다는 것이다. 그런 이유로 그는 농업혁명은 역사상 최대의 사기였다고 표현했다. 야생의 것들을 취하여 살던 시절에는 일정한 지역에 1백 명 정도의 건강하고 영양상태가 좋은 방랑자들이 살았다면 농경을 시작하면서 인구는 급격히 늘어나 그 열 배가 되었고 많은 사람이 질병과 영양실조로 시달렸다. 경작활동에 더 많은 노력과 시간이 투여되면서 야생동식물을 사냥하고 채집할 시간은 현격히 줄어들었다. 아이들에게 모유를 덜 먹이고 이유식을 더 많이 먹이면 면역력이 약해졌다. 밀 등의 단일작목에 의존도가 높아지면서 가뭄 등의 기후에 더 취약해졌다는 것도 마찬가지였다. 풍년에 넘쳐나는 잉여산물을 보관한 창고는 도둑과 적을 불러들이고 이를 방비하려면 성벽을 쌓고 보초를 서는 수밖에 없다는 사실을 예측할 수는 없었을 것이다. 유발 하라리, 그가 쓴 이야기는 아주 오래전의 옛날이야기가 아닌 엊그제 일이 오늘로 이어진 것처럼 자연스럽게 다가왔다.

철학자,
공동체학교를 꿈꾸다

　부안읍내에 도착했을 때 태풍의 본류가 도착하지 않았던지 오가는 이들을 흔들 정도는 아니었고 길가의 가로수 사이로 바람이 소리를 내며 지나갔다. 오랜만이어서 낯선 길, 가야 할 길을 두리번거려야 했다.

　야생초의 씨앗에는 살아가야 할 일생이 내장되어 있다. 대지에 안착한 씨앗은 대개는 봄이 되면 싹을 틔우고 시절을 쫓아 꽃을 피우고 열매나 뿌리를 매달고 일생을 이룬다. 한 알의 씨앗이 그보다 훨씬 많은 씨앗을 만든다. 후대를 이루는 것은 그리 많은 양이 필요하지 않지만, 씨앗을 퍼트리기 위한 수단일 것처럼 땅에 발을 딛고 사는 것들의 배를 채워주기도 한다. 오늘날 우리가 먹는 대부분의 곡식은 야생초, 즉 풀이라는 자연의 것에서 비롯되었다.

　인간은 이와 다른가 생각해본다. 그렇기도 하고 아니기도 하다. 인간은 인지능력을 가지고 진화를 거듭해왔기 때문에 그럴 것이다. 인간이나 동물이나 대개의 살아가는 모습은 비슷하다. 하지만 야생에서 태어나자마자 개체로서 생존해야 하는 동물들과 다르게 인간은 오랫동안 보살핌을 받아야 하는, 상대적으로 나약한 존재이다.

인간이 태어난 순간은 완전한 결핍의 상태다. 여타 다른 동물들은 대부분 태어남과 동시에 활동할 수 있다. 보호를 의탁해야 하는 기간이 절대적으로 짧다는 것을 의미한다. 그러나 인간은 그렇지 못하다. 곁에 누군가 보호자가 없다면 절대 생존할 수 없다. 그 기간이 수년이 되기도 한다. 보호자가 엄마이든 누구든 생존하기 위한 욕구, 결핍을 해결하기 위해서는 보호자의 눈길에서 자유스러울 수 없다는, 구속력을 갖는다. 그 말은 엄마의 눈에 들어야 한다는 강박관념을 가지게도 된다는 것이다.

야생초들은 씨앗에 내장된 나침반이 가리키는 것처럼 일생을 살아가지만 인간은 '사회적인 동물'로서 살아가게 된다. 부모로부터 사회로부터 삶의 모습이 규정된다. 취학연령이 되면 학교에 가야 하고 사내아이들은 군복무도 하고 밥벌이를 해야 하고 결혼도 하게 된다. 대부분의 사람들은 이와 같은 삶의 모습에서 크게 벗어나지 않는다. 하지만 더러는 그러한 관습적이거나 억압적인 삶의 일정한 틀에서 벗어나는 이들도 있다. 그러한 사람들이란 사회적인 규정을 벗어나 수행의 길이나 봉사의 길, 고립의 길을 찾아 나서기도 한다는 것이다. 요즘의 세태를 반영하는 듯한 장면을 인용해본다.

"뭐 장관이란 자가 줏대도 없이 비겁하게 저런 말을 한다냐. 거기까지 올라갔으면 됐지." 퇴근길에 만나 저녁을 같이 먹던 친구는 TV 화면에서 시선을 거두며 빈정거리듯 내뱉었다.

"야, 옛날 목숨 걸고 독립운동 하던 시절과는 다르지, 집에 가서 마누라한테 쫓겨나거나 맞을 각오를 하지 않는 이상 말이다. 이제 그런 결기 있는 사내들은 찾으려야 찾을 수가 없는 세월이 되어버렸어" 내 말에 친구는 다음 할 말을 찾지 못했다.

　가까이에서 접할 기회가 없었으니 활자화된 매체를 통해 그를 엿보았을 것이다. 그는 안정된 직장, 그것도 최고의 사회적인 신분이 보장되는 대학교수였다. 후에 알게 된 것이었지만 그는 평범한 이는 아니었다. 학창시절 무전여행을 떠나기도 했고 '입산'하겠다며 절집을 찾아나선 적이 있었다.

　중학교 삼학년 겨울에 첫 출가를 시도, 계룡산 동학사 너머 갑사를 찾아갔다. 누굴 만나 무슨 말을 해야 할지 몰라서 대웅전에 들어갔다가 부처님이 등 떠미는 것 같아서 하릴없이 내려왔다고 했다. 고등학교 2학년 때는 일엽스님의 『청춘을 불사르고』라는 책을 읽고 예산 수덕사를 찾아갔다. '머리를 깎겠다.'는 그의 말을 듣고, 노장 스님은 고개를 끄덕이더니, 주지 스님을 찾아가 보라고 이르셨다. 주지 스님은 단칼에 내치셨다. '부모 승낙을 받고, 고등학교 졸업하고 나서 오면, 그때 받아들일지 말지 결정하겠다.'는 말씀이셨다. 또 하릴없이 터벅터벅 산길을 걸어 내려왔다. 다시 세월이 흘러 한 번 더 가출인지 출가인지로 그 길을 찾아 나섰다. 결혼하고 딸 하나를 낳은 뒤였다. 둘째 애는 아내의 뱃속에서 자라고 있었다. 그러니 가장으로서 보통 마음은 아니었을 것이다. 송광사에 들어가 아내에게 편지를 썼다.

　"미안하다, 더는 부부인연을 이어갈 힘이 없다, 죄 값은 부처님에게 치르겠다."고 했다. 마당도 쓸고, 부엌일도 돕고, 노장스님 방도 닦고 요강도 비우고, 텃밭에 나가 벌레도 잡고, 법정스님이 계시는 불일암에 공양도 날라다 드리고, 오늘일까 내일일까 머리 깎을 날만 기다리고 있는데, 어느 날 불쑥『뿌리 깊은 나무』한창기 대표가 행자승의 모습이었을 그의 앞에 나타났다. 가족까지 앞세우고였다.

그렇게 한창기 대표와의 만남은 많은 사람들의 기억 속에 남아있는 잡지『뿌리 깊은 나무』의 이야기로도 특별하다.

1976년 그의 나이 서른네 살, 젊은 나이에『뿌리 깊은 나무』의 초대 편집장이 되었다. 발행인이었던 한창기 대표의 적극적인 추천으로 이루어진 인사라고 본인은 겸손하게 얘기하지만, 그의 능력과 가능성을 모두가 암묵적으로 인정했기 때문에 가능했던 일이었을 것이다. 당시 파격적인 구성과 시도로 잡지 역사에 큰 획을 그었던『뿌리 깊은 나무』는 그의 안목과 혜안이 배어든 작품이었다. '이러면 망한다.'는 금기 사항을 스무 개 이상 깨뜨리고 나온 책이었기 때문이다. 그때는 여성지도 세로쓰기를 하고 있었는데 가로쓰기를 시도했다는 것, 한글과 한자를 섞어 쓰는 국한혼용체를 과감히 버리고 한글 전용으로도, 그것은 한글을 창제했던 세종처럼 누구나 읽을 수 있는 쉬운 책을 만들자는 생각 때문이었을 것이다.

당시엔 남녀차별이라는 것이 대단히 심했던 시대, 교양지를 만들 때면 구독 계층을 대학 이상 수준의 교육을 받은 남성들만을 대상으로 해서 책을 내야 했고, 여성들은 교양이 없으니까 여성지나 보고 거기에서 지적인 욕구를 충족시켜야 한다는 의식들이 자리 잡고 있었던 시대였다. 그렇게 남녀차별 의식이 가득 찬 분위기 속에서 남성 중심의 편집자들이 책을 내고 있었던 시절이었는데, 그는 처음부터 끝까지 꼼꼼히 읽히는 책을 만들고 싶었고, 초등학교만 나왔거나 시골의 노인들도 한글만 깨치면 누구나 읽을 수 있는 책을 만들고 싶었다는 것. 그래서 다른 잡지보다 얇고 여성지 크기로 크게 만드는 등 다양한 시도를 했다. 망하는 지름길이라고 여겨지는 금기를 20가지 이상 넣어 만들었지만 다행히 망하지 않아 아직까지도 많은 사람들이 기억하는 잡지로 남아있게 되었다.

지금도 출판사를 운영하면서 책을 만들 때 나무 한 그루를 베어낼 가치가 있는지부터 고민한다는 그다. 나무 한 그루로 만든 책 한 권을 읽으면 어린이들이 열 그루 이상을 심을 수 있는 마음이 들도록 하고 싶다는 것, 특히 어린이들에게 좋은 책을 만들어주어 그 어린이들이 커서 더 좋은 세상을 만들고 싶다는 생각을 할 수 있도록 말이다.

그런 이력이 있었더라도 가정을 가진, 안정된 직장을 가진 이가 그 자리를 박차고 나간다는 것은 요즘이라면 있을 수 없는 일이다. 앞에 인용한 것처럼 고위직에 있는 자로서 바른말을 못 하고 어쩔 수 없이 본인의 의사에 반하는 듯 이야기를 할 수밖에 없는 엄정한 현실. "작금의 시대를 살아가는 그 누구도 절대 그럴 수 없을 것이다."라고. 혼자라면 모르지만 아내가 있는 사내로서 그런 결기를 품기는 힘들다는 것이다. 물론 그런 뜻이야 내비쳤을 수도 있지만, 낯선 곳으로 가 자신이 주체가 되어 공동체를 이루겠다니.

윤구병, 그는 일제강점기였던 1943년, 근래 나비축제로 유명해진 함평에서 아홉 형제 중 막내로 태어났다. 첫째 형은 일병이고, 여덟 번째 형의 이름은 팔병이었으니, 그는 아홉 번째로 '구병'이었다. 이름을 짓는데 상상력의 빈곤이었다고, 그는 그 이름에 대해 또 다른 의미를 부여했다.

그의 부친은 고지식하고 성실한 농사꾼이셨지만 아이들의 교육을 위해 서울로 가야 한다고 방향을 잡았다. 그 당시엔 대단한 용기의 발로였을 듯싶다. 1949년, 특별한 연고나 이유가 없다면 쉽게 나설 수 있는 세태가 아니었으니 말이다.

그 다음 해 발발한 한국전쟁, 그가 초등학교 2학년이었다. 이 땅의 누구나 전쟁통의 참화에 휘말려들었겠지만 그의 가족도 피할 수 없는 슬픔을 겪어야 했다. 더 나은 환경에서 공부시키겠다며 가산을 정리하고 올라온 것인데 아홉 형제 중 여섯을 잃었다. 1·4 후퇴 때 고향 근처로 옮겨 갔지만 전쟁 후엔 흉년이 들어 혹독한 가난을 겪어야 했다. 그의 나이 12살 때 어머니가 돌아가시고 난 후 가족은 뿔뿔이 흩어져 일곱째, 여덟째 형은 도시로 나가서 연탄 공장에 다니고 구두닦이로 돈을 벌었다. 그 시절의 일화 하나.

초등학교 졸업식 때, 그는 졸업식에 가지 않았다고 했다. 소년의 아쉬움이랄까, 원망이 가득 차 있었던 듯했다. 나이가 많았던 탓이라고 여기지만, 그는 한 해 월반을 했지만 초등학교를 그럭저럭 졸업하는 아이들에 견주어 세 살이나 더 많았기는 했다. 그는 줄곧 일등을 놓치지 않고, 따라서 졸업식 때 도지사 상을 받는 것은 떼 놓은 당상이라고 믿고 있었다. 그러나 학교 쪽 생각은 달랐다. 우선 그가 5학년 2학기 때 전학해온 뜨내기인데다가 세 평짜리 난민 주택에 사는 홀아비의 아이였기 때문에 도지사 상을 받으려고 기대한다는 것은 주제넘은 생각이라고 판단한 듯했다. 그 상이 사친회장의 아들인, 계집애처럼 살색이 뽀얗고 보드라운 정미소 집 아이에게 돌아가게 되었다는 소문이 사실로 판가름 나자, 아버지가 대노하여 그에게 "졸업식에 가지 말라."고 엄명을 내렸다고 했다. 그도 이등 상을 받는 것은 굴욕적이라고 생각하고 있었으므로 학교에 나가지 않았다. 엎드리면 코 닿을 데 있는 학교 교정에서 들려오는 '빛나는 졸업장을 받는 언니께'라는 합창이 잔인하게 고막을 후벼 팠을 것이다.

가난하고 배가 고팠던 그때 그는 '허천병(가상허기증)'이라는 병에 걸리기도 했다. 먹어도 먹어도 배가 고프고, 그러다 먹은 걸 다 토해내게 되고, 손발과 가슴은 뼈가 앙상하고 궁둥이에 살이 하나도 안 붙어있고, 그런데 아랫배만 볼록한 어린아이, 그 모습이었다는 것. 밥이라도 얻어먹어야겠다는 생각에 머슴살이를 하기도 했다는 것도.

전쟁통에 아들 여섯을 잃고 난 후에 그의 아버지는 소심하게 변하셨는 듯, 아들 셋은 그저 평범한 농사꾼으로 키워야겠다, 결심하셨던 듯 했다. 고종사촌 형이 아버지께 '구병이는 초등학교라도 다니게 해야 제 앞가림을 하지 않겠느냐'고 조언해 겨우 학교 문턱을 다시 밟아보게 되었던 거다. 그러니 형편상 상급학교를 다니는 것은 꿈도 못 꿨고, 실제로 4년간은 학교에 가지 못했다.

그렇게 초등학교를 졸업했을 때 열다섯 살이었으므로 이제 그도 앞 길을 가릴 수 있어야 했다. 어렸을 적 사돈집에서 꼴머슴을 살 때에는 새경으로 쌀 열 가마니 받는 장골 상머슴이 되는 게 소망이었지만, 머리가 여물고 나자 생각이 바뀌어서 중학교에 들어가고 싶었다. 그러나 그것은 형편으로 보아 어림 반 푼어치도 없는 생각이었다. 피난민에게 주는 구호미가 유일한 소득이었으니 그럴 수밖에 없었다. 꽤 똑똑한 모습으로 보이는 막내아들이 고슴도치처럼 웅크리고 있는 것이 보기에 딱했던지, 일흔이 가까운 아버지는 자존심을 꺾고 아홉 가운데 밑으로만 셋 남은 아들들은 농사꾼을 만들겠다는 꿈을 버렸을 것이다. 그러다가 어느 날 젊은 시절 친구의 아들이 교장으로 있는 시골 중학교에 찾아갔다가 일등으로 입학을 하면 학비를 면제시켜 주겠다는 약속을 받아 왔다는 것이다.

3~4년 정도 뒤늦게 학교를 다니게 되었어도 순탄치는 않았다. 피란민이다 보니 해마다 이사를 다녀야 한 탓에 초등학교도 다섯 군데나 옮겨 다녔다. 중학교 때부턴 가출도 잦아서 고등학교 땐 퇴학도 당했다. 그래도 성적은 좋았다. 퇴학을 당하긴 했지만 공부를 계속해야겠다는 생각은 놓지 않았던지, 마침 학원장학회에서 서울대에 입학하는 조건으로 장학금을 받기로 하고 서울대 철학과에 합격을 했다. 나중에야 서울대가 다른 대학과 차별성 있는 학교라는 걸 알았고 아버지를 생각해서 더 열심히 공부했다고 했다.

대학교수는 그도 선망했던 직업이었다. 지방 국립대학에 철학과가 만들어지면서 교수공채를 했고 그는 합격했다. 기쁜 마음은 당연한 것이었다. 모든 직업이란 게 그렇듯이 모든 걸 충족시켜 줄 수는 없는 거지만 그래도 교수직은 다른 것이었다. 하지만 그는 교육현장에서의 모습에 실망했고 공공연히 그만둘 것을 공표하고 다녔다. 날품팔이 하는 게 나을 거라며 실제로 난곡 산꼭대기에 단칸방을 얻기도 했다. 위에서 인용한 일화처럼 아내와의 갈등은 비켜갈 수 없는 문제인 거고 그런 용기는 아무나 가질 수 있는 게 아니었다. 그러니 쉽게 용기를 낼 수 없었고 15년쯤 대학에 있다가 그는 새로운 공동체, 아니 공동체학교를 꿈꾸며 그 직을 떠나게 된다.

변산공동체학교

인간이 스스로 존재하기 위해서는 많은 시간이 소요된다. 제 앞가림을 할 줄 안다는 것에는 흔히 의식주라고 하는 생존의 문제가 포함된다. 산중에 홀로 사는 이들을 소위 '자연인'이라 하듯이 산 아래에서 서로 모여 사는 이들은 '사회인'이 될 수밖에 없다. 이는 더불어 살아가는 도리를 갖는 게 또 중요하다는 것이다.

윤구병, 그는 인간으로서 최소한 그 두 가지를 체득할 수 있는 교육을 꿈꾸었던 것이다. 그가 꿈꾸었던 학교는 기존의 학교들이 그런 단순한 것에서 너무나 벗어났다는 반증이었다. 스무 해가 넘도록 시간 단위로 다른 사람들에게 통제당하고 기계적인 시간 계획에 길들여진 사람에게 '스스로 제 앞가림하는 힘'을 가진 인간을 기대할 수는 없다. 그는 그렇게 부모며 어른들에게 빼앗긴 시간을 돌려주고 경쟁하느라 잃어버린 동무들을 돌려주고자 하는 지순한 출발점에 그는 삶의 방향을 바꾼 것이다.

그러니 그런 생각이 든다. 핸드폰도 컴퓨터도 없던 시절, 방학이면 산으로 들로 놀이들이 지천으로 쌓여있었다. 기구를 만들어 놓기도 하고 자연과 접하며 놀기도 했다. 심심할 겨를이 없었고 개학날이 뒤로 밀쳐지길 바라는 마음이었다. 창의력은 상상력에서 나오는 것이고 상상력은 놀이나 자연과의 교감에서 생성될 수 있다. 공상과학소설이나 영상을 통해서 생겨나는 것이 아니라는 것이다. 학습 성과를 올리려는 노력보다는 점수로 매길 수 없는 학습 능력을 배양하는 것이 더 중요한 것도 마찬가지다.

국어를 예를 들면 그 기능은 '듣기' '말하기' '읽기' '쓰기'라는 것이고, 국어교육은 모든 삶의 바탕이라는 것. 그 가운데 읽기와 쓰기는 아이가 저절로 익히면 어쩔 수 없지만 학교에 들어가기 전까지는 억지로 가르치지 않는 것이 좋다는 것이다. 그 까닭은 신체발달, 인지발달, 감성발달 과정에서 그것들을 익히기 전에 더 소중한 것을 배우기 때문이라는 것. 국어교육에서 중요한 것은 '듣기'이고 다음은 '말하기'라는 것이다. 우리가 우선하는 '읽기'와 '쓰기'는 그 다음이라는 것이다. 남의 말을 듣지 못하고 자기 뜻을 말로 표현하지 못한다면 그 사람은 한평생 가시덤불을 헤치면서 살아가야 한다는 걸 생각하면 된다.

씨앗들에는 평생을 살아가는 길이 그 안에 들어있다고 할 수 있다. 그러나 인간은 다르다. 손과 발로 체득하고 숙달해야 하는 것들이 많다. 그러니 자연 속에서 부지런히 손발 놀리는 버릇을 어렸을 때부터 익혀야 한다는 것이다. '사람이 철든다.'라는 말은 변화하는 계절 속에서 생긴 말이다. 계절이라는 철에서 철들게 하고 철나게 할 수 있는 유일한 스승은 계절을 이루는 자연이라는 것이다. 이는 나도 자연의 것들에서 시상(詩想)을 일구며 절대 공감하는 말이다.

변산공동체학교가 지향하는 또 다른 방향은 무상교육이다. 교육과 농사를 병행하여 땅의 아이로 뿌리내리게 하는 것이 목표였기 때문이다. 자기네들이 땀 흘려 농사짓고 배우면 개인 통장도 만들어 일한 만큼 용돈도 주면서 공부를 시킨다는 방향이었다. 여기 이승섭 카이스트 교수가 기고한 칼럼을 인용해본다.

2차 세계대전이 한창이던 폴란드 어느 마을에 성실하고 일솜씨 좋기로 소문난 벽돌공이 살고 있었다. 어느 날 마을 밖 벌판에 커다란 건물을 짓는다는 공고가 붙었고 벽돌공은 다음 날부터 건축 현장에서 일하게 됐다. 오랜만에 얻은 일자리인지라 벽돌공을 기쁜 마음으로 매일 아침 제일 먼저 일을 시작했는데, 시간이 흘러 건물들이 조금씩 모양새를 갖추게 되면서 사람들은 이런저런 이상한 이야기를 하기도 하고, 관리자가 안 보이면 삼삼오오 게으름을 피우곤 했다. 하지만 벽돌공은 열심히 일했고 그로 인해 벽돌공이 맡은 구역은 다른 곳보다 공사가 빠르게 마무리되곤 했다. 몇 달 동안의 공사가 끝나고 건물이 완성되던 날, 벽돌공은 그동안의 성실함에 대한 공로로 표창장을 받았다. 더 이상 일거리가 없어졌다는 아쉬움도 컸지만 표창장을 들고 집으로 향하는 벽돌공의 발걸음은 가벼웠고 나름 뿌듯함이 가슴에 가득 찼다. 정문을 나서면서 돌아본 건물들을 크고 웅장했으며 정문 또한 반듯하게 세워져 있었는데, 정문 위 푯말에는 다음과 같이 쓰여 있었다.
'아우슈비츠 수용소'
자신이 짓는 건물이 수용소라는 걸 알았다면 우리는 인생을 살아가면서 자신이 하고 있는 일이 때로는 자신의 의도와 전혀 다른 방향으로 흘러갈 수 있다는 것을 알고 있다. 만일 자신이 짓고 있는 건물이 수용소가 되고, 그곳에서 수백만 명이 학살당할 사실을 알았다면 벽돌공은 어떻게 했을까? 필경 그곳에서 일을 안 했거나 건물이 늦게 완성되도록 게으름을 피우고, 심지어 관리자 눈을 피해 건물을 일부러 부실하게 만들었을 것 같다.

필자가 입학처장 업무를 수행하면서 고민하고 자주 자문했던 것이 필자가 혹시 폴란드 벽돌공의 모습은 아닐까 하는 것이었다. 입학처장이 되어 처음 입시자료들을 분석하면서 카이스트 합격생의 상당수가 서울대와 의과대학에 동시 합격한다는 사실을 새삼 깨닫게 되었는데, 자연스레 학생들을 다른 대학들에게 빼앗기지 않도록 입시전략을 고민하게 되었다. 그러던 어느 날, 번뜩 필자 스스로 그동안 손가락질 해왔던 그런 입시정책자가 되고 있다는 사실에 정신이 들었다. 카이스트 입학처장은 어떤 비전을 가지고 어떤 일을 어떻게 해야 할까? 학생들을 성적순으로 한 줄로 세우고 다른 대학들과 제로섬 게임을 하는 방식은 아니라는 것을 깨닫게 된 것이다. 더구나 카이스트 입시는 영재학교와 과학고의 교육 방향을 이끄는 중요한 축으로 자칫 잘못된 방향의 카이스트 입시는 우리나라 이공계 영재들의 중고등학교 교육을 망가뜨릴 수도 있다는 사실이 필자를 더욱 긴장케 했다.

필자가 생각하는 입시 철학은 입시는 교육의 일부분으로 교육 결과를 가름하는 것과 함께 교육의 방향을 선도하는 역할을 해야 한다는 것이다. 그런 관점에서 필자가 생각하는 나쁜 입시 가운데 하나는 어려운 문제를 내는 것이다. 차별화된 점수로 변별력이 좋아지고 입시 문제의 난이도가 마치 그 학교 입학 난이도로 이해되는 현실도 존재하지만, 그로 인해 학생들은 불필요하게 어려운 문제를 빨리 푸는 연습만을 하게 되어, 개념을 올바르게 이해하고 깊이 생각하거나 그 개념을 이용해 새로운 것에 적용하는 교육은 이루어질 수 없게 된다. 더구나 사교육이 심각한 현실에서 학생들을 더욱 더 사교육으로 몰아가는 부작용도 생기게 된다.

다른 하나는 '잘하는 학생'보다 '잘할 학생'을 선발하자는 방침이다. 중고등학생 시절 열심히 공부하다가 대학에 올라와서 지쳐 떨어지는 학생보다는 대학에 올라와 자신이 원하는 전공에 혼신의 노력을 기울일 준비가 되어 있고 그런 자질이 있는 학생들을 선발하는 것이다. 그래서 성적이 꾸준히 올라가는 학생, 자기 꿈이 명확하고 대학에서 그 꿈을 실현하고자 최선을 다하는 학생을 우선시하고자 했다. 그런 와중에 영재학교들의 "왜 우리 학교 학생들을 더 많이 뽑아주지 않느냐?"는 볼멘소리를 들었고, 필자는 "중학교 때 어려운 수학문제를 잘 풀어 영재학교에 들어간 학생이 대학에 와서도 열심히 공부하고 사회에 나가 독창적인 연구를 해서 훌륭한 과학기술 인재가 될 것이라고 단정하기는 조심스럽다"라고 답변한 적도 있다.

'노하우(know-how)'에서 '노웨어(know-where)' 세상으로 과거에는 어려운 문제를 풀 수 있는 것만으로 훌륭한 실력을 인정받았고 , 사회에서 가장 중요시 되었던 단어 가운데 하나가 '노하우(know-how)' 였던 시절도 있었다. 그 시절에는 '아는 것이 힘'이었는데, 자연스레 교육도 학생들에게 보다 많은 것을 가르쳐 외우게 하고, 빨리 많은 문제를 풀게 하는 교육이 중요했으며, 입시도 그런 방향으로 설계되었으리란 생각이다. 하지만 오늘날 우리는 '노하우'라는 말을 자주 하지 않는다. 물론 숨겨진 노하우가 지금도 없는 것은 아니지만, 이즈음 스마트폰으로 검색을 하면 실시간으로 세상에 있는 너무 많은 정보들을 쉽게 접할 수 있기 때문이다.

그래서 사람들은 현대사회를 '노웨어(know-where)'의 세상, 즉 수많은 지식과 정보가 어디에 있는지 검색 엔진을 통해서 빨리 찾아내는 것이 실력인 시대라 일컬으며 때로는 정보 양이 너무 많아 '빅데이터(big data)'의 세상이 되었다고도 하고 그 많은 데이터를 더욱 효과적으로 이용하고자 인공지능(AI)을 도입하기도 한다.

필자가 생각하는 오늘날 그리고 미래의 세상에서는 그 많은 데이터와 노하우들을 어떻게 새롭게 해석하고 새로운 곳에 적용할 수 있는지가 경쟁력의 핵심이 아닐까 한다. 즉, 주어진 문제를 잘 푸는 사람 (problem solver)보다 새로운 문제를 잘 만들어내는 사람 (problem maker 혹은 problem creator)을 향한 교육이 필요하다는 것이다.

이미 시작된 새로운 세상 속에서 우리는 아이들에게 무엇을 어떻게 가르쳐야 할까? 그리고 그렇게 가르치도록 선발기준과 입시는 어떻게 변해야 할까? 많이 알고 빨리 푸는 세상은 오래 전에 분명히 지나갔다. 과거 '빠른 추격자(fast follower)'였던 우리나라의 상황 속에서 우리의 과거 교육은 나름대로 성공했었던 것 같다.

달리기 경주에서 100등 하고 있는 선수에게 필요한 전략은 아무 생각 없이 앞 사람만 보고 무조건 열심히 달리는 것이기 때문이다. 그런데 지난 수십 년 그렇게 달려오다 보니, 어느 순간 20등 안에도 들고, 심지어 10등을 하고 있는 자신의 모습을 발견하게 된 것이 오늘날 우리의 모습이 된 것 같다. 10등을 한 어느 날 기쁨의 환호성을 외치게 되지만 그것도 잠시, 처음 서 본 맨 앞줄에서 어디로 가야 할지 어쩔 줄 모르고 있는 오늘날 우리의 모습을 발견한다.

과거 열심히 노력했던 우리 사회와 교육당국이 오늘날 4차 산업혁명 시대에서 폴란드의 벽돌공과 같이 의도치 않게 교육이라는 이름으로 우리 아이들에게 큰 잘못을 저지르고 있는 것은 아닌지 되씹어 본다.

지평선축제가 열리는 넓은 김제평야를 지나온 들바람과 서해를 건너온 바닷바람이 산을 넘는 곳, 추석이 코앞이지만 읍내의 떡 방앗간에 촌노들만 굽은 허리로 종종거리며 들락거릴 뿐 거리는 한산했다. 이제 시골마을은 고령화로 시들어가고 소도시마저 생기를 잃어가고 있다. 2018년 '지방소멸 보고서'에 따르면 30년 내 사라질 위기에 처한 지방자치단체가 89개이다. 인구감소는 최악의 상황이다. 그러니 지방자치단체 중 이름이 사라지는 것도 당연하다. 농어촌지역을 중심으로 60세 이상의 인구가 절반에 가까워지니 말 그대로 양로원이 되어간다. 마을이 사라지는 것을 막기 위하여 특별 대책반(TF)을 구성하고, 위원회를 만들고, 청년 유입 프로젝트, 이웃사촌 시범마을 사업, 도우미 지원, 출산과 보육지원 등 다양한 정책을 추진하고 있으나 변화의 기류는 막아내기가 버거울 듯싶다. 마을은 사라져 가는데, 필요에 의해 만드는 것이겠지만 도시라는 도시는 죄다 아파트가 흉물스럽게 올라가고 그 도시들을 오가는 길들은 필요 이상으로 넓어졌다.

공동체는 자연부락, 마을의 또 다른 개념이다. 자연부락은 말 그대로 자연스럽게 촌락이 이루어진 곳이고 공동체는 지향하는 바가 있는 인위가 개입된 마을이나 단체를 뜻한다. 1950년대 박태선 장로의 신앙촌은 종교를 배경으로 한 경제공동체였다. 농업이나 신앙, 지향하는 바를 공동체라 하였지만 '밥퍼목사'로 불리는 최일도 목사의 '다일공동체'처럼 공간적인 개념이 아닌 뜻을 같이하는 사람들이 모인 단체인 경우가 많았다.

'환경'이라는 말은 '기후변화'의 위기처럼 너무나 일상화된 말이지만 그 말이 생겨난 것은 그리 오래된 일이 아니다. 지난 60년대 중반 미국에서다. 최근에 와서는 '생태'라는 말이 생겨나 광범위하게 쓰이고 있다. 산업화 시대로 들어서면서 공해, 오염, 보존, 보호 등 인간중심적 관심에서부터 어떻게 하면 지속가능한 자연환경을 지킬 것인가에 초점이 맞춰져 있다. 최근에 와서는 생활양식으로서의 생태학적 관심으로 이행하면서 환경 문제가 아니라 삶의 문제로, 생태 지향적 삶을 위한 생활세계의 과제로 다가왔다.

우리를 기준으로 하면 산업화 시대로 전환되었던 60년대 이후 생태공동체는 교육환경 속의 경쟁과 획일, 타자화된 SNS의 익명성, 비인간성을 초래한 거대 소비사회의 대안으로 농업을 기반으로 한 자급자족 소규모 자치사회를 의미한다. 초기 공동체가 종교를, 신념을 바탕으로 하는 폐쇄적 성격을 띠었다면, 소수이지만 생태라는 용어의 등장과 함께 생태공동체는 환경운동과 결합한 개방형 네트워크를 형성하고 있다.

생태공동체를 표방하는 단체는 일부 종교 공동체를 제외하고는 대부분 1990년대 중반 이후에 설립됐다. 특히 상대적인 박탈감과 자연 생태계의 위기에다 97년 IMF 금융위기로 찾아든 정치·경제적 불안과 사회적 혼란은 탈도시화의 염원처럼 도래한다. 귀농·귀촌운동과 직업전환을 꿈꾸는 이들과 현직에서 은퇴한 이들이 '귀농 운동'과 입시 위주의 교육제도를 극복하기 위한 '대안학교 운동' 등이 시도되고 있다.

먹을거리를 생산하는 과정에서 농약과 비료를 최소화하고 유기농 인증을 통해 땅을 살리고 인간도 건강한 삶을 영위할 수 있도록 하기 위하여 먹을거리를 통해 생태 위기를 극복하려는 공동체로는 전남 장성의 한마음공동체, 강원 원주의 호저생협, 전북 부안의 한울공동체, 전국 단위의 정농회 등이 대표적이다. 먹을거리에서 한발 더 나아가 생태주의적 자연관을 바탕으로 한곳에 정착해 생활과 생산 활동 영역을 의도적으로 바꿔가려는 형태로는 경남 함양의 두레마을, 경기 화성의 산안마을, 전북 진안의 이랑둥지, 경기 양주의 한삶회 등이 있다. 공동체를 이끌어가는 이들은 남다른 열정과 의지가 충만한 사람들이랄 수 있다. 뒤에 나오지만 가나안 농군학교의 김용기 장로 같은 분들이다.

공동체의 기원

우리는 교과서를 통해 이스라엘의 공동체를 먼저 배웠다. 나라를 잃고 2000년 가까이 세계로 흩어졌던 유대인들이 시온주의를 부르짖으면서 시온의 땅에 유대인 국가를 건립하고자, 하나둘씩 모여들기 시작하였다. 그들이 돌아온 땅은 젖과 꿀이 흐르는 대지가 아니었다. 사막이었으니 거주나 경작이 어려운 황무지였다. 게다가 그곳의 주인이었던 팔레스타인 등 아랍민족의 파괴와 테러의 위협이 항상 도사리고 있었다.

모여든 유대인들은 그러한 난관을 극복하기 위한 방책으로 공동 집단 생활체제인 키부츠를 창설하였다. 키부츠는 히브리어로 "집단"이란 뜻을 가진 크붓짜(Kevutzah)에서 유래된 말이다. 사회, 경제 공동체로서 운영과 이에 필요한 모든 결정은 자체모임인 전체회의를 통해서 결정된다.

키부츠 내의 사유재산을 일체 허용하지 않고 모든 재산과 생산수단은 공동의 소유이다. 회원들은 농사일부터 공동식당 세탁소 등을 운영하였으니 각자의 역할이 분담되어 있었다. 구성원들 간의 노동을 통해 얻은 이익금은 공동운영비로 쓰이며 키부츠 자체의 발전을 위하여 재투자된다. 그 대신 공동체 내에서 필요한 모든 것이 회원들에게 제공된다. 어린이들은 또래 집단에서 함께 생활하면서 먹고 공부한다. 키부츠의 크기는 약 30여 가족 100여 명 정도의 규모에서부터 800여 세대의 2,500여 명에 달하는 대규모인 곳도 있다. 현재 이스라엘 인구의 3% 정도가 약 270개의 키부츠에서 살고 있다. 전통적으로 이스라엘 농업의 모체가 되었던 키부츠는 오늘날 점차 산업과 관광업계로 전환되고 있다. 오늘날 그들 수입의 많은 부분이 농업보다는 식료품 가공공장, 인쇄공장, 방적공장, 다이아몬드 가공공장 등을 비롯해 관광호텔, 식당 분야에서 충당되고 있다.

키부츠의 모체는 1909년 갈릴리해변 데가니아(Degania)에 세워졌고, 1921년 이스라엘 계곡에 첫 키부츠가 창설되었다. 초창기 키부츠는 이민자들의 정착과 주변국으로부터의 방어 및 농업 경제 개발에 중심기능을 담당했으며 후에 이스라엘의 건국과 국가발전에 막대한 기여를 했다. 초대 수상 벤구리온, 6일 전쟁을 승리로 이끈 모세 다얀 장군 등 초창기 이스라엘 국가 지도자들뿐만 아니라 오늘날의 사회 각계각층의 지도자들 대부분이 키부츠 출신들이다. 그러나 이스라엘 건국 후 키부츠의 역할이 정부로 이양되었고 1970년대를 전후로 초창기 강력했던 정치적 영향력이 많이 감소되었다.

오늘날 키부츠 운동은 초창기로부터 많이 변했는데 그중 하나가 일정 기간 자원해서 키부츠에 들어가는 것이다. 최소한 한 달 이상 있으면서 1일 6~8시간에 주 6일간 노동을 한다. 자원자들은 키부츠인들과 분리해서 한방에 2~4명이 지내면서 농장에 나가거나 식당 등 서비스 분야에서 일을 한다. 생활에 필요한 모든 것은 무료로 제공되며 한 달에 약 50불 정도를 용돈으로 준다. 키부츠 생활은 진짜 이스라엘을 볼 수 있는 좋은 기회로 절기와 축제 등 전통적인 생활상이 아직도 잘 남아있다.

또 다른 공동체로 모샤드가 있다. 농업협동조합과 유사점이 많은 단체이고 키부츠보다 10년 먼저 설립되었다. 가족 단위의 농장을 갖고 자기 농장에서 일하며, 4가지 원칙 밑에 상호 협동하는 협동 체제다.

1. 토지의 국가 소유: 토지의 개척, 농사는 가족 단위 협동조합에서 책임진다.

2. 각자 운동: 토지 개척자와 이용자는 상호 협동하며 조합의 주권은 각 가정이 균등하게 소유

3. 상호 부조: 개인적 어려움이 있을 때는 회원 상호 힘을 합해 도와준다.

4. 물건의 구입, 판매는 협동조합에서 관장한다.

사회주의를 배경으로 하는 공동생산·공동분배의 이념으로 결성된 키부츠는 개인의 사유재산을 인정하지 않는다. 하지만 이런 체제하에서는 현실적으로 피할 수 없는 경제적 비효율성과 구성원의 욕구불만이 있게 마련이다. 최근에는 자금난을 겪는 키부츠가 늘면서 구성원이 져야 할 부채 부담까지 생기고 있을 정도이다.

반면 모샤브는 키부츠와 비슷하지만 좀 더 자유롭다. 키부츠의 가장 단점이었던 경제적 모순을 보완하기 위해 형성된 단체이기 때문이

다. 키부츠의 자급자족적인 시스템 대신에 적극적인 마케팅을 공동으로 펼치는 일종의 협동조합과 같은 성격이다. 물론 모샤브의 결성 목표는 개인 이윤의 극대화에 있다. 모샤브가 형성된 것은 제1차 세계대전 직후이다. 그러다가 1930년대에 들어 지금의 것과 비슷한 형태의 모샤브가 등장하였다. 모샤브는 일단 회원을 구성하고 영농계획을 세운 후 이스라엘 국토관리청에서 토지를 임대받아 시작한다. 토지를 농지로 바꾸는 개간 작업부터 수확에 이르기까지 자발적으로 생산성을 높이고자 노력한다. 수확물은 수출과 내수를 통해 개별 구성원의 이익 창출로 연결된다. 관리 운영적인 측면에서도 키부츠에 앞서고 있는 실정이다.

따라서 키부츠에서 종사하는 사람들보다도 풍요로운 생활을 즐길 수 있는 여지가 있다. 현재 이스라엘에는 북쪽의 갈릴리 지방에서 남쪽의 아라바 지역까지 약 350여 개의 모샤브 단체가 결성되어 있으며, 이들은 이스라엘 농업의 가장 주축이 된다. 이스라엘 전체 인구 중 약 10%는 시골에 살고 있는데 이들은 대개 키부츠나 모샤브를 형성하여 살아가고 있다. 주로 농업에 의존하고 있지만 점차 산업의 구조를 바꾸어 나가면서 높은 소득을 올리고 있다. 현재 이스라엘에는 경제활동을 할 수 있는 인원이 풍부하지 않기 때문에 외국의 값싼 노동력을 고용한다. 근래 제3세계의 노동자가 많이 종사하고 있다. 우리나라에서도 경제 사정이 어려워진 이후 참가하는 젊은이들이 더러 생겨나고 있다.

조국근대화를 추구했던 6·70년대, 덴마크의 달가스와 그룬트비라는 인물, 이스라엘의 공동체 마을은 당시 새마을운동의 전범이었다. 이제 그 반대편이랄 수도 있는 '협동농장'으로 통칭되는 공산주의, 아니 공산사회주의에 대해 알아보아야 한다.

잉여의 가치를 인식하지 못했거나 잉여를 최소화하며 수렵 채취 생활을 영위하던 이들이 정착생활을 영위하면서 잉여를 추구하게 되고 소유의 욕망에 눈뜨게 되었을 것이다. 영토 또는 자원의 확장을 위해 분쟁이 촉발되고 이는 지배층의 권력을 공고히 하는 기제로 작용하게 된다. 무리를 간섭하기 위한 권력이 생성되면서 지배자와 피지배자로 구분되고 이상적인 국가의 형태를 고민했을 터다. 물론 피지배자는 다시 여러 부류로 구분된다. 단편적 기록으로 남아있는, 그 흔적을 거슬러 올라가본다.

먼저 서양 문화의 철학적 기초를 마련한 고대 그리스의 철학자 플라톤이다. 그는 이상국가론에서 공동체 구성원을 생산자와 수호자, 통치자로 구분했다. 생산자를 제외한 두 계급은 사유재산을 금지하고 자녀를 공동으로 양육하는데, 이는 상류층이 가족과 재산이 생기면 이기적으로 변하기 때문이라고 했고, 이는 극우파적인 사회주의에 가까운 것이었다. 철인왕과 귀족계급이 사회의 주체였다.

다음으로는 초기 기독교 공동체로 『사도행전』에 기록되어 있다. '그들 가운데 가난한 사람은 하나도 없었고 땅이나 집을 가진 사람들이 그것을 팔아서 그 돈을 사도들 앞에 가져다 놓고 저마다 쓸 만큼 나누었다'고 나와 있다. 1세기경의 이러한 공동체 모습은 사회주의적인 면이 많다. 현재도 많은 수의 수도회가 재산의 공동소유 또는 제한적 소유만을 인정하고 있다.

다음은 유토피아다. 토마스 모어, 그 자신이 만든 '어디에도 없다'는 말이다. 당시 종교적 기득권자들의 악폐를 지적하고 대안을 주창한다. 불합리한 엄격한 법률, 하인의 노동을 착취하여 먹고 사는 귀족 등을 통해 사유재산제도를 비판하고 전쟁을 좋아하는 군주까지 그 대상이었다. 그가 제시한 유토피아는 기본은 농업이고 모두가 농부이고 게으른 자는 추방되는 것으로, 여가는 각자의 자유이나 대부분은 학문과 음악 등으로 보낸다. 타국에서 침략하지 않는 한 출병하지 않는 것 등도 마찬가지다. 장 자크 루소도 빈부의 차이가 거의 없는 소농으로 구성된 공동체에 의한 직접민주주의 사회를 주장하기도 했다.

현재 지구상에 남아있는 마르크스-레닌주의를 표방하는 나라는 중국, 쿠바, 라오스, 베트남 등이다. 동유럽의 공산국가들은 종말을 고했고 북한, 조선민주주의인민공화국은 주체사상에 입각한 사회주의를 현재까지 유지하고 있지만 공산주의는 실효성을 상실했다. 사회민주주의는 복지국가를 추구하는 북유럽 등에서 여전히 건재하다.

원시 수렵채취 시대는 지역에 관계없이 획득물을 골고루 나누었으며 개인소유가 없던 시대였다. 무소유의 또 다른 말은 공동소유였다. 획득물을 공평하게 나누는 것은 간단한 규칙이 필요했을 뿐 굳이 권력이나 신분이 필요하지 않던 시대였다.

변화는 필연이었고 진화의 의미였을 거다. 점차 정착생활이 시작되었다. 야생의 풀에서 곡식을 만들고 들짐승을 길들이기 시작했다. 사회가 조직화되면서 신분이 구분되기 시작했다. 세력과 세력 간에 다툼을 통해서 포로는 노비가 되었다. 노비는 노동을 전담했다. 주인과 노비라는 단순한 계급이 형성되면서 노예는 주인의 소유물처럼 일을 시키고 단지 소유물처럼 사고팔기가 가능했다.

중세 유럽에서는 토지 소유가 확장되면서 토호나 영주가 등장하고 노예의 또 다른 이름, 농노가 등장한다. 농노 대부분은 지주의 땅에서 농사를 지어 생계를 꾸려나갔다. 이 점은 농노의 주요 특징으로 토지와 상관없이 사고 팔 수 있었던 노예와 구별되었다. 농노는 노동을 통해 스스로 음식과 의복을 얻었으며 소작지에서 나는 곡물 중 상당 부분을 영주에게 바쳐야 했다.

영주들은 처음에는 농노의 노동력과 생산물을 착취했으나 차츰 화폐로 수단을 달리했다. 단순히 노동력을 착취하는 것보다 생산물과 화폐의 유통은 시장과 소유를 확장했다. 이후 산업혁명의 도래와 함께 자본가와 노동임금자로 신분, 계급이 변화된다. 자본가는 노동을 하지 않고 자신이 소유한 토지나 기계 등의 생산수단을 활용하여 노예나 농노가 아닌 노동자를 고용하고 이윤을 창출했다. 적정량의 이윤과 배분되는 임금의 적정한 균형은 불가했고 자본가의 부는 축적되어갔다.

노동자들이 저항이 시작하면서 각종 노동 관련법이 만들어졌지만 자본가들은 권력과 결탁하여 편법을 구사했다. 파업과 해고가 반복되고 대공황과 같은 불황시에는 되레 일자리가 크게 감소하고 이에 따라 임금수준이 낮아지고 실업과 비정규직이 등장했다.

산업혁명 이후에는 노동자와 자본가계급 등으로 구분되면서 빈부의 격차가 심화되고 사람들이 인권에도 눈뜨기 시작했다. 당시 사회의 모순을 목격한 마르크스와 엥겔스가 인간평등을 주창한 사회주의사상이 빠른 속도로 확산되었다. 러시아의 레닌은 왕정체제를 종식시키고 러시아공산당을 만들어 초대 원수가 되면서 주변의 국가들로 급속히

퍼졌다.

한반도는 어떠하였는가? 오랜 왕정에 고립되다시피 스스로 힘을 가지지 못하고 부유하다가 왕정이 정리되지 않은 채 일제에 의해 피식민국으로 전락하면서 강점에 시달려야 했다. 1919년 3.1운동에 이어 일본과 서구로의 유학 등으로 직간접의 서구문물을 받아들였던 젊은 지식인들에 의해 사회주의 사상이 유입되었다. 이들은 식민통치를 와해시키고 해방시킬 국가의 의미를 새롭게 인식하게 된다. 왕조국가로의 회귀는 당연히 거부했지만 자유의 의미는 막연했다. 더불어 경험하지 못했던 서구와 같이 경제적 불평등이 존재하는 자본주의 체제도 마찬가지였다.

서적 등을 통해 서구의 철학이나 경제 분야의 학문으로 접했던 사회주의였다. 사회주의는 지주, 자본가의 압제에서 계급을 해방시키고, 제국주의 침략에서 민족을 해방시키고 생산수단을 국유화하여 억압과 착취가 없는 공산주의를 만들겠다는 이상을 제시하였다. 즉 자본과 노동의 대립을 해체하기 위해 노동자들 편에서 계획경제를 도모하고 소득을 고르게 나눈다는 달콤한 명분을 내세웠다. 그 달콤한 이론 속에는 이성보다는 정제되지 못한 분노의 감정이 웅크리고 있었다. 동양의 정체성처럼 주역(周易)은 변화가 바탕이었는데 사회주의는 이론적으로도 시시때때로 변하는, 변할 수밖에 없는 인간의 감정을 배제하고 등한시했다. 그것은 치명적인 약점이었지만 억압과 분노를 가졌던 민중들에게 결말의 초라함은 보이지 않았을 것이다.

2차 세계대전이 일본의 패망으로 종식되면서 자력이 아닌 해방을 맞게 된 우리 민족은 냉전 시대의 주역 미국과 소련에 의해 남북으로 분단되고 이념도 양분되게 된다. 동유럽 국가들은 소련을 등에 업고 공산사회주의를 표방하였지만 결국 노동자 편이라는 명분을 내세웠던 자들이 예외 없이 권력화하고 개인의 동기를 유발시키지 못하는, 적당히 해도 국가의 분배로 먹고사는 문제가 해결되자 스스로 몰락한 것이 오늘날의 현실이 되었다.

한국전쟁이 끝나고 우리는 극심한 빈곤에 시달렸고 미국의 원조물자에도 연명해야 했다. 정치적 불안정은 이어졌고 군사정부가 들어서면서 일본과의 국교를 정상화하고 경제개발을 추진했다. 조국근대화, 산업화를 추구하면서 농촌공동체는 붕괴되기 시작했고 급속한 도시화가 진행되면서 도시는 도시대로 주거문제 등 각종 문제를 노출하기 시작했다.

70년대 10월 유신의 단행과 함께 새마을운동이 태동하게 된다. 정치적인 문제는 배제하고 농촌공동체 전반에 휘몰아친 광풍과도 같은 것이었다. 긍정과 부정은 한데 엉겨있었다.

심훈의 『상록수』는 실화를 바탕으로 한 소설이었다. 중학생 시절 백일장에 나가 부상으로 받았고 그날 밤에 그 책을 다 읽었고 그 마지막 장을 넘기면서 나도 농촌운동가가 되어야겠다고 다짐했던 순정한 시절이었다.

그 이전에 몇몇, 꿈을 실행에 옮기듯 공동체를 만든 사람들이 있었다. 이스라엘의 모샤브나 키부츠처럼 종교를 바탕으로 했다. 먼저는 '가나안농군학교'로 잘 알려진 김용기 장로이다. 그는 8·15해방 전부터 청교도정신에 입각한 협동마을 형성에 진력해왔으나, 본격적으로 이 운동을 추진하게 된 것은 1954년 경기도 광주군(지금의 광주시) 동부면 풍산리에 가나안 농장을 설립하면서부터였다.

그는 1만여 평의 황무지였던 이 농장을 5개년 계획으로 개간하여 어느 정도 성과를 거두었으며, 이를 기반으로 하여 1962년 2월 농군학교를 설립했다. 지역사회의 주민을 중심으로 황무지 개간법, 주택개량, 협동조합, 토양과 비료 등 농촌생활 개선을 위한 여러 과목을 10일 단기로 교육했다. 농장 내에 가나안 교회를 설립, 많은 교육 수료자들을 기독교 신자로 만들었다. 이 농군학교에서 교육을 마친 사람들은 전국으로 나아가 여러 농촌지역에서 선구적인 지도자 역할을 했다.

다음은 온전히 종교적인 공동체로 그 명칭도 '신앙촌'이었다. 지금으로부터 65년 전, 1955년, 홀연 혜성과 같이 나타나 종교계에 해일과 같은 지각변동을 일으켰던 이가 박태선 장로였다. 박 장로가 국내외적으로 비상한 주목을 받기 시작한 것은 1955년 서울 남산집회, 영등포집회, 한강 백사장집회 등 전국적인 대형 집회를 열기 시작하면서부터였다. 이후 박 장로는 전도 기반을 확장해 나가면서 신자 수가 100만을 넘기도 했다. 이단으로 몰려 영어의 몸이 되기도 했지만 그를 따르던 신도들은 경기도의 소사와 덕소, 그리고 부산광역시 기장군에 제1, 제2, 제3의 신앙촌을 세워 키워나갔다. 죽지 않을 거라는 그도 죽고야 말았고 그가 완성한 신앙촌은 아직도 유지되고 있다. 단지 영성만을 위한 공동체가 아니라 생활의 수단이기도 했다. 1957년 소사에 신앙촌이 처음 건설되면서부터 신앙촌에는 교회는 물론 기업과 생산 공장이 세워졌고, 이후 신앙촌 기업은 신앙촌 주민들의 일자리 창출에 기여하면서 동시에 천부교의 주요 수입원이 되어 '시온그룹'이라는 기업 집단으로 발전하였다. 얼마 전에 그곳에 갔을 때 그 흔적은 거의 남아 있지 않았다. 한쪽은 거대한 아파트단지, 다른 한쪽도 모델하우스가 들어섰다. 최초에 성전을 세웠던 곳에 성전과 일부 공동체가 남아있고 출입을 통제하고 있었다. 이 공동체를 이루어온 역사와 종교 등을 바탕으로 한 대안적인 공동체 등을 알아보았다. 요즘 회자되는 생태적인 삶을 추구하는, 공동체는 없었다고 봐야 한다. 다는 아니지만 신의 이름을 빌려 또 다른 신이 되고자 하였다고도, 본인이 신이 된 경우도 있었다. 또 다른 공동체라는 것이 이스라엘의 키부츠처럼 협동조합을 추구하는 것이었다. 지향하는 바가 분명했다는 것이고 구성원들의 욕망도 포함된 것이다.

시인 박형진

버스에서 내려 낯선 시골마을에서 공동체 마을을 찾아 쭈뼛거렸다. 이정표도 세워져 있지 않았으니 지나는 사람에게 물었을 때 막연하게 가리켰다. 왜 변산이었을까?

뜻을 세웠지만 실행은 또 다른 부추김 같은 것이 필요했다. 변산이었던 것은 인류의 기초 살림인 산 살림, 들 살림, 갯 살림이 가능한 이 공동체를 꾸리기에 최적의 입지 조건을 갖추고 있었던 것이다. 그렇게 1995년에 시작했고 논과 밭을 일구고 귀농학교처럼 이곳에서 생활하다가 주변에 정착한 이들도 많다. 처음엔 자립적 생활터전을 이루고 학교를 이루려고 하였으나 뜻을 같이하는 이가 있어 학생들을 받아들이고 학교를 시작했다고 한다.

그곳엔 주곡 중심의 유기농법을 고민하고 실천한다. 비료와 농약이 없던 시절로 회귀해야 하는 비현실적인 농법이다. 당연히 품도 많이 들고 수확량도 장담할 수 없다. 친환경농법을 통해 더 비싼 값을 받겠다는 것보다는 공동체 식구들의 먹을거리를 더 우선으로 한다. 사라져

가는 토종씨앗을 찾고 뿌린다. 농기계 사용은 최소화하고 비닐 멀칭도 하지 않는다.

인간의 생활과 먹을거리를 얻는 것이 별개가 되지 않는 순환 고리를 만든다는, 인공으로 만든 것이나 만드는 것을 최소화하는 생활이다. 재활용되지 않는 쓰레기를 최소화하는 것이다. 뒷간엔 전등이 달려 있지 않고 볼일이 끝난 뒤에는 왕겨를 끼얹어 냄새를 없애고 훗날 거름으로 요긴하게 쓴다. 핸드폰은 사용하지 않고 공용 유선전화가 있고 TV도 보지 않는다.

밤송이, 쑥, 결명자, 양파 껍질 등을 이용한 천연염색한 옷을 입는다. 철저한 실력주의와 스피드만을 요구하는 현대 사회에서 스스로 '세상 바깥'을 자처하며 '사람과 자연이 서로를 해치지 않고 넉넉히 살아가는 미래'를 꿈꾸는 이들은 생태공동체 '공동체학교'의 식구들이다.

밥상공동체는 공동체의 가장 큰 덕목이다. 메뉴 선택과 식사 준비는 순서를 정해 놓고 한 주 단위로 돌아가며 담당한다. 설거지는 각자의 몫. 많을 때 수십 명씩 찾아오는 손님들도 예외는 아니다. 공동체 생활 초기에는 징을 울려 자기 의사와 무관하게 식사를 해야 했지만, 요즘엔 융통성을 발휘해 밥 먹기 싫은 이는 안 먹어도 된다. 또 작업 때나 회의 때 막걸리를 냉면 그릇에 담아 돌려 마시기도 한다. '울력'(공동작업)을 제외하고 각자 일을 찾아 하던 식구들이 다시 한데 모이는 시간은 저녁식사 후 작업회의 때다. 작업회의는 하루 동안의 작업성과를 점검하고 다음날 작업계획과 기타 공동체 생활을 하는 데 필요한 문제들을 논의한다. 회의 주관은 공동체 선임자 중에 관록과 냉철함을 지녔다고 평가되는 이가 맡고 있다.

마을을 둘러싸고 있는 산이 변산인가? 마을을 둘러서듯 산이 오르고 들도 넓은 아늑한 마을이었다. 한참을 올라갔을 때 밭에서 일하는 이를 만났다. 용건을 말했더니 막연하게 윗마을을 가리켰다. 황토색 집들이 자연스러웠으나 정돈된 느낌은 없었다. 조금 넓은 마당 같은 공간과 마치 절집의 대웅전처럼 큰 건물도 마찬가지였다. 사무실인가 하고 한 건물 안으로 들어갔는데 그곳은 식당도 겸한 다용도 공간이었다. 여럿의 아이들이 놀이를 하고 있었고 말린 고추도 정리하고 있었다.

찾아온 용건을 말했을 때 책임자인 듯한 여성은 난색을 표했다. 사전에 예약을 해야 하고 최소 체험기간이 3박 4일이라고 했다. 사정을 이야기하는 수밖에 없었다. 뵙고 싶었던 그분은 또 다른 공간에 계시거나 출판사 일로 서울에도 가신다고 했다. 어렵게 사정을 했다.

묵어야 할 방을 정해주었다. 꿉꿉한 냄새가 반겨주듯 방은 단출했다. 한동안 비어있던지 귀뚜라미가 촉수로 경계의 모습을 드러내며 방구석으로 숨어들었고 거미도 살고 있는 듯했다. 예초기 돌아가는 소리가 요란했는데 안내해주신 여성이 교장선생님이라며 그를 모시고 왔다. 통성명을 해보니 구면이었다. 그는 간단한 술상을 부탁했다. 초면에 낯선 곳인데다 한낮이어서 당황스러웠다.

군 생활 이십여 년, 전역을 앞두고 글을 쓰기 시작했을 즈음 그의 책을 접했다. 『모항 막걸리집의 안주는 사람 씹는 맛이제』였다. 그의 글에서 체감하는 정서는 비슷했다. 갯일과 밭일로 생계를 이어가는 사람들의 이야기라 더 푸짐하고 주변 사람들의 살아가는 이야기였다. 한 시인이 그가 쓴 글을 이야기했다.

변산의 시인 박형진은 자기 고향 사람들을 어쩌면 이토록 사랑할 수 있을까. 고향이 있기는 하되 고향 사람들이 어떻게 애면글면 살아왔는지 거의 모르며 살아온 나로서는 그저 놀랍고 부끄럽기만 하다. 그는 고향사람들의 기쁘거나 고통스러운 숨소리까지 은근히 가슴속 보석처럼 간직했다가 원석 그대로 산문이라는 형태로 우리들의 손에 고요히 쥐어주었다.

그의 글은 밭에서 금방 딴 풋고추를 찬 물에 헹구어 막 된장에 찍어먹는 맛이다. 그러다가 매운 놈을 하나 만나 눈물이 찔끔 나도록 혀를 훼훼 휘두를 정도로 맛있는 글이다. 도대체 그의 글은 어디를 둘러봐도 꾸밈이 없다. 화려한 형용사와 넘치는 부사의 장식이 없다. 있는 그대로, 살아온 형국 그대로를 숨김없이 보여주면서 '자, 보세요, 이게 사람 사는 진정한 모습입니다' 하고 나직이 속삭인다. 마치 까무잡잡하게 해풍에 그을은 한 소년이 서울서 사는 데 지쳐버린 나 같은 중년의 사내를 맑게 쳐다보고 환하게 웃고 있는 듯해서 나는 그의 글이 좋다.

그의 이력은 알지 못했다. 농부로 글을 쓴다는 것 외에는 알지 못했다. 다시 그를 말한 또 다른 이의 글도 인용해본다.

농사꾼 시인 박형진, 그는 변산에서 태어나 학교를 다니고 결혼하고 아이 낳고 농사지으며 어머니를 모시고 산다. 흙 파먹고 사는 것을 운명처럼 아는 그는 학교라고는 중학교 1학년까지 다니다 만 것이 전부다. 학교 공부는 일찌감치 작파하고 서울에서 고물장수를 해가며 세상공부를 하던 그는 어느 날 "농민은 농촌에 있어야한다."는 깨달음으로 다시 고향에 돌아와 농사짓고 굿 치며 농민운동을 하고 또 글을 쓴다.

세상에 글 쓰는 인간들이 얼마나 많은가. 시인이라고 소설가라고 작가라고 명함 내밀며 목에 힘주는 이들이 넘치는 세상에서 박형진은 잘난 척하지 않고 그저 묵묵히 쓴다. 중앙문단에서 알아주지도 않고 상표등록도 되어 있지도 않지만 누가 읽어도 금세 알아챌 수 있는 박형진표 글이다. 뜨뜻한 아랫목에서 쿰쿰한 냄새와 함께 익어가는 메주 같고, 기영 차게 일하는 농사꾼의 구릿빛 알통 같은 글이다. 전라도 땅 변산에서 오랫동안 농사지으며 살아온 이답게 유식한 말 한마디 없고, 수시로 전라도 사투리가 튀어나오는 그의 글은 새참 국수 넘어가듯 술술술 읽힌다. 그렇다고 해서 그의 글이 가벼운 것은 결코 아니다.

우리가 잃어가고 있는 것은 단순히 몇 가지 음식과 풍습이 아니라 우리 모두의 고향인 농촌이며 자연이지 않은가. 책을 읽는 내내 입맛을 다시면서도 언젠가 닥쳐올 동티를 두려워하는 작가의 목소리에 고개를 끄덕이지 않을 수가 없다.

그를 책으로 처음 접하고 이제 십여 년이 지나서야 그를 만난 것이다. 그는 이곳 공동체 대안학교의 교장선생님이다. 그를 만나리라고는 생각하지 않았던지, 어색했지만 기억하고 있는 책의 내용을 이야기했고 글을 쓰면서 참고했던 이야기도 마찬가지였다. 짧은 시간이었지만 이야기를 나누면서 어색함이 덜해졌다.

그는 초등학교 다닐 적 많은 책을 접했다. 궁벽한 어촌에서 살았지만 넓은 세상을 본 것이다. 중학교에 갔을 때 선생님들의 언행이 마뜩치 않았다. 그는 가출을 감행했고 결국 서울이라는 욕망이 꿈틀거리던 낯선 곳에서 세상 물정을 접하다가 다시 귀향하게 된다. 그러한 과정에서 본질적인 문제에 접근하자는 단체에서 교육을 받고 농민운동도 하게 된다. 앞에서 한 소설의 부분을 인용했던 것처럼 삶에서 사소한 일이 없는 이유는, 사소한 그 일이 바로 그 사람이 지금까지 살아온 삶의 총체이기 때문이라는 거다. 그가 아이들 넷을 공동체학교에 보냈던 것이 그랬다.

제도권 학교에 보내기 싫었다는, 중학교부터 대학에 들어갈 때까지 제도권 학교에서 교육하는 것을 보면 사람이 제구실을 하게끔, 자기가 하고 싶은 것을 하면서 행복하게끔 도와주는 교육이 아니라는 것, 지금의 교육제도는 경쟁에서 이겨야 살아남고 대학도 가는데 그게 심하게 하면 남을 죽이기 위한 교육이라는 것, 소위 가방끈이 길다고 하는 사람들을 봐도 뭐 다른 것 같지 않다는 것, 전공이 나뉘어 있어 그것만은 잘 알지 몰라도 우리 삶에 필요한 여러 가지를 통합하는 힘은 공부를 많이 할수록 떨어진다는 것, 더하여 인간관계도 멀어지고 사회라는 공동체를 위하여 기여하는 바도 '별로이더라'는 것이다.

그런 교육을 왜 돈 주고 해야 하느냐, 아침 일찍 학교에 가서 하루 종일 학교에 잡혀있다고 해서 스스로 할 수 있는 것이 무엇이더냐는 것이다. 결국 학교라는 것이 공부 못하는 사람 중심이 아니라 잘하는 사람 중심으로 대학 보내려고 기를 쓰는 곳이라는 것, 공부를 아주 잘해서 대학 갈 거 아니면 들러리나 서 주다 말 것이니,

"그래서 내 아이에게 말했어요. 지금 다니는 학교를 그만두는 것은 오히려 너에게 기회가 될 수도 있다. 공동체학교에 가는 것을 기회라 생각하고 하고 싶은 것 찾아서 열심히 해 보라"고. 그는 공동체학교에서 동무들과 같이 추구해야 하는 것과 개인이 이루고 싶은 것을 같이 해야 한다는 것을 강조한 것이다.

심지어 대안학교도 아닌 집에서 엄마가 교육하는 과정을 보기도 했지만 어떤 것이든 자의적으로 제도권 학교를 피한다는 것은 대단한 용기이고 자신감이기도 하다는 생각은 피할 수가 없었다. 그가 가진 자신감은 그의 아버지로부터 내려온 것이라 할 수도 있다. 부모가 가장 훌륭한 교사라는 것, 어린 시절 목수였던 아버지가 집을 짓고 가구를 짜고 멍석을 만드는 것을 보고 자랐기 때문에 자신도 자연스럽게 그모든 일을 익혔다는 것이다. 삶의 근본적인 문제에서부터 소소한 살림 걱정까지 함께하고 나누는 생활, 굳이 말을 하지 않더라도 밭에서 일하는 모습을 보여주는 것만으로도 공감대를 만들 수 있을 것이라는 기대감이 있었을 것이다.

그가 그곳의 교장선생님이란 건 그가 자녀 넷을 모두 그곳의 공동체 학교에서 마치게 했다는 의미도 있다. 젊은 시절 농촌운동에 뛰어들었고 자녀교육에도 남다른 애착이 있었다는 것이다. 이제 그 아이들은 마을이 아닌 공동체가 아닌 또 다른 세상에서 밥벌이를 하며 살아가고 있다. 지금 그들이 느끼는 바를 들어보아야 하겠지만 어쩌겠는가. 그 것 역시 '가지 않은 길'과 같은 것이 아니겠는가 하는.

그는 다시 예초기를 짊어지고 나갔다. 나도 낫을 들고 따라나섰다. 살갗에 억센 풀들이 가시처럼 스치고 땀에도 젖어갈 때 점심시간이었다. 처음 안내를 받았던 공간에 자율배식으로 식단이 준비되어 있었다. 끼니마다 많은 인원의 밥을 준비한다는 것이 쉽지 않아 보였다. 전날의 과음으로 속이 좋지 않았지만 맛있게 먹었다.

공동체와 학교

그곳에 특이한 것 한 가지, 어디를 둘러보아도 구호가 없었다. 식당 등을 겸한 공간 안에도 마찬가지였다. 그것은 너무나 의외였다. 신작로에서 들어오는 입구에도 마을 중간에도 허름한 이정표 하나가 세워져 있지 않았다. 공동체 마을이 시작되는 입구 벼름박에 페인트로 쓴 것 같은 것이나 하나 보였다. 구호가 없다는 건 무엇을 의미하는가? 돌아와서도 의문은 쉽게 가시지 않았다.

공동체에 관한 이야기를 고르다가 『제자백가 공동체를 말하다』라는 책을 접하게 되었다. 전쟁의 소용돌이에 몸서리치던 춘추전국시대, 백가쟁명을 벌이던 사상가들은 난세를 극복하고 새로운 공동체를 건설하기 위해 어떤 사상적 토대를 설파하였을까?

저자는 유가, 묵가, 법가, 도가 등 정형화된 범주에 갇힌 동양철학이라는 틀을 깨고 나와, 새로운 현실을 구성하려는 능동적인 정치사상으로서의 제자백가사상을 새로이 조명한다. 관중에서 한비자에 이르기까지 그들의 치열한 논쟁은 춘추전국시대 못지않게 치열한 나름의 답과 의문을 던진다.

　그중에는 공자 맹자 등 익숙한 인물도 있었지만 그렇지 않은 인물도 여럿, 내가 관심을 가진 것은 '묵가'였다. 공자는 관습주의자라면 묵가는 상대적으로 합의주의자였다고 했다. 공자는 예(禮)로 대표되는 관습을 인(仁)이라는 가치로써 새롭게 수정하고 개량했는데, 묵자는 합의를 통해 통치기준과 덕목을 만들어냈다는 것이다. 공자는 지배층의 도덕적 각성을 핵심으로 하는 정치 및 통치사상을 혼자 만들어냈지만 묵자는 스스로 자신의 철학과 사상을 만들어내지 않았다. 수공업자와 무인 그리고 가혹한 삶을 살며 핍박받던 피지배층과 천민 여럿이 연대해 집단을 이루고 길드 내지 조합을 만들었다. 그러한 중에 머리를 맞대고 의견을 주고받으며 갑론을박을 벌였고 그러한 과정으로 합의를 이끌어냈다. 그런 과정을 통해서 하층민으로 구성된 집단에서 그들만의 사상과 시대정신, 공동체의 청사진이 만들어졌고 그것이 묵자 텍스트의 사상과 철학이 되었다는 것이다.

　결국 노동자 출신 사상가 묵자가 합의한 본질은 실제 모든 인민이 누려야 할 각자의 몫, 최소한의 자기 몫이 있다고 생각하고 그 몫이 보장되는 것이 하느님의 뜻이며 겸애라는 것이었다.

　집단이라는 공동체 안의 구호가 있고 없음의 차이, 그것은 엄청난 간극이 그 안에 숨어있었다. 계급과 신분을 초월한다는 지극히 선한 사상을 기반으로 하였지만 철저한 계급사회가 된 공산주의를 생각하면 된다. 우리의 겪은 기억에도 마찬가지였다. 5.16으로 정권을 잡은 군사정부는 무수한 구호를 만들어냈다. 전신주에도 다리 교각에도 빈 공간만 있으면 구호가 들어섰던 시절이었다. '무찌르자 공산당, 멸공

통일', '소주밀식, 퇴비증산' 등 북한은 더 말할 나위도 없었다. 금강산의 명승지 바위에도 여지없이 그 너절한 구호는 새겨져있었다는 것이다. 구호가 많다는 것은 강력한 중앙집권적인 힘이 작용하던, 사회의 합의가 전무하다는 의미였다. 권력과 무력으로 밀어붙이던 시대의 산물이었다.

변산공동체에도 나름의 규약이 있을 것이다. 휴대전화를 사용하지 않고 컴퓨터도 한 대만 사용한다는 것 등, 그보다는 저녁식사 후 작업회의를 갖는다는 것이다. 물론 어느 조직이든 회의 및 집회활동이 있다. 독재국가에서는 철저하게 통제의 수단으로 활용한다. 집회활동이 합의를 이루는 과정이냐 일방적인 지시 및 한 줄로 세우기 위한 것이냐 하는 것, 개개인의 의사가 무시되고 전체화된다는 것은 계급을 가르는 시금석과도 같은 것이었다. 당연히 해야 할 일이야 대표성을 갖고 정할 수밖에 없는 것이겠지만 어떻게 할 것인가를 서로 합의하에 한다는 것이다. 처음 참석했던 작업회의에서도 마찬가지였다. 일방적인 지시가 아닌 의견을 묻고 들어 결정했다.

점심을 먹고 마른 고추를 고르는 일을 하다가 공동체 살림을 주관하는 듯했던 그녀가 혼자 차를 우려내며 마시고 있었다. 어색했지만 이야기할 좋은 기회라 생각하고 그녀와 마주앉았다.

아이가 자라면서 아토피가 심했다. 여러 가지 치료법으로 대처해보았지만 그렇듯이 쉽게 치료가 되지 않았다. 다니던 직장에서 큰 문제가 없었지만 도시를 떠나는 것을 고민했고 이곳 변산공동체를 찾아들었다. 물론 쉬운 결정이 아니었다. 막연하지만 생태적인 삶에 대한 동경이 없었으면 불가능했을 것이다. 이제 아이는 이곳에서 건강하게 자라 독립해 나갔고 남편도 독립하듯 이곳을 떠나 각자 생활하고 있다.

이곳에 찾아오는 이들은 좀 유별난 사람들이다. 유별나다는 것은 성격이 좀 까탈스럽다는 것이다. 철학적이라면 좀 거창한 거고. 화면으로 보여지는 자연인들처럼 스스로가 격리되지 않으면 안 될 것 같은 문제를 가지고 있다는 것. 그러니 고슴도치처럼 자기 몸에 가시를 붙이고 있다는 것, 그런 사람들이 모여 사는 곳이다. 알고 지내던 사람들과 떨어져야 하고 개별의 삶이 아닌 많은 것이 노출되어야 하는 말 그대로 공동체 생활이니 더욱 더 이곳에서 생활한다는 것이 쉽지 않다는 것이다.

소유의 욕망? 누구나 그것에서 벗어나려고 하면서도 그것을 벗어나면 무슨 재미로 살 것인가를 염려한다. 내 차림새를 보라 머리는 대충 자르고 옷도 마찬가지다. 소유의 욕심을 가지지 않고 여자로서 외모에 신경 쓰지 않고 살아가고 있다. 의식주에 간소하거나 소박하게 하면 소유의 욕망에서 가벼워진다. 어떤 의식을 가지려는 것이 아닌 생활 속에서 그렇다는 것이다. 마치 수행자와 같은 삶의 모습이라고 할 수도 있다. 실제로 그런 면도 있다. 숨기고 가릴 것이 없는, 내 개인소유의 잉여가 없는 삶, 멋지지 않은가.

처음엔 데면데면했는데 그녀는 여러 가지 이야기를 해주었다. 기억을 다 더듬을 수가 없어 더 만나야 하겠지만 공동체의 살림을 해나가는 특별한 여성이었다. 그날 작업회의는 개인의 동정, 나를 소개하는 시간도 있었고 내일 일과에 대해 말하고 의견을 종합하는 과정이었다.

그날 밤에는 영화 상영도 있었다. 숙소로 돌아왔다. 산을 넘어온 비바람이 문을 덜컹거리게 하고 지나간다. 쉽게 잠이 오지 않았다.

이곳에 공동체를 만들겠다는 엄청난 도전을 실행에 옮기는 개인으로는 엄청난 변화의 도모였고 도전이었고 한편으로는 엄중한 현실에서의 이탈이기도 했다. 구호를 내걸지 않고 생태적인 삶을 도모한다는 것, 그것의 출발은 아이들을 잘 양육하는 것에서부터 시작되는 것이다. 유례가 없는 산업화를 이룬 우리의 경우 그 동인(動因)은 자녀를 양육하는 일, 후대를 기대하는 것에서 비롯되었다. 네팔의 카트만두에서도 그 생각은 변하지 않았다. 많은 가장들이 낯선 타국에서 고된 근로자의 형편을 감수하는 것도 먼지 자욱한 도심의 거리를 다들 바쁘게 오가는 것은 결국 자신들의 자녀는 남보다 부족하지 않도록 하겠다는 마음에서 비롯되었다는 것이다. 인간으로서 그 동기의 유발은 너무나 당연하고 필연적이기도 한데, 오늘날의 불행 또한 거기에서 비롯되었다는 것이다. 자녀를 잘 양육한다는 것은 건전한 사회인으로 독립해 나갈 수 있도록 하는 것이 명분인데 여기에 부모의 욕망이 투영된다는 것이다. 그러다보니 아이의 적성과 능력을 고려하지 않고 아이들을 몰아댄다. 끊임없이 반복되고 있는 위정자들의 비극은 입시문제가 빠지지 않는다. 그러니 이 땅이 흔들리도록 입시비리는 끊이지 않는다. 의식주의 해결은 그렇지만 자기 삶을 주도적으로 해결해나가는 능력을 가지지 못하고 부모나 주변의 욕망에만 휩쓸려가는 형국이다.

이곳 공동체학교에서 교과서 없이 가르치고 배운다는 텃밭 가꾸기, 새끼 꼬기, 천연염료, 목공예 등 손발 놀리는 교육, 수학, 영여, 사회, 인문학, 철학 등의 공부들, 중요한 것은 옆에 있는 동무와 비교하거나 비교당하지 않는 것이다. 작은 시작이 중요하다는 것, 자연을 해치지 않더라도, 사람들끼리 미워하지 않더라도 얼마든지 넉넉한 살림을 함께 꾸릴 수 있다는 가능성을 보여준다는 것, 공동체 생활과 교육이 떼려야 뗄 수 없는 관계인 것이다. 교육의 목적은 생명체가 스스로 앞가림을 할 수 있는 능력과 이웃 간의 조화나 상생의 원리를 터득하는 데 있다는 것, 즉 아이들이 자연과 관계를 맺고 그 속에서 뛰어놀며 손발을 자연 속에서 자주 놀려야 생명체로서 구실을 할 수 있다는 것이다.

사람은 스스로 제 앞가림을 할 수 있어야 하고 곁에 있는 사람과 도움을 주고받으면서 살 수 있는 힘을 길러야 하는데 도시에서의 삶은 그런 환경이 되지 못한다. 아이들의 체육활동도 자연스런 운동이 아니라 학습과 경쟁의 과정인 것처럼 말이다. 그러니 서로 돕는 마음가짐보다는 경쟁을 부추겨서 시기심과 패배의식을 조장한다. 몸을 놀리고 손발을 놀려야 먹을 것, 입을 것, 잠자리에 필요한 것을 마련할 수 있는데, 머리만 굴리도록 만드는 교육환경인 것이다.

그 해답의 일정부분은 농사에 있다. 모든 씨앗들은 생명을 품고 있고 씨앗 하나는 또 다른 씨앗을 남기면서도 인간은 물론 짐승들까지도 배를 채우게 한다는 것도, 사람에게 늘 이롭지만은 않게 작용하는 자연현상 속에서 겸손과 이를 극복하는 지혜를 가져야 한다는 것도 농사에서 비롯된다.

자신의 진로는 자신이 정할 수 있도록 하는 것, 그 교육현장에서 가장 중요한 것은 울타리를 이루는 다양한 사람들이다. 멀지 않은 우리의 옛 농경사회에서 대개 3대가 같이 살았다. 이는 부모의 직접적인 욕망이 투영되기가 어려웠다는 것이다.

대개의 경우 여성이 50대를 지나면 순환이 정지되는 폐경에 이른다. 그 순환의 정지 속에는 나름의 의미가 담겨져 있다. 다음 세대를 양육해야 한다는 의무 같은 것으로 말이다. 요즘은 혼인연령이 과거에 비해 현격하게 늦어지고 또한 포기하는 청춘남녀들이 느는 추세이다. 그래서 과거를 기준으로 손주를 양육하는 데 손길을 보태야 될 즈음에 또 다른 순환을 위하여 여성으로서 순환이 멈추게 된다는 자연의 섭리 같은 것이라고 말할 수 있다. 흔히 '곳간 열쇠'라고 칭했던 시어미의 까칠한 권력은 다음 세대의 양육과 관련이 있었던 것이다. 오늘날처럼 '시어미의 공간' 즉 며느리에게 가시 같은 권력을 상실했다면 오늘날의 기성세대가 기억하는 할머니나 외할머니의 모습, '호랑이 담배 피우던 시절'의 옛날이야기를 들려주거나 무한의 사랑을 베풀 수는 없었을 것이다.

궁핍함보다 오늘날 증가하고 있는 가정의 해체는 모든 문제의 시작으로 회귀한다. 스스로 선택하고 그 선택을 책임지게 하는 교육이어야 한다. 그런데 대부분의 학교에서는 남에게 의지하게 하는 교육, 그저 점수만 잘 받으면 되는, 그래서 자기 앞가림을 할 줄 알도록 가르치는 것에서 멀어져 있다.

오늘 처음 대면했던 박형진, 그는 아이들 넷을 일반학교에 보내지 않고 전부 이곳에서 학습할 수 있도록 했다. 그의 남다른 용기로 흔히 이야기하는 공동체의 대안학교의 시작을 도모할 수도 있었다는 것이다.

더불어 생태적인 삶의 소중함을 인식하고 체험하게 하는 것, 자신의 욕망을 가늠할 수 있도록 한다는 것이다. 앞서 달님 씨의 살아가는 모습을 이야기했듯이 의식주를 가볍게 하는 것이다. 건강한 땅에서 대부분이 공짜인 자연의 것으로 키운 것을 먹는 것은 자연과 공존해야 하는 인간에게 당연한 덕목인데 지금은 그것에서 너무나 멀어져있다. 출하하는 당일에도 야채에 각종 약제를 뿌려댄다. '음식물쓰레기'라는 말은 인간 오만의 극치이다. 물론 껍질 등은 어쩔 수 없다. 그런 것들은 주방 부산물인데 먹지 못하고 너무 많아서 버려지니 쓰레기가 되는 것이다. 똥이 밥이 되고 밥이 똥이 된다는 말은 너무 진부하니 말하기도 좀 그렇다.

원래 방의 주인이었던 듯 귀뚜라미가 가을밤을 노래한다. 생각이 많아졌고 쉽게 잠들지 못했다. 창문으로 빛이 들어오고 빗소리는 들리지 않았다. 밖으로 나왔지만 바람 소리뿐 적막강산이었다. 화장실에 간다고 학생들 둘이 지나갔을 뿐 아무도 보이지 않았다. 어제 회의 시간에 아침은 각자 알아서 해결하라고 했던 것이 기억났다. 익숙하지 않은 새로운 환경에서 하루를 지낸 아침이 새로웠다. 유일한 듯 가족이 함께 이곳에서 생활한다는 이가 올라와 그와 함께 간단한 아침을 먹었다. 그를 보면서 여러 가지 생각이 스쳐갔다.

하루를 묵게 해준 이들에게 인사도 하지 못하고 그곳을 떠나와야 했다. 먼 훗날 그렇게 생을 마무리하고 떠날 것처럼. 아침을 같이 먹었던 이가 트럭으로 신작로까지 태워준다고 했지만 사양했다. 천천히 걸어가겠다고. 한창 꽃피는 철은 아니지만 길가에도 집 앞에도 한 송이 꽃도 볼 수 없다는 것이 이상하고 안타까웠다. 태풍이 불어내는 바람이 지나는 길에 공동체 마을을 돌아 나오면서 공동체 마을의 미래를 생각했다.

가정이 해체되어가는 시대, 미래를 밀어가지 못하는 세대에 이상적인 공동체를 만들기 위한 방법은 무엇인가?

진도, 진도 사람들

원형의 섬

한반도에서 세 번째로 큰 섬, 진도는 맑고 향기로운 땅이다. 첩첩하거나 날카롭지도 않은 아늑한 봉우리들이 흘러내린 곳이면 너른 들과 바다가 펼쳐져 있다. 진돗개가 있는 것처럼 풍장의 흔적으로도 원형을 이야기했다. 진돗개·구기자·돌미역의 삼보(三寶)와 노래·서화(書畵)·홍주를 삼락(三樂)이랬다는데, 진도아리랑의 구성진 가락이 더 친숙했다.

'진도는 원형의 섬이다'라는 말을 한 이는, '삶의 모든 국면들을 포괄하는 힘세고 순결한 원형들이 그 섬에서 비롯되었고 그곳에서 축적되었다'는 이유로 또한 섬이 아니라고도 했다. 원형을 품어왔다는 것은 은둔이거나 결기의 고집 같은 단단한 흔적이 짚어진다. 시대의 흐름에 뒤떨어진 듯 변화가 발전을 의미하는 시대를 살아왔기에 새삼스럽게 원형을 이야기하는 것이리라. 문화예술은 시대의 흐름을 따르기도 하지만 변화가 발전을 의미하지는 않는다. 원형은 머묾만이 아닌 긍정적인 의미의 변화에서도 자유스럽거나 편안함과 속도를 추구하는 인간의 기본적인 속성에서 벗어난 듯 정서를 자극한다. 보편적인 기준에서 원형은 거친 삶의 모습이기도 하지만 본성을 유지하고 있다는 의미이기도 하다. 본성은 형태로도 나타나지만 소리, 신명, 흥으로 발현되는 본래의 것들이다.

'흔들리지 않고 피는 꽃이 어디 있으랴'는 단지 관념적인 시의 한 구절이 아니라 힘세고 순결한 원형들의 본질, 본성을 말하는 것이리라. 그 본성은 소리, 신명, 흥으로도 피어나는 꽃이다. 흔들릴 수밖에 없었던 그 땅의 흔적들을 따라가 본다.

생존의 절박함이었던지, 무능한 권력에 대한 저항이었던지 반기를 매단 배를 타고 강화도를 떠난 삼별초는 두 달여 만에 진도에 도착한다. 그들의 태동과 생성(生成)의 이유는 차치하고, 그 먼 뱃길로 왜 진도였을까? 하여튼 자주적인 영토를 열망했던 그들의 깃발은 9개월 만에 산산이 찢겨져 바람에 흩어졌다.

언제부터였을까? 서남해의 많은 섬과 갯가에서 가까운 마을들에는 왜구의 출몰이 일상이었고 그들의 발이 닿거나 한 번이라도 전란에 휩쓸린 섬은 말 그대로 초토화되었다. 그러니 진도 같은 큰 섬도 고려 말부터 조선이 개국한 후 80여 년간 사람들이 살지 못하도록 비워둔 적도 있었다. 소설 『칼의 노래』에서 '버려진 섬마다 꽃은 피었다'라 한 그 참담한 그 모습처럼.

삼별초, 그들의 저항에 대한 평가는 아직 결론이 나지 않은 상태다. 내가 교과서를 통해 국사를 공부하던 시절에 배운 것은 '삼별초의 난'이었다가 이제는 '삼별초의 항쟁'으로 변화가 있었을 뿐. 무인정권의

하수인으로 복잡한 배경을 간직한 채 출발했지만 우리 민족 최초의 자주적 항거였다는 사실에 주목할 뿐이다.

삼별초들이 진도에서 꿈꾸었던 세상이 어떤 세상이었는지, 여몽연합군에 의해 지리멸렬한 삼별초의 일부는 제주도로도 패퇴했지만 아녀자를 제외한 진도의 사내들 대부분은 몰살당해 붉은 피가 내를 이루었을 정도였다. 그나마 살아남은 자들도 대부분 몽골에 노예로 끌려갔거나 팔려갔고 돌아온 이들도 20여 년이 지난 후였다.

세월이 흘러 임진년에 시작된 왜란도 마찬가지였다. 전략상 요충지인 진도에 상륙해 약탈과 방화 등으로 섬은 초토화됐다. 사내들은 찾아보기가 어려웠을 테고 여인네들은 사내들의 몫인 거친 일도 감수해야 했다. 심지어는 피붙이의 상여를 메는 경우도 있었을 것이다. 한걸음 뒤로 물러서지 못했던, 이승에서 저승으로 보내는 이별의 통한이 씻김굿 같은 형식을 갖춘 의식으로 승화되었을 것이다.

'울음소리를 내며 흐르는 목', 거센 물살이 흐르는 울돌목은 그런 의미였다. 뭍에서 섬으로 건너가는 목의 좁아든 물길은 정조기(停潮期)의 짧은 시간을 제외하고는 배를 세운 채 전투도 고기잡이도 불가한 곳이다. 그러한 취약점이 이순신 같은 명장에게는 강점이 될 수도 있었다. 백의종군에서 풀려나 우수영에 도착했을 때 남은 병력은 채 스무 명도 되지 않았다. 장군은 보름간의 강행군 끝에 12척의 배와 120명의 군사를 모아 경우 전투의지를 갖췄으나 일부 장수와 병졸들의 전투의지는 극히 미약했다. 왜군은 133척의 대함대였고 조선 수군은 장군이 도착했을 때에서 한 척의 배를 더 보탠 13척이었다. 급류가 흐르는 좁은 목에 나란히 진을 갖추고 적을 맞이한 우리 수군은 바뀌는 조류를 이용해 순식간에 왜군의 군선 31척을 무찔렀다. 영화 〈명량〉은 그 모습이었다. 명량해전은 남해 일대에서 승승장구하던 일본 수군의 기세를 순식간에 제압하였을 뿐만 아니라 정유재란의 전세를 극적으로 전환시킨 일대 전환점이 되었다. 이 모습을 목도한 진도의 민초들은 전설 같은 이야기들을 만들어냈다. 강강술래는 그 첫 번째였다. 여인들에게 군복을 입혀 둥글게 원을 만들어 손을 맞잡고 많은 수의 군인인 것처럼 위장했다는 이야기도 그랬다.

구부러진 강물처럼 파란과 곡절의 수모를 거슬러 치고 오른 섬사람들 거친 삶의 역사는 다양한 몸의 움직임을 추종하는 소리를 내게 만들었다. 진도 사람이 아니더라도 가끔은 흥얼거리게 되는 진도아리랑과 농부들이 농사일을 할 때 부르는 남도들노래, 망자가 편안히 저승으로 갈 수 있도록 기원하는 씻김굿, 죽은 자의 극락왕생을 축원하는 다시래기는 국가에서 관심을 가지겠다고 지정한 소리들이고 도에서는 진도북놀이, 진도만가 등, 외에도 가지가지 소리들이 전해져 내려온다. 이러한 소리들은 혼자 취미로 하는 것이 아닌 놀이판이든 굿판이든 판이 만들어져야 소리판도 펼쳐지고 전해지기도 한다. 판이 만들어진다는 것은 어쩌면 '물산이 풍부하였다'는 또 다른 의미였다. 바다일보다는 들일이 더 많았고 너른 들에서 풍부한 산물이 나왔다. 요즘도 겨울대파와 월동배추로 한겨울에도 진도의 들판은 푸릇한 것처럼. 광에서 인심이 생겨나듯 이런 넉넉함에서 문화의 범주 속에 들 풍류가 생성되었을 것이다. 제주의 물질하는 해녀들처럼 섬의 아낙들의 삶은 어디서나 거친 바람처럼 고단할 수밖에 없었으니 노래나 춤은 고단한 삶에 대한 위무이자 현실을 건너가는 활력소였다.

진도 아리랑은 굿판에서 뒤풀이 민요로도 불리는 것인데 이 가사에는 여자가 남정네의 행실에 대해 한탄하고 푸념하거나 비꼬는 듯 내용이 담겨있다. 전설 속에서도 여성의 한이 밴 듯한 그 이야기는 이렇게 전해진다.

'박수무당의 운명을 타고난 총각은 같은 마을의 처자와 정혼했지만 그 운명을 거부하며 몰래 먼 타지로 도망치듯 떠나 경상도 어느 양반 집에 들어가 자진하여 노비가 된다. 그런데 뜻밖에도 그 양반집 딸은 그 총각에게 반했고 둘은 사랑의 야반도주를 감행했다. 총각의 집에서는 정혼했던 처자는 잊은 듯 양반집 며느리를 들이게 되었다고 좋아했다던가. 어느 날 옛 생각이 났던지 사내는 마을의 정혼했던 처자의 집에 가보게 되는데, 그때까지 그 처자는 문턱에 앉아 자신을 기다리는 모습을 보게 되었다'.

자신을 버린 남자에 대한 원망의 기운이 서려있는 전설이다. 이는 앞서 말한 많은 사내들이 전란으로 희생되고 농사일과 심지어는 상여 메는 궂은일까지 감당해야 했던 여인들의 한이 담겨 있던 듯싶다. 진도아리랑은 내면의 한을 녹여내어 여유롭게 찰랑거리는 바다의 물결처럼 후렴구가 번져난다. 소리와 함께 어깨의 들썩거림 같은 몸의 움직임이 동반된다.

씻김굿

이승을 떠난 망자에게 죽음은 더 이상의 두려움이 아니었다. 그 막연한 두려움은 오로지 산 자의 몫이었다. 그러니 남아있는 자들은 슬픔과 두려움을 잠시라도 덜어내고 먼저 가신 이를 추모하는 마음, 고단했던 이승의 삶에서 벗어나 망자를 무한한 또 다른 대자연 속에 도달시키고자 하는 염원이 서려있었다.

무당이 주관하는 제사인 씻김굿은 죽은 사람의 원한을 풀어주고 망자가 편안히 저승으로 갈 수 있도록 기원하는 의식이다. 이승의 원한을 씻어준다 해서 씻김굿, 무당은 무명옷에 다홍색 띠를 걸치는 단순한 차림으로 망자의 한을 풀어주는 지전춤을 춘다. 지전(紙錢)은 흰 창호지로 만든 수십 장 종이돈이 겹쳐진 모습, 바닥에 닿을락 말락 80㎝ 가량 지전을 양손에 쥐고 내려뜨려 사방으로 휘저으며 추는 춤이다.

무당 혼자 부르는 형식과 선소리를 메기고 뒷소리로 받는 장절 형식으로 구분된다. 이는 망자뿐만 아니라 남은 이의 무사함까지 염원하는 원시 샤머니즘과 불교의 의식이 혼합된 듯 춤이다. 소리는 예술적 요소도 뛰어나다. 이러한 소리와 춤으로 죽음은 끝이 아니라 삶의 한 조각이랄 수도 있는 것이다.

굿을 주관하는 이를 무당이라 칭한다. 단골·당골네·단골에미라고도 한다. 당골 및 단골이라는 명칭에 대해서는 일찍이 최남선이 우랄 알타이어계의 천신을 의미하는 'tengri'가 단군·당굴 등으로 변화하면서 그 와음으로 정착된 것이라는 견해를 밝힌 바 있다.

당골이라는 명칭은 여러 지역에서 사용되고 있으나 그 전형은 호남 지역에서 발견된다. 우리가 자주 가는 음식점 등을 '단골'이라 하는 것도 이에서 유래한다. 그만큼 당골은 미신이기에 앞서 의료혜택을 볼 수 없었던 척박한 삶에서 빼트릴 수 없는 주술적인 치료적 신앙의 역할을 맡고 있었던 셈이다. 하지만 일제강점기로부터 군사정권기에 이르기까지 이러한 주술적인 신앙은 이런저런 이유로 미신으로 치부되었고 처치해야 할 대상으로 전락되었다.

세습무로서의 당골은 혈통에 의한 사제권의 세습이나 사제권에 의한 단골판의 계승, 강신체험이 없어 영력이 없는 점, 구체적 신관이 확립되어 있지 않은 점, 집에 신단을 설치하지 않는 점, 신을 향해 일방적인 가무로써 굿을 주재하는 점 등을 특징으로 한다. 대개 부부가 함께 굿을 하는데, 남편은 주로 악기를 연주하며 굿의 실제적인 주관자는 부인이다.

당골은 자기가 맡은 지역 내에서만 굿을 할 수 있으며, 이 단골판의 권리는 사고 팔거나 세를 놓을 수도 있었다. 이들은 신도집단의 상담자 역할도 하며, 길흉과 관련하여 점을 치거나 굿을 하는 지역의 사제 기능을 담당했다. 특히 호남지역에서 각종 민속예술을 창조하고 전승시키는 역할을 담당했다. 오늘날 그네들이 인간문화재로 추앙되는 것처럼.

그럼 굿판의 소리들은 새삼스럽게 새로운 바람을 일으키는 트롯과 어떤 연관이 있는 것일까? 언제부턴가 사람들은 만나면 그 이야기들을 했다. 정말 우연처럼 트롯 열풍으로 진도에 다시 가야겠다는, 이방인처럼 멀게만 느껴졌던 무당을 한번 만나야겠다는 염원이 생겼다.

트롯 열풍,
송가인이어라

'최근 대중문화계의 트렌드 중 하나는 반엘리트주의다. 핫한 문화현상으로 꼽히는 트로트 열풍부터가 그렇다. 싸구려 취향, 저학력과 가난의 상징으로 폄훼되던 트로트가 문화의 중심에 들어왔다. 엘리트주의에 밀려 주변화됐던 서민 음악의 반란이다. 열풍의 근원지인 TV조선 '미스터트롯' 출신 '트롯맨'들은 줄줄이 스타덤에 올랐다. TV만 켜면 트로트가 흘러나오는 쏠림 현상에 피로감도 크지만 아직은 꺾이지 않는 시청률, 마땅한 대안을 찾지 못한 방송가의 안이함이 맞물려 '트로트 대세'는 당분간 이어질 전망이다. 생활밀착형 가사, 흥과 한이라는 트로트의 생명력이 세대를 넘어 통한 결과다.'

한 일간지의 칼럼 중 일부를 인용했다. '생활밀착형 가사, 흥과 한이라는 트로트의 생명력이 세대를 넘어 통한 결과다.'라는 말에 백배 공감이다.

트롯은 일제강점기에 시작되었다. 직간접의 외세가 밀려들면서 판소리나 타령의 전통 민요에서 신민요풍의 가요가 유행하기 시작했고 축음기가 들어오면서 일반 대중들도 그 노래들을 접할 수 있게 되었다. 1920년대 후반 레코드 제작이 본격화되면서 많은 일본 가요가 번역되고 한국 가요도 일본에서 녹음하는 과정에서 일본인이 편곡하는 경우가 많아졌다. 엔카풍의 대중가요가 우리 곁에 다가온 것이다. 이는 해방 후에도 한동안 이어졌다. 미군이 들어오면서 서양문화가 유입되고 새로운 자각처럼 왜색의 잔재를 없애고 주체성 있는 건전가요의 제작과 보급, 팝송과 재즈 기법이 도입되면서 엔카풍의 가요도 새로운 이름을 얻었는데, 일명 '뽕짝'으로 부르는 트롯이 그것이다.

트롯은 시대조류와 함께 변화와 부침이 있었지만 유행에 덜 민감한 중장년이나 저학력과 낮은 계층 주변부의 취향으로 밀려나고 있었다. 60년대 후반 〈동백아가씨〉 등 대중들이 선호하던 가요들이 '왜색'이라는 이유로 금지곡이 되었고 일본색에 대해 '뽕짝' 논쟁이 일기도 했다. 애수의 감정이라든지 신파적 감정이 낡고 세련되지 못한 부정적인 것으로 인식되면서 기피의 대상이 될 수밖에 없었는데.

먼저 〈미스 트롯〉에서 열풍이 불었고 〈미스터 트롯〉에서 그 정점에 이르렀다. 코로나 바이러스라는, 한 번도 경험하지 못한 엄중한 상황에서 사람들이 노래방에 가거나 대면접촉이 움츠러들게 한 이유도 있었을 것이다. 시청률이 높아지면서 앞서 칼럼의 내용처럼 자연스럽게 트롯의 노래와 가수들은 대중 속으로 들어왔다. 향수와 잃어버린 정서를 자극하듯 생활밀착형 가사라는 말이 새삼스럽다. 전혀 대중적이지 않았던 가수들이 대중가수의 반열에 오르게 되었다는 것도 그렇다.

'어느 날 아침에 일어나니 유명해졌더라!'는, 영국의 시인 바이런의 조용한 환호처럼 송가인이라는 낯선 가수도 마찬가지였다. 무명에서 단숨에 이름을 알린 대중가수가 된 것이다. 그녀는 높고 낮은 고개를 넘듯, 아니면 넘을수록 더 높은 고개가 나타나는, 열 번의 경연 끝에 최종 우승자가 되었고 대단하도록 갑작스럽게 대중들에게 다가온 것이다. 앞서 하루아침에 유명해졌다는 말을 인용했지만 그건 아니었다. 많은 세월을 담금질한 인고의 노력이 그 소리에 담겨 있었다.

중학교 2학년 때부터 시작한 판소리로 예고를 거쳐서 대학에서 전공으로 굳힌 후 젊은 소리꾼으로서 흐트러짐 없는 길을 달렸기 때문이다. 판소리대회에서 두 차례나 입상했고 소리를 할 수 있는 자리라면 어디든 달려가서 착실히 경력을 쌓았던 것이다. 그런 그녀에게 오늘날 그녀가 있게 된 전환점, 색다른 주문처럼 터닝 포인트가 찾아온 것이다. 개인적인 취미생활이 아닌 이상 예능에 공력을 쏟아붓듯 노력을 기울이는 것은 대중에게 다가가기 위한 것이 분명한 본질이다. 앞서 소리꾼 장사익을 이야기하면서 그를 더듬어가면 그의 아버지가 있었다는 것을 이야기했듯이 송가인, 그녀에게는 어머니가 있었다.

"진도 편 전국노래자랑에 출전해보라"는, 어머니의 예상치 못한 권유는 유혹이었던지, 새로운 방향의 설정이었던지, 그녀는 고민할 수밖에 없었을 것이다. 노래자랑에 민요 부분이 없는 건 아니지만 주류는 가요였다. 대부분 순수한 아마추어만 서는 무대이니 어색함은 피할 수 없을 것이었다. 자칫 자신이 가고자 하던 길에서 벗어나는 어설픔의 망설임은 필연이었을 것이다. 그녀가 어린 시절 어머니가 그 무대에서 주황색 저고리 차림으로 '진도아리랑'을 맛깔나게 부르던 모습을 보았는지는 알 수 없지만 분명한 것은 어머니가 섰던 자리였다는 사실이었다.

무당이었던 어머니를 결코 부끄러워하지 않고 소리의 예능 분야로 자신의 끼와 재능을 살려나갔고 그 어머니는 전향적인 시각으로 다양한 기회에 맞닥트릴 계제를 부여한 셈이었다.

전국을 돌고 돌아 다시 돌아온 고향에서 펼쳐진 무대, 자신을 판소리 버전으로 '젊은 소리꾼'이라 소개했던 그녀는 그날의 주인공, 최우수상이었다. 그것만이 아니었다. 그녀의 잠재력, 끼를 발견한 그날의 심사위원 겸 작곡가가 있었고 새로운 방향도 제시하였다.

각종 오디션 프로들이 생겨나고 대중성을 지향하며 크고 작은 역할을 부여받고 실력을 인정받으며 경력을 쌓아가는 길을 걸어간다. 그녀도 마찬가지였다. 열 번의 매번 긴장되는 고개를 넘으며 회를 거듭할수록 대중들에게 자신의 존재감을 드러내게 되었던 것이다. 국악으로 자신을 표현하다가 트롯 가수로 전환한 후에 가장 큰 도전은 모 종편방송의 〈미스 트롯〉이었다. 그로써 짧지 않은 8년간의 무명 생활을 청산하고 대중음악계에서 알아주는 일류가수의 반열에 들었으니 말이다. 특이한 것은 아이돌 가수들에게만 해당되듯 '팬덤' 현상이 새삼스럽게 중장년층의 호응이 그녀를 비롯한 트롯 가수들에게까지 이어졌다는 것이다.

한 사람의 당골,
무당을 알게 되다

진도에서 태어났고 대표적인 진도씻김굿 연행자 송순단, '미스트롯' 송가인의 어머니로 세상에 알려졌지만 그 이전에 나라가 인정한 명인이었다. 이제 송가인의 진도 고향집은 많은 사람들이 명소처럼 일부러 찾아가는 곳이 되었고 그녀의 부모들도 TV 예능프로그램에 소개도 되며 대중적인 친숙함을 갖게 되었다.

지난 5월 역삼동 LG아트센터에서 열린 한국문화재재단 창립 40주년 기념 특별공연 '쉘위풍류'에서 송순단은 코로나 같은 역신을 고이 보내드리는 〈손님풀이〉를 시연했다. 그녀는 2001년 진도씻김굿 전수교육조교(인간문화재의 전 단계)가 됐다. 1980년 국가무형문화재(제72호)로 지정된 진도씻김굿은 현재 악사 부문 보유자는 있지만 무가(巫歌) 부문은 송 명인을 포함해 전수조교만 둘이다. 공연이 있기 전 그녀는 인터뷰에서 이렇게 말했다.

"처음 굿판에 들어와서는 큰 부담 없이 했는데 이왕이면 남보다 잘하고 싶어서 씻김굿보존회에 찾아가 피 나는 고통 끝에 배웠다"고.

진도씻김굿은 대물림되듯 '세습무'에 의해 전승돼왔는데 강신무(신내림 받은 무당)인 그녀가 찾아왔으니 '텃세'가 만만치 않았다고 했다. 타고난 목청은 인정받았으나 굿거리의 핵심인 사설(가사)을 안 가르쳐 주었던 거다. 다행히 선생 한 분이 그녀를 받아주었고 일 있으면 카세트테이프에 녹음으로 받아와서 혼자 익혔다. 시간이 지나면서 그녀의 소리도 울림이 있었고 처음엔 끼워주지도 않던 이들이 차츰 굿판에 그녀의 자리를 만들어 제 자리에 설 수 있었다는 거다.

뜨거운 태양을 흠모하듯 능소화가 슬픈 전설처럼 울을 넘어서던 칠월의 중순, 그 섬으로 가는 버스를 탔다. 여름이 익어가듯 파도 소리와 함께 익어가는 섬의 풍경을 보러 가는 것도, 바다를 건너 스스로 고립을 찾아들어 가는 것도 아닌 그 섬으로 가는 길은 멀고도 먼 길이었다. 기다리는 이가 있는 것도 아니고 새롭거나 그리운 풍경도 길 앞에 놓아두지 않았던 길이어서 더 그랬던 듯, 막연한 숙제처럼 가슴이 무거워지는 길이었다. 시집 한 권과 짧은 편지글을 보내드리기는 했지만 받은 이도 막연했을 것이다. 도대체 무슨 말을 하려는 건지. 어떤 경계심 같은 것도 있었을 것이다. 어쩔거나, 한 번은 다녀와야 하는 길이었다.

울돌목을 건너면 섬이라는 느낌이 밀쳐난다. 바다가 시야에서 사라지기 때문이다. 버스에서 내려 간단한 점심을 먹고 마을버스를 탔다. 이정표 한켠에 '송가인마을'이 선명하다. 이 땅에서 아무나 누릴 수 없는 영광이고 대중적인 또 다른 영합의 모습이었다.

대중교통으로 그곳에 오는 이는 없는 듯 홀로 버스에서 내려 이정표를 따라간다. 탐방객인 듯 여럿이 그 집 앞에서 사진을 찍고 아래 조그만 카페에도 여럿이 머물고 있었다. 지역 특산물인 듯 노점을 펼치고 있는 곳의 여인에게 그분의 근황을 물었다. 질문이 어설픈 듯 '부재중인 것 같다'는 답변이었다. 막연한 시간이 더디게 지나가고 있었다. 그렇게 한참을 두리번거리고 있을 때 누군가 집안 창고에서 작은 오토바이를 꺼내는 모습, 바깥주인인 듯했다. 예능 프로그램에서 본 듯한 얼굴, 다가가 알은체를 했다. 다행스럽다고 해야 하나, 기억함을 나타내주셨다. 잠시 어딘가 다녀올 길이라며 기다리리라고 했다. 그것도 반가운 마음이었다. 일말의 안도감으로 멈춰있을 때 낯모르는 누군가가 다가왔다. 그네들도 그분을 만나러왔는데 내가 만날 때 같이 만나달라고 했다. 내 사정도 그네들의 것도 잘 모르니 답변이 궁색했지만 '그러자'고 했다.

기다리는 동안 그네들의 사정을 물었다. 아이가 초등학생인데 노래에 재능이 있는 듯, 진로에 대해 운명이란 걸 찾아낼 수 있다면 그것을 알고 싶어서 만나고 싶다는 것. 그럴 수도 있겠구나 공감을 가져보려 했지만 쉽지 않은 것이었다. 그것은 나름의 경계를 이룬 한 사람의 삶의 현재의 모습만 보려 하는 것이 아닌가 하는, 이십여 분이 지나고 그분이 돌아왔다. 내가 가져간 의사를 전달하려 했지만 막연한 것이었다. 같이 사진도 한 장, 친한 척을 해두려는 나의 일방적인 읍소의 모습이었다. 지면에서 본 이야기더라도 서로 마주앉아 이야기를 나눌 수 있으면 좋으련만, 그분의 바깥양반에게 '후에 행여 불편해하시지는 마시라'는 애매하거나 절절한 의사를 전달하고 아쉬움으로 뒤를 돌아보듯 진도 땅, 앵무리를 돌아나왔다.

송순단, 그녀가 신병을 앓기 시작한 것은 28세 때. 전남 진도군 지산면의 평범한 농부 아내로서 아들 형제에 이어 딸 은심(송가인 본명)을 낳아 기르던 중이었다. 3년을 버티다 31세에 신내림을 받고 무속인의 길로 접어들었다.

"애들 아빠가 많이 반대했다. 살림하던 여자가 느닷없이 신 받아서 굿하러 다니고 밤새고 들어오니 오해도 많이 받고. 하지만 안 하면 몸이 아프니까. 결국 이걸로 애들 대학 뒷바라지까지 했다."

송순단의 어머니, 그러니까 송가인의 외할머니는 진도가 고향이 아니었다. 나주 어디라던가, 아버지 따라 진도로 유랑 생활을 온 어린 소녀였다. 진도에 온 후 얼마 있지 않아 아버지가 돌아가셨고 어린 딸만 홀로 되었으니 박씨 집에 수양딸로 들어가게 되었다. 그 시절 형편이야 그랬으니 제대로 보살핌은 어려운 형편이었을 테고, 식구 수를 줄인다는 이유로도 지산면 소재지 마을 면장댁 식모로 들어갔다. 후에 수양딸로 갔던 마을의 총각 송씨와 중매로 결혼을 했고 아들에 이어 그녀를 낳았다. 이후 그의 어머니는 굿판에 뛰어들게 된다. 세월이 지나 그녀도 굿판에 들어간다. 남도의 씻김굿 가계들이 시어머니에서 며느리로 승계되는 이른바 세습당골의 전통을 지니고 있는데 그것과는 다르다. 하지만 운명처럼 어찌어찌 무당이 되었다는 것은 아니라는 것이다.

이제 송가인의 어머니, 그때야 다들 사는 형편이 그랬지만 그녀도 지독하게 가난한 시절을 보냈다. 첫째 딸이었으니 동생들을 돌보는 일은 당연했다. 7살 손아래인 동생부터 3명을 어린 나이에 업어 키웠다. 돌봐야 했던 동생들을 업고 학교에 다니기도 했다. 결국 당시 국민학교 3학년에 올라가고는 학교를 그만두어야 했다. 사내아이들이나 할 소 키우는 일을 도맡아 하고 호미를 들고 밭일을 하다가 열다섯 되던 해 목포로 식모살이를 떠난다. 어머니의 무업을 이으려고 그랬을까. 대를 이어 식모살이를 하게 되다니.

열다섯 살에 시작한 목표에서의 식모살이는 열여덟 살까지 이어졌다. 거기까지는 그럴 수도 있었던 것일까? 갑작스럽게 어머니가 바다에 빠져, 밀물에 빠져나오지 못해 돌아가셨다는 전보를 받게 된다. 갯벌을 터전 삼아 살아온 사람들은 안다. 물이 들고 나는 때를 말이다. 갯가에서 일용할 양식이며 돈과 바꿀 것들도 구했던 어머니도 마찬가지였을 것이다. 운명이라기에는 너무나 가혹한 듯 썰물에 갯고랑에서 조개 등을 캐내다 밀물을 미처 피하지 못했던 것이다.

집으로 돌아온 그녀는 설운 식모살이로 모은 돈으로 장례를 치렀다. 오빠는 서울에서 노동일을 하고 있었고 아버지 또한 생존해 있었지만 장례치를 형편이 못되었기 때문이다. 그보다는 어린 동생들 데리고 살아갈 길이 막막했다. 아버지는 날이면 날마다 술이었다.

그녀는 열아홉 되던 해, 보따리를 싸고 다시 서울로 향한다. 오빠가 식당에서 일하고 있었으니 무작정 상경은 아니라도 해야 하나, 거처는 정할 수 있었다. 산업화 시대의 도시로 나간 숱한 처자들처럼 공장에 들어가 방직기 앞에 서 있었을까. 하지만 고향에 두고 온 동생들 걱정에 다시 고향으로 돌아왔다가 다시 떠나가는 유랑의 생활이었다.

다시 고향 진도로 내려와 집안일을 하던 중, 옆 동네 앵무 마을의 스물여덟 총각과 혼인의 절차를 이룬다. 스물한 살 때였다. 초례상도 차리지 않은 혼인식, 시댁으로 거처를 옮긴 것뿐이었다. 이제는 지아비

그늘에서 밥이나 편안히 먹으려나, 얼마 있지 않아 서울에서 칼국수집에서 일하던 오빠가 연탄가스 중독으로 의식도 없이 식물인간 상태. 갓 시집간 새댁이었으니 집을 쉽게 비우지도 못하고 간호 한 번 제대로 하질 못했던 것도, 오빠는 보름 만에 생명의 끈을 놓는다. 이는 가슴에 못을 박는 한으로 남았다. 이것뿐만이 아니었다. 첫째 아이를 낳았는데 뇌막염에 걸렸다. 시댁에서는 병원보다는 굿을 하라는 주문 아닌 주문, 하지만 그녀는 병원에 가야 한다고 주장했다. 끝내 병원에 가지 못했고 돌 지나고 얼마 지나지 않아 아기가 죽었다. 엄마와 오빠에 이은 자식의 죽음, 그녀의 가슴에 묻어야 했을 것이다. 자식의 죽음으로 시댁과의 갈등이 더욱 커졌다. 홀로 나와 일 년여 남의 집 작은 방살이를 했다. 어려운 시절이었다.

시작이 있으면 반드시 끝이 있는 거지만 그래도 가슴에 깊은 상처가 되어 묻힌 한들이 그랬는지 영적인 꿈들을 꾸기 시작한다. 앓기 시작한 신열은 주체하지 못할 정도가 되었다. 귀신들렸다고도 하고 선몽했다고도 하는, 이른바 영(靈)이 왔던 것. 처음에는 신을 떼어내기 위해 처방을 구한다. 그러나 신을 떼어내기는커녕 증상은 더욱 심화되기만 했다. 당연히 무당과 살기 싫다는 지아비의 강력한 반대가 계속되었다. 남편과 영적인 신(神) 중에서 선택을 할 수밖에 없었다. 결국 주위 보살들의 도움을 받아 신내림 굿을 한다. 신을 받기 위해서 간 곳이 대구 팔공산, 한 가지 소원은 들어준다는 갓바위가 있는 곳이다. 그녀는 그렇게 무당이 되었고 요즘도 매달 5~6차례 의뢰받아 다닌다고 했다. 전국 어느 곳을 가리지 않고 가평이든 포항이든 고창이든 이런 식이다.

"보살(신도)들이 진혼을 해야 할 때 초청한다. 최근에 다녀온 곳은 묘이장을 한 집이었는데, 아들이 폐암 말기더라. 폐암 낫게 해주라고 빌었다. 내 할 바는 다했으니 환자 분이 기분 좋게 마음 갖고 치료받으라 일렀다."

미신이라는 관점, 이단이라는 종교에 빠진 사람들을 경멸과 멸시의 눈으로 보듯이 무당이라는 존재도 그렇게 보려고 했던 게 아니던가. 나 자신의 시각이 새삼스러웠다. 현대의 눈으로 보면 '미신'인데, 이런 시선을 거부했다. "미신이 아니라, 사람 살아가는 이치라 생각한다. 아픈 사람이 이것저것 해보는데, 굿해서 나은 사람도 실제 있다. (굿을 통해) 조상한테 대우하는 거다. 좋은 음식 대접하고 새 옷 갈아입고 더 멋진 곳으로 가시라고 비는 거다. 그러면서 마음이 편해진다. 나도 매년 한 차례 사람을 불러 가족을 위한 굿을 한다. 굿으로 돈을 벌었으니 조상께 이를 감사드리고 다시 베풀려는 마음이다."

눈으로 보지 않고도 믿음을 갖는 건 쉽지 않다. 대부분 믿는 척한다고 봐야 한다. 하지만 그보다 진화되지 못한 듯 무당을 생각하고 굿판을 바라보는 거지만 염력의 힘이란 게 있을 거다. 나에게도, 막연한 듯.

그림, 나절로 미술관

노래는 대중적이고 그림은 비대중적으로 그 반대편인 은일(隱逸)의 모습인 것인가?

눈으로 보이는 섬은 외로움과 단절로 다가온다. 하지만 마음으로 보이는 섬은 소통과 일상의 도피처인 듯 일부러 찾아들기도 한다. 바다가 흐르는 물길을 건너야 섬에 닿을 수 있다. 동해로 울릉도와 한 점 섬 독도가 있지만 한반도 대부분의 섬들은 서남해를 건너간다. 섬이 없는 바다는 무료하다.

진도(珍島)는 섬이다. 고려조부터 한반도 권력의 중심이 북으로 한강을 건너면서 남도의 섬들은 유배지로 활용되었다. 섬을 오가는 길은 뭍보다 평탄할 수 없었고 정치적인 징벌자를 정치의 중심에서 공간적인 격리를 꾀한 야비한 의도였다. 사화나 당쟁, 정변이나 왕위교체 시에 드러났던 내부의 적들에게 가해진 공공연한 징벌이었다.

진도는 정치적인 징벌을 받은 자들이 많이 다녀간 섬이었다. 정치적인 형벌로 먼 서남해의 섬으로 격리된 이들을 넉넉하게 품을 수 있었다는 것은 정치가 거세된 그들의 지식과 정신, 인문학을 전수받을 수 있었다는 또 다른 의미로 축복이었다. 유배자들은 정치의 현장에서 타의에 의해 격리되고 소외됨의 탈출구처럼 내면에 퇴적된 시(詩), 서(書), 화(畵)로 내면의 울분을 삭여야 했을 것이다. 남종화로 대가를 이룬 소치 허련도 그의 선대가 그렇게 섬에 깃들었기 때문이었다. 골짜기로 이는 구름이 숲을 이룬다는 운림산방(雲林山房)은 실재하는 또 다른 산수화로 오롯이 남겨졌다.

그렇듯 유배지였던 진도는 조선 후기에는 역모와 사화에 관련된 학자, 문인들의 유배지였다. 정조 때였다던가, 전라감사가 '유배자가 너무 많아서 섬사람들이 그들을 먹여 살리느라 굶어 죽을 판이니 다른 곳으로 옮겨 달라'고 건의를 했을 정도였다. 쫓겨나듯 낯선 곳으로 왔던 이들 대부분은 당파싸움에서 밀려난 기득권층으로 학문과 사상이 깊은 사람이 많았다.

귀양지에서 그들은 노래나 글, 그림으로 실의의 시절을 보냈을 것이고 오고 가던 섬사람들에게 자신들의 소양을 전파도 했을 것이다. 섬이었지만 넓은 농토도 있었기에 글씨와 그림에 관심을 가졌다. 소치 허련을 비롯한 남종 문인화 산실이 되었다는 것과 서예의 소전 손재형과 후학 등이 이곳에 뿌리를 내린 이유가 될 것이다.

나절로

짧은 지면에 한 개인을 소개한다는 것은 그의 정서와 정신의 내면이라든가 하는 정보를 공유하는 수단이 아닌 독자들의 호기심을 의식할 수밖에 없을 것이다. 작은 공간이더라도 오랜 기간 지면을 이어간다는 것은 그 호기심 내지는 단편적이지만 새로운 지적 갈증을 채워주었다는 반증이기도 할 것이다. 동양학이라는 분야는 학문으로 좀 생소하지만 그가 그의 이름에 붙여 '살롱'이라는 제호로 시사적이거나 인물에 대한 이야기를 펼쳐냈다. 살롱의 시작은 루이 14세가 '왕립 회화·조각 아카데미'에 소속된 미술가들의 작품전시를 후원하면서였고, 그 이름은 전람회가 파리에 있는 루브르궁의 아폴로 살롱에서 열린 것에서 비롯되었다고 했다. 그 이름이 이 땅에 들어서면서 다소 퇴폐적인 유흥의 공간으로 '룸'을 앞세웠다는 것은 사족과 같은 것이리라. 어느 월요일 아침 한 사람을 소개하는 지면의 내용은 이랬다.

나절로 선생은 진도 임회면의 소재 여귀산(女貴山·457m) 아래 산다.

'山不在高 有仙則名(산부재고 유선즉명)'이라 했다. '산이 높다고 좋은 산이 아니라 그 산에 신선이 살아야 명산'이란 뜻이다. 여자의 유방처럼 유두도 달려 있는 형상인 여귀산 자락에 사는 나절로 선생은 '한국의 소로우(Thoreau)'다. 미국의 월든 호숫가에 오두막집을 짓고 살았었던 소로우는 45세에 죽었지만, 나절로 선생은 60대 중반에 여전히 건강하다는 점이 다르다.

소로우는 월든 오두막집에서 몇 년 살다가 도시로 나갔지만, 나절로는 평생 여귀산 아래의 연못을 떠나지 않고 우직하게 살고 있다. 나절로는 이름이 아닌 호(號)다. 나절로 선생의 본명은 이상은(李常銀)이다. '내 방에는 시계가 없소. 내 방에는 거울이 없소. 내 방에는 달력이 없소. 시계가 없어 초조함을 모르오. 거울이 없어 늙어가는 줄 모르오. 달력이 없어 세월 가는 줄 모르오. 아- 내사. 절로 절로 살고 싶소.' 이 시를 19세 때 썼다. 당시 소설가 이병주가 우연히 이 시를 읽고 "정말 자네가 쓴 게 맞나? 앞으로 자네 호는 '나절로'라고 하게."라고 해서 나절로가 되었다. "다른 호는 없습니까?" "'대충'과 '시시'가 있어요." "뭔 뜻이죠?" "대충 살고 시시하게 살자는 의미입니다."

나절로의 고향은 전라남도 진도군 임회면이다. 20대 때 먹고살기 위해 도시에 나가 한 3년 살았지만 도시에서 사는 게 감옥같이 느껴져 다시 고향 산천으로 돌아왔다. 다시는 도시에 나가지 않고 진도에서만 살았다. 40세 때 임회면의 폐교를 구입하여 여기에다 연못을 파고, 상록수도 심고, 그림 전시하는 미술관으로도 사용한다. 여귀산 자락의 물이 관을 타고 집안의 연못으로 쏟아져 들어오는 모습을 보면 왠지 부자 된 느낌이 든다. "낚시광이었던 아버지가 진도군 목섬에서 낚시를 즐겼어요. 10대 시절 심부름 가면서 난대림과인 동백나무, 후박나무, 돈나무, 다정금, 생달나무가 우거진 숲길을 통과하곤 했어요. 5월에 꽃이 피면 그 녹색의 나뭇잎 냄새와 꽃향기가 코를 찌르고, 그 열매들을 따 먹으면서 자연이 주는 행복감을 맛보았던 것 같아요. 그 행복했던 기억이 저를 진도의 상록수 나무숲에서 살도록 한 것 같습니다."

이렇듯 그가 소개한 사람은 나의 호기심을 충분히 자극했다. 역시 그에게 짧은 편지를 썼다,

'윤동주를 추모하는 모임에 가서 그가 썼다는 「내 인생에 가을이 오면」이라는 시를 낭송으로 들었던 적이 있었습니다. 시의 마지막 연은 이렇습니다.

내 인생에 가을이 오면
나는 나에게 어떤 열매를
얼마만큼 맺었느냐고 물을 것입니다
그때 자랑스럽게 말할 수 있도록
내 마음 밭에 좋은 생각의 씨를 뿌려 놓아
좋은 말과 좋은 행동의 열매를
부지런히 키워야 하겠습니다

그는 불우한 시대를 살다 스물여덟에 식민국의 차디찬 감방에서 그가 노래했던 별이 된 청년이었지요. 내재된 불안과 고독과 절망을 극복하고 새로운 날에 대한 희망과 용기로 현실을 돌파하려는 강인한 정신이 녹아든 시를 남겨두었지요. 그러더라도 그의 인생은 가을을 맞지도 않았는데 어찌 가을을 가져왔는지 의구심을 떨칠 수 없었습니다. 그보다는 그의 시에서 그리 부각되지 않았던 계몽성이었습니다. 분명 그가 쓴 시가 아닐 거라는 확신이 들었고 확인해보니 그의 시가 아니었습니다. 그 시를 쓴 이는 중증 뇌성마비를 가진, 손가락 하나도 마음대로 움직일 수 없어 입으로 흔적을 만들어 쓴 시라고 했습니다. 그런데 나절로님이 젊은 시절에 썼다는, 당대의 작가에게 읽혀졌다는 시도 그와 같은 맥락이었습니다. 현실을 극복하고 미래를 꿈꾸는 열망이나 노동의 새벽처럼 체험을 바탕으로 노동 현장의 분노와 현실을 사실적으로 표현한 것도 아닌 세상을 달관한 듯한 애어른스런 느끼함이 묻어났기 때문입니다. 이해가 다가오지 않아 한 번은 찾아뵙고 살피고 여쭙도록 하겠습니다.

대가는
세월이 만든다

　일면식도 아무런 이해관계도 없는 자가 건방지고 무례할 수도 있는 내용이었다. 짧은 편지를 보낸 지 며칠이나 지났는지 그에게서 전화가 왔다. 목소리가 높고 어린아이처럼 맑았다.

　'동백꽃이 피었나요. 미술관에 한번 가보고 싶은데요.'

　'동백꽃은 아직 일러 피지 않았지만 시간나면 한번 댕겨가슈.' 어색함이 흘렀다. 해남에서 군복무시 다녀온 적이 있지만 진도까지 가는 길은 낯설고 멀었다. 마침 광주쯤에 가야 할 일이 생겼고 마음부터 먼저 길을 만들었다. 오후에 광주에서 출발했는데 짧은 겨울 해는 먼 섬으로 기울고 어둠이 울돌목을 흐르고 있었다. 버스도 끊기고 그는 전화도 받지 않았다. 택시를 타고 밤길을 더듬었다. 섬에서 태어나 자랐다는 택시기사는 섬의 홍보대사처럼 많은 이야기를 들려주었다. 비릿한 바닷바람이 느껴졌을 때 차는 교문 안으로 들어섰다. 운동장과 낡은 교사가 어둠 속에 웅크리고 있었다. 여귀산에서 흘러내려 못으로 떨어지는 물소리 곁으로 불빛이 새어나오는 토담의 집이었을까? 인기

척을 느꼈는지 누군가 문을 열고 나왔다. 먼 길을 달려왔으니 어둠 속에서 안도감으로 더 반가웠다. 그러나 그는 그리 반가운 표정이 아니었다. 소개된 기사 내용 중에 여귀산 자락의 물이 관을 타고 흘러내리는 못 옆으로 헛간마냥 손수 지었다는 공간으로 들었다. 그는 정해진 시간에 그림만 보고 가는 미술관이 아닌, 주인이 있든 없든 시도 때도 없이 와서 차도 마시고 음악도 듣고 시도 읽고 가끔은 공연도 보고 즐기고 가는 미술관을 만들고 싶다는 누군가에게 전해진 이야기를 생각했다. 난로의 온기에 몸을 한기를 털어내었을 때도 짧은 겨울해가 기운지 한참 지났지만 그는 저녁은 먹었는지도 물어봐주지도 않았다. 낯선 영역을 기웃거리는 침입자처럼 불편한 마음이 풀어지는 것이 아니라 졸아드는 느낌이었다.

"원래 그렇게 퉁명스러우세요? 그에게 다가가려는 몸짓이었을 것이다.

"내가 원래 그래요. 누구에게도 친근하게 대하지 못하는 게." 이해가 오는 듯도 했지만 그이 말이 선뜻 다가서지는 않았다. 차를 한 잔 내주고 그와 많은 이야기를 나누었다. 주로 예술에 대한 그의 시각이었다. 그가 정말 십대 후반에 그런 삶의 지평을 펼치는 그런 언어를 구사했는지는 여전히 의문이었다. 그 밤에 그가 한 말 중에 기억하는 몇 가지는 내 마음속에 옮겨졌다.

천재는 재능으로 만들어지지만 대가는 시간이 만들어준다는 것, 목적이 없는 과정이 삶의 모습이라고 했다. 유연함 속에 용을 써라, 의식하지 말고 모르는 게 예술의 경지, 자신이 자신의 작품을 스스로 인정하라, 일부 그림을 그리는 이들이 사진을 찍듯 잘 그렸다는 것이 탈이다 등등. 정원을 만들면서 나무를 옮겨심기도 했는데 세월도 같이 사왔다고도 했다.

고향 땅이었지만 가족과 떨어져 간판을 내린 학교에 정원을 만들고 그림을 그리며 긴 세월을 견디고 스스로 즐기며 살 수 있었던 힘은 무엇이었을까?

대개의 사람들에게 존재감은 생존과 궤를 같이한다. 생을 걸기도 한다. 존재감은 자신과의 관계에서 또는 타인과의 관계에서 설정되므로 자존감과 자존심이 그 안에 있다. 자존심은 타인을 기준으로 삶의 높이를 재고 자기 자신에게 삶의 높이를 맞추면 자존감이 된다. 자존심이 강한 사람은 막상 자신을 존중하지 못한다. 타인이 자신을 존중하길 바라는 마음에서 오는 괴리감 때문에 힘들어하고, 거기서 괜한 독선과 오기(傲氣)가 나타나 자신을 괴롭힌다. 타인이 나를 높게 봐주길 바란다는 점에서 자기 자신은 스스로를 높게 보고 있지 않다는 것이 전제가 된다. 내가 생각하는 것보다 사람들한테 인정을 못 받는 느낌이 들기 때문에 다른 사람들이 나를 높게 봐주길 바라는 마음이 생기는 것이라는 것.

그가 긴 세월 동안 그 자리를 벗어나지 않았던 것은 자존감을 바탕으로 한 존재감을 가졌기 때문이라고 생각했다. 굳이 자신을 세상에 드러내지 않을 수 있는 용기가 있기 때문이었을 것이다. 그는 조금 과잉스럽게 자신을 포장하는 이들을 혐오한다는 것을 과잉스럽게 나에게 강조하곤 했다. 모든 것의 잣대가 자신을 향하고 있어 남들이 뭐라고 하던, 남들이 날 어떻게 평가하든 자신이 스스로를 존중하고 사랑하고 인정해주었기 때문에 그 자리를 지키며 자기만의 예술세계를 추구했을 것이다. 정도의 차이는 있을지언정 대중과 호흡하는 예술가들에게 이는 치명적인 결함이 될 수도 있지만, 또 다른 문제가 있는가 하는 의구심을 갖기도 했지만 나는 그 정도에서 그를 바라보기로 했다. 시와 소설 등 문학작품으로 주목을 받던 작가들이 그렇지 못한 상황에서 정치에 근접하며 정체성을 훼손당했던 현실은 사족 같은 것이리라. 아무튼 그는 어떠한 수단과 방법으로든 자신을 드러내는 것을 회피하거나 금기시하다시피 했고 그러한 이들을 경멸했다.

젊은 시절 서울에 있는 동안 소설가 이병주 씨와 오히려 서양에서 동양의 피카소라 불렸던 중광스님과 어울렸다는 그의 이력은 홀로 고향에 기대어 살아가는 지금 그이 모습 속에 잠시 사그라진 불꽃처럼 일렁거렸다. 그가 부인을 만났던 과정은 특별했다. 또 다른 많은 이야기들은 내가 던진 이야기 속에도 섞여들었을 것이다. 시간은 자정이 가까운 곳에 이르고 그는 교실에 전시된 그림을 보여주었다. 화가의 손길이나 의중을 들여다보기보다는 보는 자의 관점에서 생각을 머물게 하는 작품이었다. 어둠이 깊어진 밤에 주인의 발걸음에 잠을 깨듯 오히려 작품들이 나를 보는듯한 시선을 느꼈다. 그것은 그림들이 나에게 말을 건다는 느낌이었다. 전시실 입구에는 삽을 들고 상의를 벗은 목에 수건을 걸치고 있는 농부의 모습, 뭔가를 응시하고 시선의 방향은 어디를 바라보는 것인지 궁금했다. 학교였을 때 숙직실이었을까? 숙소를 안내해주고 그는 다시 작업실로 돌아갔다.

꿈이었을까? 환청처럼 풍금소리에 맞춰 노래 부르는 아이들의 재잘거림이 들려왔다. 이 마을 저 마을에서 모여든 아이들, 대부분 섬을 떠났을 것이고 더러는 고향을 지키듯 남아있는 이들도 있을 것이다. 더러는 소리도 내지 못하고 귀거래사를 읊으며 귀향한 이들도 있을 것이다. 이제 도서벽지에 있는 많은 학교들이 문을 닫았다. 앞으로는 더 많은 학교들이 그럴 것이다. 이곳을 거쳐 간 숱한 이들에게 자신들이 여섯 해 동안 머물렀던 공간이 또 다른 문화의 공간으로 남아있다는 것은 참 다행이라고 여길 것이라고 생각했다.

새벽바람이 창문을 덜컹거리며 잠에서 깨어났다. 교정을 돌아보고 산등성이도 올라간다. 들에는 밭에서 월동하는 배추며 대파들이 겨울을 견딘다. 멀리 바다가 보였지만 조금 먼 곳이었다. 다시 숙소로 돌아와 짐을 꾸렸다. 그도 아침 작업을 마쳤다고 했다. 아침식사를 하러 나가자고 했다. 가끔 들렀던 듯 식당에 아침식사를 하고 내가 운림산방에 가보고 싶다고 했다. 그에게 많은 시간을 빼앗는 것 같아 그랬지만 그와 더 같이하고 싶은 마음도 있었다. 운림산방, 연모했듯 오랫동안 와 보고 싶었던 곳이었다. 연못 안에 백일홍이 피는 계절은 아니어서 아쉬움도 있었지만 그곳에 빨리 닿기를 재촉했다.

정치적인 것은 물론 사회문화적으로도 멀리 떨어진 이곳에 특이하게 서화예술이 두드러졌던 것은 유배자를 품을 수 있었던 여유와 정신역량에 있을 수 있다. 그중에서도 대표예술가로 뽑히는, 조선후기 남화의 대가였던 소치 허련은 화선지가 아닌 첨찰산 아래 자연 그대로의 그림을 남겨두었다. 운림산방은 소치가 낙향하여 거처하며 그림을 그리던 화실의 당호다. 어려서 그림에 두각을 보였고 28세에 해남 대둔사 일지암에 거처하며 초의선사에게 가르침을 받고 30대 중반에는 그의 소개로 추사에게 사사받을 수 있는 기회를 가져 남화의 대가로 우뚝 섰다. 왕실의 그림을 그리며 관직을 맡기도 했으나 추사 사후에는 낙향, 운림산방을 마련하고 그림에 몰두했던 것이다. 그리고 그의 후손들이 그 맥을 이어 운림산방은 남화의 성지와 같은 존재로, 근래에 그의 손자 허건에 의해 복원되었다.

　이른 아침이어서인지 그곳에 든 이들이 없었다. 운림산방의 간판을 걸며 심었다는 백일홍나무는 겨울을 건너 여름을 기다리는 듯했다. 원래 연못의 모습은 각진 모습이 아닌 수더분한 모습으로 기억하고 있는데 인위의 각을 만들었다. 연못가를 돌아 기념관을 둘러보았다. 운림산방 3대의 작품과 수석, 도자기 등이 전시되고 있었다. 전시된 작품에 대해 뭐라고 말해주기를 기다렸는데 그는 아무 말도 하지 않았다. 도착했을 때 찻집이 문을 열지 않았었는데 돌아 나오니 손님을 기다리고 있었다. 고마운 마음으로 커피를 대접해드렸다. 연못에 백일홍꽃이 피면 오고 싶다는, 여운이나 남겨두고.

걸레 같은 삶이란

박노은

명인(名人)

호접란 12종 개발한 名人… "비단 같은 삶 아니라 걸레같이 살 것"

그를 소개한 기사의 크고 또렷한 제목은 나의 관심을 끌기에 충분했다. 주말 아침 한가한 마음으로 그 기사를 읽으면서 또렷한 관심을 지나 나는 제풀에 부끄러워야 했다. 독학으로 조직배양 기술을 익혀 12종의 호접란을 개발했다는 것 때문이었다. 그것도 잠시 '비단 같은 삶이 아니라 걸레같이 살 것'이라는 그가 깃발처럼 내건 구호에 안도했을 것이다. 안도했다는 것은 그에게 다가갈 수 있는 틈을 주었다는 의미였다. 내가 쓴 책 중에 한 권을 골라 짧게 편지를 써 넣어 그에게 부쳤다.

얼마 전에 『백년을 살아보니』라는 노 철학자가 쓴 책을 읽었더랍니다. 저자 분은 익히 알고 있던 분이셨고 책을 펴들면서 단순하게 참 복도 많은 분이라고 생각했을 듯싶습니다. 인간 상황에 대한 근원적이고 보편적인 이해를 추구하는 형이상학적 학문으로 교단에서 후학을 양성하셨던 이유도 있었겠지요. 저도 청년시절 그분의 책을 읽었던 느낌이 기억이 남아있었고요. 그보다는 많은 사람들이 막연하게 갈망하는 백 년의 삶을, 단지 생존하는 것이 아닌 강연과 저술활동으로도 이어가고 있다는 이유가 더 컸을 듯도 싶습니다.

책을 읽으면서는 동질감으로 깊이 와 닿는 것이 아닌, 자신이 살아온 삶과 이 모양 저 모양으로 살아가는 이들에게 이정표처럼 모범적이고 교훈적인 내용이더군요. 쉽게 말하면 누구나 다 알아야 하고 공감해야하는, 비단 같은 내용이었습니다. 책을 덮으면서 저의 미욱함처럼 그 비단 같은 이야기는 그리 공감과 울림을 가질 수 없었다는 것이 솔직한 심사였지요. 저의 삐딱한 심사였는지도 모르겠네요. 그러나 농부님에 대한 기사를 읽으면서는 저는 농부님이 말씀하신 듯 걸레 같은 삶에 당연히 의문을 가졌더랍니다. '부처를 만나면 부처를 죽여라' 하는 어렵고도 쉬울 성싶은, 그 의문을 스스로 품고 농부님에게 다가가기 위해 짧게나마 글을 보냅니다.

그에게서는 한동안 답이 오지 않았다. 스스로 연출한 상황에도 시험에 드는 것은 피할 수 없는 지경이니 그렇게 답이 오지 않을 때면 자신을 위로하듯 옛 추억을 떠올리곤 했다. 풋풋했던 학창시절의 이야기 한 토막.

펜팔로 만난 여자 친구(?), 통행금지가 있던 시절이었다. 라디오 프로그램 중에 '우리끼리 만나요'라는, 당시 하이틴 스타로 인기를 구가 하던 전영록과 왕영은이 밤 10시에 진행하던 청소년을 대상으로 한 프로그램이었다. 전후 베이비붐 세대들이 청소년기를 맞는 시절이었고 핸드폰은 물론 지금처럼 다양한 매체가 등장하기 전이니 청소년을 대상으로 한 라디오 프로그램은 한껏 인기가 차고 넘치던 시절이었다. 사연을 소개하고 신청음악을 틀어주는, 그녀의 투고내용이 소개되고 나는 그녀의 주소를 기억했고 편지를 보냈었다. 두 번인가 편지를 보냈을 때 그녀의 답장이 왔고 그렇게 몇 번의 편지를 주고받았다. 계절이 한 번 지나고 당연하거나 유치한 수순처럼 만나고 싶다는 편지를 보냈다. 지금처럼 전화로 소통할 수 있는 기회가 드물었다. 시골 마을에 단 하나밖에 없던 당시 구멍가게처럼 이장 댁에 행정전화가 한 대나 들어와 있었던 시절이었고 마이크로 이름이 불리면 이장 댁으로 달려가야 통화할 수 있던 시절이었다.

편지로만 상상했던 그녀의 실제 모습을 직접 대면한다는 것이 가슴을 치대며 두근거리게 했다. 동그라미 그리려다 무심코 그린 얼굴처럼 여러 밤 상상의 나래를 설치기도 했을 것이다. 대전역 앞 시계탑에서 오후 5시에 만나기로 했다. 당연히 약속 시간보다 30분을 먼저 나가 기다렸다. 약속 시간이 더디 다가오는 것도 마냥 즐거운 것이었다. 한 시간이 지나고 두 시간이 지나도 그녀는 나타나지 않았다. 약속 시간까지는 바람이 가득 채워진 풍선처럼 하늘을 날던 마음이 약속 시간이 지나면서 쪼글해져서야 지친 몸과 마음으로 자취방으로 돌아왔다. 대문 옆에서 미련한 미련처럼 돌아다보며 그녀를 생각했을 때 편지함 속에 편지 하나가 웅크리듯 놓여있었다. 내가 그녀에게 보낸 편지였다. 받아야 할 사람을 찾지 못하고 돌아온 편지, 편지를 들고 한동안 허탈

하게 웃을 수밖에 없었다.

　그렇게 시간이 흘러가던 어느 날, 그에게서 사무실로 전화가 왔다. 수신인을 찾지 못하고 돌아왔던 편지인 듯 기다림을 포기했던 것이었는데 너무나 반가웠다. 봉투에 전화번호를 적어 보낸 걸로 기억하고 있는데, 그는 아들에게 내 근무처의 전화번호를 확인해달라고 해, 사무실 전화번호로 전화했다고 했다. 태안에 농장이 있고 시간 내서 한번 다녀가라고도 했다.

　비릿한 해풍이 해송 숲을 지나 차가워지는 초겨울이었다. 가벼운 몸으로 겨울을 맞으려는 듯 해송 숲에는 묵은 잎들이 우수수 소리를 내며 지고 윤기 나는 잎들은 진한 솔 향을 날렸다. 고향 근처였으니 집에 들렀다가 그를 찾아갔다. 주소를 입력하고 갔지만 외딴곳에 있는 농장이라 한참을 헤매고서야 그의 농장에 도착했다.

　대규모 온실이었다. 온실 안에는 초겨울인데도 형형색색의 빛과 모습으로 피어있는 호접란이 대단했다. 마치 소인국 군대의 열병식에 선 병사들처럼 줄을 맞춰 총 대신 저마다 형형색색의 꽃대를 올려 나를 반겨주는 듯했다. 나는 사열에 나선 사령관처럼 여유만만하게 피어있는 꽃들 사이를 지나갔다. 그는 조직배양실 등 농장을 소개해 주었고 대숲이 내다보이는 창가에 그와 마주앉았다. 그의 목소리는 성우와 같이 울림도 있었다.

꿈을 꾸던 시절

그는 가난한 소작농의 둘째로 태어났다. 중학교도 채 마치지 못하고 직업전선에 뛰어들어야 했다는데, 전구를 만드는 작은 회사였다. 어린 나이였지만 눈썰미가 있고 손재주가 좋았던 그는 회사에서 인정받게 되었고 대우도 좋았다. 그렇게 공장 밥을 먹다가 군 입대 영장을 받았지만 자원해서 해군에 입대했다. 산간 오지는 아니었지만 바다를 볼 수 없었던 곳에서 살면서 그리워했던 바다는 늘 그가 늘 꿈꾸던 또 다른 미지의 세계였다. 학력은 동료들보다 보잘것없었지만 신병교육대를 수료할 때 1등을 했다.

군에서 운전병으로 근무하다가 제대하고 군에서 만났던 선배의 소개로 초대 해군 참모총장을 역임한 손원일 제독의 여동생 손인실 여사 댁에 운전기사로 취직했다. 돈을 모아 농사지을 땅을 장만해야겠다고 생각한 시절이었다. 한 달에 3만 원을 받으며 운전했는데 운행 중간중간 비는 시간이 꽤 많았던 시절이었다. 물건을 옮기는 일 등으로 집안에 들어가 보면 서재에 책이 많았다. 어린 시절부터 책을 접한 경우가 드물었던 그에게 그 많은 책들은 또 다른 관심과 호기심의 영역으로 다가왔을 것이다. 어느 날인가 집안에 들어섰다가 오랫동안 두리번거리며 망설였던 말을 그분에게 전했다. "저 책들을 읽어도 되겠느냐"고. 그랬더니 그분은 선뜻 "박 군, 책 많이 읽으면서 공부 계속하면 좋지!"라며 흔쾌히 허락해주셨다. 세계문학 전집이나 한국 소설처럼 읽기 쉬운 책들을 틈날 때마다 읽었다. 이효석의 '메밀꽃 필 무렵'이 가장 재밌어서 그때 처음으로 서점에서 샀던 책이고 지금도 소중하게 보관하고 있다.

운전기사로 일하던 이들은 대개 쉬는 시간에 화투장을 내리치며 도박을 하는 경우도 많았고 담배를 피우고 더러는 술을 즐기는 것도 마찬가지였다. 3년 정도 기사로 일하고 경기도 포천에 땅을 사 결혼하면서 운전기사 일을 그만뒀다. 평당 10원 정도 주고 1만 평 넘는 땅을 사서 3년 동안 배추와 참외 농사를 지었는데 하는 족족 망했다. 마지막 해엔 배추 농사가 아주 잘됐지만 시장 출하시기를 잘못 골라 헐값에 넘겨야 했다. 농자재 값을 내느라 아이 돌 반지와 결혼 패물까지 팔았던 터라 농사를 접고 다시 서울에 가서 운전기사를 해야 했다. 미국 건설회사와 덴마크 선박회사에서 일했는데 손 여사 댁에서 일할 때 책 읽던 생각이 나 서점에 가서 식물학개론 등의 전문서적을 샀다. 성공하진 못했지만 농사를 경험했고 이론적인 체계를 갖추어야겠다는 생각은 쓰디쓴 실패가 전해준 소중한 자산이었다.

회사가 조선호텔 근처에 있어 시내에서 운전을 많이 했는데 회의나 만찬 등으로 기사들 많이 가는 건물에는 대개 기사대기실이 있었다. 모인 기사들은 대부분 삼삼오오 모여서 줄담배를 피우며 화투로 자투

리시간을 허비하곤 했다. 그 자리에서 책을 펼친다는 것은 스스로 왕따를 자청하는 불편한 상황이었지만 그들 틈에 섞이지는 않았고 비켜앉아 책을 보았다. 또한 하루빨리 돈을 모아 다시 농사를 시작해야겠다는 것도 마찬가지였다. 거창한 명분을 염두에 둔 것까지는 아니지만 통일벼가 보급되기 전까지 절대 빈곤에 시달리던 시대였다는, 이유에 의미도 있었다. 그때 월급이 16만 원 정도로 좋은 편이었지만 그 바닥에서 벗어나 빨리 농사로 돌아가야겠다고 생각했다. 틈날 때마다 근처 종로서적에 가서 원예육종학 같은 책을 봤다. 다시 농사지을 때 도움이 될 것 같았다.

그러니 그는 평범하지 않은 운전기사였다. 괴짜, 별종이라고도 했다. 그가 모신 분들은 운전도 운전이었지만 현실에 안주하지 않고 새로운 삶을 지향하는 그의 모습을 좋아했다. '미스터 호크'라는 덴마크 회사 한국지사장이 있었는데 그가 2년 정도 일하고 그만두려 하자 원하는 대로 월급을 올려줄 테니 남아달라고 오히려 한참을 부탁했을 정도였다. 농사를 꼭 지어야겠다며 사표를 내자 결국은 조선호텔에 방을 빌려 환송회를 해줬을 정도였다. 심부름하러 가 본 적은 있어도 호텔 방에서 파티라는 걸 해본 건 그때가 처음이자 마지막이었을 것이다.

그는 어려서부터 꽃을 좋아했다. 늘 빈한한 살림이었지만 작은 공간을 비워 어머니가 철따라 가꾸시던 꽃들, 계절의 변화처럼 철마다 피고 지는 꽃을 보며 어른이 되면 자신도 꽃을 한 번 잘 키워야겠다던 어릴 적부터의 꿈이었다. 학업을 이어가지는 못했지만 꽃 농사를 제대로 지으려면 어깨너머로 배우는 기술뿐 아니라 전문 지식을 쌓아야 한다고 생각했다. 농과대학 전공교재는 책 절반 이상이 한자와 영어였다.

소작농 집안 삼형제 중 둘째로, 중학교를 채 마치지 못한 그에겐 옥편과 영어사전이 없으면 한 문장도 읽기 어려운 교재였다. 한 쪽 넘기는데 일주일이 걸렸다. '세포(細胞)' 한 단어를 이해하기 위해 백과사전을 수십 번 뒤적였다고 했다.

1979년 두 번째 운전기사를 그만두고 지금의 송파 올림픽공원 가까운 곳에 200평 규모 온실과 국화 화분 100개를 인수했다. 한 번은 농약과 물 비율을 잘못 맞춰 국화가 전부 노랗게 말라버렸던 적이 있었다. 이웃 농장주인 조언대로 줬는데 텃세를 부리느라 일부러 잘못 알려줬는지, 자신이 미숙했는지 양이 전혀 맞지 않았던 결과였다. 실패는 그를 겸허하게도 했다. 근처 농장 허드렛일을 도와주고 꺾꽂이 기술부터 하나씩 배웠다. 그런 자세와 학구열로 그는 다시 일어설 수 있었다.

성탄절 즈음에 붉은 잎과 꽃으로 인기를 모으는 포인세티아는 빨간 꽃을 피우며 3m까지 크기도 하는 꽃인데 작을수록 상품성을 더 쳐주었다. 책에서 'B9'이라는 약품을 사용하면 식물이 자라는 크기를 줄일 수 있다는 내용을 기억했고 약품을 구해다 책에 적힌 대로 뿌렸더니 작은 화분 크기로 예쁘게 자랐다. 다른 농장 것보다 키가 작아서 무조건 1등품이었고 당시 상인들 사이에서 난리가 났다. 당시 제일 좋은 등급 가격이 1개 2000원이었는데 농장 꽃 전체를 개당 2500원 받고 넘겼다. 그 뒤로는 서점 원예 코너를 더 자주 찾았다.

그 후 경기도 남양주에서 더 규모가 큰 농장도 운영했고 그렇게 몇 년 동안 순탄하게 농장을 키워나갈 수 있었다. 돈도 많이 벌었다. 호사다마라더니 무릎에 통증이 오기 시작했다. 시간이 지날수록 통증이

심해져 병원에 가니 퇴행성관절염이라고 했다. 겨우 서른여덟 살이었는데 쪼그려 앉지도 못해 화장실 문고리를 붙잡고 엉거주춤 앉아 있어야 할 정도였다. 벌써 노인이 된 건가 싶어 서글펐고 농사를 좀 줄여야겠다고 생각했다.

나비를 꿈꾸며
다가온 상실

그는 현실에 좌절하거나 안주하는 편이 아니었던 듯 서울올림픽이 있었던 해 이곳 태안으로 왔다. 이곳으로 와서 호접란에 대해서 공부를 시작했다. 향기는 없었지만 나비처럼 꽃 모양도 예쁘고 개화기간이 길어 많은 사람에게 호평을 받는 난이었다. 하지만 대부분 수입하였기에 가격도 비싸고 동양란보다 몸체가 큰 편이어서 집안에서 보고 즐기기엔 부담스러운 것이었다. 육종을 시작할 때는 일본 책을 구해 독학해야 했다. 일본어는 공부한 적이 없으니 기초부터 시작, 히라가나와 화학 원소기호부터 공부했다. 낮에는 비닐하우스 안에서 화분과 씨름하고 밤부터 새벽까지 공부했다. 말 그대로 주경야독의 생활이었다. 정보를 공유할 대상도 학연도 전무했으니 혼자서 체득하는 지독하고 외로운 과정이었다.

그에겐 두 아들이 있었다. 세상의 아버지들에게 자신의 아들이 가업을 이어간다는 건 얼마나 의미 있는 일일까? 사실 이 땅에서 그 말은 어폐가 있다. 조국근대화의 기치를 내걸고 산업화 과정을 거치면서 대부분 농부였던 부모들이 자식들에게 자신의 가업을 물려준다는 것은 수치스럽고 회피해야 할 일이었다. 농부는 직업의 범주에 넣기보다는 생존을 위한 피할 수 없는 직업 아닌 직업이라고 치부했던 시절이었으니까.

아비로서 자식에게 어떤 직업을 가졌으면 좋겠다고 이야기한 적도 없었는데 장남은 스스로 원예육종학과에 입학했다. 말은 안 했지만 아버지 입장에선 참 고마웠을 것이다. 그런데 대학에 입학하고 얼마 지나지 않은 신입생 때 학교 연못에 빠진 친구를 구하려다 목숨을 잃었다. 친구 둘이 물에 빠졌는데 한 명을 구한 뒤 다른 친구를 구하다가 둘 다 나오지 못했다고 했다. 아비로서의 상실과 좌절감, 그 일로 그에게는 모든 것이 의미가 없어졌다고 했다. 삶의 목표를 상실한 듯, 가족들 앞에서 울 수도 없어 차 안에서 혼자 많이 울었다고 했다. 그 어떤 말로도 위로도 치유될 수 없는 지독한 어둠이었고 빠져나올 수 없는 수렁이었다.

얼마만큼 그런 시간이 지나고 하루는 꿈에 아들이 나타났다. 너무 반가워 손이라도 잡고 싶었지만 아들은 희미하게 '아버지' 하고 불러주었다. 아들의 손이라고 잡겠다면 뛰어가다가 잠에서 깨어났다.

그토록 절실한 마음이었지만 아들이 꿈에 나타났던 건 이제 다시 시작하라는 질책이자 위로라고 생각했다. 농장과 집 사이에 방을 하나 더 만들고 품종 개발 연구실로 삼았다. 일본어와 화학 원소기호 하나 몰랐지만 실험에 몰두하면 밤을 꼬박 지새우는 일도 많았다. 아들이 만들고 싶었던 꽃, 늘 아비에게 기쁨을 주려 했던 아들 같은 꽃을 만들고 싶었다. 아들의 원력이 아비의 집념에 닿았던지 그렇게 먼저 떠난

아들을 생각하며 새로운 호접란 12종을 만들었다. 2000년대 초반 개발한 '꼬마란'이 그가 상상한 꿈의 상징이었다. 기존 호접란보다 크기를 절반에서 3분의 1까지 줄인 품종으로, 서양란은 비싸다는 편견을 깨고 더 많은 사람이 사무실 책상이나 식탁에서도 꽃을 즐길 수 있도록 만들었다.

마치 나무에서 물고기를 찾듯 지독한 집념으로 이룬 호접란 조직 배양 기술은 국내 최고로 인정받고 있다. 2000년대 중반에는 1년 50만 개 넘는 묘목을 미국으로 수출했고 지금도 전국 꽃 농가에 10만 개가 넘는 묘목을 공급하고 있다. 2003년 신지식인농업인, 2014년 농촌진흥청이 선정한 최고농업기술명인(화훼 분야)으로도 꼽혔고, 베트남 농업 연구기관이 그의 농장 '상미원'을 찾아와 기술전수 양해각서(MOU)를 체결하고 돌아갔다.

그러나 이제는 관점이 변화했고 그 방증처럼 태안 농장에는 든든한 조력자가 있다. 둘째 아들이다. 대학에서 유전공학을 공부하고 대학원에서 원예학을 전공한 그는 전문가로 이젠 실질적인 농장주로 자리 잡고 있다.

걸레 같은 삶

지면에 나온 이야기를 바탕으로 그의 이야기를 다시 들었고 옮겨
적으면서 나 자신이 부끄러웠다. 중학생 시절 소설 『상록수』를 읽고 그
주인공처럼 농촌운동가를 꿈꾸었고 관련 공부를 했던, 그 길을 가지
못한 나 자신의 모습이 그와 대비되었기 때문이다. 그 부끄러움을 숨
겨놓고 그에게 '걸레 같은 삶'을 여쭈었다.

"나는 죽으면 꼭 이루고 싶은 꿈이 하나 있습니다. 이승에서는 이
룰 수 없고 죽어서야 이룰 수 있는 꿈, 먼저 간 아들을 한 번 만나
는 것입니다. 선업(善業)을 이루면 그 꿈을 이룰 수 있을까 하고 나
름 좋은 일을 찾아보고 있지요. 2013년 가톨릭 봉사단체를 따라
아프리카 잠비아에 갔습니다. 잠비아 상류층 사이에서 네덜란드
산 호접란이 인기 있는데 값이 우리 돈 3만 원 정도로 국내와 큰
차이가 없습니다. 서민들은 하루 1달러로 근근이 사는 나라인데
말이죠. 그때 현지 청년과 우리 봉사단 청년이 같은 날 말라리아

에 걸려 둘 다 치료를 받았는데, 봉사단 청년은 이틀 정도 감기 앓고 괜찮아졌는데 잠비아 청년은 닷새 동안 고생하더니 죽었습니다. 영양 상태가 그만큼 나빴던 거예요. 잠비아 기후가 호접란 키우기도 좋아서 그곳 사람들이 호접란으로 돈을 벌 수 있도록 돕고 싶습니다. 농업학교와 온실을 만들었어요. 러시아 우수리스크 고려인들로부터 연락이 왔습니다. 호접란을 키워보고 싶다기에 묘목을 원하는 대로 가져가라고 했습니다. 너무 추운 곳이라 키우기 어려울 것으로 생각했는데 지난해 말 성공했다고 연락이 와서 가봤습니다. 난방용 석탄이 한 트럭에 2만 원 정도로 매우 싸서 수익성이 있어 보였습니다. 농사하며 어렵게 지내는 독립운동가 후손이 많아서 기회 닿을 때마다 도울 생각입니다. 사업은 둘째 아들에게 전적으로 맡겼습니다. 아들 방식이 이해되지 않아 다툴 때도 있지만 아들도 과거의 저처럼 실패하며 배우고 성장할 거라고 믿습니다. 사회생활 시작할 때 저는 '비단 같은 삶이 아니라 걸레 같은 삶을 살겠다'고 마음먹었습니다. 내 몸이 더러워질수록 세상이 깨끗해지니까 말이지요."

국선도

철이 바뀌고 다시 그를 만났을 때 국선도 사범의 직위에도 오르게 되었다고 했다. 국선도는 개인이나 단체에서 많은 사람들이 찾아서 하는 수련이다. 그렇다고 전문적으로 배운다는 생각은 하기 어렵다. 취미나 여가활동으로 운동의 범주에서 즐기거나 수련하는 정도일 것이다.

그는 우연한 기회에 국선도를 접하게 되었고 재미에다 흥미까지, 60대 중반의 늦은 나이에 국선도대학에 입학하게 된다. 그가 최고령자였다. 2년 과정에 한 학기 비용도 만만찮은, 그보다는 대단한 용기와 과정을 이수하려면 대단한 다짐까지 가져야 하는 이룰 수 있는 것이었다. 직접 겪은 것도 아니고 대중들이 쉽게 접할 수 있는 과정이 아니었기에 수련과정을 거친다 해도 사범의 자격을 얻는다는 것은 절대 쉬운 일이 아닐 것이다. 우연히 참가한 모임에서 처음 접하고 가까이 다가섰고 제대로 배우기 위해 국선도대학의 문을 두드렸던 것이다. 60대를 지나는 나이 때문에 염려는 피할 수 없는 것이었을 것처럼 선발하는 입장에서는 그의 의지도 마찬가지였을 것이다. 많은 시간을 집을

떠나야 했으니 아내에게 미안한 마음은 어쩔 수 없는 것이었지만 감수해야 하는, 꼭 하고 싶은 것이었다,

처음에는 몸의 기운을 생각했지만 수련이 깊어질수록 정신이 강건해지는 것에 새로운 경험이었고 방향이었다. 수련장 안에 연못이 있었다. 매일 아침마다 연못 안의 잉어들을 만나면서 차츰 뭔가 그들과 통하는 것 같은, 친구와 같은 소통의 느낌은 수련의 또 다른 기쁨이었다. 이른 아침이나 식사 후에 산책으로 돌아오던 연못가 오래된 나무에 말벌들이 집을 짓고 모여 살고 있었다. 그는 다행인 듯 벌들이 공격을 하지 않았지만 가끔 산책하던 이들이 쏘이는 경우가 있었다. 벌에 쏘인 지독한 고통을 경험한 이들이 당연히 벌집을 없애야겠다고 살충제 통을 들고 나서곤 했는데, 그는 그런 이들을 어렵게 설득했다. 그것은 수련의 또 다른 의미였을 것이다. 벌에 쏘인 이들에게 말도 안 되는 설정이었지만 '벌들에게 호소를 해보겠다'는 나름의 자신감도 있었다. 날마다 벌집 가까이 가서 벌들에게 간절한 마음을 담아 호소했다. "벌들아 제발 쏘지 마, 자꾸 그러면 느덜이 죽어, 알았지." 손짓까지, 기도하는 심정으로였다. 그의 염력이 통했던지 그 후로 '벌이 쏘이는 일은 없어졌다'고, 나도 천진해져서 그쯤은 꼭 믿어주어야 한다는 듯 어린아이처럼 천진스럽게 말했다.

국선도에 문외한인 나는 그의 수련과정을 다 이해할 수는 없었다. 그가 단전호흡을 하는 중에 특이한 경험을 하게 되었다는 이야기를 듣고 국선도에 좀 더 관심을 가지게 되었다.

수신연성(修身練性)을 줄여서 흔히 수련이라고 한다는 것도 처음 알았다. 수련이란 '몸 닦음(修身)'에서 '마음 닦음(修心)'에로 이어지는 심신연

마의 과정이라는 것도. 마음을 닦는 목적의 유교나 불교의 도는 수심(修心)으로 인하여 수신양성(修身養性)이라는 부(副)목적이 이루어진다는 볼 수 있다. 수신연성(修身練性)을 목적으로 하는 국선도는 그 수신연성으로 인하여 수심(修心)이라는 부가적인 목적이 이룬다는 것이다.

　몸을 가꾸는 원리, 그것은 상허하실(上虛下實)과 수승화강(水昇火降)의 원리라는 것, 상허하실이란 우리 몸이 건강을 유지하고 최선의 기능을 발휘하기 위해서 상체는 움직이기 쉽게 가벼워야 하고 하체는 몸 전체의 균형을 잡아주면서 상체의 모든 활동과 기능이 안정적으로 작용할 수 있도록 듬직하고 실(實)한 몸의 상태를 말한다는 것이다. 상허하실의 몸이 만들어지면 차가운 기운은 머리로 올라가고 따듯한 기운은 아래쪽으로 내려오게 됨으로써 기혈순환이 원활하게 이루어지게 된다는 것, 따라서 몸의 균형이 잘 잡혀지는 것이다. 상허하실과 수승화강의 원리에 의해서 기혈순환을 잘 할 수 있도록 하는 훈련 과정이 준비운동과 정리운동이다.

　국선도 "몸 수련"이란 몸만 다루는 수련을 의미하지는 않는다는 것, 몸을 닦는 주체는 마음이기 때문이며 따라서 몸 수련은 마음의 안정과 의지를 절대적으로 필요로 하는 것이기에 몸 수련은 동시에 마음을 닦아가는 것이다. 모든 수련 과정은 마음과 호흡을 고르게 하면서 수신(修身) 과정이 진행된다. 몸을 고르고(調身), 호흡을 고르고(調息), 마음을 고르는(調心) 국선도 수련의 3대 원리가 국선도 수신연성, 즉 수련의 핵심임을 겨우 인식한 단계에 들었을 뿐이다.

　그는 수련 중에 이해할 수 없는 특이한 경험 때문에 더 관심을 가지게 되었지만 더 나아지지는 않았다고 했다. 그는 2년 동안의 수련 과정을 마친 것도 대단한데 사범의 반열에 오르게 되었고 이제는 지역사회 이웃들을 위해 자신이 어렵게 체득한 도를 나눈다. 지난 오월 스승의 날 수련에 참가하는 회원들이 작은 성의처럼 드린 금일봉을 보여주시며 어린아이처럼 웃으셨다.

결코 소리도 내지 않고 삶의 상황들을 받아들이면서 방향성을 가진다는 것, 그를 새롭게 본다. 지금까지 살아오면서 생각하지 못했던 늘 현실에 휩쓸려야 했던 나를 비추는 거울처럼 그는 맑은 물과도 같다.

호접란까지 받아들고 점심도 얻어먹고 헤어졌다. 다음날 출근하면서 그가 했던 말이 자꾸만 앞장서고 있었다. 시로 만든 집을 엮으려고 출판사에 원고가 넘겨진 상태였다. 그를 생각하면서 시 한 편을 지어야 했다. 흥이 나면 노래도 나오듯이 하는 건데 의식하며 시어를 만드는 것이 쉽지 않았다. 죽어서 꼭 아들을 만나고 싶다는, 아들을 가슴에 묻은 아버지의 마음을 존경하는 마음으로도였다.

오고[生] 가는[死] 길이 다르지 않음으로
너와 나 저마다는
언젠가 어디론가 떠나야 하는 것이거늘
언제나 아침이면
태양은 어김없이 떠오르는 것이었기에
내일은 꼭 오는 날이라고
믿는 게 당연한 것이었다

오고 가는 길이 다르지 않음으로

빈손으로 왔다가 빈손으로 간다 하지만
저마다 갖고 싶거나 가진 것이 많았기에
수의에는 주머니가 없어 그딴 게 부질없음을
무엇하나 챙겨갈 수 없음도
새까맣게 잊어버리곤 했다

오고 가는 길이 다르지 않음으로
왔던 길처럼 마지막 가는 길도 혼자 가는 길이거늘
누군가가 기다리듯 죽어서도
또 어디를 가볼 것이라고
의심하면서도 억지를 부리듯 믿는 척 하거나
남 일처럼 무심하거나 빈정거렸지만
두렵고 의심스러움의 분량은
저마다 짊어진 생의 고뇌였다

오고 가는 길이 다르지 않은 외길이라지만
불의의 사고로 아들을 가슴에 묻었던 아비
저승에 가서는 먼저 간 아들을
꼭 한 번 만나고 싶다는
한 번도 대놓고 펑펑 울지도 못했지만
지울 수 없는 절절한 바람이 있었더라고 했다

선업을 이루면 가슴에나 묻은 자식

저승가면 한 번은 꼭 볼 수 있기를
외길이 아닌 또 다른 길이 놓여지기를
천지신명께 간절히 소망했던
그런 마음 하나 있었다

성황림이 곁에

고주환

나무란

존 스튜어트 밀은 『자유론』에서 "인간은 본성상 모형대로 찍어내고, 그것이 시키는 대로 따라 하는 기계가 아니다. 그보다는 생명을 불어넣어주는 내면의 힘에 따라 온 사방으로 스스로 자라고 발전하려 하는 나무와 같은 존재다"라고 썼다. 나무를 비유로 인간이 지닌 본성의 의미와 가치를 표현했다. 인간이 존재하는 데 필수적이지만 일상에서 크게 인식하지 못하는 공기와 바람처럼 우리들 곁에 있는 선 나무들도 그런 존재이리라.

사랑은 눈물의 씨앗이라며 절절하게 노래로도 불렀던 시절, 사랑을 갈구하듯 구애하는 청춘이 흔했었으니 눈물도 흔했던 시절이었다. 오랫동안 정착 생활을 영위했던 농경민족으로 변화하는 사계절 속에서의 기다림은 일상이었다. 마을이라는 일정한 공동체의 동일한 공간에서 넉넉하지는 못했지만 계절마다의 갖가지 기다림을 지나친 삶은 급격한 산업화 시대를 거치면서 궤적처럼 그리움을 씨앗으로 만들어냈다. 기다림이 지나면 흔적처럼 그리움이 되었던 것이다.

가끔 고향집을 그리워하며 나와 같이 자라던 나무들도 떠올리곤 한다. 고향을 떠난 지 40여 년이 되었지만 고향집은 빈 집인 채로 그대로 남아있다. 지금은 퇴색된 채 낡은 함석이 덮여있지만 어린 시절엔 가난처럼 웅크린 초가였다.

조부 시절에는 꽤 넓은 농토도 가졌었다는데 이런저런 이유로 남의 손에 대부분 넘어갔고 대대로 살던 터전마저 버리고 떠나야 했던가 보다. 살던 마을을 떠나 읍내에서 더 멀어진 산골 마을에다 집을 세울 터조차도 마련하지 못하고 남의 땅에 집을 세워야 했다. 그야말로 초가삼간이었고 입에 풀칠하기도 힘든 빈한한 살림에 일 년에 콩 닷 말씩을 도지로 물어야 했으니 말할 수 없는 궁핍함으로 집안은 늘 온기가 없었다.

낮게 웅크린 초가처럼 가난도 웅크리고 있었지만 고향집에는 고샅길에서 만난 동무들처럼 나와 같이 자라던 나무들과 작은 꽃밭이 있었다. 사립문과 함께 나란히 사철나무가 있었고 사립문을 들어서면 작은 꽃밭에 매화나무가 한그루, 뒤곁 울타리 장독대 뒤로 탱자나무 한그루와 밤나무, 참나무도 각각 한그루씩 있었다. 언젠가 내가 실화처럼 불을 내기도 했던 뒷간 아래로 미루나무도 한그루 있었다. 사철나무는 겨울이면 붉은 빛을 띤 작은 열매를 매달기도 했고, 마당 가의 매화나무는 봄이면 햇솜처럼 뽀얀 꽃을 피워내기도 했다. 매화나무는 작은 관목인데, 온난화의 영향인지 중부지방까지 북상한 매실이 열리는 나무를 매화나무라고도 해서 혼란스럽기도 했다. 뒤 곁으로 있던 탱자나무는 봄이면 사나운 가시로 푸른 물을 길어 올리며 싸락눈 같은 꽃을 피워내기도 했고 가을이면 노란 탱자 열매를 주렁주렁 매달기도 했다.

밤나무는 내가 초등학교 5학년쯤인가 심었고 중학교에 가서야 가을마다 밤을 내어주었다. 마당이 있는 곳으로는 돌담이었고 뒤꼍은 나뭇가지나 수숫대로 얽은 울타리였다.

'불휘 기픈 남간 바라매 아니 뮐새, 곶 됴코 여름 하나니.' 용비어천가 2장의 시작도 나무를 비유로 두었다. 뿌리가 깊은 나무는 비바람에 흔들려도 뿌리가 뽑히지 않고 꽃이 좋고 열매가 많이 열린다는 의미, 지존이 된다는 것은 오랜 세월 덕을 쌓아 하늘의 명을 받아야 한다는 것을 강조하고, 후대 임금은 이렇게 어렵게 쌓아올린 공덕을 헛되이 하지 말아야 할 것임을 경계하려는 의미도 담아두었다.

이와는 대비되는 개념으로 자녀목(恣女木)도 있었다. 부정한 행위를 한 여자가 목을 매 숨져 그 원귀가 서려 있다는 나무를 뜻한다. 자(恣)의 의미는 '방자하다, 자신의 뜻대로, 마음대로 하다'라는 의미가 스며 있다. 조선시대는 후대로 갈수록 성리학이 득세하면서 여인들을 억압했으니 젊은 나이에 남편을 잃어도 재혼을 막아 수절을 강요했다. 대단한 도덕성의 상징처럼 평생을 수절했다면 열녀문(烈女門)을 집 앞에 세워 본이 되도록 칭송하게 했다. 과부가 된 딸이나 며느리를 나무에 목매어 죽게 하여 열녀(烈女)가 난 정문(旌門)이란 비정한 명예의 상징을 얻기도 했던 것이다. 열녀문은 일명 홍살문이라고도 했다. 홍살문은 한자 문(門)의 모습에 붉게 칠한 문을 말하는데 성역(聖域)을 나타내듯 상징적인 문을 만들어 주었다. 겨우 문 하나를 받기 위해 젊은 여인을 평생 홀로 살게 만드는 것, 요즘은 생각할 수조차 없는데 잡역을 면제받기 때문에 향촌사회에서는 정려를 둘러싼 이해관계 대립의 사유가 되기도 했다. 열녀의 반대되는 경우 수절하지 못하거나 행실이 불성실하면 사적(私的) 형벌, 사형(私刑), 영어에서는 린치(lynch)라 하는데 살해하거나 거의 죽음에 이르게 하여 나무에 매달거나 묶어 두었던 것이다.

일상에서도 나무는 집을 짓는 목재, 땔감으로 가지가지 과일을 얻기 위한 것으로도 나무는 인간의 삶과 밀착되어 있다.

몇 년 전에 마라톤대회 참가를 목적으로 고비사막에 갔을 때 온 종일을 달려도 나무 한 그루 볼 수 없었다. 완전한 사막지역이 아니어서 비가 내렸고 대지는 넓고 푸른 초원지대를 이루고 있었다. 울란바토르를 벗어나 사막지역으로 이동하는 거리를 하루를 더 달려야 했는데 나무 한 그루를 볼 수가 없었다. 학습과 경험으로 축적된 인지체계가 무너지는 엄청난 혼란이 왔다. 가슴이 탁 트이는 것이 아닌 동굴 속에라도 갇힌 듯 갑갑함에 당황하면서 한 그루 나무라도 나타나주기를 간절하게 염원했다. 그러나 날이 저물도록 나무는 끝내 나타나지 않았다. 그 사막에서 나무 한 그루의 의미를 새삼스럽게 생각했을 것이다.

신림(神林)

강원도 원주의 치악산 아래 신림이라는 마을이 있다. 마을 이름 이라기보다는 행정구역상 신림면 성남리에 있는 성황림을 신(神)적인 숲이라고, 신림(神林)이라 하였고 면의 이름으로까지 쓰이고 있다. 그 신림에서 태어나 자란 이가 있다. 그 마을에서 나고 자란 이들이야 숱 하게 많았겠지만 그는 특별하게 그 신림의 나무와 그곳에서 살았던 이 들의 이야기로 책을 만들었다. 그보다는 훨씬 먼저 그 숲에서 자라던 나무가 있었고 씨가 떨어져서도 자라기 시작했을 것이다.

그는 임학이나 문학을 전공한 것이 아닌, 산업화 시대에 걸맞은 공 학을 전공했다. 일본에서 기술을 전수받아 반도체 분야에 종사했고, 은퇴 후에 얼마 전에 그 숲으로 다시 돌아왔다. 돌아와서 얼마 되지 않 아 마을 이장이라는 대단한 감투도 가졌다. 객지를 떠돌다가 돌아온 지 얼마 되지도 않은 이에게 마을을 책임지는 이장의 직위를 부여한다 는 것은 불가한 일일 것인데 능력과는 상관없이 나름의 텃세가 존재하 기 때문이다. 그동안 마을 사람들과 각별한 관계를 유지했다는 징표이기도 한 것이다.

　그가 올리는 블로그에서 나무며 철마다 피고 지는 들꽃이야기를 읽다가 그의 쓴 책을 보게 되었고 부처님 오신 날에 그를 만나러 갔다. 그전에 그를 한번 만나고 싶었지만 그대로 흘러갔고 일 년에 단 두 번 개방한다는 성황림을 보러 갔다가 신림의 축복처럼 그를 만날 수 있었고 성황림, 신성한 숲, 신림도 볼 수 있었다.

　하나의 신앙처럼 옛사람들은 자연물에 대해서도 신성을 부여했다. 나무도 마찬가지였다. 환갑의 나이를 넘기기 어려웠던 시절에 나무들은 자연에 적응하고 견디며 오래 살기에 다 천지간에 존재하는 정령과 이음새가 된다는 믿음 아닌 믿음을 가졌을 것이다. 우리 건국신화에도 신단수(神檀樹)가 등장하듯이 말이다. '환웅은 무리 3천을 거느리고 태백산 꼭대기에 있는 신단수 아래로 내려오니 이곳을 신시(神市)라고 했으며 이분을 환웅이라고 불렀다.' 이는 우리 민족이 하늘의 자손, 즉 천손으로 신단수라는 나무를 통해 지상에 내려왔으며, 환웅과 곰 사이에 태어난 단군 역시, 신단수를 통해 하늘이 점지해 태어났음을 강조하고 있다. 여기서 나무는 어쩌면 평화를 상징한다. 이러한 나무에 신성을 부여했던 것은 삼한시대에도 이어져 소도라는 신성한 공간으로 구분하여 방울과 북을 단 큰 나무를 세우고 천신에게 제사를 지냈으며 이러한 독특한 문화는 솟대와 당산목으로 지금까지 전해오고 있다.

　오래된 나무를 신성시한 경우는 우리 안에서만 있는 것이 아니었다. 룸비니에서 부처님이 태어날 때는 어머니 마야부인이 무우수(無憂樹) 아래서 고타마 태자를 낳았다고 한다. 이어 보리수 아래에서 도를 깨우쳤고 사라수 아래에서 열반하셨다. 나무에서 시작하고 나무 아래서 마무리했다. 예수가 태어났을 때 동방박사 셋은 세 가지 선물을 준비했다. 그 당시 그 지역에서 특별한 산물이었을 것이다. 황금은 땅 속에 묻혀있던 것이었지만 나머지 둘은 나무에서 생겨난 것이었다. 유향은 유향나무에서, 몰약은 몰약나무에서였다.

마을을 지나다 보면 오래된 나무들이 있다. 중국의 고전『장자(莊子)』에는 이러한 노거수의 생존비법을 이르는 내용이 있다. 목재로서 별다른 가치가 없기에 오랫동안 살아남았을 것이라고 단정한다. 노거수로 키울 생각으로 씨앗을 뿌리고 수백 년을 지켜봤을 리는 없을 거라는 추측이다. 깊은 산중에서 다른 나무들과 어울려 자랐으면 그저 '큰 나무 한 그루'였을 터인데 사람들과 어울리다 보니 목재와는 다른 또 다른 쓸모를 만들어 내고, 연륜과 더불어 사연이 붙어 '명목'이 되었으리라고 생각한 것이다.

그와는 다르게 특별한 목적으로 숲을 이룬 경우도 있다. 광릉수목원이 사후 왕의 정원으로 관리된 경우처럼 말이다. 남해 물건리 바닷가의 숲은 300년 동안 거친 파도와 바람에 맞서 마을을 지켜주고 고기를 모이게 하는 방조어부림(防潮魚付林)이다. 담양에 있는 관방제림은 홍수피해를 막기 위해 제방을 만들고 나무를 심은 인공림이고 하동의 섬진강변 송림은 광양만의 해풍과 섬진강의 모래바람을 막을 요량으로 조성한 인공 숲이다. 우리 선조들의 자연재해를 막는 지혜를 알 수 있는 역사 및 문화적 자료로서의 가치가 크므로 이런 숲들은 천연기념물로 지정·보호하고 있다.

마을을 상징하듯 오래된 나무 한 그루를 신성하게 모시는 경우는 더러 있지만 숲을 이룬 경우는 드물다. 그가 나고 자란 성남리 성황림은 홀로 살아남은 것이 아니라 오랫동안 숲으로 보호되며 관리되었다. 국립공원이자 원주의 진산인 치악산의 서낭신을 모시는 곳이니 그랬다. 근래에는 치악산 국립공원 상원사지구 내 특별관리지역으로 출입이 통제되고 있다. 성황림이 속한 지역인 신림면(神林面)의 이름, 즉 '신령스러운 숲'도 성황림과 밀접한 관계가 있다.

성황림은 오래전부터 그 자리에 있었고 여전히 생을 영위해가는 문화유산이다. 자연생태를 잘 갖추고 있고 전통을 전해주기도 하기 때문이다. 그러니 이 땅의 특별히 존재하는 것들을 처음 천연기념물로 지정하기 시작했던 지난 1962년에 제93호로 지정됐다. 성황림은 신이 깃들어 있는 신령스러운 숲이기 때문에 쉽게 들어갈 수가 없다. 특히 서낭신을 모시고 있는 곳이기 때문에 성스러운 공간이다.

성황림은 마을의 안위를 지키는 '상성황지신(上聖皇之神)'을 모시는 신성한 장소일 뿐 아니라 주민 모임이 열리던 휴양과 놀이의 공간, 일제강점기를 전후하여 궁핍한 시기에는 버섯 재배가 이루어지던 곳이기도 했다. 당시에는 제대로 관리가 되지 않았던 곳이었다. 성황림에는 좌우로 음양을 나타내듯 엄나무와 전나무가 당집의 좌우 숲의 신목(神木)으로 그 주변으로 소나무, 복자기, 귀룽나무, 느릅나무, 졸참나무, 갈참나무, 신갈나무, 찰피나무, 말채나무 등을 비롯한 50여 종의 목본식물이 분포하고 있다. 숲 양쪽으로 흐르는 내와 그 주변에 발달한 산림습지에 다양한 초본식물이 철따라 숲을 푸르게 채워주곤 한다.

성황림의 주인공은 가지가지 나무들이 모여 사는 숲이지만 서낭신을 모시는 집, 즉 당(堂)도 중요한 위치를 차지한다. 그래서 성황림에는 전통적인 성황당의 모습인 돌무더기도 있지만 나무로 만든 집도 있다. 이곳 성황림에는 나무로 만든 집이 있다.

성남리 성황림이 지닌 가치는 단순히 성황신을 모시고 있는 숲 때문이 아니라 다양한 종류의 나무가 온대지역을 대표한다는 것이다. 이곳의 나무들이 지금처럼 남아있는 것은 숲을 신으로 모신 덕분이다. 성황림에는 다양한 나무들이 살고 있고 각각 가치를 지니지만 그중에서도 신목(神木)이랄 수도 있는 음나무와 전나무가 단연 돋보인다. 두 종류의 나무는 성황당을 기준으로 오른쪽에 음나무, 왼쪽에 전나무가 살고 있다. 방위는 성황당을 비롯한 신이나 조상을 모시는 건물이 있을 시 인간 중심이 아니라 신이나 조상을 중심으로 정한다. 전나무야 월정사나 부안의 내소사에서도 존재감을 갖는 숲을 이루고 있으니 특별한 나무는 아니지만 음나무는 다르다. 대부분 음나무는 가시를 가지고 있지만 성황림의 음나무는 줄기와 가지에 가시가 없다. 음나무는 나이가 많이 들면 스스로 가시를 없애버린다. 가시 없이도 당당하게 살아갈 수 있기 때문이다. 음나무의 가시는 자신을 보호하기 위한 장치다. 400살 정도의 성황림 음나무의 줄기와 가지에는 가시라고는 찾아볼 수 없고 오히려 매끈하다. 이곳 음나무의 줄기를 보면 어린 음나무의 모습과 전혀 달라서 다른 나무인 줄 착각할 정도다.

어디에서나 마찬가지겠지만 여러 사람이 모여 소란스러우면 신령스러운 숲을 경험할 수 없다. 숲길을 걷다가 발걸음을 멈추고 고개를 들어 소나무의 줄기를 따라 하늘을 바라보면 숲이 주는 신비감을 체험할 수 있다. 그러니 우리나라 중부 온대지역을 대표할 만한 활엽수림으로서도 학술적 가치와 조상들의 과거 종교관을 알 수 있는 민속자료로 가치를 인정하여 성황림을 천연기념물로 지정·보호하고 있다. 과거에는 성황림 안으로 길이 나 있었지만 지금은 울타리가 둘러섰다. 아쉬운 것은 새로 길을 내면서 산사면의 자연림과 이격시키는 결과를 초래했다. 도로위로 비탈진 사면림은 자연림과 확실히 대비된다. 정확한 조성연대는 알 수 없지만 오래전에 당산 숲 조성을 위해서 주변의 자연림에서 옮겨 심은 인공림으로 추정된다. 봄가을로 두 번 성황제를 올리고 때를 맞추면 성황림을 둘러볼 수 있다. 한때는 마을 사람들에게 신성한 공간이면서 놀이터처럼 공존하던 쓸모 있는 숲이었는데 이제 격리되어 보호를 받아야 하는 결국 쓸모없는 공간(?)이 되었다.

그가 소년이었을 때 성황림은 놀이터였다. 어둔 귀갓길이면 정말 귀신이라도 나올 것 같은 무서운 숲길이었다. 그가 쓴 이야기들을 보지 않았다면 그 신성한 숲을 보려고 하지 않고 지나쳤을 것이다. 그렇듯 글로 남겨진 것은 그토록 소중한 것이고 고마운 것임을 새삼스럽게 생각한다.

그와 나는 같은 연배이다. 지금은 군사 정변이라고 표현되지만 혁명이라고 깊이 각인되었던 그해에 태어났다. 그는 신성한 숲에서 가까운 마을에서 태어났고 나는 민둥산이 둘러선 빈촌에서 태어났다. 이제 회갑을 맞은 나이, 비슷한 듯 확연히 다른 환경 속에서 자란 둘의 마음속 내용물은 어떻게 변했을까?

아버지

그가 태어났을 때 그의 아버지는 지금 그이 나이와 비슷했었다고 했다. 그때 당시는 더더욱 노인 축에 드는 나이였다. 그럼 그의 어머니는? 아버지와 스무 살도 더 나이 차가 있었다. 부부간의 나이 차로 미루어 그의 아버지가 뭔가 능력(?)이 있었을 것이고 그는 어려서 그리 궁핍한 삶을 살지 않았을 것이라고 추론할 수 있다. 그가 태어났을 때 그의 아버지 직업은 목수였다.

한국전쟁이 발발하고 51년 일사후퇴 때 충주 달래강의 숨구멍이 벌름벌름하던 살얼음판을 건너 경북 어디쯤인가로 피난길에 나서야 했다. 엄동에 나선 길에서 온갖 고생을 겪었던 그의 아버지는 곧이어 내려진 2차 대피령 때는 피난을 떠나지 않았다. 마을 사람들이 대부분 피난을 다시 떠났는데도, 만삭이었던 그의 어머니 때문이기도 하였을 것이다.

모두가 떠난 텅 빈 마을에도 밤새 포르르 포르르 날던 포탄이 날아가는 소리가 그치면 산 너머 어디쯤에서 쾌쾅 소리를 냈다. 그 공포는 당최 익숙해지지가 않아 떠나지 못한 것을 후회했지만 어쩔 수 없는 상황이었다. 곧이어 인민군이 들이닥쳤다. 이미 한 번 겪었던 터라 대담하게 그들과 맞닥뜨렸다. 인민군들은 피난민들이 숨겨놓고 간 볏가마를 메고 와서는 쌀로 만들어놓으라고 했다. 서슬 퍼런 주문을 남기고 남하한 인민군이 무서워 밤낮으로 벼를 찧어 자루에 담아두었다. 전선이 남쪽으로 많이 밀려는지 한동안 뜸했던 포성이 다시 가까워지던 어느 날, 인민군 복장의 군인 하나가 황급히 뛰어 들어와서는 "나는 서울 사람입니다. 길잡이로 억지로 잡혀왔다가 지금 국군에 쫓겨 올라가는 중인데 여기서 도망 못 가면 북으로 가야 합니다. 갈아입을 옷 한 벌만 주시면 그 은혜 평생 잊지 않겠습니다." 하기에 솜바지저고리 한 벌을 내주었더니 급히 갈아입고는 서울 가는 방향을 묻고 사라졌다. 그는 인민군복과 총을 그대로 놓고 갔고 함지박으로 하나 가득 쏟아놓은 밥도 마찬가지였다. 곧이어 들이닥칠 인민군에게 이것을 들키면 바로 죽음이었다. 재빨리 앞개울에 총과 옷가지를 가져다 버린 아버지는 쏟아놓은 밥을 다시 담아 울러메고 어머니를 앞세워 움막으로 피신했다. 북으로 가는 방향을 피했고 농사철이면 임시 농막으로 이용하던 절골의 벼락바위 밑 움막이었다. 한동안 그곳에 숨어 지내셨다고 했다.

당시 국군과 인민군의 이동로상에 있었던 마을의 집들은 많은 피해를 입었다. 집의 뼈대는 그대로 있었으나 문은 하나같이 떨어져나가고 없었다. 아군이고 적군이고 지나는 길에 언 손발을 녹이기 위해 문이란 문은 모조리 뜯어다 불을 피웠던 것이다. 수복 후에 피난에서 돌아온 마을 사람들로 대문이나 집수리 등의 수요가 급증했지만 문을 만들 수 있는 연장과 기술을 가진 목수가 드물었다.

그의 아버지는 재빠르게 그 상황을 간파하고 횡성으로 가 목수 일을 배웠다. 목수 밑에서 며칠간 일을 거들며 문 짜는 방법을 익혀 마을에 돌아왔다. 그렇게 그의 아버지는 정식으로 목수가 되어갔고 재물도 늘릴 수가 있었다. 그가 쓴 책에는 그의 아버지가 목수가 되는 과정이 그려져 있다.

아버지가 목수 일을 한 것은 그가 나무에 더 많은 관심을 갖는 계기가 되었고 실전적인 지식을 쌓을 수 있었다는 것이다. 아버지의 작업 환경에서 자연스럽게 나무의 생태를 접하고 특징을 공부할 기회를 가진 것이다. 신성한 숲으로 둘러싸인 공간에서 태어났고 목수라는 직업을 선택하게 된 아버지, 그때 보았던 눈썰미로 그의 생업에서도 두각을 나타내었을 것이고 고향으로 돌아와 자기만의 집을 만들 수 있는 계기도 되었을 것이다.

귀향

그의 삶의 여정은 산업화 시대의 한 축을 그린다. 그가 고등학생이었을 때 노환으로 고생하시던 그의 부친은 돌아가셨고 원주에서 곤궁한 자취생활을 할 수밖에 없었다. 아쉬움 없이 자란 그에게 산동네의 작은 자취방에서 연탄불에 끼니를 끓여야 했던 현실은 낯설고 어설프기까지 했었을 것이다. 맨밥에 왜간장과 마가린을 버무려 먹어야 했던, 도시락을 챙기지 못한 점심시간은 화단 옆 벤치에 앉아 내려다보이는 논밭이나 건너다 보아야 했을 것이다. 철이 없어도 넉넉할 수 있었던 유년의 시간들이나 허허롭게 씹어야 했을 것이다. 우여곡절 속에서 어머니의 눈물겨운 뒷바라지로 부산에 있는 이공계 대학에 갔다. 그이 어머니는 최고 명문대학에 들어간 것으로 알고 계셨다고 했다. 학교를 마치고 군에 갔을 때 훈련소 입소에서부터 제대할 때까지 한번도 면회가 없었다.

그렇게 처량한 군 생활을 마치고 사회로 나왔을 때도 마찬가지였다. 조국근대화 시대를 건너온 80년대였지만 사회는 그가 바라는 대로 그렇게 호락하지 않았던 모양이다. 아마 마음에 차는 직장이 없었던 듯싶다. 친구의 자취방을 전전하며 어느 순간 더 이상 끼니와 잠자리를 더 이상 남들에게 의존하지 않겠다는 다짐으로 부평공단의 중소기업의 열악한 기숙사로 들어가 그저 일하는 대가로 밥을 먹고 잠을 자는 의욕도 비전도 없는 생활을 했다. 난장이가 쏘아올린 작은 공처럼 말이다. 그리고 동병상련의 연인을 만나기도 했지만 그녀도 떠나보내야 했다.

그런 시련의 계절을 지났지만 그에게는 신성한 숲의 나무들이 곁에 있었던 듯싶다. 일본인 기술자가 철수하면서 회사는 어려운 사정에 직면했고 그는 독학으로 일본어를 배워 읍소하듯 기술을 전수받았다. 시작은 미약하였으나 그가 이룬 성취는 대단한 것이었다. 그는 작은 회사를 운영하게 되었고 주말이면 어머니가 계셨던 마을로 돌아와 숲을 오르내리고 철따라 숲이 들려주는 이야기를 듣고 전해주었다. 철따라 이어지는 그 이야기들은 숲을 기대고 살았던 사람들의 이야기가 있어 더 진진했다.

그와 내가 자란 환경은 농촌이라는, 조국 근대화의 일견 화려한 시절이라는 배경은 같았지만 구체적인 환경은 판이했다. 할아버지 같은 아버지와 막내로 사랑을 내려주던 어머니가 있었던 그와는 다르게 팍팍한 현실을 우회하려 했던 엄한 아버지 밑에서 성장해야 했던 나는 분명 다른 정서와 삶의 질감을 가지고 있었다. 다만 그와 내가 공통점이 있다면 자연과 교감하며 나름의 소통을 이룰 수 있었다는 것이다. 그와 내가 쓰는 글도 마찬가지다. 내가 삶의 본질에 천착했다면 그는 자연의 본질에 더 깊이 다가섰던 셈이다.

그가 노래한 신성한 숲의 이야기들을 더 많은 사람들이 보고 들어주면 좋을 듯싶다. 장성 축령산에 가서 울울창창한 편백나무며 삼나무를 올려다보는 것도 좋지만 그 숲을 일군 이의 손길을 돌아보는 것도 의미가 있으리라.

　그와 나는 서로에게 나무 같은 존재가 되고 싶다는 생각을 한다. 때로는 그늘을 만들어주고 바람 소리와 함께 소나기가 지나가면 같이 춤도 추어지는, 삭풍이 지나가는 겨울날이면 지난 계절도 이야기도 하는 친구로 말이다. 많은 사람들이 숲에 들어 지친 삶을 쉬어가고 찬미도 할 수 있었으면 더 좋을 것이다.

자연인

김영순

자연인이란

요즘 회자되는 자연인이라는 말은 새삼스럽다. 민주주의 국가에서 저마다는 태어나면서부터 자연인으로, 법률에서 쓰이는 말이기 때문이다. 그러므로 자연인은 법이 권리의 주체가 될 수 있는 자격을 인정하는 자연적 생활체로서의 인간을 말한다. 현대의 민주주의 정체하에서 생겨난 개념이다. 과거의 왕정 시대 신분사회에서 저마다는 자연인이 될 수 없었다. 근대법 이후 모든 인간은 출생부터 사망에 이르기까지 완전한 권리 능력을 평등하게 인정받게 되었고, 권리 능력이란 법률상 권리·의무의 주체가 될 수 있는 능력 또는 자격을 말한다.

주로 산에서 홀로 생활하는 이들의 일상이 화면으로 보이면서 자연인은 자연스럽게 또 다른 의미로 자리 잡았다. 각박한 현실 속에서 빠르게 변화하는 세태에 염증을 느낀 사람들은 도시를 떠나 자연 속에서 자연스러운 일상을 꿈꾸며 법률적인 자연인과 또 다른 자연인의 개념을 만들어간다.

가끔 산을 오르면서 비탈진 바위틈에서 마디게 자라는 나무들을 본다. 씨앗이 바람에 날려 자리를 잡고 뿌리를 내렸을 것이다. 무리 속에서 살아가는 것보다 외진 곳에서 홀로 살아가는 조건은 척박할 것이고 성장도 더딜 것이다. 그렇게 살아가는 모습을 보면서 나를 포함한 인간들이 살아가는 삶을 건너다본다. 무리 속에서 살아가지만 때로는 외로움과 고독을 견디어야 한다는 것, 그렇다고 비탈진 곳에서 외롭게 살아가는 나무들처럼 홀로 살아가기는 어렵다.

화면에 보이는 자연인들은 바닷가나 들판에 살지 않는 것은 물론 혼자 사는 것이 조건인 듯싶다. 산에서 산다는 건 현대인들이 누리는 문명에서 벗어난 것이라 예상하지만 꼭 그렇지만은 않다. 문명 전기를 쓰느냐 아니냐의 문제이기 때문이다. 몽골의 사막에 갔을 때 게르라는 천막집에 사는 유목민들도 태양열을 이용해 최소한의 조명을 하고 TV도 보고 있었다.

오래전 일이지만 주왕산 아래 내원동이라는 마을에서 하룻밤을 지낸 적이 있었다. 한때는 마을을 이루어 살았던 흔적이 남아있던 곳, 분교까지 있었지만 대부분의 마을 사람들은 산을 내려가고 몇 가구만 남아있던 마을이었다. 국립공원 지역이어서 남아있는 이들도 산 아래로 내려갈 예정이었으니 그나마 집들도 관리를 하지 않아 허름했다. 당시 그 마을은 '전기가 없는 마을'로 상징적인 의미가 있었고 TV에 소개되기도 했었다.

시월쯤이었는데 민박집 주인 할머니에게 샤워장을 묻자 할머니는 의아하게 날 바라보며 '개울로 가라'고 했다. 전기가 들어오지 않으니 가마솥에 물을 데우지 않으면 온수를 쓸 수가 없었다. 저녁 준비를 하며 할머니가 김치를 가지러 가는데도 개울로 갔다. 냉장고가 없으니 김치 통을 개울물에 담가놓고 있었던 것이다. 자연인의 조건에 전기 사용 여부는 포함되지 않는 듯했다.

그러면 자연인은 산중에 살고, 홀로 사는 이들이겠다. 산중에서 홀로 지낸다는 것은 스스로 고립을 선택한 이들이다. 바람에 날린 솔 씨가 바위틈에 안착하여 아주 어렵게 뿌리를 내렸듯 자연스럽게 자연인이 되기는 쉽지 않다. 특별한 이유가 없이 관계를 벗어나 스스로 고립을 택한다는 것은 대개는 불가한 일이기 때문이다.

그럼 무슨 이유가 있는 것인가? 분명한 이유가 있다. 몸이 아파서, 하던 일이 실패하거나 사기를 당하는 등, 인간관계에서 상처를 받았기 때문 등이다. 많고 적음의 차이가 있을 테지만 몸과 마음에 생채기가 생긴 것이다. 그것을 치유하는 방법은 여러 가지다. 심지어는 극단적인 선택을 하기도 한다. 정신과적 도움을 받기도 하고 종교의 주술적인 것에 의지하기도 하고 삶을 유폐시키듯 노숙자가 되기도 한다. 방송에 나오는 것처럼 일부 이 시대의 특별한 선택처럼 스스로를 고립시켜 소위 자연인이 되기도 한다. 마치 인간의 먼 선대들이 동굴이나 산중의 움막에서 살았던 몸속에 흘러내린 원형질의 의미를 빗댈 수도 있겠지만 몸과 마음에 들어찬 독을 이기기 위해 스스로 독을 만든다는 의미로 생각하고 싶다. 독초가 인명을 해하기도 하지만 그 성질을 바꾸면 약이 되기도 하듯이 말이다. 어떤 의미든 독이 없으면 스스로의 선택으로 무리 속에서 벗어나기는 어렵다는 것을 말한다.

아름다운 삶,
그리고 마무리

又 다른 의미에서 진정한 자연인의 삶을 추구한 이들도 있다. 헬렌 니어링의 『아름다운 삶 사랑 그리고 마무리』라는 책에서 본 모습으로 참 자연인의 삶을 잠시 들여다보고 싶다.

유복한 가정에서 자란 헬렌은 수준급의 바이올린 연주자였다. 한때는 인도 철학자이자 세계적인 사상가인 크리슈나무르티와 연인 사이였고 같이 세계를 여행하며 그 사상과 철학에 심취했으나 그의 이중적 삶에 회의를 느끼고 그를 떠난다.

그 후 그녀는 스콧 니어링과 만난다. 스콧 니어링은 대학 교수로 진실된 신념을 갖고 실천하는 교육자였다. 그러나 그는 자본주의에 정면으로 대항하고 반전 운동을 벌여 권력자들의 미움을 사게 되어 주류 사회에서 배척당하고 학계 밖으로 쫓겨났다. 강연도, 저술도 금지당해 그의 생활은 힘들게 되었고 급기야 가족도 등을 돌린, 스콧의 일생에서 가장 밑바닥일 때 우연한 기회에 만난 두 사람. 스콧의 나이 45세, 헬렌은 20대 중반이었다. 둘은 21세 차이였다.

생활을 위해 그들은 가진 돈을 모아 버몬트 숲속으로 들어간다. 먹을 만큼 농사를 짓고, 필요한 돌집을 짓고 자연과 더불어 생활하는 그들. 스콧은, 옳고 바르게 생각되는 일은 몸소 실천에 옮기는 삶을 산 사람이라고 할 수 있다.

농사를 짓는다고 그것만을 위해 사는 것이 아니라 최소한의 생계를 위한 시간만 노동에 사용하고, 나머지 시간은 독서와 명상, 음악 듣기와 연주. 집필 그리고 여행 등. 자신들의 시간을 갖는, 치우치지 않는 인간 본연의 삶을 살았다. 현대 문명에 대한 의존에서 벗어나기 위해서 기계를 사용하지 않고, 가능한 손을 이용해 일을 하면서. 자비로 소책자를 출판하기도 하고 돈이 되지 않아도 그를 불러주는 곳이 있다면 기꺼이 강연을 하러 떠났다. 강연을 위해 헬렌과 몸이 멀어져 있을 때면, 스콧은 항상 편지로 자신의 일과와 헬렌에 대한 사랑을 전달했다.

헬렌의 말을 빌리자면, 스콧은 매순간 진실되고 실천하는 이상주의자였다. 또한 학식 있으나 땅벌레 같은 농사꾼이었고, 공적인 인물이었으나 은둔자로서 행복해했고, 위대하고 포용력이 있는 영혼이었다. 스콧의 아내가 죽은 후에 그들은 결혼을 했는데 그것은 헬렌이 '니어링'이라는 성을 갖고 싶어서였다. 둘은 서로를 깊이 사랑했으며, 존중했으며, 항상 감사해했다. 스콧의 100번째 생일에 한 이웃이 "그가 백년 동안 살아서 이 세상이 더 좋은 곳이 되었다"고 말했다고 한다. 그만큼 그가 보여준 모범은 많은 이들에게 삶의 귀감이 되었다.

스콧은 훌륭한 일생을 살았으며 그 마지막 또한 준비한 듯 그렇게 맞았다. 의사의 도움 없이 집에서 평온하게 행복한 잠을 자듯. 최후의 며칠은 곡기를 끊고, 아무나 따라할 수 없는 생을 마감했다.

자연인을
꿈꾸는 세상

한 이웃이 전했다는, "스콧 니어링이 백 년 동안 살아서 이 세상이 더 좋은 곳이 되었다"는 말은 내가 보기에 인간이 인간에게 하는 최고의 찬사이다. 그것은 아마도 그의 곁에 그에 비견되는 훌륭한 동반자가 있었기 때문이었을 거라는 단정적 생각이다. 그네들 삶의 여정이 문자화하여 전 세계인들에게 전해질 수 있었던 것도. 아무리 훌륭한 덕성을 가졌다 하더라도 혼자 살았다면 이룰 수 없었을 것이라고 단언하고 싶다. 성인이라 불리는 몇 안 되는 분들이 아무리 고상한 설법을 생성하여 퍼트렸더라도 그를 절대적으로 추종하던 제자들이 없었더라면 묻히고 말았을 것이라고, 미욱한 비약이라 하더라도 말이다. 무소유의 삶을 살았든 그렇지 않았든, 한 스님이 인기 작가의 범주에 들지 않았다면 그저 산중의 수도승으로나 존재했을 것이다.

자연은 혼자라도 잠시는 달콤하지만 오래 머문다면 고립의 외로움과 단절의 소외감, 끊임없이 의식주를 위해 손발을 움직여야 생을 영위할 수 있다. 현대인의 삶은 관계 속에서 위로를 받기도 하고 상처를 받기도 한다. 선택의 문제가 아닌 관계를 떠나서는 존재하기가 어렵다. 화면에서 보이는 자연인들은 시간과 공간, 결정적으로 관계에서도 스스로를 고립시킨 이들이다. 소외감이나 외로움은 피할 수 없는 것이다.

화면 속에서야 고립되어 살아가는 일상의 이면을 잘 포착해내지도 끌어내지도 않는다. 그런 덕분인지 그 프로그램은 단연 인기가 있다나, 이제 자연인도 바닥을 드러낼 때가 된 것 같은데 그 덕분에 출연자는 이어진다. 마치 자연적으로 자연인 후계자가 양성되듯이. 화면에 역시 빠질 수 없는 것은 아이러니하게도 먹방이라고 해야 하나.

생살이 베어진 듯 삶의 생채기가 생기더라도 세월이 지나면 아물기도 하는데 혼자 밥 먹는 것은 그렇지 않다. 서양인들처럼 단순한 차림으로 먹지 않기 때문인 이유도 있을 것이다. 산에서 나는 산약초 등과 심지어는 포획하는 물고기 등 식자재도 다양하고 요리법도 마찬가지다. 시청자들의 시각과 호기심을 고려한, 다분히 연출 덕분일 것이다.

아무튼 산중에서 홀로 살아가는 이들은 더욱 늘어날 것 같다. 당연히 혼자 사는 이들도 많아지는 추세이니 그럴 것도 같고 각박하고 나름마다 비열한 삶에 지쳐가는 이들이 많아질 것으로도 마찬가지다.

산에서 홀로 살아가는 자연인을 만나기도 했지만 나까지 그들을 이야기 속에 끌어들이고는 싶지 않았다. 화면으로 보이는 것은 실제 그네들이 살아가는 모습을 그대로 비추지는 않기 때문이다. 대신 자연인이 아닌 자연적으로 살아가는 이들을 만나고 싶었다. 다양한 삶의 모습을 갖고 살아가는 자연과 단절되고 이격된 것이 아닌 사람들과 부대끼며 가깝게 살아가는 사람들을 만나고 싶었다는 것이다.

우연히 자연인처럼 살아가고 있다는 이의 말을 전해 들었다. 나의 호기심은 단연히 그를 찾아가야 했다. 다만 그의 연락처를 알 수 있다는 것 외에 다른 아무런 정보도 없었다. 그에게 문자를 보냈다. 한번 찾아가겠다는. 그는 반기는 표정이 느껴지지 않았지만 냉정하게 거절하지도 않았다. 추석 연휴를 앞둔 주말, 차례 준비로 분주한 집을 나서는 뒤통수가 간지러웠지만 집을 나섰다. 더더욱 가사노동을 분담해야 하는, 새로운 명절 분위기에 이를 외면하듯이 말이다.

늘 청량리에서 춘천 가는 열차를 타다가 용산역에서 타려니 어색했다. 아침에 역에 도착하여 매표하니 좌석권은 없었다. 명절 연휴가 시작되었지만 역사는 크게 번잡하지 않았다. 객차 사이에 간이의자가 있었으니 좌석보다는 불편했지만 책을 읽기에는 좋았다. 북한강을 거슬러 올라가는 길, 굽어진 철길이 펴지면서 강은 멀어졌다. 열차 안에서 보는 책은 친구와 만나 이야기하는 것처럼 정겹다.

춘천역에서 내렸을 때 역 앞의 풍경이 새로웠다. 미군 헬기 비행장이 있던 곳이었는데 부대를 옮겼는지, 본국으로 돌아갔는지 넓은 공터로만 남아있었다. 오래전 부대와 역 사이로 길게 이어져있던 욕망의 불빛들이 잠시 돌아 나온다.

다시 버스를 타고 양구로 갔다. 아침나절이었지만 오가는 이들도 없다. 전방 지역이니 휴가를 출발하는 듯 군인들만 보인다. 양구에서 파로호 쪽으로 가는 마을버스는 한참을 기다려야 했다. 그쪽으로 가는 길을 걷다가 버스를 타기로 한다. 가끔 손을 들어 차를 세워보기도 했지만 쉽게 세워주지는 않았고 십 리쯤을 걸어가서야 트럭을 타시는 분이 차를 세웠다. 펀치볼로 더 많이 알려진 해안면의 공사장으로 가시는 분이었다. 그는 일을 마치고 고향인 김해에 갈 것이라고 했다. 갈림길에서 그는 차를 세웠고 다시 걸음을 옮겨야 했다. 지나가는 분이 한 번 더 차를 세워주셨고 그가 가는 목적지에서 더 가야 하는 곳에 버스정류장에 차를 세워주셨다. 정류장에서 한참을 기다렸을 때 마을버스가 왔다.

들에는 가을빛이 가득했다. 작은 들꽃들까지 열매를 맺기 위하여 꽃을 피워내고 향기를 퍼트렸다. 버스가 종점에 도착하고 차에서 내렸을 때 가야 할 목적지까지 5km 이정표가 보였다. 점심을 해결해야 했는데 식당 비슷한 곳도 없었다, 포기하고 개울을 따라 걸어 내려간다. 큰 개울은 수입천이다. 금강산에서 발원하여 철의 장막을 지나 파로호로 흘러든다. 물은 위에서 아래로 흐를 수밖에 없는 것이고 인간이 만든 철조망으로 막을 수 없는 것이다. 개울을 따라 내려가는 길이었지만 비포장도로는 물웅덩이를 이루고 있어 불편했다.

목적지에 도착했을 때 문이 잠겨있었고 '맹견주의'라는, 경고판이 문패처럼 걸려있었다. 만나야 할 이에게 전화로 안전을 확인하고서야 문을 열고 들어갈 수 있었다. 사람의 손길이 가지 않은 넓은 정원과 세 채의 독립된 집이 있었다.

'파서탕(破暑湯)', 더위를 깨부수는 웅덩이라는 의미이다. 본디 파승탕, 전설처럼 스님과 한 처자와의 통정으로 파승탕으로 불리기도 했다지만 좀 그렇다는 생각이 들었다. 인적도 없고 바람만이 오갈 뿐, 물소리도 이어지지 않았다.

보기 드문 멋진 풍광이었다. 시간에 따라 소(沼)의 물빛이 변하고 잠시 책을 펴들고 있었지만 주인은 기별도 없었다. 돌아갈까 생각도 했지만 그에게 전화를 하고 머물렀다. 한나절 스스로를 단절 격리시킨 시공간이었다. 해가 산을 넘어가서야 그가 돌아왔다. 누가 누구를 기다린 것인지 애매했다. 불청객으로 왔으니 내가 그를 되레 기다린 듯했다. 첫 대면의 모습은 어색했다. 그는 김치찌개로 저녁 준비를 했고 마주앉았다. 그의 방엔 가지가지 담금주며 꿀병이며가 정리되어 있었고 책은 보이지 않았다. 내가 선물처럼 가져간 두 권의 책이 겸연쩍은 모습으로 꿀병들 앞에 불편하게 자리를 잡았다.

그와 나의 이야기는 이어지지 않았다. 밤이 무척 길 것 같은 예감은 두려움이었다. 억지스럽게 담근 술 두 잔을 마셨다. 잠은 쉽게 찾아들지도 않았고 밖으로 나가 물소리나 엿들었다. 아침에 일어나 밖으로 나갔을 때 비가 내렸다. 물길을 따라 파로호로 있는 곳까지 가고 싶었으나 성성한 멧돼지 발자국이 나를 움츠리게 했다. 그는 무릎 상태가 안 좋다며 약을 먹었고 버섯을 따러 가자고 말했지만 그는 어렵다고 했다. 걸어서 나오고 싶은 마음도 있었지만 그가 일어나 읍내에 나가서 아침식사를 하자고 했다. 쉽게 찾아든 길이 아닌데 아쉬움이 있었지만 떠나야 했다. 양구읍내로 나와 아침식사를 하고 능이버섯을 조금 사고 버스터미널에서 헤어졌다. 터미널은 오가는 이도 한산했다.

좌석은 앞자리 창가였다. 잠시 후 원래 자리가 아닌 듯한 표정으로 나이 든 여성이 자리에 앉는다. 간단하게 인사를 했다. 그와 헤어지고 그렇게 그녀를 만났다.

그녀는 칠십대 중반이었다. 명절을 가족들과 함께 보내기 위해 서울로 간다고 했다. 살아가는 이런저런 이야기를 나누었다. 그녀는 벌을 키우고 민박집을 하면서 혼자 산다고 했다. 춘천을 지나면서는 간간이 살아온 이야기도 나누었다. 자연스럽게 말을 하면서도 그녀는 흠칫 자신을 보듯 놀라기도 했다. 마치 '내가 뭐 처음 만나는 이에게 그런 이야기를 하지' 하는 셈이었을 것이다.

내 생애는
한 편의 소설

많은 사람들이 "내 이야기를 쓰면 책이 몇 권이 될 것이다"라고들 한다. 그렇듯 저마다의 굴곡진 삶을 살아간다는 것이다. 그녀도 마찬가지였다. 다만 지금 어떻게 살아가고 있느냐가 중요하다. 그녀의 젊은 시절은 파란곡절이었지만 이제는 그야말로 자연인으로 살아가고 있는 셈이었다. 같이 살던 이들도 있었지만 이런저런 이유로 떠나고 혼자 민박집을 운영하고 정원을 꾸미고 벌을 키우며 살아간다고 했다. 종점이 가까워지고 그녀에게 살아온 삶의 발자취를 이야기로 남길 것인가 하는 의향을 여쭈었다. 깊이 생각할 분위기가 아니었기에 그녀는 고개를 끄덕였다. 그렇게 그녀와 헤어지고 전화로 간단하게라도 삶의 이력을 적어줄 수 있는지 물었을 때 "지금은 바빠서 그럴 시간이 없다"고 말했다. 다시 그녀를 찾아가는 시간을 만드는 것은 쉽지 않았다. 그녀가 마음을 바꿀 수도 있다는 것을 염려를 떨쳐버릴 수도 없었다.

가을이 깊어지면서 배추 속도 깊어지고 나뭇잎들이 붉고 노랗게 물들어가는 계절, 오랜만에 마라톤대회에 참가했다가 춘천행 열차를 탔고 그녀에게 기별을 보냈다. 춘천에서 양구로, 다시 그곳까지 가는 마을버스는 한참을 기다려야 했다. 첩첩한 산들은 붉게 단풍으로 물들고 들판은 비어가고 있었다. 버스에서 내려 수입천을 따라 한참을 걸어가야 했다. 난방을 하기 위해 나무를 태우는지 굴뚝에서 연기가 피어오르고도 있었다. 어린 시절 저녁나절이면 집집마다 낮은 초가의 굴뚝에서 연기가 피어오르곤 했는데 이제 보기 어려운 풍경이 되었다. 내를 흘러가는 물의 수량은 많지 않았지만 깊은 내를 이루고 있었고 산과 들의 구비를 따라 구불구불 흐르고 있었다.

그녀가 사는 집은 물가에 있었다. 집안에도 인공 못을 만들어 물소리를 내고 있었다. 조금 어색한 만남이었다. 오다가다 잠깐 만난 인연이었으니 말이다. 인사를 나누고 하룻밤을 지낼 방을 정해주었고 저녁은 조금 기다려야 한다고 했다. 마라톤대회를 마치고 샤워도 못 하고 다시 먼 길을 왔으니 몸도 마음도 부산스러웠지만 목적지에 도착했다는 안도감도 있었다. 방으로 돌아와 몸을 씻고 저녁을 먹으러 올라갔다. 밖은 어두워지고 별이 돋아나기 시작했다. 된장국만으로도 저녁은 소박했지만 감사한 마음이었다.

우연히 버스 안에서 만난 지 한 달이 지났고 나름 여러 생각을 했을 것이고 곁에 있는 누군가에게 그 고민을 나누기도 했을 것이다. 다만 외부 일정으로 밖에 다녀와 피곤하다며 내일 아침에 이야기를 전해주겠다고 했다. 지방에 갈 일이 있어 아침 일찍 나갈 예정이었는데 내 사정을 들이댈 수는 없었다. 어느 한 가지는 포기해야 했다. 책을 펴들었다가 개울 길을 따라 마을을 한 바퀴 돌아오기도 했다. 이른 저녁이었지만 잠을 청했다. 개울물 소리는 희미했지만 그 물소리가 좋았다.

몸은 피곤했지만 깊은 잠은 이루지 못하고 아침이 창문을 두드리는 듯했다. 조금 귀찮았지만 옷을 입고 밖으로 나갔다. 벼를 베고 난 논에 무서리가 찾아왔다. 가을이 떠나간다는, 깊어간다는 계절의 전언이었다. 마을길을 따라 계곡을 따라 오르는 오솔길을 찾아 올라갔다. 얼마쯤 올라갔을까, 산짐승들이 후다닥 가파른 능선을 치고 올라가는 소리가 들렸다. 당연히 요즘 흔하디흔한 고라니일 거라고 생각했다. 조금 의아했던 것은 꽁지가 회백색으로 보였다는 것이었다. 산길을 조금 올라가다가 다시 내려오는데 역시 산짐승 한 마리가 앞산을 달려나간다. 멀지 않은 곳, 묘지에서 멈추었는데 자세히 보니 산양이었다. 사진으로야 익숙하지만 실제로 목격한 것은 처음이었다. 산양은 뭔가 경계의 소리를 내는 듯 익숙하지 않은 소리를 짧게 반복해서 내곤 했다. 너무나 반가웠기에 한참을 마주 서 있었다. 야생으로 살아간다는 것은 철따라 스스로 옷을 갈아입고 철따라 자연이 주는 것으로 배를 채우고 철따라 머무는 곳이 거처일 거라는 생각을 했다. 잠시 짧은 시 한수를 읊조렸다.

야생이란
야한 생을 영위한다는 말이다
철따라 스스로 옷을 갈아입고
철따라 자연이 주는 것으로 배를 채우고
철따라 머무는 곳이 거처인 거다

머리는 굴리는 것이 아닌

단순히 감각을 살피는

생존을 위한 도구일 뿐이고

사랑은 거래가 아닌 후대를 위한

치열한 선택일 뿐

오늘은 무언가를 쌓아두기 위한

날이 아니라 만족하므로 야생이다

더 가까이에서 보고 싶었지만 산양은 나를 침입자라고 생각할 것 같았다. 돌아오는 길에도 무서리가 하얗게 내렸다. 아침은 소박했고 애호박볶음이 맛있었다. 산을 넘은 햇살을 들이는 창밖으로 너른 들판이 비어가며 한가로운 아침을 맞는 듯했다. 상을 치우고 그녀의 이야기를 두드렸다.

그녀의 이야기는 돌이킬 수 없는 회한처럼, 초등학교를 마치고 중학교 입학을 앞두고부터 시작했다. 아버지는 농사일도 하고 고깃배도 있었기에 머슴을 둘 정도로 괜찮은 형편이었다.

당시 동해안에 명태는 흔해 빠진 생선이었다. 한번은 아버지가 명태잡이를 나가셨다가 납북되었던 일은 불행의 시작이었다. 물론 당시는 흔한 일이었고 돌아오지 못한 이들도 많았던 시절이었다. 다행히 아버지는 24일 만에 돌아오셨지만 심신이 피폐한 상태였다. 그때부터 가세는 급격하게 기울기 시작했다.

한국전쟁 이전 속초는 38도선 이북으로 북한 땅이었다. 당시 북한에서 내려 온 피난민들은 1950년 12월 흥남 철수 때 미군 LST(상륙함)

로 부산에 상륙했던 사람들이 대부분이다. 이들은 중공군이 격퇴되자 국군의 북진과 더불어 한 발자국이라도 고향 가까운 곳에 가려고 따라 올라가다가 정착한 사람들이 많았다. 속초 청호동이 '아바이 마을'로 상징되듯 말이다. 고향에 돌아가지 못하고 정착한 이들 피난민들은 굳센 단결력과 강인한 생활력, 진취적인 활동력으로 급속히 기반을 쌓아 갔다. 한쪽에선 바다에서 명태잡이로 생활의 기반을 다져나갔고 일부는 황무지를 개간하며 영농의 기반을 마련해나갔다. 과거 우리나라 명태 어획의 70%가 거진항에서 이뤄졌듯이 겨울이 되면 선단을 이뤄 바다로 나가 매일 만선으로 귀항했다. 부둣가에는 산봉우리처럼 명태가 쌓이고, 바닷가 덕장에는 배를 가른 명태가 한겨울을 장식했다. 겨울철의 명태잡이로 풍어를 이루던 이면에는 또 다른 아픔이 잉태되기도 했던 것이다.

조금이라도 더 많은 명태를 잡기 위해 아슬아슬하게 어로저지선을 넘나드는 생존의 싸움을 벌이다 납북되는 어민들이 부지기수였다. 한때 이 지역에서 서너 집 건너 한 집꼴로 납북을 경험하기도 했다. 철조망으로 갈려있던 뭍과는 다르게 바다는 명확한 경계선이 없었기 때문에 북한 경비정에 어민들이 피랍되는 사건이 속출하면서 숱한 비극을 낳았다. 그녀의 아버지는 돌아오시기는 했지만 당국의 조사를 피할수는 없었다. 아버지는 돌아오시자마자 경찰서로 가셨고 여러 날 만에 돌아오셨다. 조업이 어려워지고 가세는 급격히 기울기 시작했다. 아버지는 다시 바다로 나갈 수도 없었고 감시의 눈길을 피할 수도 없었다.

중학교 입학을 앞두고 있었다. 입학금은 준비했지만 같은 마을에 살던 친척이 급한 일이라며 빌려달라고 했다. 아버지는 친척의 간청을 물리치지 못했다. 이삼 일만 기다려달라고 했는데 입학금 납부일이 지나도 종무소식이었다. 후에 안 일이지만 그 친척 집에도 그녀의 또래가 있었고 그 애의 입학금을 내기 위한 것이었다. 그녀는 끝내 중학교 교복을 입을 수 없었다. 그녀의 아버지는 더 이상 바다로 나갈 수 없었고 형편이 나빠져 더 이상 그 마을에서는 살 수 없었다. 가재도구를 챙겨 설악산 울산바위가 올려다 보이는 토성으로 이사했다. 앞을 보지 못했던 아저씨네 작은 사랑채를 얻어서였다. 부모님과 자신, 동생들 셋이었으니 작은 방 하나에 흥부네 집이 다름 아니었다. 위로 언니 둘은 형편이 괜찮을 때 먼저 서울로 떠났다. 육남매 중의 셋째, 아래로 남동생만 셋이었다.

중학교 진학은 언감생심, 입을 하나라도 줄여야 했기에 열여섯 꿈 많던 소녀는 가파른 직업전선에 뛰어들어야 했다. 왜 내가 중학교에 들어갈 때쯤 집안이 그리되었는지, 당시는 원망할 대상도 없었다. 누구나 정도의 차이는 있을지언정 구불거리는 삶을 살아가는 거지만 가혹한 운명의 예고편과도 같은 것이었다.

첫 번째 직업은
버스 차장

누구의 소개도 없이 속초 시내의 버스회사를 기웃거리며 차장 일자리를 알아보았다. 혹시 또래 친구들을 만날까 봐 고개를 숙이고 피해 다녔고 교복 입고 다니는 아이들을 만나면 한없이 부러웠고 자신이 부끄러웠다. 처음 고속버스가 다니게 되면서 고속버스 차장은 요즘의 항공기 승무원선발보다 더 경쟁이 심했던 시대이니 일반버스도 마찬가지였다. 차장보조로 몸을 붙이는 것도 쉬운 일이 아니었다. 차장보조가 되어서는 누구보다 부지런하게 청소 등 궂은일을 마다하지 않고 빨빨거렸더니 배차주임이 잘 보아주었고 속초에서 시외를 다니던 버스를 탈 수 있었다.

당시 인천에 본사가 있었던 경향여객이라는 회사였다. 수도권에서 강원도를 오가는 버스 노선과 강원도 동해안권을 오가는 노선을 운행하던 회사였다. 지금처럼 냉난방이 되지 않던 시절이니 겨울이면 혹독한 추위에 시달려야 했다. 당시 버스는 호객행위가 자연스럽던 시절이었다. 운전사는 시동을 걸어둔 채 가속기 페달을 밟아 붕-붕 소리를 내며 금방이라도 출발할 듯 재촉했고 차장은 목이 터져라 경유지와 목적지를 소리소리 외쳐대야 했다. 당시 버스마다 차주가 따로 있어서 그 버스가 번 돈으로 기사와 차장 월급주고 기타 운영비를 제외하고 남은 돈이 차주가 갖는 수입구조였다. 대부분 차주들은 기사와 차장에게 인센티브를 주었던 시절이었으니 더 그랬다.

배차 시간을 지키면서 다음 차가 도착할 때까지 정거장에 머물면서 한 사람이라도 더 태우려고 죽을힘, 사력을 다하던 시절이었다. 그러다가 종종 버스 기사끼리 또는 차장끼리 한바탕 싸움이 붙곤 하였다.

'왜 늦게 출발하였냐'고, 또는 '배차 시간을 왜 안 지키느냐'는 이유였다. 친절은 그만두고 차장의 능력 차이가 엄연히 존재하던 시절이었다. 당시 버스에는 운전수(당시는 운전기사라는 말을 쓰지 않았다), 조수, 차장 이렇게 3명이 일을 했다. 버스의 출입문은 두 곳, 앞문에서는 차장이 돈을 받고 손님을 태웠고 뒷문에는 조수가 탔는데 조수는 짐을 싣고 내리는 것을 도와주고 운임을 받는 일을 했다. 등하교 시간이면 발 디딜 틈이 없이 사람을 가득 태웠는데 안으로 들어갈 틈이 없으면 차장은 문을 닫지 못하고 두 팔로 매달린 채 버스가 출발해야 했다. 대부분 비포장도로이니 먼지는 말할 수도 없었다. 이제 차장은 잊힌 직업명이 되었지만 차장의 한자어를 살펴볼 필요가 있던 시절이었다.

선박의 선장이나 비행기의 기장은 '긴 장(長)'자를 쓴다. 하지만 버스의 차장은 '손바닥 장(掌)'자를 쓴다는 것이다. 그런 이유인지는 모르지만 차장의 손바닥은 중요한 노동의 도구였다. 버스 차장이 출입문 위쪽 벽을 손바닥으로 '탕!' 한 번 치면 멈추라는 신호요, '탕탕!' 두 번 치면 출발하라는 신호였기 때문이다.

운전수가 커브를 돌 때 한 번 씩 웃고는 회전 각도를 크게 해서 커브를 돌면 비명소리가 나면서 버스의 승객들이 안으로 쏠려 들어갔다. 그래야 문을 닫을 수 있던 시절이었다. 너무 힘들어 문에 기대어 꾸벅꾸벅 졸기도 했다.

펑크가 나거나 하는 고장이 나면 차를 세우고 조수가 직접 차를 고쳤다. 때로는 가마니를 깔고 차 밑에 들어가서 차를 고치기도 했고 겨울에는 깡통을 들고 개울로 뛰어가 얼음을 깨고 물을 떠오기도 했다. 조수가 차를 고치는 속도가 늦으면 운전수가 문을 열고 내다보며 소리를 지르며 독촉을 했고 어떤 때는 손님들도 많은 것도 아랑곳없이 욕설을 퍼붓기도 했다. 성질이 좋지 않은 기사는 구둣발로 조수의 다리를 걷어차기도 했다. 그런 날 조수의 옷은 기름때에 절어 완전히 기름통을 뒤집어쓴 모습이었다.

억척스럽게 일했다. 꼭두새벽 네 시 반에 일어나 언 손을 비비며 속초를 출발하여 진부령을 넘을 때면 손발은 물론 온몸이 꽁꽁 얼었다. 난방이 되지 않았기 때문이다. 그래도 운전수 아저씨는 틈틈이 그녀를 불러 운전석 옆 엔진 카바에 몸을 녹이도록 배려해주곤 했다.

당시 월급이 삼만 원 정도였다. 월급을 받으면 집으로 달려갔다. 동생들 학용품이며 일상용품을 챙겨 마을 입구에 들어서면서 동생들 이름을 부르곤 했다. 어린 소녀가 감당하기엔 거친 세상이었지만 월급을 받아들고 집으로 가는 시간은 지금 생각해도 참 행복한 시간이었다. 적은 월급도 그나마 동생들 학비며 용돈으로 요긴했다. 어머니는 안쓰러운 마음을 감추시고 그녀를 대견스럽게 생각하시곤 했다. 아버지는 술과 담배도 좋아하셨는데 그도 꼭 챙겨가곤 했다. 고된 노동일로 옷음을 잃었던 아버지의 얼굴이 잠시 펴지던 순간이기도 했다. 막내딸이 최고라 하시면서 동네 어른들에게 자랑도 펼쳐내곤 하셨다.

집안 형편은 쉽게 펴지지 않았다. 부모님은 이른 새벽부터 밤늦게까지 주인이 없는 땅을 개간하셨다. 수복지역이었기에 산비탈의 척박한 땅은 그런 곳이 있었다. 숫제 자갈밭이었다. 동네 사람들이 어림없는 짓이라고 손가락질하며 수군거리기도 했다.

그전에 이곳으로 이사 오면서 남겨둔 돈으로 땅을 구했지만 백부께서는 다시 팔아버리고 본 주인이 북한으로 넘어가 빈 땅을 일구라고 조언하셨다. 그렇게 그 땅에 매달리게 된 것이다. 그랬던 땅이었는데, 몇 번이나 폭우가 쓸어간 땅을 다시 복구하여 옥토로 일군 땅이었다. 호사다마라던가. 마을에서 힘 좀 쓰던 자가 땅 주인이라고 나타났던 것이다. 그 자가 등기 등의 행정적인 처리를 한 다음이었을 것이다. 일자무식이었던 아버지는 누구에게 하소연도 못하고 무참히 땅을 빼앗겼던 것이다.

한두 달에 한 번 집에 다니러 가면 굶주린 배를 움켜쥐고 손으로 돌들을 일일이 주워내고 나무를 베고 뿌리를 캐내며 일하는 모습을 보며 힘든 사정은 말할 수도 표정도 내비칠 수 없었다. 부모님은 말할 것도 없이 나이 어린 동생들까지 손발이 상처투성이였다. 제대로 먹지 못해 얼굴은 마른버짐이 피고 찍어 바른 약도 없으니 그저 헝겊으로 감아놓기만 했고 상처의 붓기는 쉽게 빠지지도 않았다. 장마철 폭우가 내리면 씨 뿌려 가꾼 농작물이 한 번에 떠내려간 것은 말할 것도 없고 논밭도 엉망이 되고 말았다. 망연자실 장비 하나를 쓰지 못하고 손발로만 다시 농토로 복구시켜 놓았던 곳이다. 그 후에도 폭우에 유실된 땅을 두 번이나, 훗날 그런데 그렇게 억척스럽게 일군 땅이 남의 것이 되었으니 참으로 억울하기가 한도 끝도 없는 일이었다. 아버지는 억척스럽게 일만 하셨지 행정적인 처리를 하지 않으셨고 마을의 유지라는 자가 그 땅을 차지해버렸던 것이다. 아버지는 그 일로 화병이 나셨고 돌아가셨다. 그 악마 같은 자에게 장문의 호소문 같은 편지를 썼지만 끝내 부치지는 못했다.

그렇게 잃어버린 땅에는 부모님과 동생들의 체취가 남아있는 집이 있고 억울함을 풀어내지 못하고 돌아가신 산소와 심지어 가재도구까지 그대로 있었는데 묘까지 파가라고 몰아가고 있었다. 어머니는 어쩔 수 없이 그 집을 떠나 남동생 집에 가 있었고 하늘도 야속하게 교통사고로 올케와 같이 교통사고로 돌아가셨다. 화병으로 시달리다 아버지를 먼저 보내고 종내에는 집을 떠나야 했고 망연하게 돌아가셔서도 어머니의 피와 땀이 밴 그 땅에 묻히지도 못하신 것이다. 그 억울함을 풀기 위하여 백방으로 뛰어다녔지만 정의는 선하고 약한 자의 몫이 아닌 듯 세월만 무심히 흘러갔다.

늦가을 그늘을 거둔 나무 사이로 매달린 말벌집을 보고 그녀의 마음처럼 시를 지었다.

나무속을 갉아 종이를 펼치듯
작은 입으로 물어 올린 목질을
침으로 뭉개 층층이 육아방을
들였더니 나뭇잎 그늘 지운 날
덩그러니 집 하나 매달아놓고

다들 떠나버렸다
여왕벌만 그루터기 속 은신
후대를 도모할 뿐

말벌들이 애써 꿀을 모으지
않는 건 훔쳐 먹는
재미가 있었던 거다
훔친 꿀을 먹인 독침은
일격으로 치명이었으니
꽃에서 딴 꿀은 소용이 없었다
세상이 그랬다
무엇이든 훔쳐먹는 재미가
들린 자들은 독침을 꼭
가지게 되었던 거다

교복을 입은 내 또래들을 보며 속울음을 삼킨 적이 한두 번이 아니었던 시절, 글쓰기에 취미가 있었고 작가가 되고 싶다는 꿈을 꾸기도 했는데 잠시라도 옆을 돌아볼 여유도 없었다. 3년쯤 속초에서 일을 하고 우연하게 일터를 바꾸게 되었다. 왠지 그곳을 떠나고 싶었다. 일하면서 만난 동료들이 포항 이야기를 했다. 1965년 12월 그렇게 낯선 포항 땅으로 내려왔다. 친구는 물론 아는 이도 하나 없었다. 역시 소개도 없이 당시 한일운수회사를 찾아가 사정했다. 배차주임인 듯 사정을 들어주었다. 이력서를 보자고 했다. 배차주임은 당연히 이력서 정도는 준비하고 왔을 거라고 생각했을 것이다. 국졸인 학력으로 들이미니 그는 '아가씨가 배짱도 좋다'면서 같이 일하자고 했다. 낯선 곳에서 처자의 몸으로 부대끼며 생활을 해나가는 수밖에 없었다.

멍에

당시는 이십대 중반이 넘어서면 노처녀 축에 속하던 시절이었다. 결혼할 대상으로 남자를 만나지 않은 것은 아니지만 상처를 가져야 했고 혼자 살았으면 싶다는 생각을 하기도 했다. 그러다가 고속버스 기사를 하던 한 남자를 만났다. 처음으로 결혼을 생각했다. 임신한 상태였으니 당시 정서로는 어쩔 수가 없는 일이었다. 그러나 중학교 입학을 앞두고 꼬인 그녀의 인생은 다시 늪 속으로 빠져들고 있었다.

어색한 절차처럼 양가 부모들 간의 상견례 자리에서도 갈등이 노출되었다. 결혼식을 하고 시댁에 오니 시동생이 다섯이었고 다섯 살 난 여자아이도 있었다. 그 여자아이는 남편의 아이였다. 남편이 어떤 처자와 동거를 하고 아이를 낳았는데 둘을 떼어놓기 위하여 시모가 갓 백일이 지난 아이를 강제로 데리고 왔다고 했다. 아이를 데려오면서 강제로 갈라놓은 것이다. 어처구니없는 일이었다. 그렇다고 집을 나갈 수도 없었다. 그런 시절이었다.

결혼하고는 거창읍내에서 양품점을 했다. 눈썰미가 있었기에 서울에서 물건을 해오면 바로바로 팔려나갔다. 그렇게 벌어드리는 돈은 시모가 다 챙겨갔다. 시누이는 자신이 입던 옷도, 심지어는 속옷까지도 말도 안 하고 마음대로 가져다 입었다. 누구한테 하소연할 수도 없는 기막힌 일이었다. 시동생이 대학에 들어갈 때는 시집올 때 해온 반지를 팔아 입학금을 대주었는데 교사 발령을 받고 식구들대로 선물을 챙겨왔는데 그녀의 것은 없었다. 그녀가 번 돈으로 집도 사고 했는데 그녀는 따로 주머니를 찰 줄도 몰랐다. 시고모며 큰댁이 멀지 않은 곳에 살았는데 시집과는 교류가 없었지만 그분들은 나를 안쓰러워하시곤 했고 그것도 미움의 이유로 보태졌다.

한번은 무당을 불러 굿을 한 적도 있었다. 대나무가 나의 손에 들려 있었는데 대나무가 갈라져 부서지도록 시모를 내리쳐야 했다. 나의 본심이 내 의지가 아닌 것처럼 그때 그녀는 귀신의 존재를 알게 되었다. 무당이 시모에게 소리쳤다. "도대체 며느리에게 얼마나 구박을 했으면 그런 거냐"고 비난했다. 더 이상 시집살이를 할 자신이 없었지만 친정 부모들은 당시의 정서로 일부종사를 말씀하셨으니 어쩔 수도 없었다. 친정에라도 다녀오고 싶어도 시모는 말도 꺼내지 못하게 했다. 내가 번 돈을 다 가져갔지만 주변머리가 없어 내 돈을 챙겨놓지도 못했던 것이다. 도저히 견딜 수가 없어 꾀를 냈다.

"돈을 벌러 가겠다."고 했을 때 2만 원을 주었다. 배가 아파 낳은 자식이 백일도 지나지 않았을 때였다. 지금도 회한이 남지만 젖도 물려보지 못했으니 어미의 역할도 제대로 하지 못했다. 아이는 시댁에 두고 나왔다. 그 돈으로 대전으로 왔다. 아는 사람도 없고 나이도 있으니 어린 시절처럼 버스회사에 찾아갈 용기도 없었다. 직업소개소를 찾아갔다. 삼십대에 쉽게 구할 수 있는 일자리는 다방이었다. 다행히 주인 부부가 부모님처럼 자상하게 챙겨주었다. 사내들의 추근거림이야 피할 수 없는 것이었지만 분명한 한계를 만드니 다들 그렇게 인정해주었다.

어떻게 알았는지 신랑이 찾아온 적이 있었다. "다시 집으로 돌아가자."고 사정하듯 매달렸지만 냉정하게 뿌리쳤다. 그렇게 세월이 흘러 그녀가 시집을 한 번 찾아간 적이 있었다. 신랑은 저세상 사람이 되었고 큰딸이라고 해야 하나, 그 애가 서럽게 울었다. 딸을 데리고 올라왔다. 어미의 연민이 아무 없지는 않았지만 정이 없었으니 그러 그랬다. 친딸애도 어미 취급을 안 했다. 어미 사랑을 못 받은 이유인지 담배도 피우는 듯했다. 그녀의 잘못인 듯 괴로워야 했다. 큰딸은 후에 찾아오기도 했는데 친딸보다 붙임성이 더 했고 결혼도 해서 사위도 그랬는데 교통사고로 안타까운 소식을 들어야 했다. 나의 부덕이기도 하지만 남편 복이 없으니 자식 복도 없는 셈이었다.

이곳 저곳을 흘러 김삿갓이 어린 시절을 보냈다는 영월 땅까지 흘러들었다. 한 남자가 그녀에게 정을 주었다. 외로웠으니 그 사내에게 끌렸다. 후에 안 것이지만 사내는 유부남이었다. 그의 아내도 그녀의 존재를 알았지만 어떤 이유였던지 적대시하지 않았고 동거를 시작했다.

남자의 근무처가 광양으로 가게 되면서 같이 내려가 그곳에서 식당을 했다. 식당은 그런대로 유지되었지만 다시 남자의 근무처가 바뀌었으니 그곳에 정착하는 것도 어려움이 있었다.

친정 언니네가 양봉을 했는데 형부가 그녀에게 양봉을 배워보라고 했다. 나이 마흔여섯에 운전면허에 도전했다. 어렵사리 세 번 만에야 합격하고 식당을 정리하고 제주로 갔다. 언니의 소개가 있었다. 한라산 중산간 지역에 천막을 치고 본격적인 양봉 실습생이 되었다. 익숙하지 않은 천막생활은 고역이었다. 그곳에서 처음 일기를 쓰기 시작했다. 소녀 시절 문학을 하고 싶던 꿈 많은 소녀였는데 일기 쓰는 것도 쉽지가 않았고 틈틈이 썼던 글들은 빼앗기다시피 없어진 후에는 말할 것도 없었다. 그녀의 일기 처음 시작을 옮겨본다.

5월 2일 맑음

햇살이 따가운 오월, 여기 제주 가시리에 내려온 지도 벌써 보름이 지났다. 산새들 지저귀고 아리랑이 피어오르는 들녘은 꽃향기가 가득하다. 산중에서의 밤이 날마다 막막했지만 벌써 그렇게 시간이 지난 것이다. 양봉을 배운다고 먼 제주 땅, 인적도 없는 산골에 들어와 이제 적막한 생활도 조금씩 적응이 되어가는 듯싶다. 마흔일곱의 생일을 여기 산중에서 보냈다.

낯선 이곳은 먼 타국에 와 있는 느낌이다. 여행으로 온 것이 아니었지만 이곳에 와서 서귀포까지 갔고 천지연폭포에도 들렀다. 정말 신비스러울 정도로 아름다운 곳이다. 싱그러운 초목과 바다의 절경, 내가 좋아하는 그런 풍경들. 섬 아낙의 억양이며 모든 것이 낯설기만 하였지만 그래도 마음은 지난날을 회상 안 할 수 없으리만큼 내 마음은 착잡하기도 하였다. 부모님 생각이 나 자꾸 나의 마음을 무겁게 하고 있었던 것이다. 살아생전 이런 멋진 구경 한 번 시켜드리지 못한 이 못난 여식, 얼마나 마음이 아팠는지. 인간의 마음은 다 이렇게 간사한 것인지 모른다. 폭포의 물소리를 굳

세게 퍼부어대는데 많은 사람들은 구경도 좋지만 그 물줄기의 세찬 기운은 아랑곳없고 구경 온 사람들은 촬영만 하느라 부산스럽기만 했다.

가리산의
눈 먼 벌치기

혼자 산속에서 있어야 하는 날도 있었다. 벌들을 돌보며 단 한 권, 챙겨온 책을 읽기도 했다. '가리산의 눈 먼 벌치기'였다. 눈 먼 벌치기 이야기는 그녀의 신산한 삶을 지탱해주는 바람이고 햇살이었다.

강원도 깊은 산중에서의 어린 시절은 척박하고 가난한 삶일지라도 비교할 대상이 적었기에 아무것도 아닌 것이었다. 어려서 눈병을 앓고 제대로 치료를 받지 못한 소년은 눈을 뜰 수 없게 되고 엄마는 네 살적 돌아가셨다. 그의 불행은 거기서 그치지 않는다. 벌목 일을 하던 아버지가 쓰러지는 나무를 피하지 못하고 두 다리를 잃게 되면서 불행은 이어진다. 아버지는 아들의 눈이 되고 아들은 아버지의 다리가 되어 살아간다. 한두 번이 아니었을 것이다. 구차한 생을 포기하고 싶은 마음, 절박한 마음으로 절벽 끝으로 다가서지만 얼굴도 기억나지 않는 엄마의 음성을 듣고 돌아서게 된다. 돌아오는 길에 넘어지면서 잡은 나무통을 파게 되면서 벌을 키울 생각을 하게 된다. 마을 어른에게 사정하여 벌 키우는 법을 배우고 벌통을 늘려간다. 벌을 키우면서 그는 생의 의미를 찾는 듯했지만 그 아버지는 삶의 종점을 내다보고 있었다. 자신이 죽으면 산 중에서 혼자 살아가게 될 불쌍한 아들을 생각하며 아비의 당부를 전한다.

"무엇보다 마음을 깨끗이 해야 할 것이고 잡된 마음을 품으면 안 된단다. 벌은 영물이라 너의 뜻을 따라 주지 않을 것이다. 또 무슨 일이든 정성을 다해 대하거라. 해치고자 하는 마음이 없으면 독사를 만지더라도 결코 해롭지 않을 것이다. 명심하거라, 겉으로 그런 척해서는 아니 되고 우러나는 마음으로 그렇게 해야 하느니라. 아는 것만으로 아니 되니 일찍 세상 떠난 네 어미와 내 앞에서 그리 살겠다고 맹세하거라."

어느 날 시장에 갔다가 그는 한줄기 빛과 같은 소리를 듣는다. 병원에 가면 세상을 볼 수도 있다는 이야기였다. 그는 병원에서 검사를 받았고 의사는 수술비 이백만 원이 필요하다고 했다. 그는 악착같이 돈을 모았다. 수술비가 다 모아졌을 무렵 아버지가 돌아가셨다. 그는 수술비로 모아둔 돈으로 아버지 장례를 치른다. 후에 돈을 모아 3년 후에 다시 병원을 찾아갔지만 그 사이 그의 시신경은 죽었고 끝내 세상을 볼 수 없었다.

벌 키우는 법을 배우고 일부러 불러 모을 수 없는 벌이기에 자연히 들기를 바랐을 뿐이었다. 자신과 함께 살기를 염원하며 한 통 두 통 늘려간 벌이 수십 통으로 늘어났다. 산중에서의 외로움이야 피할 수 없는 것이었지만 윙윙 날갯짓 소리만 들어도 세상이 온통 그의 것처럼 좋았을 것이다. 꿀을 팔면서는 보지 못하는 그를 농락하듯 종이로 가짜 돈을 건네거나 숱한 사람들도 있었지만 그것은 지나면 그만이었다. 그는 신체적인 약점을 극복하듯 그만이 할 수 있는 독특한 소통방법으로 벌과 한 식구가 되어갔다.

왼손으로 벌통 위를 잡고 약간 밀면 아래가 들리며 틈이 생기는데 그 틈으로 손을 집어넣으면 손끝에 벌들이 달려든다. 그때 벌의 상태를 정확하게 알아내는 법을 익힌 것이다. 분봉의 기운이 있는지 없는지, 벌들이 먹는 밥이 모자라지는 않은지, 세력이 강한지 약한지 정확하게 판단해야 그에 따라 필요한 조치를 할 수 있는 그만의 비법을 체득하게 된 것이다. 벌통에 손을 넣는 횟수가 잦아지면서 벌들과 한마음 한 식구가 되어간 것이다. 그는 벌들의 행동을 손으로 읽어내어 상태와 표정을 읽어내는 지경에까지 이른다. 가령 손가락에 붙은 채 빠른 날갯짓을 하거나 까끌거리는 다리로 손가락을 막 긁는 시늉을 하는 것은 반갑다는 표시이고 열심히 꿀을 물어올 때는 날개 소리가 대단히 무겁고 바쁜 듯하며 먹이가 부족할 때는 가볍고 흥분된 듯한 것이다. 적이 침입했을 때는 매우 거친 행동을 보이는 것 등.

처음 얼마 동안은 통 안에 손을 넣었다가 벌에게 수없이 쏘였다. 벌들은 자신의 집으로 무엇인가가 들어오면 무조건 적으로 여긴다. 적이 들어오면 제일 먼저 발견한 벌이 다른 벌에게 알리면 주위에 모든 벌들이 공격한다. 이때 급하게 손을 빼면 절대 안 된다는 것이다. 그러면 통 안의 벌들이 떼거리로 몰려나와 더 자유롭게 공격한다. 그는 벌들에게 종처럼 따르고 정성을 다했다. 가슴으로 나누는 이야기들.

'오늘도 열심히 하셨네요, 고마워유.', 아유 이 집은 부자네유, 언제

이렇게 곳간에 가득히 채웠지유? 알뜰도 하시어라, 그럼 다음에 또 봐유.', '참 또 살림을 날 작정 인감유? 살림만 자꾸 쪼개 갈라져 나간다고 좋은 게 아니어유. 세력을 키워야지유. 언제 나를 속이고 왕대를 달아 처녀왕을 새로 세웠지유?' 그것은 분봉을 해나갈 가능성이 있다는 표시다. 토종벌은 이미 깨어 나온 처녀왕을 찾기가 매우 힘들었다. 그래서 분봉이 되어 나올 때나 되어 나온 다음에 왕을 바로잡아 주어야 한다. 그건 다른 사람에게 부탁을 해야 하므로 매우 번거로운 일이었다.

아버지를 여의고 볼 수도 없으면서 벌 치는 사내의 이야기는 세상으로 전해지고 방송으로 퍼져나가게 된다. 가난한 집에서 태어나 소아마비로 다리가 불편했던, 그녀 자신도 세상으로부터 소외되어야 했던 미장원 일을 하던 처자의 귀에도 운명처럼 흘러들게 된다. 그녀는 그의 눈이 되어주겠다는 돌처럼 단단한 결심을 하고 그 산중으로 찾아든다.

그것은 마치 인간들이 이루거나 만들 수 없는 축복인 듯했다. 고단한 산골 살림살이, 그치만 그곳은 천국이었다. 그러나 천국은 어느 곳이나 존재하지 않는 공간인 것처럼 셋째를 낳으면서 과다출혈로 세상을 떠나게 된다. 그녀는 운명을 예감한 듯, 그에게 아이들을 고아원에 보내지 말 것을 부탁한다. 그녀가 했던 또 다른 말.

"우리는 부자예요. 생각해 보세요. 집도 있고 땅도 있고 무엇보다 엄청나게 큰 산이 있잖아요. 산에 나는 게 모두 우리 것인데 누가 우리만큼 부자일 수 있겠어요?"라는 말을 남겨두고 떠났지만 보이지 않는 눈으로 세 아이를 키우는 것은 어찌할 것인가? 그러면서 벌들도 집을 나가기 시작하고.

그가 아버지 유언대로 살아 잡된 마음을 품고 살만한 겨를도 없었고 마음이 천사처럼 깨끗한 그에게 닥친 기구한 운명은 이 세상에 살면서 겪고 살아야만 되는 일인지 싶었다. 세상천지에 눈 먼 벌치기처럼 기구한 운명은 없을 거라고 생각하면서 그녀는 위안을 받기도 했고 벌과 함께 살아갈 세상에 대한 기대와 간접체험이었다.

벌들에 대해 알아가는 것은 새로운 세상처럼 그녀의 손끝과 기억에 모이기 시작했다. 일벌의 평균 수명은 노는 날이 대부분인 늦은 가을에서 이듬해 봄까지는 삼 개월 이상 오 개월까지 살아간다. 세대가 계속 이어지니 보통 사람은 알 수 없는 것이었다. 그랬는데 꽃피는 봄날이 되면 사십여 일 안팎으로 급격히 줄어든다. 아침부터 저녁까지 꽃을 찾아다니고 저녁에는 낮에 물어온 꿀을 예순 번 이상 씹었다가 뱉어내서 꿀을 만드는 고된 노동을 반복하는 동안 수명이 째깍째깍 타들어가는 것이다. 겨우내 먹고 살겠다고, 아니 후손을 먹여 살리겠다고 그렇게 수명 단축까지 감수해가며 저장해둔 그들의 값진 먹을거리를 인간은 착취하듯 꺼내어 먹고 대신 값싼 설탕을 내준다. 그런 면에서 인간은 야비한 듯하지만 세상은 어쩔 수 없이 그런 것이라고 생각했다. 그래도 다른 짐승들처럼 목숨을 거두어 뼈와 살을 먹는 건 아니니 그녀는 그나마 다행이라고 생각했다. 벌은 성질이 특이해서 아침에 나가서 처음 만난 꽃을 그날 하루 내내 찾아다닌다. 때문에 아카시아꽃이 한창 필 무렵이면 다른 꽃은 전혀 관심을 두지 않는다는 것이다.

벌들의 그러한 생태는 인간의 편에서 현실적이랄 수도 있다는 생각도. 인간이 빼앗아간 자신들의 먹을거리에 미련을 갖는 대신 설탕을 받아들이는 것이다. 도움이 되지 않는다면 가차 없이 내치지만 가짜라도 그것을 받아들인다. 설탕이 부족하면 심지어 다른 벌통의 것을 훔쳐오기도 하는 것이다. 벌들은 작은 연민을 가지지 않는 듯했다. 같이 일하던 동료가 병이 들어 휘청거리면 두 번 살펴볼 필요도 없다는 듯 물어서 밖으로 내다버린다. 버려진 녀석이 안간힘을 다해 집으로 들어가고자 하면 문지기들이 달려들어 숨통을 끊어 버린다.

오월이면 분봉할 계절이다. 벌떼들이 나와서 모여 있었지만 아니었다. 그 이유를 저녁에서야 알 수 있었다. 여왕벌은 평생에 걸쳐 단 한 번 교미를 하고 수백 수천만 개의 알을 낳는다. 정자를 뱃속에 넣고 다니면서 끝없이 복제 활용을 하는데 길게는 오 년을 넘기도 한다. 그러나 삼 년을 넘어서면 체력이 저하되면서 산란율이 떨어진다. 생산력이 떨어진 여왕은 더 이상 일벌들이 먹여 살려야 할 지존이 아닌 것이다. 일벌들은 받들었던 왕을 폐하고 새로운 왕을 추대하게 되는 것이다. 이 과정에서 날렵한 왕은 몇몇 추종자를 데리고 분봉을 나가기도 하지만, 민첩하지 못한 여왕은 일벌들에 의해 잔혹한 죽임을 당한다. 그야말로 벌떼처럼 달려들어 왕의 신체 여기저기를 물어뜯고 올라타서 짓눌러댄다. 지금까지의 공로는 인정받지 못하고 철저하게 현실적인 것이 벌들의 세상인 것이다. 그러니 그러한 조직적인 단체생활이 영위될 수 있는 것이리라. 여왕벌은 일벌들에게 날개를 잘려 나가지 못하고 그냥 주저앉았기에 분봉을 이룰 수 없었던 것이다.

흐르는 강물처럼

그녀는 그렇게 벌들의 생태를 알아가기 시작했다. 뭔가 치밀한 수를 꾸리고 살아가는 것처럼. 비가 내리는 날은 처량하기도 하였다. 한창 꿀을 따야 할 벌들은 움직이지 못하고 사람들도 마찬가지였다. 천막 속에서 하루를 보내는 것이 따분하고 지루한 시간이었으니 뭍으로 나가고 싶다는 마음뿐이었다. 맑은 시냇물처럼 지저귀던 새소리도 들리지 않고. 어둠이 깃들어서야 남자들이 돌아왔다. 맨밥이다시피 찬 없는 식사를 차려야 하는 것도 마찬가지였다. 그렇게 한 달간의 실습과정처럼 고된 시간이 지나고 벌통을 가지고 뭍으로 가게 되었다. 완도까지 배로 이동하여 경북 선산까지 이동하는 먼 거리였다. 완도에서 잠시 벌들을 쉬게 하려고 했는데 한꺼번에 너무 많은 벌을 몰아넣어서였는지 두 통의 벌들이 전부 죽어있었다.

다시 밤이 다 지나도록 차를 달려 선산에 도착하였고 벌들을 내리고 정리하고 때까지 챙겨 먹어야 하니 하루가 너무 길고 너무 힘들었다. 이곳에 와서야 분봉하는 것도 보았다. 그렇게 그 남자와 벌을 치며 살았다.

고향은 다시 돌아가고 싶지 않은 곳이었고 형부가 아는 곳이라며 양구를 추천해주었다. 양구는 한반도의 중앙이면서 휴전선이 지나는 곳으로 청정지역이었다. 겨울이 긴 것이 흠이었지만 질 좋은 꿀을 따기 위해서는 천혜의 고장이었다. 그렇게 자리를 잡아갔고 땅을 사고 집을 지었다. 그 남자는 남편이 아니었기에 다시 집으로 돌아갈 것을 권했다. 그와 함께한 세월이 칠 년이었나 팔 년이었나, 오다가다 만난 것처럼 그렇게 헤어졌다. 그는 돌아가면서 알뜰하게도 자신의 몫을 챙겨갔다. 미련한 미련이라도 거두어 가야 할 것처럼. 사내들은 다 그런 것인가 생각했다.

결국 다시 혼자가 된 것이다. 외로움은 문제가 아니었지만 일손도 딸리고 누군가 곁에 있었으면 하는 마음이었다. 먼 동생뻘이었다. 늦게 가정을 이룬 그들과 손을 합쳤다. 그들은 잘 생활해나가는가 싶었는데 인간의 욕심은 여지없이 그녀를 괴롭혔다. 나를 이 공간에서 내쫓기라도 하려는 듯 치매에 걸렸으니 하면서 그녀를 몰아갔다. 기가 막힐 일이었다. 형편이 어려워 도와주려는 마음도 없지 않았는데, 내치려는 음모를 꾸미다니. 세상이 다 그런 것은 아닐 것이다. 사람으로 생긴 상처는 치유되지 않고 오래 남는다.

그네들에게 이제 나가라고 했다. 그 남자처럼 돌아선다 해도 남남도 아닌데 참 곤혹스런 일이었지만 그쯤에서 정리해야 했다. 대신 민박집을 열었다. 금강산 쪽에서 발원한 수입천이 바로 곁에서 흐르고 방에서 보이는 전망도 좋으니 그런대로 손님들이 다녀갔다.

그녀의 나이 예순 살 즈음에 쓴 글을 다시 옮겨본다.

또 한 해가 지나는가 보다.

내 나이 벌써 60살, 언제 그렇게 세월이 지나갔을까?

그동안 나는 무엇을 위해 살았을까?

무던히도 살려고 악착같이 발버둥 치며 살았던 것 같은데

문득 뒤돌아보면 세월의 무상함이 허무하기만 하다.

꿈처럼 하고 싶던 것들도 참 많았는데, 한 번도 내 꿈을

현실로 옮겨보지 못하고 시류에 흔들리며 살아온 세월이었으니.

이제 나이 60에 무엇을 할까?

한 시절은 다 지나갔지만 꿈 많던 그 시절은 돌아오지 않는데

이마에 주름과 흰머리만 늘어 가는데 아! 아! 세월아 무엇을 했는고

서럽고 야릇한 이 세상에 그 야무진 꿈들은 다 어디에 갔는고.

푸르고 푸르던 그 시절 이제는 앙상한 가지만 남은 나무처럼

이제야 지난날의 일들을 돌아다보면 시를 쓰고

문학을 하고 싶었던 마음에 절로 아련해진다.

매일 매일 한 자라도 적어야 한다고 했는데 오늘에서야 펜을 들고

이렇게 적고 보니 나의 마음도 이제 늙는구나 생각한다.

그녀는 이제 자연인으로 벌을 키우며 살아간다. 철따라 꽃이 피고 지는 넓은 개울을 옆에다 두고 계절이 지나가는 들판은 앞에다 두고 원하는 이들과 그 풍경을 나누면서 살아간다. 그녀가 살아오면서 피할 수 없었던 숙명과 여러 선택들, 세월 속에 묻어가버린 숱한 애환과 굴곡진 삶을 살아오면서 그녀는 마침내 자유를 얻었다. 자연인의 또 다른 이름은 자유인이다.

찌아찌아 한글 선생님

정덕영

세종로는 대한민국의 상징적인 공간, 수도 서울의 중심가이다. '경성'에서 '서울'로 이름이 바뀐 건 해방 이후였다. 새 이름을 얻은 수도의 중심가 일부 구간에 '세종로', '충무로', '퇴계로'와 같은 역사적 위인의 호를 인용한 도로명이 붙여졌다. 그중에서도 세종로는 경복궁, 정부청사 등 단연 중심이다. 한 나라의 가장 상징적인 공간에 '세종', 그 이름을 가져온 것은 이 땅에서 가장 중심이고 상징적인 위인이라는 의미이기도 했을 것이다.

한편 인천 영종도에 신공항이 만들어지면서 그 이름 때문에 논란이 된 적이 있었다. 1992년 당시 교통부에서 새 공항 이름을 공모한 결과, 586종, 1644건이 접수되었는데 1위 '세종', 2위 '서울', 3위 '아리랑', 8위가 '인천'이었다. 그 결과를 가지고 그해 9월에 열린 '명칭심사위원회'에서 '세종'으로 정한 뒤 문화부 등의 동의를 얻어 신문에 공고했으나 인천시민이 반대한다고 결정을 미루었다. 그 뒤 김영삼 정부가 지방자치단체장 선거와 15대 국회의원 선거 때, 이 지역 후보자의 공약사항이었다며, 이름을 '인천국제공항'으로 결정했다. 정치적인 판단의 산물이었을 것이다.

그러나 행정수도 이전이 추진되면서는 당연스럽게 '세종', 그 이름이 붙여졌다. 그렇듯 대한민국에서 세종대왕은 또 다른 누구와 비교될 수 없는 우뚝한 존재이다. 세종로에 세종문화회관은 있지만 대왕의 동상은 없었다. 동상이 없다는 의구심은 대신 장검을 쥔 충무공의 동상이 근엄한 모습으로 어딘가를 응시하고 있었기 때문이랄 수 있다.

세종로에는 중앙분리대처럼 은행나무들이 서 있었다. 그 은행나무들은 현대사의 영욕을 목격했고, 철따라 잎을 피우고, 짙은 푸름과 노란 단풍으로 그 자리를 지키다가 파헤쳐져 뿔뿔이 흩어져야 했다. 그 자리에 섬처럼 광장이 올라서고 대왕의 금빛 용상이 마련된 것이 2009년이었다. 진즉 모셨어야 했을 것을 미루다가 겨우 모신다는 것이 마치 공간을 채워놓듯 안정감도 없었고 백성을 지극히 사랑했던 자애로움 또한 멀리 있었다.

광장도 마찬가지였다. 광장은 저마다가 객체로 존재하면서 하나가 될 수도 있고, 또 그렇게 되어야 하는 공간이다. 그래서 광장은 가슴이 열릴 수 있도록 넓은 공간을 전제로 한다. 객체로 존재하면서 하나가 되는 소통을 이룰 수 있는 공간, 그리 되기 위해서는 비워질 수 있도록 결코 수다스럽거나 화려하지 않은 사막과 같은 공간이어야 한다. 한갓 조형물처럼 광장도 역시 당시 권력을 가진 자들의 얕은 생각이나 횡포의 산물이었다.

한시도 들이마시지 않으면 살 수 없는 공기의 고마움을 체감할 수 없듯이 한시도 멈출 수 없는 말과 글의 고마움도 마찬가지다. 아무런 노력도 없이 처음부터 우리에게 있었던 것으로 생각하고 있는 것은 아닐까? 한글날이 다시 공휴일로 돌아왔지만 우리 글에 대한 고마움은 생각하지 못하고 단지 하루 쉬는 날로 달력에 표시되어 스치는 것은 아닐지…….

역사시대라는 표현은 잘 쓰지 않지만 대비되는 개념의 선사시대라는 표현은 사용한다. 선사시대는 말 그대로 문자를 통해 역사가 기록되기 이전의 시기를 뜻한다. 문자로 된 자료가 없다는 것은 그만큼 당시 사람들이 어떤 생각을 하고 있었는지를 파악하기가 어렵다는 의미이기도 한데, 문자가 없다고 해서 구석기인의 의식을 전혀 알 수 없는 것은 아니다.

어느 지역, 어느 시대에서도 대체로 그림이 문자에 앞선다. 문자가 생기기 이전에는 그림이 문자 역할을 대신했다. 그렇듯 의사를 표현하는 수단으로 그림 글자 → 뜻글자 → 소리글자 순으로 발달해 왔다. 세계의 많은 사람들이 사용하고 있는 영어를 포함, 대부분의 유럽과 세계에서 가장 널리 쓰이는 문자인 로마자(Roman script) 혹은 라틴문자(Latin script)는 한글과 같은 소리글자이다.

세종대왕이 한글을 창제하기 전까지는 우리말을 표기하기 위하여 한자를 사용했다. 이를 이두(문자)라고 하는데, 한자의 음과 뜻을 빌려 우리말을 적은 표기법을 말한다. 예를 들면 신라시대의 처용가에서 '東京明期月良'를 '새벌발기다래'로 읽는 방법으로 쓴 것이다. 언어는 있지만 문자는 없어서 한문을 빌려 문자로 썼다. 물론 우리 언어를 표현하기에는 한계가 많았고 평생을 문맹으로 살아야 했던 하층민들은 그조차 사용할 수가 없었다. 한글은 소리 나는 대로 적는 글이다. 그러니 얼마나 사용하기 편한 것이겠는가. 예를 들면, "나는 밥을 먹었다"를 과거 한글 창제 당시는 "나는 바블 머거따"라고 적었다. 우열을 가리고 비교하는 것이 타당하진 않지만 영어와 달리 한글은 창제 과정에서부터 과학적이었다. 한글은 목구멍의 구조를 따라 과학적으로 만들어져 'ㄱ'에 한 획을 더하면 'ㅋ'이 되는 '가획원리(加劃原理)'라는 체계가 있다. 반면 로마자는 사용한 지 천 년 이상이지만, 과학적 원리가 없고 만든 사람이나 글자와 소리의 체계도 명확하지 않아 수없이 개선되어 왔으며 과학성이 아닌 '규칙'에 의해 사용되고 있다. 또한 한글이 인터넷과 컴퓨터 시대에 아주 적합하다는 것은 누구나 인정하는 사실이다. 한글은 국내는 물론 유엔과 외국의 학자들에 의해서도 우수성이 높이 평가되고 있다. 유네스코에서는 1989년부터 '세종대왕 상'을 제정, 매년 세계의 문맹률을 낮추는 데 기여한 개인과 단체에 수여하고 있다. 노벨문학상 수상자인 펄 벅 여사도 '한글은 세계 으뜸 글자다.'라고 평했다. 이 외에도 해외의 많은 학자들의 한글 예찬론을 끊임없이 펼치고 있다.

우리나라에 기독교가 전래되면서 서양 문물에 눈을 뜨게 되고 학교교육 등도 체계를 갖추는 계기가 되었다. 고종은 1886년 한국 최초의 근대식 공립교육기관인 '육영공원'을 설립하고 헐버트 등 3명의 미국인을 교사로 초빙, 신식교육을 시작한다. 한글을 배운 지 일주일 만에 깨우치게 된 서양 선교사 헐버트는 한글을 배운 후 로마자보다 훌륭한 한글이 있는데도 백성들이 어려운 중국의 한문을 쓰고 있는 것을 안타깝게 생각하여 3년 만인 1890년에 최초의 한글 세계역사지리 교과서인『사민필지(士民必知)』를 펴낸다. 『사민필지』는 서문으로 시작하여 우주, 지구, 5대륙의 지리, 산업, 정세, 종교, 나라의 특징 등을 적고 심지어 대마도가 조선의 땅이라고까지 적고 있다. 또한 그와 서양 선교사들이 한글 성경을 펴내면서 맞춤법과 띄어쓰기 등 국어문법 발전에 크게 공헌, 한글 범용의 시발점이 된다.

성경을 읽고 찬송가를 부르기 위해 교회를 중심으로 한글을 가르치고 배웠으니 기독교가 한글 교육에 최고의 공을 세웠고, 역으로 한글이 기독교 전파에 큰 역할을 했으니 한글과 기독교는 공생을 한 셈이다. 헐버트는 한국의 말과 글에 대해 최초로 체계적인 연구를 하였고 한글의 우수성 및 세종대왕의 위대성을 국제적으로 소개했으며, 한글 사용을 주창하고 독립신문 창간에도 기여했다.

청나라가 기울면서 1895년에 반포한 공문서 사용에 관한 칙령 1호에서 고종은 한글 창제 당시부터 '언문'이나 '암클'이라고 천대받던 한글을 처음으로 국문(國文)이라고 명명하고 나라글자(國字)로 인정했다. 한글로 교과서를 만든 주시경은 서재필과 함께 독립신문을 만들고 육영공원과 배재학당 교사였던 미국인 헐버트와 친교를 맺고 서양 언어학에 대한 식견을 넓혔다. 일제에 의해 나라가 망하자 주시경은 본인 이름을 '한뫼'라 짓고 딸과 아들도 우리말로 이름을 지어 주는 등 한글 사랑을 뼛속 깊이 새긴 선각자였다.

헐버트는 고종에게 영어를 가르쳤고, 주시경 선생과 함께 영어와 한글로 독립신문을 만드는 데 적극적으로 기여했다. 서양인인 헐버트는 한글의 훌륭함을 일찍이 깨달아 한글로 성경을 만들어서 선교를 했고, 조선의 선각자 주시경 선생은 우수한 글자인 한글을 널리 퍼뜨리는 데 큰 역할을 했다. 그 열매가 오늘날 국력의 신장으로 나타나고 있으며, 우리가 흔히 말하는 '한류'는 '한글'이 아니었으면 불가능했을 것이다. 세계는 지금 폭풍 같은 한류 열풍에 따라 한글에 열광하고 있다.

세종대왕이 창제한 한글은 한국 현대사에서 위정자들의 편견과 친일 인사들로 인해 갈지(之)자 횡보를 이어왔다. 1963년 당시 정부는 '이름씨, 그림씨' 같은 순 우리 한글 토박이말을 '명사, 형용사' 같은 일본식 한자말로 쓰도록 강요했고, 1964년에는 미군정 때부터 한글로만 표기된 교과서를 일제강점기처럼 한자 혼용으로 바꾸었다. 박정희 대통령 당시 이은상, 한갑수 등의 학자들이 중심이 되어 펼쳐진 한글운동이 민족운동으로 확장되었다. 이러한 한글운동에 당시 박정희 대통령은 의외로 귀를 기울여 1970년부터 교과서를 한글로 출판하게 했고, 1968년에는 광화문의 현판도 한글로 바꿔 써서 달게 했다. 또한, 국회의 휘장과 명패도 한글로 바꾸었다.

그러나 친일 반민족 세력에 의해 일본식 한자 혼용정책으로 다시 바뀌었고, 국회 휘장이 다시 한자로 바뀌었으며, 2010년에는 광화문 한글현판도 한자로 되돌려졌고, 법정 공휴일이었던 한글날도 1990년부터 공휴일에서 삭제되었다. 그러나 뜻있는 사람들의 꾸준한 노력으로 광화문 현판만 제외하고 모두 원 상태로 되돌려 놓았다.

오늘날 대한민국이 세계 속에 강대국으로 자리 잡은 밑바탕에는 세종대왕의 '한글'이 있었고, 이를 지켜내고 발전시킨 많은 학자들과 운동가들의 피나는 노력이 있었다.

언제부턴가 대통령이 여름휴가 중에 챙겨가거나 읽었다는 책이 대중에게도 회자되곤 했다. 기억으로는 김대중 대통령 재임시부터였던 가 싶다. 미국에서도 대통령의 독서에 대한 세인들의 관심이 높은데, 존 F. 케네디 대통령 시절부터였다고 뉴욕 타임스가 보도한 적이 있 다. 1961년, 잡지『라이프』에 케네디 대통령의 애독서 10선 기사가 실 렸고, 이를 통해 케네디가 '007 시리즈'를 즐겨 읽는다고 알려지면서 이언 플레밍의 소설 판매량이 급증하기도 했다. 이후 매년 여름 휴가 철이면 대통령의 독서 목록이 공개되는 일이 많아졌고 우리의 경우도 마찬가지다.

지난 2018년이었던가, 대통령은 휴가지에서 책을 읽는 모습과 함께 책의 제목을 공개했다.『국수(國手)』라는 책이었는데, 1991년『문화일 보』에 연재를 시작하여 27년 만에 완결되었다는 다섯 권 분량의 김성 동의 장편소설이다.

이 소설은 구한말이었던 1890년대 전후의 충청도 내포 지역을 무대 로 민중들의 고난에 찬 생활상과 탐관오리들의 학정(虐政)에의 저항, 일본제국주의 침략의 조짐, 조선 왕조의 황혼 등을 다루고 있다. 특히 시대 배경은 전라도 쪽에서 동학 농민봉기가 일어났던 시점으로, 충청 도 쪽에서 민중들의 저항과 봉기가 어떻게 진행되었는가를 역사적 고 찰을 통해 이야기하는 작품이다.

소설 제목 '國手'는 단지 바둑의 최고수만을 뜻하는 게 아니라, 의술 (醫術), 그림, 소리, 춤, 음악 등 각 분야에서 최고의 재능을 가진 사람 에게 민중들이 바치는 꽃다발 같은 헌사라고 저자는 말했다. 소설『국 수』는 바둑을 소재로 삼았으되, 바둑 소설이 아니라 조선이 급격히 무 너지던 19세기 말을 배경으로 조선의 고유한 정신문화를 다룬 '역사소설'이다.

우리 삶의 뿌리인 조선 민족의 감추어진 역사와 희미해지거나 사라지는 전통 생활과 문화, 그리고 무엇보다 망가지고 죽어가는 조선말을 되찾아 살려야 한다는 절박한 심정에서 오랫동안 작품에 매달렸다고 했다. 실제로 지금은 대부분 사용하지 않는 그 시대의 말들이 그득하다. 그는 또 벽초 홍명희 선생은 일본 식민지배가 100년 이상 가리라고 생각하고 기록이라도 남기지 않으면 사라질 것이란 심정으로 『임꺽정』을 썼다는 것을 곱씹었다고 했다. 김성동, 그의 말을 다시 음미해 본다.

"말을 살려내야 합니다. 천지의 정기(精氣)를 얻어 이 누리에 태어나게 된 것이 사람이요, 사람의 몸을 맡아 다스리는 것이 마음이며, 이 마음이라는 것이 밖으로 펴 나오는 것을 가리켜 말이라고 부릅니다. 그런데 이 말이 죽어가고 있습니다. 말은 얼입니다. 얼 빠진 사람이 죽은 사람이듯 말을 잃은 사람은 죽은 사람입니다. 살아 있어도 얼간이일 뿐입니다. 우리는 우리의 말을 잃어가고 있습니다. 우리의 아름다운 말을 살려낸 소설을 썼더니 영어보다 더 읽기 어렵다고 합니다. 얼이 빠져버린 것입니다. 제 나라 말을 잃어버린 민족은 마침내 결딴나고 만다는 것을 인류사(人類史)는 보여줍니다. 우리말을 되살려내야 하는 까닭이 참으로 여기에 있습니다."

그는 또 소설과 관련하여서는 다음과 같이 말했다.

"말은 계급의 산물이라는 것, 양반 사대부, 지배계급의 언어는 여전히 살아있습니다. 또 대다수 평민 대중 농민계급의 말도 마찬가지, 그런데 중인계급, 노비계급의 언어는 사라졌다는 것입니다. 후손들이 다 없앴다고 추정할 수 있는, 말을 숨겼다고 생각할 수밖에 없겠습니다. 벽초 선생(홍명희)한테 아쉬웠던 것이 있는데, '임꺽정'에서 그 말을 살려줬으면 얼마나 좋았을까 하는 아쉬움이 있습니다. 언어가 지배계급이든 백정이든 전부 똑같다는 게 아쉽고. '국수'에는 내가 어릴 때 듣고 쓰던 말을 그대로 썼습니다."

그는 "우리 말이 한(漢)독, 왜독, 양독에 짓밟혀서 다 사라져버렸다. 지금 쓰는 말은 조선말이 아니고 사유 구조도 조선 것이 아니다. 하다못해 문학작품까지도 우리 문장, 우리 식이 아니다. 배배 꽈서 돌리는 서구식 복문 구조에 전부 번역체다"라며 "문학평론이 이런 문체론을 다뤄야 한다"고 강조했다.

너무나 당연한 말인 것도 같은데 절절하게 와 닿지는 않았다.

2020년 새해가 시작되고, 아침 뉴스가 끝나면 시작하는 TV 프로그램 '인간극장'의 첫 번째 주인공은 정덕영, 인도네시아 소수부족인 찌아찌아족의 한글 선생님이었다.

친구라는 것이 조금 어색하다고나 할까. 그를 처음 만났던 것은 수년 전 동기생 모임에서였다. 지면에 보도된 것으로 알고 있었지만 직접 그 주인공을 대면하게 된 것은 그때가 처음이었다. 그렇게 만난 것이 몇 해 전, 관심을 표명했을 뿐 더 이상 나아가지는 않았다.

방송이 시작되기 전 전화번호를 다시 확인하고 연락하여 그를 만나기로 했다. 그는 여러 바쁜 일정 중에도 시간을 내주었다. 뜨거운 나라에서 밍밍한 음식에 익숙해 있을 그에게 맛있는 저녁을 사주고 싶었는데, 오랜만에 돌아와서 먹고 싶었던 것이 무어냐고 했더니 '다 맛있다'며 쑥스러워했다. 나도 낯선 곳 수원이었으니 조금 걷다가 역에서 가까운 식당으로 들어갔다. 내가 가져간 책을 건네주고 그가 펴낸 책도 한 권 받았다.

늘 더운 곳에서, 결코 익숙해지지 않는 음식을 먹는 것이 얼마나 힘든 것인지는 잘 모른다. 짧은 해외여행 중에서나 잠시 그 고충을 치르면서 체감할 뿐이다. 그와 저녁을 먹으면서 이런저런 이야기를 나누었다.

단편적이지만 그의 이야기를 쓰면서 한글에 대해서 다시 인식하고 싶다는 의사를 전달했다. 처음부터 있었기에 존재의 소중함을 인식하지 못했던 한글에 대해서 관심을 더 가지고 싶었던 거다. 〈말모이〉와 〈천문〉이라는 영화를 통해서 한글을 다시 생각하는 계기가 있었기에 그런 생각을 하게 되었다. 그가 하고 있는 일을 통해서도 많은 이들과 내 생각을 나누고 싶다는 의욕도 작용했다. 우리말로 나의 생각을 자유롭게 쓴다는 것이 얼마나 다행스럽고 고마운 것인지 잘 모르고 살고 있다는 깨달음 때문이기도 하다.

그는 나의 부탁이 어떤 형식인지는 잘 모르고 수긍해 주었다. 국가 차원에서 신분을 보장해주는 것도 아니니 출입국은 물론 모든 것을 그가 직접 해결해야 한다고 했다. 오가는 비용이며 현지에서의 생활비 등은 어떻게 해결하는지는 미처 묻지 못했다. 몇몇의 단체들이 그를 통해서 명분을 내세우는 등 자신을 이용하는 것 같다는 부정적인 생각을 가지고 있는 것 같았다. 한 주 후에 그는 다시 돌아간다는 그를 한 번 더 만나고 싶었지만 번거롭게 하는 것 같아 그만두기로 했다. 그와 헤어진 다음 날인 월요일은 통근버스로 이동하는 시간이라 그가 주인공인 '인간극장'을 중간쯤에서 보았고 다음날부터는 잘 챙겨보았다.

인도네시아는 세계에서 가장 많은 섬을 가진 나라다. 만 7천여 개의 섬이 떠 있고 이 중에 6천 개쯤이 사람이 사는 유인도이다. 사람들이 많이 사는 섬은 세계에서 인구밀도가 제일 높고 인도네시아 인구의 절반이 사는 자바섬과 수마트라섬, 칼리만탄섬, 파푸아섬, 술라웨시섬 이다. 인도네시아는 섬이라는 흩어진 공간으로 250여 종의 서로 다른 언어를 사용하는 300개 이상의 민족 집단들로 이루어져 있다.

인도네시아의 다양한 종족은 크게 세 집단으로 나눌 수 있다. 첫 번째 집단은 힌두교를 믿으며 자바와 발리섬, 내륙에서 벼농사를 짓고 사는 사람들로 자바인·순다인·마두라인·발리인 등을 포함해 전체인구의 2/3를 차지한다. 두 번째 집단은 수마트라섬의 말레이인과 셀레베스 남부의 마카사르족을 포함해 이슬람교를 믿는 해안지방의 민족들이다. 세 번째는 다야크족을 비롯해 국가가 관장하는 생활 영역에서 벗어난 소수 부족 집단들이다. 국민 대부분은 오스트로네시아(말레이폴리네시아)어족에 속하는 언어들을 사용하는 말레이인이며 이슬람교를 신봉한다. 그 다음으로 규모가 큰 민족 집단으로는 자바인이 있는데, 언어 또한 가장 우세한 자바어를 사용한다.

덕영 씨가 한글을 가르치는 찌아찌아족이 사는 곳은 인도네시아 술라웨시섬 남동쪽에 위치한 부톤(Buton)섬이다. 제주도의 두 배가 약간 넘는 면적이고, 대부분 열대우림으로 이루어져 있으며, 인구는 약 50만 명이다. 찌아찌아족은 인도네시아 전체에서 보면 소수민족이지만, 부톤섬에서는 다수를 이루고 있는 부족으로 약 7만 명에 이른다.

찌아찌아족은 고유의 언어는 있지만 문자가 없었기 때문에, 아랍 문자의 변형이나 로마자 등을 사용했다. 훈민정음학회는 이들에게 한글 사용을 제안했고, 2009년에 부족장 회의를 거쳐서 한글을 도입하기로 결정했다. 학회와 더불어 서울시도 '문화예술 교류와 협력에 관한 의향서(LOI)'를 체결하며 여기에 관여하게 된다. 현지에서는 한글 교육의 지원뿐만 아니라 다른 분야의 지원도 기대했을 것이다.

훈민정음학회는 훈민정음의 문자학적 우수성을 널리 알리고, 세계의 여러 문자가 가지는 특성을 두루 연구하는 데에 목적을 둔 학회이다. 안으로는 세종대왕의 훈민정음 창제 정신을 이어받고, 밖으로는 세계 문자 문화의 발전에 이바지하겠다는 사명감에서 찌아찌아족에게 한글 사용을 제안했고 현지의 대표자들에 의해 사용이 채택되었다. 이에 현지에 파견할 교사 선발 공고에 덕영 씨가 응시한 것이다.

덕영 씨의 전공과 직업은 사실 한글 교육과는 큰 연관은 없었다. 학군장교로 임관하여 군복무를 마치고 제약회사에 근무했고, 일정 기간이 지나 신입사원 등의 사내교육을 담당했다. 이때부터 한글에 큰 관심을 가져 국어사전을 늘 옆에 두었던 그는 KBS의 〈우리말 겨루기〉 프로그램에서 우승을 차지한 뒤 아예 직장을 그만두고 결혼이민자들의 우리말 선생님으로 변신했다. 그 후 훈민정음학회에서 모집하는 교사에 응시하게 되었고 2010년에 바로 이 인도네시아 부톤섬에서 1년 동안 찌아찌아족의 한글 선생님으로 근무하게 된 것이다.

당연히 말도 설고 물도 설고 모든 것이 낯선 환경인데다 신분도 대우도 한글 교육에만 전념할 수 있는 편안한 환경이 아니었음은 나름 감수해야 했을 것이다. 더구나 부모를 봉양해야 하는 자식이고, 아이를 뒷바라지해야 했던 아버지이며 자신만 믿는 한 여인의 지아비이기도 했으니 낯선 땅으로의 발걸음은 결코 쉽지 않았을 것이다.

"늘 뜨거운 날씨, 아침과 저녁이 다르지 않은 음식을 견디는 것이 어떠하냐?"는 내 질문에 그는 웃음으로 답했다. 꽉 짜인 일상에서 다람쥐 쳇바퀴 돌듯 했던 한국의 생활을 벗어나 여유롭고 시간개념도 희박한 그네들과 부딪쳤던 이야기들, 초기에는 어지간히도 애를 태웠겠다는 생각이 든다. 약속을 하면 두어 시간에 걸쳐 사람들이 모이고, 수업 시간에도 아이들은 저 하고 싶은 대로 들락거리고, 우기에는 결석하기 일쑤요, 무엇이든 계획대로 되지 않는 것이 다반사였다. 하지만 어느 사이 그곳 아이들의 낙천적이고 미소 띤 얼굴에 반하고 말았단다. 어른이고 아이고 할 것 없이 얼굴에 함박웃음을 짓고 있으며 늘 안부를 묻고, 호기심에 눈을 반짝이는 순수함에 빠져버려 모든 어려움을 이길 수 있었다고 한다. 의식주, 언어, 낯선 곳에서의 외로움을 견디며 1년을 지냈는데 계속되어야 할 한국어 교육에 문제가 생겼다. 그의 파견을 지원했던 학회와 바우바우시와의 관계가 악화되어 지원사업이 어려워진 것이다. 학회와 서울시와의 문제도 있었는데 현지에서는 여타의 지원을 의식하여 서울시와의 관계에 더 큰 의미를 부여했다. 한편으로 인도네시아는 법적으로 공용어 및 지방 언어를 모두 로마자로 표기하도록 하고 있었는데, 찌아찌아족이 한글을 사용하는 것을 문자 침탈로 보는 내부 견해가 있어 자칫하면 외교 갈등으로 번질 우려가 있었다. 그리고 현지 시장이 약속한 문화센터를 짓고 도시개발 사업에 참여한다는 등의 내용도 예산 문제 등으로 무산됐다.

　그는 일 년 만에 다시 돌아와야 했고 아이들과의 약속을 지키기 위하여 동분서주했다. 훈민정음학회와 결별한 후 세종학당이 현지에 들어갔지만 몇 개월 만에 예산 문제 등으로 철수했다. 그 후에 그의 노력으로 2014년에 민간단체인 '한국 찌아찌아 문화교류협회'가 설립되어 한글 교육의 맥을 이어갈 수 있게 됐다. 그리하여 그는 찌아찌아의 한국어 선생님으로 남아 그들에게 한국어뿐만 아니라 아름다운 문화와 풍습까지 전파하는 민간 외교관이 된 것이다. 한국에 있었다면 이런저런 인연으로 살아가는 즐거움을 더 느끼기도 하였겠지만 때로는 피하고 싶은 번거로움도 있지 않을까? 자신의 소임인 한글 교육에 전념하며 여유롭게 산책하는 시간을 즐기는 그의 생활이 부럽게 느껴지는 이유일 것이다.

　많은 섬으로 이루어진 인도네시아는 당연히 언어가 다르고 사는 습속도 다를 것이다. 우리가 사는 한반도도 그리 넓지 않은 땅임에도 불구하고 음식도 차이가 있고, 골골마다 억양이 다르고 쓰는 말도 다르듯이 말이다. 그것은 오늘날만큼 교통수단이 발달하지 않아 그만큼 교류가 적었다는 의미일 수도 있다. 특히 제주도의 풍습과 사투리는 뭍사람들이 알 수 없는 말들이 많다는 것을 생각하면 더 이해가 빠를 듯싶다.

　더하여 반상으로 신분이 엄격하게 구분되었던 조선시대에는 신분별로도 사용하는 말이 달랐다. 오늘날 우리가 쓰는 말들은 대부분 양반

층에서 쓰던 말이다. 하층민들이 쓰던 말들은 기록으로든 구전으로든 전승되기가 어려웠던 것이다. 구한말에 이어 일제강점기에 형식적으로 신분제가 와해되면서 천민이라는 계급의 벽으로 오가던 언어들이 숨어버리듯 막혀버렸다. 앞서 언급한 『국수』라는 소설에서 저자는 하층민들이 쓰던 말을 복원하지 못해 안타까워했다. 〈말모이〉라는 영화를 통해 일제강점기에 얼마나 어렵게 우리말을 정리했는지를 어렴풋하게 건너다볼 수 있었다.

시인 윤동주는 일제강점기에도 몰래 우리말로 시를 썼다. 시인 백석은 후세들에게 특별한 연구대상이다. 그가 남긴 시에서 특히 주목할 것은 이제는 대부분 사라진 토속적인 말이 있기 때문이다. 최근 『백석 사전』이라는 책을 편찬한 고형진 교수는 그가 남긴 시 중에서 그러한 낱말을 정리, '백석 시의 물명고(物名攷)'를 만들었다. 예를 들면 '밝다'와 '어둡다' 사이에도 숨은 단어가 많다는 것이다. 등(燈)에서 뿜는 선명한 빛은 '째듯'하고, 저무는 저녁 해의 쇠약한 빛은 '쇠리쇠리'하다, 조금씩 번지는 어둠은 '어드근'하고, 먼 곳까지 아득한 어둠은 '어득하다' 등이다.

백석 시인은 1935년부터 1948년까지 총 98편의 시에 3,366개의 시어를 썼다. 다른 시인과 비교했을 때 시어의 총량이 엄청나다. "다들 백석 하면 평안도 방언만 쓴 줄 알지만 교사 시절 거주했던 함경도의 방언, 조선일보 기자로 일하며 썼던 표준어까지 활용해 우리말을 아주 다채롭게 구사한 시인"이라며 "이 많은 시어는 우리말의 언어 자원이 얼마나 풍부한지 보여준다"고 했다. 무려 3,000개가 넘는 시어는 사람과 관련된 어휘뿐 아니라 의식주부터 세간, 사물과 동식물 등 각 분야를 망라한다. 음식 관련 낱말만 해도 203개, 시가 98편이니 거의 모든 작품에 새로운 음식이 등장하는 셈이다.

시 「고야」에는 명절을 앞둔 밤, 송편 빚는 풍경이 이렇게 그려진다.

방안에서는 일가집 할머니가 와서 마을의 소문을 펴며 조개송편에 달송편에 죈두기송편에 떡을 빚는 곁에서 나는 밤소 팥소 설탕 든 콩가루소를 먹으며 설탕 든 콩가루소가 가장 맛있다고 생각한다.

사전에 없는 '죈두기송편'의 뜻을 '깍두기'와의 유사성에서 찾았다. "깍두기의 '둑이'가 모양을 나타내는 말이니 죈두기는 주먹을 쥔 모양이라고 추측할 수 있다. 사전에 없는 단어들은 형태를 분석하고 그와 비슷한 단어들을 찾아 뜻풀이를 했다"는 것이다. 음식이 많이 나오는 만큼 조리 동사도 풍성하다. 그는 '무르끓다'라는 단어를 예로 들었다. '명절날 부엌에서 구수한 내음새 곰국이 무르끓고……'. 음식이 허물어질 정도로 끓는다는 뜻의 '무르끓다' 때문에 구수한 냄새가 생생하게 전달되는 듯하다. 영어로는 'boil' 하나뿐이지만 우리말엔 '끓이다, 우리다, 졸이다, 무르끓다…' 등등 아주 다양하다. 고 교수는 "백석은 말소리에서 단어의 이미지가 떠오르는 우리말의 특성을 굉장히 잘 활용했다"면서 "그의 시를 읽으면 우리말이 사물의 특징을 얼마나 정확하게 나타내는지 알 수 있다"고 했다.

훈민정음 해례의 정인지 서문에서 볼 수 있듯이 바람 소리, 학 울음소리, 닭 홰치는 소리도 모두 이 글자로 적을 수 있다는 것은 한글이 소리를 정확히 나타내기 위한 발음기호에서 시작했기 때문에 우리말은 음상(音像)이 단어의 의미와 무관하지 않다는 것이다.

「편지」라는 수필에서 백석은 정월대보름 밤, 복을 맞기 위해 집 안 곳곳에 불을 밝힌 풍경을 이렇게 묘사한다.

육보름으로 넘어서는 밤은 집집이 안간으로 사랑으로 웃간에도 맏웃간에도 루방(다락방)에도 허텅(헛간)에도 고방(광)에도 부엌에도 대문간에도 외양간에도 모두 째듯하니 불을 켜놓고 복을 맞이하는 밤입니다.

소설 『국수』에서도, 백석의 시에서도 잊혀져간 우리말을 흘려보낼 뿐, 새롭게 재인식하는 것은 어렵다. 그저 그런 말이 있었는가 하고 지나갈 뿐이다. 초등학교에 들어가면서 처음 대면한 시험은 '받아쓰기'였다. 학교 공부를 마치고 많은 젊은이들이 선호한다는 공무원 시험 국어에는 반드시 맞춤법 문제가 나온다. 무엇보다 어려운 문제에 속한다. 국어에서 맞춤법이란 언어를 문자로 표기할 때의 올바른 표기법을 의미한다. 한국어나 영어 같은 각 나라의 언어를 한글, 라틴 문자 등의 문자로 표기할 때 사용되는 문자의 표기법 외에도 숫자 표기법, 문장 부호 표기법, 띄어쓰기, 외래어 표기법 등을 모두 포함한다. 즉, '우리말을 문자로 쓰려면 이렇게 써야 맞는 거다'라는 의미이다. 맞춤법의 가장 기본적인 의의는 각기 다른 표기법으로 말미암은 혼란을 최소화하자는 것이다.

언어란 "인간의 생각이나 감정을 표현하기 위한 구체화된 수단"이라고 할 수 있다. 생각이나 감정을 표현한다는 것은 타인에게 전달하는 수단으로도 이어진다. 언어는 문자 또는 말의 방식으로 표현된다. 하나의 언어는 다양한 문자로 표현될 수 있다. 예를 들어 "오늘은 일요일이다."를 영어로 표현하면 "Today is Sunday."라고 적을 수도 있고 "투데이 이즈 선데이."라고도 적을 수 있다. 그런데 여기서 주목할 것은 "투데이 이즈 선데이."라고 기록한다고 해서 이 문장이 한국어가 될 수 없다는 거다. 찌아찌아족이 쓰는 말은 그들의 언어이고 그것을 문자로 변환할 때의 도구로서의 한글을 쓴다는 것으로 인식하기 쉬운 내용이다.

'로마자'는 본디 고대 로마제국에서 라틴어를 표기하기 위해 사용하던 문자였다. 그래서 로마자(Roman Script)라는 명칭이 붙은 것이다. 즉, 라틴어는 언어이고, 로마자는 라틴어를 표현하기 위한 도구로서의 문자인 것이다. 그럼 우리가 영어를 표기하기 위해 사용하는 A부터 Z까지의 문자는 무엇일까? 일반적으로 알파벳이라고 할 테지만 엄밀하게 로마자이다. 알파벳 가운데 로마자로, 즉 알파벳의 범주가 더 넓다.

'로마자'의 역사에 대해서는 여러 견해가 있지만, 일반적으로 고대 로마가 세워지기 이전 이탈리아반도에서 거주하던 에트루리아인이 페니키아 문자와 그리스 문자 등을 참고하여 만든 것으로 알려져 있다. 기원 전후를 기점으로 고대 로마가 유럽의 지배자가 되면서 당시 최고의 선진국가였던 로마제국의 영향을 받아 유럽의 대부분의 민족들은 로마자로 언어를 표현하게 된다. 현재 영어, 프랑스어, 이탈리아어, 독일어, 스페인어를 포함한 서유럽, 그리고 유럽의 식민지였던 아시아, 아메리카, 아프리카의 많은 국가들이 자신들의 언어를 로마자로 표기하고 있다.

언어학자들은 보통 알파벳을 '하나의 글자(letter)가 하나의 자음이나 모음을 나타내는 문자'라고 정의한다. 따라서 하나의 글자가 보통 하나의 단어를 표시하는 한자(漢字)는 알파벳이라고 할 수 없다. 알파벳 중 가장 널리 사용되는 것이 로마자이고, 다음으로 러시아어나 과거 공산권 국가들의 언어를 표기하기 위해 사용된 키릴 문자(Cyrillic Script), 그리스어를 표기하기 위해 사용된 그리스 문자(Greek Alphabet) 등이 많이 사용되고 있다. 참고로 키릴 문자는 그리스 문자를 빌려서 만든 것이기 때문에 두 문자는 매우 유사하다. 많은 언어학자들은 한글도 "하나의 글자가 하나의 자음이나 모음을 나타낸다."는 점에서 넓은 의미의 알파벳으로 분류하고 있다. 결국 '로마자는 영어와 수많은 유럽 언어들을 표현하기 위한 문자 체계를 일컫는 것이지 영어 그 자체가 아니며, 로마자 역시 알파벳의 한 종류이다.'라고 정리할 수 있다.

정덕영, 그가 먼 이국땅에서 한글을 가르친다는 것은 무엇인가?

한국어는 소리 나는 대로 적지 않는 언어이며 소리와 맞춤법의 괴리가 상당히 큰 편이다. 한글의 맞춤법은 가독성 향상을 위해 형태소를 밝히는 형태로 정리되었기 때문이다. 그 부작용으로 한글에서는 맞춤법을 틀리는 경우가 많다. 영어 역시 소리 나는 대로 적지 않는 언어이며 소리와 맞춤법의 괴리가 상당히 크다. 그러니 그곳에서 한글을 가르친다는 것이 망망한 바다를 건너는 것 같을 듯싶다.

한글을 가르친다고 ㄱ, ㄴ, ㄷ, ㄹ부터 시작하는 것은 어떤 의미인가? 잘못된 방법인가 아니면 괜찮은 방법인가? 언어는 지극히 추상적인 세계이다. 예를 들어 '아픔'이나 '즐거움' 같은 의미의 정의를 내리기도 힘들고, 보여줄 수도 없는 개념이기 때문이다. 그런데 단순히 기호인 단어만을 가르치면서 아이에게 억지로 외우게 하는 것은 한글을 가르치는 적절한 방법이 못 된다.

그러면 한글을 배우는 외국인의 입장에서 이야기를 들어보아야겠다는 생각을 했다. 친구도 만날 겸 인도네시아 찌아찌아족이 사는 마을에 가겠다는 기대도 있었는데, 코로나로 포기 내지는 뒤로 미루는 수밖에 없었다. 우연히 회사 구내식당 카페에서 근무하는 여러 언어를 공부한 이를 만났다. 키르기스스탄에서 유학 왔다가 한국인과 혼인하여 정착한 여성이었다. 서로 말을 나누게 되었을 때 먼 고향에 계시는 아버지를 여의는 안타까운 일이 생겼던 시기였는데도 내 부탁을 일단은 승낙해 주었다. 이제는 에피소드처럼 가볍게 이야기할 수 있지만 처음 한국에 와서 겪은 마음 상한 일들이 많았다고 한다. 기본적으로 퉁명스러운 경우도 있었겠지만 의사소통이 원활하지 못했고, 또 이방인이라는 선입견도 작용했을 것이다.

학창시절부터 한국과 한국말에 대해 관심이 많았기 때문에 고국에서 기초 한국어 수업을 몇 번 듣고 오기는 했지만, 러시아권 언어를 쓰는 사람들에게 한국어는 습득하기 가장 어려운 언어 중의 하나였다. 물론 그 당시에는 아주 간단한 몇 마디만 소통할 수 있을 때였으니 그럴 만도 하다.

처음에 한국에 왔을 때 익숙한 영어보다는 가급적 한국어만 쓰려고 노력했는데 식당 등에 가서 한국어로 주문하면 3명 중 1명은 꼭 영어로 대답하곤 했다. 그냥 한국어로 응대하면 좋을 텐데 영어로 응답하니, '우리 한국어로 이야기하면 안 될까요?'라고 요청을 해도 그냥 '한국어 하시네요'하고 계속 영어로 대화하는 사람들이 많았다. 편의점 등에서 물건을 사고 계산대 앞에 서면 직원은 아무 말 없이 가격이 표시된 계산기 화면을 손가락으로 가리키거나 손으로 가격을 전달하려고 했다. 4천 원이면 손가락 네 개를 펴서 보여주는 식으로 말이다. 식당에서 한국어로 주문하면 주문에 대해서 뭔가 확인할 때 내가 방금 한국어로 주문했음에도 불구하고 어김없이 나하고 같이 온 한국인을 향해서 말을 맞추려고 했다. 내가 돈을 내도 거스름돈은 같이 온 한국인한테 주는 일도 부지기수였다. 외국인을 대하는 것이 낯설고 어색해서 그럴 거라고 좋게 이해해보려고 애쓰지만 무시당하는 느낌이 드는 것은 어쩔 수가 없었다.

한국에 온 후 6개월쯤 시간이 지나고 아르바이트하는 곳에서 어떤 남자 손님께 "국산 아니지요."라는 말을 들었을 때, 너무 화가 나서 그녀도 심하지 않은 영어단어로 똑같이 대해 주었던 적이 있었다. 국산, 외국산이라는 게 동식물이나 상품 등을 가리킬 때 쓰이는 단어라 매우 무시당한 느낌이었는데, 그날 이후로 반드시 한국어를 한국인만큼 잘해야겠다고 마음먹었다. 주변 사람들이 영어로 이야기해도 신경 안 쓰고 한국어로만 말하기 시작했다.

한국어를 배울 때 개인적으로 제일 어려운 점은 문법이나 쓰기도 그렇지만 발음이었다. 많은 시간이 지났어도 여전히 다하지 못한 숙제 같다. 처음 한국어를 배우기 시작할 때는 한국 자체가 모국에 잘 알려져 있지 않았으니 필요한 자료가 많이 부족했다. 키르키즈-한국어 사전도 자료가 없어서 처음부터 모국어 아닌 제2외국어랄 수 있는 러시아어-한국어로 된 자료와 사전을 이용하여 배워야 했다. 급한 마음에 익숙하지 않은 것을 계속해서 외우고 거울 보고 혼잣말 하고 발음 연습하고 대화가 필요한 시장 등을 일부러 찾아다녔다. 주말마다 20부작 드라마 100편을 넘게 보며 눈과 귀를 중노동시켰지만 역시 발음은 어려웠다.

외국인들의 입장에서 한국어의 발음이 어려운 이유 중의 하나는 모국어 간섭, 즉 모국어 체계에 따라 발음하고자 하는 오류를 들 수 있다. 사람의 구강구조는 선천적으로 타고나는 것이 아니라 학습하는 언어에 동화되면서 자연스럽게 변형되는 것이라 할 수 있다. 어쩌면 인간의 언어는 문자의 체계라기보다는 소리의 체계라는 말에 주목하며 발음의 오류를 일으키는 이유에 대해 말해보자.

가. 소리의 체계(소리값) 차이

한국어 'ㄱ'과 영어 'k'와 'g' 소리가 다르다. 또한 한국말 'ㄱ'도 초성, 중성, 종성 등 오는 위치에 따라 다른 소리값을 갖는다. '감기', 이때 '감'의 'ㄱ'과 '기'의 'ㄱ'은 실제 소리가 다르게 난다.

나. 소리와 소리가 연결되면서 나타나는 현상

한국말 [ㄴ ㄹ]이 연속하는 경우로 '진리'는 [질리], '신라'는 [실라]로 소리 나는데, 영어 'Henry'는 [헨리]로 발음해야 한다. [헬리] 또는 [헨니]로 발음하면 틀린다.

다. 발음에 나타나는 오류

• 자음

자음의 경우는 대부분의 외국인 학습자들이 한국어의 경음을 제대로 발음하지 못한다. 그들의 모국어에 이와 같은 소리가 없기 때문이다. 그리고 평음과 경음의 구별도 쉽지 않다. 한국어의 /ㄹ/은 국제음성기호로 볼 때 /l/과 /r/의 두 발음이 있다. '돌, 길'과 같은 음절말에서는 /l/로 발음된다. 물론 영어에도 /l/은 존재한다. 그러나 영어는 어말에서 소위 말하는 'dark l'로 발음한다. 그래서 한국어의 '돌, 길'과 같은 발음을 하기 어렵다.

• 모음

모음의 경우는 /ㅡ/와 /ㅓ/의 발음을 어려워한다. 특히 일본인들 경우에는 한국어의 /ㅜ/ 발음도 쉽지 않다고 한다. 한국어의 /ㅗ/ 발음은 다른 언어보다 원순성이 강하여 이것 또한 학습이 필요한 발음 중의 하나이다.

• 이중모음

이중모음인 ㅑ, ㅕ, ㅛ, ㅠ, ㅘ, ㅝ, ㅞ 등은 언어에 따라 이중모음을 이루는 활음(y, w)은 자음으로 분류되기도 하고 모음으로 분류되기도 한다. 한국어는 모음으로 분류하는데, 영어는 자음으로 분류된다. 이중모음 앞에 자음이 오는 경우(경, 현, 뭐, 과 등) 영어권, 라틴어 알파벳을 쓰는 사람들에게는 자음 둘이 연속하여 오는 것으로 파악되어 경우에 따라 발음이 쉽지 않다.

• 낱말을 합치는 과정에서 이웃하는 두 소리가 연속되는 경우

이들의 소리가 원래의 발음과는 다른 소리로 바뀌는 음운의 변동이 일어날 수 있다. 한국어는 음운의 변동이 많은 언어 중의 하나이다. 글자대로 발음하지 않는 음운의 변동이 많아 외국인들이 매우 어려워하는 부분이다.

• 자음과 자음이 만나는 경우

'진리, 신라' 등이 [질리], [실라]로 발음되는 유음화, '국민, 밭만' 등이 [궁민], [반만]으로 발음되는 비음화, '국제, 갈등' 등이 [국쩨], [갈뜽]으로 발음되는 경음화, 그리고 '감기, 부부'의 두 /ㄱ/과 /ㅂ/은 유성음화에 의해 실제 발음이 두 번째 /ㄱ/과 /ㅂ/은 유성음 /g/와 /b/로 실현된다. 유성 장애음과 무성 장애음을 구별하는 언어를 모국어로 하는 사람들의 귀에는 다르게 들린다. 그러므로 초급 학습자들에게는 혼동이 되기 쉽다.

• 모음과 모음이 만나는 경우

'ㅡ' 모음은 다른 모음을 만나면 쉽게 탈락한다. 예컨대 '쓰(다) + 어, 크(다) +어' 등은 '써, 커' 등과 같이 표기되어 발음상으로는 문제가 없으나 이러한 현상이 잘 이해되지 않는 학습자들도 많이 있다. '가 + 아'는 [가]로 되는 것도 마찬가지다. 주(다) + 어 [줘] / 피(다) + 어 [펴]처럼 하나의 이중 모음으로 소리 나는 경우도 있는데, 자신의 모국어에 이러한 현상이 없는 외국인들은 이 또한 어렵게 생각한다. 한국어는 의성어, 의태어가 많이 발달돼 있다. 미묘한 상황의 차이도 다르게

표현할 수 있는 것이 매력적이고, 색채 표현이나 미묘한 감정을 나타내는 형용사가 특히 발달했다. 그러한 표현들은 배우면 배울수록 어렵게 느껴지지만, 동시에 더욱 자연스럽게 사용하고 싶어져서 열심히 공부하게 된다. 한 가지 좋은 점은 키르기스스탄 말과 한국어의 어순이 비슷하기 때문에 매우 편리하다는 것이다.

외국인으로 한글을 배우면서 느낀 점을 인용해 보았다. 하지만 한글 교육을 할 때, 단순히 글자를 읽고 쓰게 하는 것이라고 생각해서는 안 된다. 한글 교육은 글자라는 기호체계를 학습하는 것뿐만 아니라 사물을 경험하고 사고의 폭을 넓혀가야 하는 것이기 때문이다. 즉, 아이가 많이 보고, 많이 듣고, 많이 알수록 언어의 세계도 넓어지는 것이다. 하지만 아직도 이런 생각보다는 벽에 커다란 가나다라 포스터를 붙여놓고 아이에게 가르치려고 하는 것이 바로 한글 교육의 문제점이다. 이런 식의 주입식, 암기식 교육은 아이가 한글을 지루하고 재미없는 것으로 생각하기 쉽게 만든다. 또한 학습에 대한 의욕마저 잃게 만들 수 있으므로 항상 조심해야 한다.

찌아찌아처럼 원래 우리에게도 문자가 없었다. 대신 한자를 사용했다. 하지만 실제 쓰는 말과 글이 다르고, 한자가 어렵다 보니 많은 백성이 글을 쓸 수가 없었던 것이다. 앞서 말했듯이 찌아찌아족들도 마찬가지였다.

찌아찌아 선생님 정덕영, 그를 다시 만나면서 그의 이야기를 쓰고 싶다는 것은 그의 발자취를 추어 준다기보다는 나의 한글에 대한 인식과 공감을 새롭게 하기 위함이었다. 많은 시간을 가지고 한글에 대해 다시 공부를 해야 할 필요성을 가지기도 했다.

정덕영, 그가 많은 난관을 헤치고 그곳의 아이들에게 한글을 가르치는 것은 그 자체로도 의미가 있지만 공기처럼 너무나 익숙하게 한글을 쓰는 우리들에게 한글을 재인식하게 해주었다는 의미도 크다.

광부의 아내

직업으로서의
광부

처음 만나기 전, 그녀가 사는 곳은 알고 있었다. 강원도 태백골, 태곳적으로 존재의 시원이 하늘이었을 것처럼 하늘로 오르는 천제단이라는 사다리를 세웠던 곳, 민족의 영산으로 추앙받는 태백산이 있는 곳이다. 산굽이를 돌아 마을과 들을 적시며 흐르는 한강과 낙동강의 발원지도 있는 곳이니 태백(太白)은 큰 밝음이 있는, 위로는 하늘을 받들고 아래로는 샘물을 흘려 강을 발원하여 강줄기 따라 삶의 터전을 이루게 했다.

그녀를 처음 만났던 건 모 문학단체의 연말 행사장이었다. 그녀는 온라인으로 공개되는 게시판에 내가 쓴 책을 보고 싶다고 관심을 드러냈고, 직접적인 응답을 하지는 않았었다. 다만 행사장에 오는 것을 알고 있었기에 책을 한 권 준비해, 초면이기에 인사를 하고 책을 건넸다.

태백에 산다기에 별 생각 없이 그녀에게 물었을 것이다.

"부군께선 무슨 일을 하시는가?" 하고. 그녀는 스스럼없이,

"광부요"라고 짧게 말했다. 그녀는 담담하게 말했는데 오히려 내가

당황해야 했다. 광부라는 직업은 까마득히 잊힌, 이 세상에 존재하는 숱한 직업 중 이제 사라져간 직업으로 인지하고 있었을 것이다. 그녀는 또 그런 말을 했다. "남편이 광부를 고만둔다면 자신이 시를 써 생활비를 보태고 싶다"고. 시가 밥이 될 수 있을 것인가는 둘째치고 아무튼 나는 혼란스런 상황에 직면해야 했다. 표정을 무마하기 위해서였는지는 모르지만 얼떨결에 그녀의 남편을 한번 만나러 그곳에 가고 싶다고 말했다.

그녀와의 첫 만남은 그렇게 헤어졌다. 모임을 마치고 돌아오는 길에 많은 생각들이 돌아 나왔다. 이제는 연탄을 보기 어려운 시절이고 화력발전소에서 쓰는 연료처럼, 그 재료인 석탄도 수입하는 것으로 알고 있었다. 깊은 굴속으로 들어가더라도 예전처럼 광부가 직접 탄을 캔다든지 하는 그런 식으로는 작업을 하지 않을 거라는 생각이었다.

어린 시절 마을 사람 중에 전라도 화순이나 고향 근처 충청도 보령의 성주탄광 등의 광산으로 일하러 갔다는 이야기를 들은 기억이 있다. 하지만 광부라는 직업을 체감할 수 있을 정도는 아니었다. 석탄 자체가 생소한 것이었기 때문이다. 산골 마을이다 보니 연탄을 연료로 사용하는 집도 없었고 그러니 탄광이든 광부든 마찬가지 생소한 작업장이자 직업이었다. 다만 초등학교 시절 교실에 마련된 난로로 조개탄으로 난방을 했는데 그것을 석탄과 결부시켜 생각할 계제는 아니었고 연탄가스 중독사고로 사망사고가 자주 발생한다는 것을 직간접으로 들었다. 가끔 읍내에 나가면 삼륜차에 연탄을 싣고 얼굴에 검정 칠을 한 어른들이 연탄을 나르는 것을 본 적이 있을 뿐이었다.

광부가 석탄만이 아닌 금도 캐냈던 시절이 있었으니 당시 한 가지 사건만은 오랫동안 기억에 남아있게 되었다. 고향 가까운 곳, 청양의 구봉광산에서 갱도가 무너졌을 때 15일 이상을 갱도 내에 갇혀 있다가 구조된 이의 이야기였다. 1967년에 생긴 일이었으니 초등학교에 들어가기 전이고 라디오도 없던 시절이었다. 하지만 그 절박한 소식을 전해 듣는 것도 어려운 시절 또렷하게 내 기억의 한편에 이야기로 남아 있다. 물론 그 광산은 석탄을 캐내는 광산이 아닌 금을 캐내던 광산이긴 했다.

갱도의 막장에서 물을 퍼내는 일을 하고 있던 광부 양창선(당시 35세)은 사고가 발생했던 날 동료들이 점심을 먹으러 나가고 혼자 갱 안에 남아있었다. 자신도 점심을 먹으려고 준비하는 사이 갑작스럽게 갱도를 받치고 있던 갱목이 무너져 내리면서 홀로 갱 안에 갇히게 되었던 사고였다. 갱도가 무너지면서 어두운 갱도 안이 암흑천지가 됐고 한여름이었지만 그때부터 지하의 추위에 온몸을 떨어야 했던 것도 마찬가지였다.

대피공간이 있었던지 몸을 피한 그는 군에서 통신 업무를 했던 기억을 더듬어 망가진 군용전화기로 갱 밖의 사무소에 연락하는 데 성공했다. 하지만 구출작업은 쉽지 않았다. 무너진 굴을 파내기 위해 작업을 하면 다시 주변의 갱도가 무너져 내렸기 때문이다. 그는 어둡고 외진, 추운 곳에서 홀로 배고픔과도 싸워야 했다. 무너진 흙더미 속을 통과해 파이프를 밀어 넣은 작업이 계속해서 실패했고 음식을 전달받을 수 있는 방법이 없었던 것이다. 그날 점심으로 가지고 들어갔던 도시락은 금세 바닥났고 대피소에 있던 고무며 가마니의 볏짚 심지어는 작업복을 씹으며 버텼고 염소처럼 잡지를 뜯어먹기도 했다. 천정에서 한 방울씩 떨어지는 물을 핥으며 견디어야 했다.

처음 3일 동안은 몹시 배가 고팠고 하루 이틀이 더 지나자 배에서 열이 나며 뒤틀리는 생소한 고통과 맞닥트려야 했다. 심지어는 '구리스를 먹어도 되겠냐'며 비명 같은 소리를 토해내기도 했다. 그는 전화선을 통해

"겨드랑이 밑 땀을 빨아먹으면서 염분을 섭취하고 있고, 나무 가지를 구부려 흘러나온 물과 옷에 묻은 풀을 핥고 있다. 배고프고 춥지만, 여러분들의 힘만 믿고 참겠다."고 얘기해 수많은 청취자들의 눈물샘을 자극하기도 했다. 그는 순간순간 절망과 희망의 롤러코스터를 오르내려야 했다. 당시 박 대통령은 이례적으로 고재일 청와대 민원비서관을 붕괴 현장에 급파해 구조작업을 독려하기도 했다. 국민적 관심 속에 구조 작업은 발 빠르게 진행됐다. 각계 유명 인사들이 앞다투어 붕괴 현장을 찾았고, 그를 돕기 위한 성금 모금 운동도 벌어졌다. 15일간 연인원 2200여 명이 동원된 구출 작전은 미8군 MARS 헬리콥터와 전기톱 등이 지원되면서 활기를 띨 수 있었다. 그러나 그가 숨겨진 곳까지 이르는 것은 쉽지 않았다.

그는 8일째 '내가 죽으면 자식들은 끝까지 공부시키도록 해라', 다시 10일째가 되면서 '이삼일은 생명을 더 이어갈 자신이 있다', 13일째에는 '참기 어렵다. 차라리 폭파해라'라며 처절한 고통을 토해냈다. 당초 일주일 정도 걸릴 것으로 예상됐던 구출은 점점 늦어졌다. 갱내로 내려갈수록 흙더미, 철근 등이 가득했고, 갱내에 물까지 쏟아지며 구조

작업 진도가 더뎠기 때문. 구출작업이 지연되면서 심한 탈수증세로 그의 건강이 악화되고 있다는 사실이 알려졌다. 그러자 스님이 갱 입구에 와서 독경을 하고 그의 집을 찾아가 구원기도를 올리며 국민 모두가 그의 무사 귀환을 간절히 바랐다.

모두의 염원이 모여졌기 때문일까. 1967년 9월 6일 오후 9시 15분, 367시간 45분 만에 양창선 씨는 드디어 구출됐다. 당시로서는 매몰 사고를 겪은 뒤 15일 9시간으로 최장의 생환 기록이었다. 후에 95년 삼풍백화점 붕괴 당시 19살 처자가 15일 17시간 만에 구조된 것으로 그의 기록은 깨졌지만 말이다. 175cm에 62kg이던 그의 몸은 45kg로 줄어들었지만 다행히도 건강은 양호한 상태였다. 그의 구출 소식에 국민들은 환호했다. 갱도 입구에는 천여 명의 시민들이 몰렸고 그가 병원으로 이송되는 길에 수많은 인파가 나와 "양창선 만세"를 외쳤다. 절망의 사선을 넘어 15일 만에 돌아온 양창선 씨는 생에 대한 끈질긴 의지를 보여준 그 당시 최고의 영웅이었던 것으로 그렇게 나의 기억에 오래 남아있게 되었던 것이다. 그렇다고 광부라는 직업을 새삼스럽게 생각한 것은 아니었다.

근래에는 지난 2010년, 69일간 갱도에 매몰됐던 광부 33명이 구출된 사례가 전 지구인이 관심을 가졌던 일대 사건이었다. 칠레 북부 코피아포시 인근 산호세 구리 광산의 갱도 매몰사고, 지하 700m 갱도에서 작업 중이던 33명의 광부가 갱도 속에 고립됐다. 넓이가 고작 50㎡에 불과한 임시 대피소에는 물 20L 등 광부 10명이 48시간을 버틸 수 있는 분량만이 남아있었다. 크게 부상당한 광부는 없었지만 절망적인 상황에서 서로 간의 분란은 당연한 것이었다.

작업반장에 의해 어렵게 질서를 추슬러 역할을 분담하고 남아있는 음식을 나누어 생존을 이어나갔다. 참치 한 스푼과 우유나 주스 반 잔, 크래커 한 개. 비록 빈약한 식사지만 33명 모두가 음식을 배급받을 때까지 기다렸다가 동시에 허기를 달랬다. 그럼에도 남아 있는 식량은 빠르게 줄어갔다. 15일째 되던 날, 광부들은 마지막 음식을 함께 했다. 여러 개의 드릴 소리는 끊이지 않고 들렸지만 갱도 안에서 발생하는 메아리와 청각적 착각 때문에 정확한 위치는 가늠할 수 없었다.

17일째가 되는 날 절망 속에서 지상으로 기적이 올라왔다. "누군가 숟가락으로 드릴을 두드리는 것 같아." 갱도인 듯 둔중한 금속소리가 연달아 들려왔다. 생존자의 신호가 틀림없었다. 얼마 뒤 드릴 비트가 완전히 지상으로 빠져나오자 드릴 끝에 묶인 노란 비닐봉지가 눈에 띄었다. "33명 모두 잘 있어요"라는 쪽지였다.

생존 확인 이후 지상과 연결된 지름 15cm의 드릴 구멍을 통해 음식과 약품을 공급하고, 동영상 카메라도 내려보내 그들의 모습을 확인할 수 있었다. 당초 구조까지 3~4개월이 소요되어 2010년 크리스마스쯤에야 구조가 가능하겠다는 예상을 세워놓았던 참이었다. 하지만 구조용 터널을 뚫기 위해 공기압을 사용한 최신기계를 사용했고 특수강철로 만든 구조용 캡슐을 통해 구조 일자를 2개월 이상 단축할 수 있었다.

칠레 대통령의 구조개시 선포 이후 69일 만에 첫 생존자가 캡슐을 이용 지상에 모습을 드러냈다. 한 번에 한 명씩, 마지막으로 루이스 우르주아(매몰 당시 작업조장)가 구조되면서 구조작전이 공식적으로 종료되었다. 결국 모두 구출되는 인간 승리의 드라마로 막을 내렸다. 33명의 광부들은 똘똘 뭉쳐 갱도 생활을 버텨냈고 69일 만인 10월 13일 무사히 구조됐다. 이들의 생환 소식은 세계를 열광시켰다.

한편, 68일의 지하생활은 여러 이야기를 만들어냈다. 맨 마지막 구출자로 알려진 작업반장 루이스 우르주아, 그는 오랜 지하생활에서 올 수 있는 혼란과 분열을 극복하기 위해 조직 규율을 만들었고 리더로서의 자질을 발휘하여 이를 적용했다. 적은 양의 음식을 배분하기도 하고, 지상에서 음식이 공수될 때 배탈을 염려해 폭식을 자제시키기도 했다. 지하에서 작업공간과 취침 공간, 위생 공간 등으로 나눠 광부들이 규칙적인 생활을 하게 하고 건강을 유지시킨 것도 그였다. 그의 리더십이 지상으로 알려지면서 그는 칠레의 국민 영웅으로 부각되었다. 그렇게 절망의 터널을 건너온 그들이 새롭게 생을 얻은 듯 살아가는 현실은 그 절실함도 무상하게 또 다른 삶의 문제를 던져주었다. 그들의 일상이 녹록하지만은 않았다는 것은 사족이리라.

한때는 먼 타국의 낯선 땅 독일까지 우리의 젊은 청년과 처자들이 광부와 간호사로 해외취업을 간 경우도 있었다. 지원자가 다 갈 수 있었던 것도 아니었다. 많은 경쟁자를 물리치고 물도 말도 음식도 낯선 땅에서, 그것도 지하에 내려가서 탄을 캐내는 것은 견디기 힘든 노역이었을 것이다. 지하 천 미터를 내려가서 탄을 캐낸다면 백 미터를 내려갈 때마다 온도가 1도씩 올라 막장의 온도는 35도를 넘나들었으니 너무 덥고 습한 날씨, 장화 속 양말이 땀으로 젖어 중간 중간 짜내야 할 정도였다. 광산 일이야 매시간 삶과 죽음이 지나가고, 수시로 곁에서 사고는 생겨났던 일이다. 기계에 손이 감겨 들어가 일을 하지 못하고 평생을 불구로 살아야 하는 일도, 광산 일이 끝나면 또 다른 가외의 일까지, 그렇게 지독하게 돈을 모아 고향에 부쳤을 것이다. 향수병에 시달리며 주변에 지천으로 피어나던 고사리를 꺾다가 잡혀간 일도 있었다. 그렇게 광부라는 직업은 극명하게 존재하는 직업이었지만 그렇다고 광부라는 직업을 새삼스럽게 생각한 것은 아니었다.

우물,
우리들의 물

광부라는 직업과 직접적인 관련은 없겠지만 어린 시절, 샘을 파는 일에 더 관심을 가지게 되었을 것이다. 당시 마을에는 공동우물이 윗마을과 아랫마을에 한 군데씩 있었다. 집 안에 우물이 있는 집은 특별한 집이었다.

그 시절 우물은 '우리들의 물'이라는 의미와도 같았다. 노자가 도덕경에서 말한 상선약수(上善若水)의 의미와는 같은 듯 다르겠지만 우물은 생명의 근원처럼 존재했다. 사는 형편으로 가난과 부유함의 구분은 피할 수 없는 사정이었지만 우물은 공동체의 상징이고 존재함의 근원이었다. 가물어도 물이 줄거나 마른 적 없는 우물, 뜨거운 여름이면 얼음물처럼 시원하고 처마에 고드름이 달리는 겨울에는 모락모락 온기를 피워 올리던 우물은 그렇게 오랜 시간 마을의 시원처럼 존재했던 것이다.

언젠가부터 우물에는 좀 더 쉽게 물을 퍼 올리는 도르래가 걸려 두레박을 매달았다. 저녁나절이면 물지게를 지고 물을 길러 가곤 했는데 두레박으로 물을 길어 올리고 우물 속을 들여다보면 푸른 하늘에 뭉게구름이 우물 속을 흘러가기도 하였고 까만 내 얼굴만 보일 때도 있었다. 두레박을 던져 내리면 파장을 일으키며 깊게 울리던 경쾌한 음향, 두레박을 흔들어 물을 가득 채우고 양 팔을 번갈아가며 두레박을 당겨 올릴 때 온 몸에 느껴지던 얼마간의 긴장과 무게의 균형감, 퍼 올린 물을 한 모금 마시기 위해 두레박에 입을 대었을 때 고무의 질감과 물이 입안으로 흘러들면서 차오르는 시원함과 충만함, 얼마간은 절름거리며 흘러넘칠 줄 알면서도 물동이를 가득 채우곤 물을 길어 나르던 추억까지도.

우물가의 풍경이었지만 우물의 백미(白眉)는 이야기가 소통되는 공간이었다는 것이다. 사내들은 사랑방에 모여 시간을 보낼 수도 있었지만 아녀자들의 공간은 우물가였다. 채소를 다듬고 씻으며 빨래를 하며 본데없는 서방과 모진 시집살이의 해방구처럼 추운 겨울날에도 우물의 수증기처럼 수다가 피어오르곤 했던 것이다.

보배로운 고을의 줄임말처럼 남도의 보성(寶城)에 가면 옛 정취가 흠씬 풍겨나는 강골마을이 있고 고택들 돌담을 돌아서 가면 소리샘이라는 우물이 있다. 우물가 담장에 사각형의 작은 공간이 비어있는 공간, 일부러 만들었을 것이다. 이 돌구멍 사이로 주인은 마을 사람들의 이야기를 엿듣고 마을 사람들은 대감 집을 엿보곤 했을 것이다. 반상이 구별이 엄격하던 시대 소통과 여유의 공간이었던 셈이다.

70년대로 올라가면서 사는 형편이 펴지기 시작했고 형편이 좋은 집에서부터 집안에 우물을 들이기 시작했다. 추수가 끝난 후부터 우물파기는 시작되던 일이었다. 마을에는 전문적으로 샘 파는 일을 하던 이가 있었다. 둘이 할 수도 없는 혼자만이 할 수 있는 일이었다. 수맥을 가늠하기는 했겠지만 작은 집안에서 공간상의 배치도 무시할 수 없었다. 자리를 정하면 샘장이 아저씨는 땅을 파내기 시작했다.

마을 누군가네의 집에서 샘을 파기 시작했다고 소문이 돌면 나는 동무들과 어울려 노는 것은 재미도 없어졌고 그 자리에 머물렀다. 아저씨가 일하는 것을 관찰하며 흙을 들어내는 일 등을 도와주기도 했다. 작은 공간이었기에 혼자서 만이 할 수 있는 일이었다.

샘을 파는 샘장이는 고독한 순례자나 광야에서 홀로 기도하는 선지자와도 같았다. 어둠 속에서 등을 구부리고 끊임없이 손을 움직여 괭이와 호미로 흙을 파 올리며 하늘에서 빛이 내려오기를 간구했다. 빛이 내려온다는 것은 물이 스미어 하늘의 빛이 닿는다는 의미였다. 물이 스미어 빛이 내려오면 샘장이 아저씨의 얼굴은 오랫동안 땅에 묻히어 있다가 나온 얼굴무늬 수막새의 미소처럼 어둠속에서 구워지듯 흙투성이 얼굴에 미소가 피어났다. 그렇게 물이 스미면 다시 석축을 쌓으며 위로 올라오기 시작했다. 그렇게 나는 샘장이가 되기를 열망했지만 중학교를 마치고 고향을 떠났고 마을엔 간이상수도가 설치되면서 더 이상 우물을 파는 집은 없어졌다. 그렇게 '우리들의 물'이 사라지면서 공동체의 의미도 허물어져갔을 것이다.

연탄

광부를 만나려 청량리에서 무궁화호 열차를 탔다. 평창올림픽을 이유로 강릉까지 가는 KTX가 신설되면서 무궁화호의 여객수송은 현저히 감소하였다. 첩첩한 산중을 지나는 태백선은 해방 후 태백 산간 지역의 석탄 등 지하자원 개발을 목표로 단계적으로 건설되었다. 영월선 정선선 고한선 등을 묶어 태백선으로 정했다. 태백역은 원래 황지역이었으니 81년 삼척군 황지읍과 장성읍이 통합되어 태백시로 승격됨에 따라 황지역은 태백역으로 개칭되었다. 험준한 산악지역을 통과해야 하니 그곳까지 가는 길은 산과 강을 돌고 건너는 많은 교량과 터널로 연결되어 있다.

주말이었으나 열차는 크게 혼잡하지는 않았다. 겨울을 건너는 산하는 쓸쓸했다. 눈이라도 내리면 했지만 막연했다. 배낭에서 책을 꺼냈지만 옆자리에 동석한 아저씨와 이야기를 나누기도 하며 천천히 읽었다. 아저씨는 잠시 귀촌하듯 태백까지 가시는 분이었는데 가시는 현지 마을에 사는 분과 통화 중에 그곳은 눈이 내린다고 했다. 그럼 머지않아 눈을 볼 수 있을 것이라는 기대가 밀려왔다. 해가 바뀌고도 눈다운 눈은 내리지 않았던 것이다. 산불은 봄기운이 대지에 번지고서야 산을 태우기도 했는데 1월에도 큰 산불이 났던 것은 그와 무관치 않았다.

영월을 지나자 눈이 내리기 시작했다. 겨울의 산하는 눈으로 완성되는 듯 절로 반가웠다. 황량한 산하에 쌓이는 눈은 늘 순탄치 못하거나 순결치 못한 내 영혼을 가리듯 자연도 마찬가지였다.

첩첩한 산중을 달리는 철도는 사람을 실어 나르기 위한 용도보다 석탄을 실어 나르기 위한 용도였던 것처럼 긴 터널을 달리고 가장 높은 곳에 있다는 추전역을 지나고 태백역이었다. 다른 지하자원도 있지만 석탄이 발견되지 않았더라면 이 첩첩산중에 철길은 생각할 수도 없던 곳이었다.

이곳에서 석탄이 발견된 것은 1920년대였고 그전에 쇠락해가던 대한제국은 에너지 자원으로 석탄 개발이 필요했기에 프랑스인 기술자를 고용해 평양탄광에서 채굴작업을 진행한다. 그러나 러·일전쟁에서 승리한 일본이 이를 중지시키고 1910년에 평양광업소를 설치해 평양탄광을 일본 해군 함대의 연료용 석탄으로 사용을 제한했다. 이후 '조선광업령'(1915)을 통해 광산개발권은 일본 자본에 넘어가고 조선의 광산자원은 일제 총독부의 관리하에 수탈을 당하게 된다. 생산되는 석탄은 일본으로 운반되어 연탄 등의 연료로 대부분 이용되었고 일부 국내에 진출한 일본기업의 공장 연료로 이용되는 게 대부분이어서 우리 가정의 난방 연료와는 거리가 멀었다. 1935년 국내 판매 무연탄의 74.9%를 조선무연탄주식회사에서 생산했다니 거의 독점했던 셈이다.

한국전쟁 이후에야 연탄은 가정용 난방연료로 판매되기 시작한다.

1955년 생산된 '19공탄'이 주를 이루었지만 연탄구멍의 숫자는 다양했다. 구멍탄으로 불리던 연탄은 구멍의 개수에 따라 9공탄, 19공탄 등으로 불리기도 했다. 연탄의 전성기가 시작된 1960년대 이후에도 농촌 지역의 대부분은 산에서 나무 등을 채취해 연료로 사용했으니 대부분 나무 한 그루 없는 민둥산이었다.

연탄은 나무 등을 연료로 쓰는 것보다 훨씬 편리했지만 일산화탄소라는 치명적인 독을 피워냈다. 최근 밀폐된 자동차 안에서 번개탄 등으로 극단적인 선택의 수단으로 활용하듯이 말이다. '그림자 없는 살인 흉기' '겨울철의 살인복병' '추위 속의 액운' '백색 죽음의 그림자' '우리네 방안에 살그머니 찾아들곤 하는 그림자도 없는 죽음의 사자'···. 1960~70년대 겨울이면 사람들을 두려움에 떨게 했던 연탄가스 중독 사고를 표현하는 말들이다. 연탄가스 중독은 겨울이면 찾아오는 두려운 '사신'(死神)이었다. 연탄가스 중독 사고는 빈번히 신문 사회면에 등장했다. 해방 이후 연탄가스를 다룬 기사는 수천 건에 이른다.

1950년대 처음 연탄이 보급되기 시작할 무렵 연탄은 비싸지 않고 보관이나 사용이 편리한 효율적인 연료였다. 가스의 살인적인 위험이 알려졌지만 연탄은 도시 사람들에게 겨울을 나는 데 없어서는 안 되는 필수품이었다. 연탄 사용 가구는 해마다 늘어났고 연탄가스 중독 사고도 급증했다. 1960년대 초만 해도 연탄가스 중독은 개인의 부주의로 인해 일어난 사고라는 시각이 지배적이었다. 독이 든 복어를 먹듯이 주의력이 부족하거나 무지에서 비롯된 것으로 여겨지기도 했던 것이다. 그러니 1960년대 중반까지는 연탄가스 중독 사고의 책임이 개인에게 있으므로, 돈이 다소 들어도 온돌을 정비하라는 식의 지침이 훈계처럼 내려지기도 했다. 산업화와 도시화가 동시에 급격히 진행되면서 부실하게 대량으로 지어진 주택이 연탄가스 중독의 근본 원인이었을 것이다.

　연탄가스 중독으로 많은 사람들이 다시 일어나지 못하는 사고가 비일비재했다. 자고 나면 '불귀객'이 되고 가족 단위로 비명횡사하는 실정이다 보니 오죽하면, 1968년 말 서울시가 일산화탄소 중독이 되지 않는 연탄 연구에 1000만 원의 현상금을 내걸기도 했다. 이 기획은 실패로 끝나 연탄은 '살인탄'으로, 연탄가스는 '살인가스'로 불리는 오명을 쓴 채 1970~80년대에도 여전히 연탄가스 중독 사망자들을 낳게 된다.

　열차는 태백역을 지나 도계역에 도착하고 있었다. 도착시간을 알려주었지만 역에 나와 있을지는 의문이었다. 그녀의 남편도 함께 나와 있으려나. 열차에서 내려 역사로 걸음을 옮겼을 때 입구에 그녀가 서 있었다. 조금 어색했지만 반갑게 인사를 하고 나는 두리번거렸다. 남편은 차에서 기다리고 있다고 했다. 그녀와 인사를 나누고 역사를 빠져나갔을 때 한 남자가 서 있었다. 그녀의 남편일 것 같아 눈을 맞추고 인사를 했을 때 그는 몹시 어색해했다.

　점심시간이었으니 그녀가 앞장서 안내를 했지만 식당은 문이 닫혀 있었다. 근처에 물닭갈비 메뉴를 내건 집이 있었으나 내가 닭요리를 좋아하지 않는다 하니 다른 집을 골라야 했다. 춘천닭갈비는 그 지역의 대표 음식으로 자리매김되었으나 물닭갈비는 생소한 음식이었는데 광부들이 즐겨 먹던 음식이라고 했다. 대신 물갈비 전문이라는, 돼지갈비 집으로 갔다. 돼지갈비를 주재료로 육수에 야채를 넣고 자작자작

익혀 먹는 음식이었다.

　그는 묻는 말에나 대답했다. 도시에서 온 낯선 자의 정체가 애매한
이유도 있었을 것이다. 직장에서는 제외하고 한 번도 이런 경우가 없
었을 터이다. 마치 자신의 치부를 들여다보듯, 더구나 아내도 있는 자
리였다. 그는 낯선 사내와 비교당할지 모른다는 위기감을 가졌을 수도
있다.

　이 마을에서 중학교를 마치고 도시에 나가 생활하다가 서른 즈음에
고향으로 다시 돌아와 광부가 되었다. 그의 아버지도 광부였고 진폐로
돌아가셨다고 했다. 환기가 어려운 석탄광산의 경우 결정형 유리규산
등 폐암의 원인 물질에 고농도로 노출될 확률이 높으니 마스크를 쓴다
고 해도 유해인자를 다 걸러낼 수는 없고 입이나 코로 흡입할 수 있다.

　고향이었지만 자칫 지긋지긋했을 검고 답답한 곳으로 왜 돌아왔을
까? 도시는 그에게 적응할 수 없는 공간이었을까? 그는 직접 탄을 캐
는 선산부는 아니었고 갱차를 운전한다고 했다. 처음 광산에 오면서부
터 선산부를 작업장까지 이동시키거나 캔 석탄을 실어 나르는 운전수
였다. 그의 일터인 어둡고 갑갑할 것만 같은 갱도에 한번 들어가고 싶
다고 했더니 그건 어려운 일이라고 했다.

　이제 탄광은 지면의 높이를 재는 해발을 기준으로 바다보다 더 깊이
갱도로 이어졌다고 했다. 그가 광부로서 일상에서 겪는 이야기를 듣고
싶었으나 그에게 많은 이야기를 들을 수 없었다.

　오래전, 아니 지금도 그런 곳이 남아있지만 절대적인 지배자와 하찮
은 들풀처럼 피지배자로 극명하게 존재하던 시절이었을 것이다. 『동물

농장』등의 이야기로 지배자를 타도하겠다던 자들이 다시 지배자로 군림하는 모습을 날카롭게 글로써 풍자하였던 조지 오웰은 실제로 광부 생활을 체험했다. 그리고 자신의 체험담을 이야기로 남겼다.

"다른 모든 것을 압도하는 강력한 첫인상은 석탄을 나르는 컨베이어 벨트에서 나는 무시무시한 소음에서 비롯된다. 갱도 안에서는 멀리까지 볼 수가 없다. 램프 불빛은 뿌연 탄진에 막혀 얼마 뻗지 못한다." 그가 쓴 『위건 부두로 가는 길』의 한 장면이다. 1936년 영국 북부지역 탄광노동자의 실상을 기록한 오웰은 그곳은 "내가 마음속으로 그려보던 지옥 같았다"고 말한다. 지금이라고 그 환경이 크게 바뀐 것이 아닐 것이다. 광부들이 거주하는 숙소의 풍경은 이랬다.

보수의 1/3에 해당하는 상대적으로 많은 금액을 방세로 내면서도 끔찍할 정도의 악취와 비좁은 공간 그리고 형편없는 식사를 제공하는 하숙집이 대다수였다는 것, 갱도에 가득한 탄진 때문에 진폐증과 안진증이라는 직업병에 시달려야 했다는 것도, 그러나 그보다 더 끔찍한 일은 갱도 안에서 수시로 일어나는 사고였다. 석탄을 캐내는 과정에서 가스 폭발 사고, 그보다 무서운 건 갱도 붕괴 사고였다. 그나마 예전에는 나무 기둥이 버팀목이 되었는데, 갱도가 더 길어지고 철제 기둥으로 바뀌면서 삐그덕거리는 경고음 대신 순식간에 갱도가 무너져 내리는 사고가 주기적으로 발생했다고 한다.

저널리스트의 입장에서 그는 프롤레타리아 계급과 어울릴 수는 있어도 광부 등 그들이 삶에서 감당하는 육체노동은 할 수 없었노라고 솔직하게 고백한다. 어려서부터 교육 등으로 주입된 계급의식은 노동자 계층의 몸에서 냄새가 난다는 식의 얼토당토않은 이유로 여전히 작동하고 있었다는 말도 **빼놓지** 않는다. 하급 부르주아 계급은 노동자 계층 위에 군림하면서 자본가 계급의 완충작용을 했다는 예리한 지적도 시선이 머문다.

『위건 부두로 가는 길』은 노동자들의 실업과 빈곤에 대한 현실을 적나라하게 보여주는 보고서다. 오웰은 직접 노동자들이 묵는 바퀴벌레가 우글거리는 싸구려 하숙집에서 생활하면서 주인이 건네는 검은 손때가 자욱이 묻은 버터 바른 빵을 먹었다. 186cm라는 거구의 몸으로 탄광에 내려가 좁은 수평 통로를 따라 매일 1.6km의 거리를 한 시간 이상 기어가면서 무릎에 극심한 고통을 함께 경험한다. 광부들의 급여 명세서를 조사하며 평균 임금을 계산해보고, 그들의 씻을 곳도 제공되지 않는 열악한 근무 환경을 관찰한다. 높은 사망률과 상해율에 비해 지급받는 보험금은 열악하고 그로 인해 고통받는 가족들의 모습, 가구 조사를 피하기 위해 가족과 떨어져 허름한 여관에서 생활하는 연금 수급자들의 모습들을 보여준다. 빈민가를 떠돌며 가구 수를 헤아려보고 그들의 집세와 집안 환경을 비교하며 객관적으로 관찰한다. 이를 통해 오웰은 부패한 자본주의 사회의 희생자들이라고 생각하는 노동 계급 사람들의 말할 수 없이 비참한 생존과 환경을 강력하게 폭로한다.

그녀 역시도 아버지가 광부였다고 했다. 광부였지만 가난은 늘 집안에 머물고 있었던지 아버지는 출근하면서 가져간 도시락을 반만 드시고 남겨와 어머니가 먹게 했다. 조부는 아무것도 물려준 것이 없었고 소나무 껍질 등도 벗겨먹었다는 것은, 이제 현실성이 없는 이야기였다. 다만 집에서 굶고 있을 아내를 위해 도시락을 다 비우지 않고 남겨왔다는 것으로 그 형편을 생각했다는 것밖에.

　도시로 나갔던 그녀는 다시 고향으로 돌아왔다. 야물지 못했던지 도시에 적응하지 못한 건지 고향이 그리워 집에 찾아들었지만 그녀가 기댈 언덕은 되지 못했다. 스물두 살이 되던 해 마음의 안정을 찾지 못하는 그녀를 걱정하던 이모는 결국 광부와 맞선을 주선했다. 가정 형편이 괜찮고 심성도 착한 총각이라고, 시골에서는 농사만 지어서 먹고 살기 어려우니까 꼬박꼬박 월급을 받는 광부에게 시집가서 행복을 찾아보라고 지겹도록 찾아와 권유했다. 도시에서 만났던 사내들과는 비교할 수도 없을 정도로 그는 순박한 노총각이었다. 나이도 외모도 크게 상관할 게 아니라고 생각했을 것이다.

　주변에서 혼인을 서두르고 만난 지 두 달 만에 결혼을 하고 분가를 하고 아이를 낳고 그렇게 여자로서 행복을 찾아간다고 생각했다. 갱에 들어가면 얼굴에 자국이 남아 처음엔 보기 싫었지만 훈장처럼 보이기도 했고. 그러나 그는 나이 차가 많은 서른아홉이었다. 그녀는 흐르는 검은 개울처럼 탄광촌에서 살아왔던 이야기를 꺼내었다.

광부의 딸,
광부의 아내가 되다

그녀의 삶은 평탄치 않았다. 아버지는 광부였다. 60년대 이후 석탄 산업이 호황을 누리던 시절이었다. 당시 월급을 받는 일이 드물던 시절이었고 광부라는 직업은 특별한 기능이나 학력이 없어도 건강한 신체만으로 누구든지 할 수 있는 일이었다. 초창기에는 노조라는 단체도 없었고 월급도 박했다. 아주 열악한 환경 속에서 일했지만 그만큼의 보수는 받지 못했다. 일자리가 없었으니 전국 각처에서 사내들이 모여들었다. 나름 삶의 광맥을 찾듯 고향을 떠나 대처로 떠났던 사람들이 끝내 그 맥을 찾아내지 못하고 절망 속에서 모여든 사람들, 이들은 탄광촌에 들어서는 순간 희망의 광맥을 발견하곤 했을 것이다.

광부들은 하루 3교대로 갱내의 불이 꺼지지 않았다. 남편의 출근 시간이 오후 네 시라면 반드시 그 시간에는 집에서 남편의 밥을 챙기는 게 탄광촌 아낙들의 불문율이었다. 아내는 남편의 다른 신발도 반드시 집 쪽으로 돌려놓았다고 했다. 광산촌의 남자들이 길을 갈 때도 절대 그를 앞질러 가지 않았다는 것도, 심지어는 어린 사내아이들까지 그런 금기사항을 서로서로 지켰다는 것이다. 심지어는 '꿈자리가 나빴다'는 사유도 공식적인 결근 사유가 되었다는. 이러한 금기사항은 언제 닥칠지 모르는 사고에 대한, 죽음에 대한 광부들의 불안과 위기감에 맞닿아 있었던 것이다.

도시락에 담긴 밥이 얼어 개탄을 피워 녹여서 물에 말아먹는, 작업 강도에 비해 말도 안 되는 열악한 식사였다. 처자식이든 고향에 계신 부모님이나 동생이든 자신의 희생으로 보탬이 된다는 마음 하나였을 것이다. 사고가 나면 불구가 되거나 죽거나 그런 일은 수시로 일어났으니 날마다 어두운 갱에 들어가는 것이 어떠하였을까?

배고픔을 벗어나기 위해 열악한 근무환경과 늘 죽음의 공포와 맞닥뜨려야 하는 광원들에게 상여금은 어떤 의미였을까? 물론 당시에는 국내 기업의 어느 사업장이든 상여금이라는 개념이 없을 때였다. 70년대 광산촌에서는 현금이 아닌 물품으로 상여금을 대신했던 시절이었다. 공장으로 돈 벌러 갔던 누이들이 명절 때면 설탕이나 생활용품이 모아진 선물세트를 들고 왔듯이 말이다. 연탄 표나 쌀 표, 일부 광업소에서는 두부 한판(15모), 계란 한 줄(10개), 돼지고기 1~2근 등을 지급했다. 일부 광업소에서는 명절 때는 귀향 비 명목으로 현금이 지급됐다. 탄광노동자들의 경우 대다수가 고향을 등지고 나와 타향에서 살아가는 특성을 고려해 고향 잘 다녀오라고 귀향비(70년대에는 5천 원에서 1만 원 정도 지급)를 주었던 것이다. 이 귀향비가 최초의 현금 상여금인 셈이다. 관리직은 현금이 지급되었고 대다수 노동자들도 현금을 선호했지만 회사 측에서는 퇴직금에 합산되는 지출비용 증가를 이유로 회피하였고 노사 간 임금협상 때면 치열한 다툼이 있었다. 노동조합 지부장 선거 때는 두부나 계란 지급 등이 공약으로까지 나왔으며, 많은 식료품 보너스를 주겠다는 후보가 당선되는 경우가 많았다. 지금 생각하면, 두부 한 판, 돼지고기 한두 근을 살 수 있는 전표 나눠주는 것이 뭐 그리 대단해서 회사를 고르는 조건이 되고 또 지부장 선출을 위한 표몰이가 될까 싶지만 1960~1970년대 당시 경제 상황으로 볼 때 식자재 지원은 파격적인 것이었다. 내가 초등학교에 다닐 때 한 번도 계란 반찬을 구경도 할 수 없었고, 오죽했으면 소풍날 삶은 계란 하나 가져가고 싶은 바람도 이룰 수 없었으니 말이다. 후에는 생닭을 나눠주는 경우도 있었고 일부 광업소에서는 육류지급을 위해 양계장과 목장을 직접 운영하기도 했다.

1980년 4월, 소위 '사북사태'로 불리는 시위는 엄청난 후유증을 남겼으며 탄광노동자나 그 가족의 처우개선에 정부가 관심을 갖는 긍정적인 계기가 되기도 했다. 영세탄광에도 목욕시설이 생기고 돼지 등을 분배하여 근로의욕을 북돋우기도 했던 것이다. 요즘엔 일반적인 식당의 메뉴로 정해진 삼겹살은 광산촌에서 시작되었다는 것이 일반적이다. 지하 수백 미터의 탄광에서 일하고 온몸이 탄가루를 뒤집어쓰고 마음의 위안처럼 입안으로 들어간 탄가루를 몸 밖으로 빼낸다며 돼지고기를 즐겼고 삼겹살의 이름이 회자된 것이다. 실제로 1994년 국어사전에 삼겹살이 등장하였고 이는 탄광촌의 돌구이에서 비롯된 것이다. 그들의 주거환경도 마찬가지였다. 겨울이면 추운 지역인데다 덜컹거리는 창문은 황소바람이 드나들고 문 하나로 방안과 밖이 구분되는 시절이었다.

도회지에 나가 살다가 다시 고향으로 돌아왔을 때 그녀의 나이는 스물두 살이었다. 2002년 월드컵으로 세상이 들떠서 흥분의 도가니일 때 복잡하고 소란스러움이 가득한 서울 한복판에 사는 게 나쁘지 않았던 그녀였는데 어느 날 갑자기 고향이 그립고 엄마가 보고파 고향집으로 돌아왔다. 그렇게 무작정 내려온 고향집에서의 생활은 목가적인 생활이 아닌 하루하루가 지겨운, 1년은 10년처럼 길고 길었다. 아마 그때가 태어나서 눈물을 가장 많이 흘린 때인데 죽는 것도 사는 것도 힘들었던 지옥 같은 하루하루가 거짓말처럼 지나가던 나날이었다.

삶의 방향을 잡지 못하고 허둥거리는 조카가 염려되었던지 이모가 한 남자를 소개했다. 그런 세월이었다. 남자의 직업은 광부였다. 그녀의 아버지도 광부였다. 아침마다 도시락을 건네며 안타까운 눈빛으로 배웅하던 엄마의 모습을 보며 생각지도 않았던 결혼 상대 남자의 직업이었다. 그것도 나이가 엄청 많은 남자.

'농부로 시골에서 농사만 지어 살기 어려우니 다달이 월급을 받는 광부에게 시집가서 행복하기를 바란다'고 성화를 댔다. 집도 있고 차도 있고 선이라도 한번 보라고 했다. 그때는 어려서 결혼할 마음도 없었고 친구들과 어울려 노는 게 좋았는데 그렇게 서로 마주 보고 광부의 아내가 되었다고 담담하게 이야기했다. 대처로 나갔을 때 도시에서 보던 남자들과는 비교되지 않는 순박한 모습이 마음에 들었을 것이다. 여자 마음이 그럴 수만은 없을 거지만 외모는 중요하지 않다는 생각을 했고 상처라도 있던 것처럼 마음이 착하다는 것으로 그를 받아들였던 것이다.

아무리 힘든 일을 겪어도 지나고 나면 웃을 수 있고 그 사람이 아니면 죽을 것 같았는데 아직도 살아서 웃을 수 있다니, 2003년 광부 남편을 만난 후 인생은 다시 봄을 맞았다. 꿈이라면 깨기 싫은 황금기였다. 그녀가 말한 것 중에 생전에 할머니가 했다던 말, 귓등으로 듣고 자랐는데 이제야 인정까지 한다는 말은 잘 이해가 되지 않았다. '좋은 남자 만나서 살림만 잘하면 된다며 교육에는 그다지 신경 쓰지 않고 중매로 결혼하라'던 말이었다.

시어머님께서 서두르는 바람에 두 달 만에 결혼식을 올리고 분가를 하고 아이도 낳고 남편을 만나고부터는 희망이 생기고 살아있음에 감사하고 행복했던 시절이었다. 갱도에 들어가면 마스크를 쓰니까 얼굴에 고무 자국이 생겨서 처음에는 보기 싫었지만 훈장처럼 보이기도 했다.

집과 일밖에 모르던 그는 성실하게 일해서 차곡차곡 모은 돈을 자신이 결혼 전에 정리하지 못했던 빚을 정리해주었고 그녀의 친정에도 경제적인 도움을 주었다.

그녀는 고해성사를 하듯 자신이 술을 좋아했고 그것 때문에 남편 속을 상하게 한 게 한두 번이 아니라고 했다. 그래도 그녀의 남편은 한 번도 그런 그녀에게 화를 낸 적은 없었다고 했다. 건강한 부부의 도리는 아니었을 듯한데 어쩌면 그녀도 남편에게 미안한 마음이었을 듯싶다.

남편의 형제는 다섯이었는데 위로 형님 두 분도 광부생활을 하다가 결국 그 열악한 환경에 염증이었는지 이곳 광산촌을 아예 떠나버렸는데 그는 늦은 나이에 이곳으로 와 광부생활을 계속했다. 가장이니까 책임감 때문이거나 아이들이 어려서일 수도 있겠지 그녀는 생각했다. 그녀의 시아버지, 남편의 아버지도 광부로 생활했는데 진폐로 이른 나이에 돌아가셨다. 가끔 곁에서 일하던 동료가 사고나 직업병으로 세상을 등지기도 하는데 한동안 악몽에 시달리듯 술에 의지하며 잠 못 이루는 모습을 보는 것은 광부의 아내가 감당해야 할 삶의 무게였다.

얼마 전에는 아이 셋에 젊은 부인을 두고 죽은 동료를 위해 직원들이 십시일반 모금하여 전해주기도 했다. 그녀의 큰아버지도 갱도의 동바리가 무너지는 사고로 돌아가신 후로 아버지도 형을 따라간다고 가족을 힘들게 했다는데 말로만 들어서 실감이 나질 않았다.

막장에서 일하는 광부들의 모습으로 석탄박물관에 전시된 모습만 보고는 남편의 마음을 헤아릴 수 없어서 늘 미안하다고도 했다. 여타 농촌도 마찬가지지만 마흔이 넘었는데도 결혼 못 한 남자도 많고 다문화가정을 꾸리고 살다가 다시 혼자된 남자도 많고 탄광촌이라 그런지 학생이 많지 않으니까 아이들은 친구도 없고 홀몸노인도 많고 삼다도라 제주에는 돌 바람 여자가 많다더니 도계는 외로운 사람들이 많다고 슬픈 노랫가락처럼 토해내기도 했다. 이제 남편은 정년도 얼마 남지 않았고 결혼을 늦게 해서 아이는 어린데 폐광 소식에 광부 일을 그만 두면 뭐해서 먹고 살까 걱정이 많은지 자다가도 벌떡 일어나 어둠 속에서 앉아 있는 남편을 보면 짠하더라는 것도.

그래도 그녀라고 그 생활에 만족한 것은 아니었다. 그 현실에서 벗어나고픈 적이 많았다고 했다. 쇼핑을 해도 재미가 없고 게임을 해도 의미가 없고 따분한 시간을 보내다가 스마트폰을 통해 알게 된 카카오스토리에서 글 쓰는 사람들을 알게 되었다. 모임을 핑계로 여행할 일이 생기고 코에 바람이 들어가서는 부산 대구 김천 파주 서울로 몇 년 실컷 돌아다니다가 사람을 사귀는 것도 시들해졌다. 한동안은 책 읽기에 빠져 일주일에 5권씩 읽느라 시간 가는 줄도 모르고 살면서 책에 해답이 있는 줄 알았는데 살아가야 할 세상은 사막처럼 막막했다. 부모 얼굴에 먹칠하는 것도 싫고 자식 보기에 부끄럽지 않은 엄마가 되고 싶어도 가끔은 똑같은 하루가 지겨워서 일탈을 꿈꾸다가 모든 것이 부질없는 꿈이었음을 깨닫게 되니까 일밖에 모르는 성실한 남편에게 고맙고 미안한 마음일 뿐. 고해성사처럼 그녀는 숨기고 싶었을 자신의 이야기를 적어주었다.

광부 아내가
가야 할 길

광부라는 직업을 가진 남편에게 잘못한 것이 너무 많았다. 아무리 젊은 아내를 곁에 두었다 하더라도 사람은 엇비슷하지 않겠는가? 그랬다. 지은 죄가 너무 무거워 착하고 순하고 어진 아내가 되기로 했다. 이기지도 못하는 술을 마시고 토하고 넘어지고 멍들고 깨져도 잔소리 한 번 하지 않은 남편을 무시하고 내가 잘났으니 그냥 넘어가는 게 아니겠는가, 시건방이 차고 넘쳤다. 스마트폰으로 게임을 하고 카카오톡으로 친구들과 채팅을 하고 밴드와 페이스북 또는 카카오스토리와 카카오뮤직에 빠져 있을 때도 그래 네가 하고 싶은 대로 해라 내가 말린다고 들을 네가 아닌데 말리면 내 입만 아프지, 남편은 그렇게 말을 했다.

스스로 악처라고 생각하지 않을 수가 없었다. 같은 직장에서 2년 이상 근무한 역사가 없는 나와는 달리 남편은 30년 가까이 같은 직장에서 성실하게 일을 하고 있다. 남편은 광부라는 직업을 부끄러워하지만 나는 산업 현장의 주역인 남편을 자랑스러워도 한다. 내가 아프면 죽도 끓여주고 책을 읽거나 글을 쓰면 커피도 타다 주고 세탁기를 돌려 빨래도 널어 주고 착착 예쁘게 정리하고 청소기도 돌려주고 걸레질도 하는 남편.

이모의 소개로 만나고 살아가면서 정이 들고 아이도 낳고 육아에만 전념하고 각방을 쓰면서 거리는 다시 멀어졌고 남남만도 못한 관계가 되면서 우울증이 생기고 4주 동안 정신과 치료를 받았던 적도 있었다. 먹는 것도 싫고 화장실도 가기도 싫을 정도였다. 아무 때나 자는 모습을 보고 아들이 밖에서 돌아오면 그럴 줄 알았다면서 밖에 나가는 것이 무섭냐고 묻기도 했다. 나는 어린 아이만도 못한 정신력으로 남편에게 쌓인 스트레스를 해소할 방법을 몰라서 툭하면 어린 아들을 윽박지르기도 했다. 그러한 행동이 아동학대인 줄도 몰랐다. 어릴 때부터 매를 자주 드는 아버지를 보고 자랐기 때문에 당연하다고 생각을 했을 것이다. 말보다 손이 먼저 나가는 자신이 이상하다는 생각을 하지 못했다. 아이가 다섯 살이 되면서 유치원에 다니고 초등학교에 다니면서 부모가 대처해야 할 교육을 많이 받았지만 시골 생활이 지겨워지고 도시가 그립고 자꾸만 밖으로 나가고 싶었고 가슴이 답답하고 미칠 것 같았다.

캐리어에 짐을 잔뜩 싸서 집을 나가겠다고 이렇게는 못 살겠다고 남편에게 말하고 이혼을 하자는 극단적인 말까지 서슴없이 내뱉었다. 남편은 소리 없이 눈물을 흘리고 아이들이 불쌍하다며 시누이에게 맡길 생각을 했지만 시누이도 무능한 남편 때문에 힘들게 살았기 때문에 그럴 수 없다고 했다.

혼자 집을 나가면 다시는 돌아올 수 없을 것 같았는데 아들 둘을 데리고 무작정 청량리행 무궁화호 열차에 몸을 실었던 적이 있었다. 아이들은 엄마 속도 모르고 기차여행이 마냥 즐겁기만 한 표정이었다. 막상 집을 나왔지만 오라는 곳도 갈 곳도 없었다. 친구들에게 전화를 하니까 다들 바빴고 사당동에서 팥빙수를 먹던 와중에 밤무대에서 일을 하는 유명한 기타리스트와 연락이 닿아서 문산행 전철을 탔다. 그는 새벽 두 시에 일을 마치니까 미리 깨끗한 숙소를 마련해 주겠노라 했고 우리를 편안한 곳에 머물 수 있도록 친절하게 배려해 주었다. 다음 날 그는 임진각을 구경시켜주고 놀이동산에서 아이들이 놀 수 있도록 배려해 주었고 맛있는 점심까지 사주며 세심한 곳까지 하나하나 신경을 써주는 좋은 사람이었다. 세월이 흐른 지금도 기억하고 있으니 말이다.

그렇게 어리석었던 것을 벼랑 끝에서 알았다. 하나도 모르면서 둘을 알려고 하다 사랑도 믿음도 떠나게 된다는 것을 말을. 그렇게 마음을 추스르고 집으로 무사히 돌아와서 안정을 찾고 좋은 사람으로 변신을 도모했다.

술을 좋아하는 척, 남편이 직접 안주를 만들어 주기도 했고 라면도 잘 끓여주었다. 이불을 덮지 않고 자면 이불을 덮어 주는 마음이 예뻐서 그냥 아무렇게나 잠이 든 적도 있었다. 남편에게 투정처럼 '자기는 왜 애정표현을 잘 하지 않아, 나는 이렇게 하면 좋은데'라고 말하고부터는 설거지할 때 등 뒤에서 가만히 안아주기도 했다. 가정적이고 자상하고 부모에게 효자이고 직장 동료나 상사나 후배들에게도 친절하고 법이 없어도 살 수 있는 착한 사람이다. 그렇게 좋은 남편을 위해

이제는 내가 아낌없이 사랑을 내어 줄 차례라는 것, 늘 받는 것에 익숙
했기 때문에 주는 기쁨을 전혀 몰랐다는 것을 인정하지 않을 수 없다.
많은 사람들과 SNS로 소통을 하면서 사람은 만나기도 쉽고 헤어지기
도 쉽지만 인연을 인연인 줄 모르고 놓친 일도 많았다. 또 옷깃만 스쳐
도 인연인 줄 알았는데, 나에게 해를 끼치는 인연을 차단하는 법도 배
웠다.

삼척시 교육지원청에서 유명한 강사들을 알게 되고 스피치 강의를
자주 듣고 초등학교에서 평생교육을 열심히 받으면서, 매사에 남 탓만
하고 모든 것을 부정적으로만 생각하던 성격이 나도 모르는 사이에 서
서히 긍정적으로 변하기 시작했다. 학교에 행사가 있으면 무조건 달려
갔다. 그 후로 교장선생님께서 좋게 보시고 운영위원회 자리를 맡기
셨고 동네에서는 아파트 반장도 맡고 남편의 부녀회 총무를 맡게 되고
초등학교 학부모회에서도 총무를 맡으면서 심심할 시간이 없었다.

아들을 유치원 버스에 태우기 위해 아침마다 같은 시간에 만났던 어
머니들과 함께 오전 내내 수다 떨고 차를 마시고 밥을 먹고 모임을 하
면서 무의미하게 보내는 시간이 아깝다는 생각이 들었고 도서관에서
책을 일주일에 다섯 권씩 빌려서 읽기도 했다. 그러다가 차츰차츰 밖
에 나가기 싫었고 혼자 지내는 일이 많으니까 지인들이 얼굴을 보기
힘들다고 안부를 묻고 잊고 지내던 친구들이 관심을 가지고 카톡으로
좋은 글도 보내주고 동영상도 보냈다. 그들의 정성에 감동을 했고 나
는 그들을 잊고 있었는데 나를 좋은 사람으로 기억을 해준 분들에게
내가 할 수 있는 일은 그들을 위해 기도를 해주고 이야기를 들어주는
것이 보답하는 길이라고 생각했다.

아이들도 착하고 튼튼하게 잘 자라고 꼬박꼬박 가져다준 급여로 살림만 하니 세상에서 제일 행복한 여자라고 일하는 여자들은 부러워했다.

광부의 아내이면서 시인은 늘 꿈을 꾸는 공간이다. 내 안의 소란스러움과 위태한 일상이 정리되지 않은 책상 서랍처럼 널브러져 있을 때도 있지만 철이 바뀔 때마다 우물의 물을 퍼내고 이끼도 걷어내고 새물로 채웠던 어린 시절의 우물처럼 가끔은 침묵과 기도하는 시간으로 마음의 때를 닦아내고 쓸어내어 새물로 채웠으면 싶다. 그리고는 머리를 숙여 우물 속을 내려다보던 모습으로 나 자신을 들여다보려고 한다.

예배당이 없어 사랑방에서 예배를 보며 불렀던 찬송가의 한 구절처럼, 지금까지 지내 온 것에 알게 모르게, 실제로 존재하든 마음속에 존재하든, 신의 큰 은혜를 입었음을 생각하고 싶다. 당연히 주위에 있는 사람들의 보우하심이 있었음을 감사하는 마음을 표현하며 살고 싶다. 깊은 우물의 물을 퍼올리던 두레박을 찾아내는 삶이고 시간이고도 싶다.

광부의 아내, 그녀의 마음을 대신 전해본다.